最新修訂版

最三国

第贰卷

【风波恶】

范军 著

中国发展出版社
CHINA DEVELOPMENT PRESS

图书在版编目（C
最三国．第2卷．
2014.7
ISBN 978-7-5177-0
Ⅰ.①最…　Ⅱ.①范
Ⅳ.①I207.413
中国版本图书馆 C
书　　名：最三国
著作责任者：范　军
出 版 发 行：中国发
（北京市
标 准 书 号：ISBN 9
经　销　者：各地新
印　刷　者：三河市
开　　　本：700mm
印　　　张：19.25
字　　　数：325 千
版　　　次：2014 年
印　　　次：2014 年
定　　　价：40.00
联 系 电 话：(010)
购 书 热 线：(010)
网 络 订 购：http：/
网 购 电 话：(010)
本 社 网 址：http：/
电 子 邮 件：fazhan@

第三章　城头变幻大王旗

第四章　时代的宠儿与弃儿们

第一章　孙权粉墨登场

说法是说法，事实是事实

世上的日子很短暂。眼睛一闭一睁，上午过去了；眼睛再一闭一睁，睡个午觉，这下午又过去了。

但是对刘备来说，他最痛苦的事是上午和下午没有区别。今天的日子和明天的日子没有区别。

就像这个世界上的很多人，希望将每个日子都过得风生水起、卓尔不群，却仅仅是希望而已。因为雄辩的事实已经雄辩地证明——每个过去的日子都毫无悬念，扁平苍白。

一如刘备四处奔波的人生。

在寄生袁绍身边的那些日子里，刘备目睹了这个人的多疑与自以为是。尽管袁绍手下能人众多，可这些能人屈身其下，不仅仅是袁绍的悲剧，更是他们自己的悲剧：田丰到狱中写回忆录去了；沮授则黜退不用，一下子变得前程暗淡；审配、郭图各相妒忌，发自肺腑地相信"有权才是硬道理"，他们争做袁绍手下的第一谋士，为达此目的无所不用其极。

刘备只得心生去意。虽然袁绍高调宣称"刘皇叔不能走"，可刘备明白，不走就死翘翘了。毫无疑问，他将死在袁绍的多疑与自以为是里。

刚好这时世事开始了轮回。刘辟、龚都夺了汝南，突然像打了鸡血似的要问鼎天下，便雄心勃勃地派人去和袁绍结好，共谋破曹之计。这真是一个听上去很美的计划，袁绍也像突然被打了鸡血一样，刹那间有了雄起的感觉。

刘备要的就是这样的感觉。

不错，他不想自己雄起，只要袁绍雄起。因为袁绍一旦雄起，刘备就会有脱身的机会。

事实上刘备猜得一点都没错——几天之后，他出现在汝南，出现在刘辟、龚都面前。

身份是袁绍的全权特使。目的是共谋破曹之计。

刘备笑了，笑得很憨厚。没有人知道他的憨厚里面有什么，刘辟、龚都也不知道。只有刘备自己知道。

因为他自由了。

身的自由。也包括心的自由。

刘备确信，自己已经远离袁绍的死亡阴影，走上了一片新天地。至于破曹云云，那只是一个说法。在这个世界上，说法永远是说法，而事实也永远是事实。它们是两张皮。仅此而已。

不过，刘备的忧伤还是若隐若现。在他憨厚的笑脸背后。

因为很多人还下落不明。特别是关羽和张飞。

在一个下落不明的时代里，注定了很多人的命运是下落不明的。刘备当然无力改变这样一个事实，所以他只能忧伤。在黑夜里我想你们没办法，我的兄弟。

最要命的是，刘备不知道他们在哪里。刘备的等待是没有希望的。就像等待戈多。如果戈多永远不来，那毫无疑问，这样的等待是残酷和多余的。

刘备为此忧伤不已，度日如年。

宽容比权力更有力

一个人站在了关羽面前。

一般来说，有人敢站在关羽面前挡住去路结果只有一个。

死翘翘。

但是很奇怪，这个人没有死翘翘。

因为他不是别人，而是孙乾。

在这个世界上，一个人站在另一个人面前无非有两种情形：善意的；恶意的。毫无疑问，现在发生的是第一种情形——孙乾是来报信的。他在关羽往袁绍处一路狂奔的路上拦住了他，并告知了刘备现在汝南的消息。

关羽掉转马头，直奔汝南。

又有一个人站在了关羽面前。这一次，关羽举起了手中刀。

来人是夏侯惇，他是取关羽性命来的。只是夏侯惇不能确信，最后被取走性命的那个人是谁。毕竟，关羽手中的刀不是吃素的。谁将人头落地，还真不好说。但是夏侯惇别无选择——人在江湖，最大的其实不是人，是江湖。江湖承载一切，也淹没一切。夏侯惇现在要做的，就是和关羽比试武功。

他们交手了。

当然了，两人交手之前，是有过一番理论探讨的。

关羽：拜托，给个杀我的理由。

夏侯惇：因为你的狠。

关羽：不是我狠，是世界狠。

夏侯惇：世界因你而狠。

关羽：我只是要找我的兄弟。

夏侯惇：每个人都有兄弟，你杀了我的兄弟，不妥。

关羽：挡我者死，让我者生。他们可以不挡的。

夏侯惇：他们不能不挡。

关羽：所以他们必须死。

夏侯惇：包括我吗？

关羽：如果你挡的话。

夏侯惇：我不相信。

关羽：不相信什么？

夏侯惇：你说的一切。

关羽：为什么？

夏侯惇：因为传说中，关羽仁义走天下……

关羽：现在呢？

夏侯惇：人头遍天下。

关羽：为了理想，别无选择。

夏侯惇：做人，不能不计后果。

关羽：做人，不可以无耻到这个地步。

夏侯惇：你说我？

关羽：不，曹操。

夏侯惇：丞相大度。

关羽：你来杀我，有失丞相大度。

夏侯惇：不是丞相要杀你，是我要杀你。

关羽：是吗？其实无所谓。

夏侯惇：为什么？

关羽：你很快就会明白。

夏侯惇果然很快就明白了。因为关羽的刀砍过来了。

那是相当的有力。一般来说，一把刀砍过来是不是有力很多时候不取决于砍者的力气，而取决于他心中的信仰。

和意志。

关羽心中不仅有信仰，也有意志。所以夏侯惇感觉，这刀上只写了四个字。

势大力沉。

他突然体验到了一种之前从未有过的感觉：惶恐。

不错，他夏侯惇也是心中有信仰、有意志的人，可和关羽相比，究竟还少了一样东西。

情谊。

关羽和刘备生死与共兄弟般的情谊。

他和曹操能做到这一点吗？也许可以。他夏侯惇可以无条件地追随曹操，却绝做不到刘关张那般的深情款款、不离不弃。所以夏侯惇惶恐莫名。

因为此时的他已经真切地明白一个即将到来的事实：人头落地者不是关羽，而是他。

张辽来救他了。

张辽总是这样，在他人人生的非常时刻，站出来指点迷津，力挽狂澜。此前他劝关羽暂时投靠曹操，此番又在夏侯惇命悬一线时前来搭救，端的是甘做福星之人。

当然，张辽救人靠的不是武功，而是口信。

他带来了曹操的口信。

张辽说："奉丞相钧旨：因闻知云长斩关杀将，恐于路有阻，特差我传谕各处关隘，任便放行。"

关羽住手了。因为他不好意思再杀下去。毫无疑问，曹操的口信具有软化人心的作用——他曹某人如此宽宏大量，我关某人就不能刀下留情?!

便刀下留情。

便各走各路。

这两个南辕北辙的男人开始了各为其主的奔跑，但他们并不是一无所获。夏侯惇的收获是：权力比刀尖更锋利，如果没有曹操的"钧旨"，关羽铁定要跟他你死我活。关羽的收获是：宽容比权力更有力，他尊重的不是曹操的丞相威权，而是宽恕之心。这两个各有收获的著名男人走在南辕北辙的道路上，脚步欢快，表情坚定，看上去是那样的不容置疑和充满希望。

有价值的死

古城。

古老得没有生气的城。

却又是一座寂寞之城。

寂寞只因为一个人的幽怨。

张飞。

张飞是从不幽怨的。好多年前，张飞以为幽怨是女人才干的事，好多年后的今天，张飞才明白，男人其实也幽怨。

比如男人在孤独的时候。张飞的孤独是失去了刘备和关羽这两位兄弟。徐州之难后，曾经三个人就像一个人的张飞体验到了一个人被分做三个人的痛苦。痛苦无以复加时，他来到了古城，占城为王，左思右想，幽怨寂寞，孤独难耐，直到这一天，关羽宿命般地来到此地，宿命般地与他遭遇。

毫无疑问，遭遇是激情的，但这两个乱世兄弟却没有拥抱在一起。关羽摊开了双臂，做拥抱状，可迎接他的却是丈八蛇矛。

不是张飞疯了，而是张飞怒了。

世上没有无缘无故的爱，也没有无缘无故的恨。张飞的发怒当然是有缘故的。

他听到了传言。

江湖传言。

江湖传言说，关羽投靠了曹操，获得了荣华富贵。张飞便因此而怒。因为他以为，在这个世界上，任何人都可以投靠曹操，获得荣华富贵，但关羽不可以。不仅仅是他们三人有桃园结义之盟，更重要的是江湖人都知道，关羽是个靠“义”字走天下的人。义既不存，何以为人？所以他要结束关羽的性命。

关羽目瞪口呆。

因为事实。

张飞所说的的确是事实。关羽投靠过曹操，也一度获得了荣华富贵。

当然这背后是有原因的，可原因重要吗？在这个世界上，很多事情之所以只问结果，不问原因，就在于原因永远是暧昧的。原因只是一块暧昧的遮羞布，为那些隐秘、见不得阳光的欲望遮遮掩掩。

只是关羽扪心自问，却觉得自己满不是那回事。他有隐秘的欲望吗？他自己怎么不知道？如果有，为何要千里走单骑？关羽希望张飞能明白他的一片忠心和苦心。

张飞不想明白。

或者说张飞根本不可能明白。因为说实在的，明白世事并不是一件容易的事，它需要阅历、慧根乃至悲悯。很显然，头脑简单的张飞做不到这一点。张飞只能依靠已经发生的事实进行非此即彼的简单判断，从而做出自己的应急反应。

所以，张飞的丈八蛇矛一定要刺向关羽。谁叫他们都是纳了投名状的？这是友情的代价。

当然，也不是没有人出来阻拦。孙乾苦口婆心地劝张飞，做人要前半夜想自己，后半夜想别人。关羽大哥不容易啊，为了两个嫂嫂忍辱负重，甘愿自己名节受损，乃真丈夫也！我们要设身处地替关羽大哥想想……

张飞却将环眼圆睁，吼声如雷地骂道：放你娘的贼屁！姓关的在曹操手下当一辈子婊子是婊子，当一天婊子也是婊子，他休想再当我的兄弟！

随行的刘备二夫人也为关羽求情。甘夫人说：“二叔因为不晓得你们的下落，所以暂时栖身在曹操那儿。现在知道你哥哥在汝南了，才不避险阻，送我们到这里。三叔不要错怪了。”糜夫人则说：“二叔原来在许都，是出于无奈的。这个我可以保证。”但张飞听了却只是嘿嘿冷笑。

自然，历史的剧情发展到这里，是一定要有转折的。否则，三国的历史就太无趣和没有生命力了。不错，张飞的丈八蛇矛在刺向关羽，却一定不能刺中。

因为来了一彪人马。

是曹军。

没有人知道曹军为什么在关张反目的时候如影随形地到来，但张飞却似乎突然间明白了——曹军是关羽带来的。

来抓他的。

张飞表情复杂地看着关羽，仿佛看见了人心的阴险狡诈。

关羽也表情复杂地看着张飞，仿佛看见了人心的冰火九重天。

这样的时刻，语言是无力的，辩解是苍白的。它只需要一个行动，让一切黑白分明。

关羽出手了。目标是曹军头目蔡阳将军。

蔡阳将军很惆怅，惆怅地死在关羽的刀下。他其实是为其死去的外甥秦琪报仇来的。在关羽千里走单骑的过程中，秦琪因为充当了绊脚石的角色不幸呜呼哀哉。蔡阳将军此番前来，原本是要讨一个公道，但他没想的，世界上最大的公道只有两个字。

武功。

所以蔡阳将军很惆怅。为自己毫无价值的死。

张飞却哈哈大笑。当然，他此刻的笑是送给关羽的。关羽长嘘一口气，很有“江湖兄弟依旧在，相逢一笑泯恩仇”的意思。他看一眼躺在地上死不瞑目的蔡阳将军，下马为他闭上双眼。

说实话，他有些感激这个人。

因为他的死。有价值的死。

不错，在关羽看来，蔡阳的死不是轻于鸿毛，而是重于泰山。这个人以被迫停止呼吸的方式挽救了人世间最著名的这段兄弟情，这样的死去，怎不重于泰山呢?

立场如刀

接下来是刘备。

桃园三结义，刘关张三个人必须是一个人，这样的兄弟情才堪称完美。

但是刘备寻而不得。

当关羽与孙乾引数骑奔汝南刘辟、龚都处去接那个寄人篱下的刘大哥时，他们得到了刘备重回袁绍处的消息。

这似乎是寄人篱下者的宿命。虽然刘备一度以为自己逃离了袁绍的控制，可刘辟、龚都缺兵少将的现实只能让刘备怏怏而返，继续和袁绍在一起上演与狼共舞的悬疑剧。

在这出悬疑剧中，刘备是兔子，袁绍是狼。兔子与狼共舞的结果无非是两个：兔子被狼吃了；兔子跑了。

关羽希望是——第二个。

他让孙乾匹马入冀州见刘备，希望刘大哥早日逃离狼窟，与兄弟们团聚。

刘备笑了。笑得很无奈。

人不能两次踏进同一条河流，人也不能两次逃离同一个狼窟。刘备的无奈就在于，没有理由。

不错，在这个世界上，做任何事情都需要一个理由。进去需要理由，出来更需要理由。刘备上次离开河北奔汝南而去曾经给过“共谋抗曹”的理由，现如今，还能“共谋抗曹”吗？即便“共谋抗曹”，又与谁谋呢？

简雍提了一个人选：刘表。

简雍自徐州兵败后一直跟随刘备，在那些寄人篱下的日子里，简雍也深刻地品尝到了屈辱漂泊的滋味。离开！离开一棵又一棵似是而非的大树，离开一个又一个冷漠甚至充满杀机的屋檐，不仅是刘备的渴求，同时也是简雍的渴求。

所以，此刻的简雍，甘愿为刘备做一个理由提供者。

刘备却不置可否。因为他没有被说服。

往荆州劝说刘表与袁绍联合共破曹操，可能吗？最致命的问题是，此二人有没有这个实力和诚心联手拿下曹操？

简雍叹气。

叹得那叫一个举重若轻。在他看来，刘表与袁绍有没有实力和诚心联手拿下曹操并不重要，重要的是袁绍相不相信这一点。只有从这个基础出发，刘备才能有所作为。

刘备也叹气。

叹得那叫一个恍然大悟。是啊，人世间的事确有无限可能。自己不信的事并不表示他人不信。袁绍是什么人，是要成就大业的人，成大业者第一品格就是自视甚高。

袁绍，一个自视甚高的鸟人。刘备如此为他下定义。

可惜，刘备想错了。袁绍并不自视甚高。自视甚高的人其实是曹操。

当刘备在一个既不刮风也不下雨的日子里向袁绍提出联合刘表共破曹操时，他悲哀地看到，这个人的眼里有万千神情，唯一缺少的就是自信。

袁绍表情复杂，眼神游移，似乎在猜测刘备提此建议的动机。

刘备的表情则很傻很天真，让袁绍一时看不出其真实意图。

袁绍：你觉得有可能吗？

刘备：世上事，不怕做不到，就怕想不到。

袁绍：刘表长得那样委婉，难成大事。

刘备：委婉之人才能曲径通幽。

袁绍：给我一个严肃的理由。这是打仗，不能没有技术含量。

刘备：刘景升镇守荆襄九郡，兵精粮足，宜与相约，共攻曹操。

袁绍：听着好像有那么几分意思。

刘备：不是几分，是十分。

袁绍：你很自信。

刘备：自信比自卑好。

袁绍：自信之人非寻常之人。

刘备：愿为明公效力。

袁绍答应了刘备为其效力。虽然他也明白，非常之人很可能有非常之谋，但袁绍最终还是无法抵挡来自刘备的那个致命理由——表是备同宗，备往说之，必无推阻。

袁绍心动于理由背后的可能性。

的确，刘表是有可能被刘备说服的。换句话说，刘表是有可能和袁绍联合抗曹的。袁绍当然不相信曹操会一击就溃，但这样的时代，孤独者是可耻的，有帮手总比没帮手强。

刘备心跳了一下。因为他看到了袁绍的眼神里有了新内容。

自信。

一个表情复杂、眼神游移的人突然变得自信了，其神态是大不一样的。毫无疑问，袁绍如此这般的神态变化让刘备放心。

刘备的心跳源自于他的放心。但是接下来，刘备的心又跳了一下。

这一次却是心悸。

因为袁绍又开始发问了。这一次的问话与关羽有关。袁绍说，我听说关云长已经离开曹操，要来河北。我想杀了他这个狗娘养的，以雪颜良、文丑之恨！你看怎么样啊？

袁绍的这番话说得咬牙切齿，明摆着是要刘备摆明立场。

刘备却不能摆明立场。唉，在这个世界上，立场其实就是命根子。多少人为立场送了性命，又有多少人因为立场平步青云。立场如刀，一旦摆明，那真是锋利无比，或伤人或自伤，二者必选其一。

袁绍阴沉着脸看刘备，看他万千心思，千回百转，到底如何泄露。

刘备汗出如浆，为立场问题绞尽脑汁。这似乎是一个时代的首鼠两端，当刀锋亮出，人性中的善恶立马一刀两断，那真叫一个泾渭两途，黑白分明。

鸟人与天使

良久，刘备做出如下回答："明公前欲用之，吾故召之。今何又欲杀之耶？且颜良、文丑比之二鹿耳，云长乃一虎也：失二鹿而得一虎，何恨之有？"

这是一个良心回答，也是基于袁绍利益考虑的冒险回答。颜良、文丑被杀了，不过那只是鹿而已，关羽可是虎，与其杀虎不如驭虎，这是刘备给袁绍的建议。

袁绍没想的刘备会如此回答。事实上他的设问只是为了测试刘备在关羽问题上的态度——到底站在哪一边，是否杀关羽上见分晓。可刘备如此这般的回答却让袁绍迷糊了：说他护关羽吧，好像出发点又是替他袁某人引进人才；可说刘备忠于袁绍呢也不太像。在袁绍眼里，刘备终究透着两面三刀的意思。

总之，这是一次意义含糊的测试，就像一次比武过招，出招者气势汹汹，应招者拖泥带水，整个一暧昧不堪。

袁绍笑了，笑得也是暧昧不堪。因为他突然发现，有一句话太精辟了。

难得糊涂。

他不妨难得糊涂，让刘备去完成人才引进的工作，接下来再见招拆招好了。这样的时代，计划不如变化快，所谓的忠心，从来就是各为其主的说辞。关羽在江湖上素以忠心著称，可他真的忠心吗？为何又投曹操门下？所以重要的不是什么个人情谊，而是实力。有实力者就有兄弟。江湖老大，从来就是靠实力堆出来的。他袁绍的实力和曹操不相上下，关羽既然能投曹操，为什么不可以投他呢？

所以袁绍笑了，为自己发现了一个激动人心的可能性：忠不忠无所谓，重要的是为其所用。刘备是这样，关羽也是这样。袁绍便暧昧不堪地笑着，然后对刘备说，你爱关羽，我更爱关羽。这人有才啊，你快召他来吧，我要重用他。

郭图又捶胸顿足了。

在简雍与刘备比翼双飞之后。

当然，郭图不是断背族。他之所以捶胸顿足不是因为醋意，而是出于绝望。

对袁绍绝望。

在这个世界上，一个人对另一个人绝望有时候出于情感，有时候则仅仅出于智商。

在郭图眼里，袁绍智商太低，相信了简雍说的那一番鬼话。

在刘备获准离开河北去往刘表处时，简雍大惊失色地跑到袁绍面前说——这是一次危险的旅程！刘备很可能有去无回。

袁绍感动且疑惑。他感动于简雍的忠心耿耿，又为事情该如何解决而疑惑。

但是很快，他就不疑惑了。因为简雍给了他一个完美的答案。简雍说："某愿与偕往：一则同说刘表，二则监住玄德。"

袁绍的头脑里马上闪出一系列成语——一箭双雕、一石二鸟，一举两得。与此同时，他还有了一个感慨：简雍有才。

不仅有才，还忠心。他几乎要为这个又红又专的人儿落泪了。所以，让简雍与刘备同行立刻成了袁绍的不二选择。

郭图就是在这当口开始焦虑的。因为郭图以为，一个人有才是很容易看出来的，但是忠心就不一定了。在这个世界上，很多时候，忠心不是看出来的，是背叛出来的。忠心是拿来背叛的。没有背叛，哪来忠心？郭图对袁绍当头棒喝。

袁绍却是一副鸭听天雷状。不错，没有背叛，哪来忠心？简雍背叛了吗？没有。他将来会背叛吗？天知道。所以将来的事情既然不在你郭大谋士掌控之中，你老就免开尊口吧。袁绍以一种阴晴不定的表情逼视郭图，让后者知趣地闭上了嘴巴。

让历史告诉未来，也让未来告诉历史吧！在河北巨大的宫殿内，郭图嗟呀而出，袁绍却踌躇满志，觉得一切尽在掌握，世上事那叫一个一通百通。

兄弟团圆了。

刘关张三个人就像一个人的人间传奇在继续。他们豪情万丈，他们东山再起，他们弃了古城去守汝南，招兵买马，玩的就是心跳。

就是刀尖上的人生。

袁绍却不高兴了。

因为事实雄辩地证明：他瞎了眼。

特别是在郭图面前瞎了眼。这样的尴尬和羞辱是人间不可承受之重。所以为了挽回面子，袁绍准备做出他的本能反应——出兵攻打刘备。

郭图拦住了他。

心平气和地。

这样的时刻，郭图喜怒不敢形于色——道理很简单，袁绍再也经不起一丁点刺激了。尤其是，这样的刺激来自于他郭图。

在人类历史上，任何时候都有一条潜规则在起作用：下级不能比上级聪明。郭图深谙这条潜规则。

所以他现在能做的，就是转移矛盾。郭图告诉袁绍，长翅膀的不一定是天使，也可能是鸟人。刘备就是这样一个鸟人，跑了就跑了，不足虑。其实主公现在真正的敌人是曹操。打曹操，需要帮手。谁是我们的帮手？江东孙伯符。

可是刘备、刘表慢慢坐大怎么办？他们联合起来怎么办？袁绍做忧虑状，以显示他的深谋远虑。郭图仔细看了看袁绍深谋远虑的脸，轻轻一笑：

鸟人虽然长着一对翅膀，却永远做不成天使。这是一；二、一个鸟人是鸟人，两个鸟人同样是鸟人，这只是一道算术题。

袁绍深谋远虑的脸慢慢变舒展。郭图的心也慢慢变舒展了。但是有一层意思他自始至终没有告诉袁绍，那就是，在他心中，刘备并不是鸟人，而是疑似天使。现在之所以将他含糊处理一是为了照顾袁绍的自尊心，二是抓大放小。先拿下曹操，以后有机会再转攻刘备。人世间的事要有轻重缓急，人世间的话要当讲则讲，不当讲——打死我也不说！郭图站在袁绍的身边进退有据，一时间安全感大增。

先亮底牌者先输

很多年后，当曹操总结自己人生的成功经验时，他不得不讲出这样一句名言：春江水暖鸭先知。

当然，打心眼里说，曹操是不愿意做鸭的。在这个世界上，没有一个男人愿意做鸭，但是没办法，曹操性格当中天生就有做鸭的禀赋。

敏感。

当袁绍在郭图的启发下派出特使陈震去江东联络孙策时，孙策却已然被曹操捏在手里了。当然，这里的捏是软捏，就像散文形散而神不散一样，曹操对孙策是神捏而形不捏。

在此之前，曹仁之女许配孙策幼弟孙匡，两家结婚，已然形成了战略亲情合作关系。另外，孙策在建安四年袭庐江，败刘勋，逼得豫章太守华歆投降，一时间声势大振，他派了张纮往许昌上表献捷，曹操就慷慨封张纮做了侍御史。自此，曹刘两家真算得上兄弟团结如一人，试看天下谁能敌了。

所以，陈震站在孙策面前时不能不叹气。

来晚了一步。

所谓未雨绸缪的功夫，曹操算是做到家了。这样一来，袁绍将危在旦夕，因为傻瓜都明白，曹刘联军一旦夹击袁绍，再加上刘备、刘表趁火打劫的话，这个江湖将从此少一人。

孙策却看着陈震的叹息默不作声。

没有人知道他心里的真实意图。

不错，表面上，他和曹操两个人好得就像一个人似的，但他自己知道，那是狗屁。在这个世界上，两个人从来就不是一个人。因为欲望会让他们分道扬镳。

这一回，孙策的欲望就没有得到满足。这个自霸江东、兵精粮足的男人心中是有大欲望的，他现阶段的欲望是做个大司马。

虽然他曲径通幽地派出张纮往许昌上表献捷，曲径通幽地向曹操表达了他的人生欲望，但很显然，曹操漠视了他。

而张纮被留下来做了侍御史的现实在孙策心中其实只有两个字。

人质。

曹操对自己到底还是不放心啊。

更要命的是江湖风波恶。虽说有江湖的地方就有人心，但人心竟比江湖还要险恶。比如那个叫许贡的吴郡太守，平时看见孙策老是笑眯眯的，恨不得立刻断背上床，做个屁精，却没想竟给他来个笑里藏刀，暗中遣使赴许都上书于曹操，极尽谄媚、攻击之能事。

因为他给曹操的书信是这样写的：“孙策骁勇，与项籍相似。朝廷宜外示荣宠，召还京师；不可使居外镇，以为后患。”

孙策之所以这么清楚这封信的内容是因为他手下的防江将士抓获了赴许都上书的许贡暗使。他这才恍然大悟。原来，自己和平崛起会招来这么多江湖人士的愤恨，以及曹操的猜忌啊！

所以，孙策不能不做出抉择——攻曹。

只是这样的抉择孙策不能说出来。哪怕陈震一脸希冀地站在他面前，希望玉成此事之时，孙策仍是不动声色。

当然，孙策这样谨慎道理很简单。任何时候，先亮底牌者都有输的危险。底牌是什么？是秘密。是代价。是诱惑。

也是拐点。

就像棋局，波谲云诡之时，最有价值的东西是对方真实的意图。孙策攻曹之心一旦被袁绍获悉，他们二人就能精诚团结吗？错！袁绍既可能是合作者，也可能是反对者，更可能是泄密者。

如果曹操愿意拉拢他的话。

而曹操要做到这一点太有可能了。曹操永远是这样，在江湖上拉一个打一个，自己却傲立潮头，坐观其变。

所以，在会见结束的时候，孙策依旧没有和陈震达成实质性的协议。

他还需要观察。

观察这个人。观察袁绍。观察世事。到底还有没有柳暗花明的可能。

最具内涵的话语

世事常常柳暗花明。这一次的意外是孙策惊骇地发现，自己快死了。

因为许贡的门客复仇了。他们在孙策打猎的时候偷袭了他，让他身受重伤。

当然，在这个世界上一个人是死是活不是自己可以主宰的。作为人，唯一可以主宰的是在死之前安排一些事情。

孙策开始安排了。

孙权站在了他的面前。

他们是两兄弟。

乱世中的两兄弟。前仆后继的两兄弟。

江东基业很大。说到底不是别人的，是他们两个的。当然在此时奄奄一息的孙策看来，江东基业只能是自己这个刚及弱冠的弟弟的。

他颤抖着手将印绶交给孙权，然后说了这样一番话："若举江东之众，决机于两阵之间，与天下争衡，卿不如我；举贤任能，使各尽力以保江东，我不如卿。卿宜念父兄创业之艰难，善自图之！"

这番话鲜明地指出两兄弟的性格特点以及今后孙权努力的方向。后来的事实证明，孙策的见解是深刻的，具有前瞻性的。孙权在乱世中敢于并善于识人、用人、团结人，他全力斡旋，终成乱世一杰。

孙策见解的深刻性还体现在他对母亲的嘱托上。弟弟孙权毕竟年幼，举贤任能需要真正有所指。孙策这样对他母亲说："倘内事不决，可问张昭；外事不决，可问周瑜。"这个很有托孤的意思。另外为了防止骨肉相残，兄弟内讧，孙策还警告他的其他几个弟弟说，我死了以后，你们必须紧密地团结在孙权周围，同心同德，艰苦奋斗，为把东吴早日建成富庶之地而努力奋斗，切不可各怀鬼胎，争权夺利，干出令亲者痛、仇者快的事情来。

几个弟弟都点头应允后，孙策这才长吁一口气，与世长辞，死时年仅 26 岁，堪称英年早逝。

孙权开始粉墨登场。

孙权也是一个帅哥，甚至是比孙策更帅的帅哥。史书上说孙权生得方颐大口，碧眼紫髯，很是令人惊艳。史书还怕后世读者不信，举例说明孙权的帅。说是汉使刘琬曾经入吴，见到孙家诸兄弟，感觉其他各位都不怎么样，只有"仲谋（孙权）形貌奇伟，骨格非常，乃大贵之表，又享高寿，众皆不及也。"

呵呵，这真是一个拍马屁的说法。就像世上的许多成功人士，功成名就了，就有众多的考古学者过来挖掘、包装其迥乎常人的事迹，以证明其来有自。

但孙权自己不理这一套。不仅是因为此时他还没有功成名就，更因为时局艰危。大哥新丧，天下又不太平。北方曹操时刻对江东虎视眈眈。东吴往哪里去，人生的路啊该怎样走？孙权焦虑不安。

这样的时刻，周瑜来到他身边。

不是来出主意的，是给他推荐人的。虽然孙策死前断断续续地说出

“内事不决问张昭；外事不决问周瑜”这样分量极重的话，周瑜却并不自视甚高。

他向孙权推荐了一个人。

鲁肃。

由此，三国历史上又一个分量极重的人开始浮出水面。就像后来的孔明之于刘备的意义一样，鲁肃之于孙权的意义那也是非同小可。这个来自临淮东川，字子敬的人留给世人最初的印象是乐善好施，不把钱当钱，但事实上这样的人是最可怕的。

因为，一个不把钱当钱的人心中必定有着更大的目标。鲁肃也是这样，他想在这个乱世有所作为——如果孙权不找他的话，他立马要去巢湖投郑宝，成就一番经天伟业。

好在周瑜前去他家将他拉了过来。周瑜看上去像个猎头一样对鲁肃循循善诱，告诉后者人往高处走，水往低处流，郑宝和孙权谁比谁更高，傻瓜都看得出来。所以当今之世，非但君要择臣，臣也要择君。

这样的道理很浅显，事实上不要周瑜循循善诱，鲁肃也会自入彀中。问题的关键不在鲁肃这里，而在孙权这里。

孙权很生气，因为他认为周瑜很有撂挑子的意思。明明大哥故去前说的是“内事不决问张昭；外事不决问周瑜”，现如今你却给我来一个“外事不决问鲁肃”！什么意思嘛？

所以，当鲁肃颇有期待地站在孙权面前时，他意外地看到了这个小帅哥噘起的嘴巴。

鲁肃笑了。

他喜欢这样有个性的“政治家”。

一个政治家如果脸上的表情是死水一潭，对鲁肃来说不是什么好事。当然了，鲁肃在心里也为孙权一声轻叹——到底还是不成熟，要假以时日啊。

孙权对鲁肃则是爱理不理。就像这个世界上的很多年轻人，爱恨分明，我行我素。

不过，这只是暂时的。

因为几分钟后，孙权惊讶地发现，自己竟紧紧握着鲁肃的手，久久不舍得松开。

因为鲁肃轻描淡写说出的一番话。

不错，世上的很多话语，其真正力度不在于分贝，而在于内涵。

鲁肃的话太有内涵了。可以说这是在诸葛亮隆中对之前这个乱世最具内涵的话语。当孙权以桓、文自居心忧天下时，鲁肃说出了这样一番话："昔汉高祖欲尊事义帝而不获者，以项羽为害也。今之曹操可比项羽，将军何由得为桓、文乎？肃窃料汉室不可复兴，曹操不可卒除。为将军计，惟有鼎足江东以观天下之衅。今乘北方多务，剿除黄祖，进伐刘表，竟长江所极而据守之；然后建号帝王，以图天下：此高祖之业也。"

孙权豁然开朗。

的确，饭要一口一口吃，仗要一个一个打。汉室不可复兴，曹操不可卒除，人生的第一要义是知道自己是什么货色，再扮演好自己的角色。你不是曹操，就不要整天想着和他过招了。再说，自己真是曹操又能怎样呢？最多和他打个平手而已。

所以，当今之计是经营好自己的自留地，竟长江所极而据守之。

由此，孙权确立了江东在今后相当长一段时期内的战略路径。而随后到来的另一谋士诸葛瑾则完善和发展了孙权的战略决策：勿通袁绍，且顺曹操，然后乘便图之。毫无疑问，这样的决策不仅决定了江东的命运，也顺便决定了陈震的去留——他灰溜溜地回到袁绍身边，怀揣一份有孙权亲笔签名的绝交信。

不知趣的人儿

毫无疑问，这样的信件是有杀伤力的。

特别是在孙权被曹操封为将军之后。袁绍以为，这是曹孙勾结的铁证，是孙权甘为曹操外应的一个标志性信号。为了争取主动，袁绍决定先下手为强，起冀、青、幽、并等处人马七十余万，准备炮打司令部，攻取曹操的巢穴——许昌。

当然，真正的战争不可能在许昌发生，因为曹操也不是豆腐做的，他派出七万兵，前往迎敌。交战地点就是那个后世赫赫有名的官渡。官渡由此成为三国历史上的一个转折点，它将见证这个江湖上的风生水起和人头落地。最重要的，它将制造传奇。传奇历史和传奇话题，供后世之人嚼舌头。

不过，从历史的细节出发，田丰最早嗅到了一丝危险的气息。这个还在狱中的可怜人上书谏袁说："今且宜静守以待天时，不可妄兴大兵，恐有不利。"

只是很遗憾，这封神秘兮兮的上书并没有引起袁绍足够的重视，而是引起逢纪足够的重视。逢纪跑到袁绍面前大打悲情牌，他说"主公兴仁义之师，田丰何得出此不祥之语！"

"不祥之语"四个字可谓一语中的，狠狠地打击了袁绍高傲而脆弱的心。

他要田丰死。

要这个不识时务的人为这场即将轰轰烈烈展开的战争祭旗。谁让我不舒服一下子，我让谁不舒服一辈子！对袁绍来说，他是不准备给田丰一辈子了，或者说他想让田丰这辈子终结在旗杆下。

这既是袁绍的心愿，也是逢纪的心愿。因为对逢纪来说，田丰是他仕途上一个强有力的竞争对手。田丰不死，他心何以安?!

但田丰却到底没有死成。或者说没有马上死掉。这一方面是众官求情的结果，另一方面也是袁绍匠心独运——现在就让田丰死，是不是太便宜他了？必须让他死在破曹功成之日。要让活生生的事实证明，在这个世界上，谁是最有洞见力的人儿？

是我袁绍，而不是这个姓田的小子。袁绍让田丰继续在牢里待着，然后踌躇满志地率领七十万大军出发了，他期待凯旋，期待一场酣畅淋漓胜利的到来。

不知趣的人儿年年有，今年特别多。

让袁绍恼火的是，继田丰跟他唱反调之后，沮授也跟他变得阴阳怪气了。沮授是随军参谋。一直以来，随军参谋有两种做法，一种是随"君"参谋。君主怎么说我就怎么做，为君主的决策提供理论支持；另一种是谁"君"参谋。谁是君主？为谁参谋？奶奶的老子怎么高兴怎么来。

沮授这个随军参谋是第二种做法。

独立见解，我嘴讲我心。在袁绍 70 万比曹操 7 万的悬殊对阵中，沮授给出了论持久战的主张。这与袁绍速战速决的战略构想形成了尖锐的冲突。

当然，沮授不是不明白与袁绍对着干的后果，但他更明白不与袁绍对着干的后果——70 万人将很快死翘翘。

不错，70 万人是一个很庞大的数字，但仅仅是数字而已，在沮授看来，它与战斗力无关。

与战斗力有关的是这样一些词汇：

勇猛。士气。精兵强将。正确的作战意图以及粮草。

在以上这些选项中，沮授以为，袁军只占有最后一项：粮草。而曹军却占有前面几项。

特别是士气。

士气很可怕，却又不可怕。如果把士气放在时间上慢慢熬，沮授相信，它肯定不会赢得未来。

就像这个人间，人人都是时间的手下败将，没有人可以永远陪着它走。

同时沮授还以为，曹军的问题出在粮草上。手中有粮，心里不慌，曹军粮草太少，只要熬过一段时间，他们就会不战自乱。

所以要打持久战，不要逞一时之勇。

袁绍却对沮授的提议嗤之以鼻。

他看着手下七十万大军，东西南北，周围安营，连络九十余里，就觉得人间事说到底不是什么事。七十万打七万还要论持久战，我靠，只有脑袋进水的人才能想出这样的主意。说什么“若能旷以日月，则彼军不战自败矣”……曹军要不战自败，我拿七十万大军我型我秀啊?!

所以，袁绍认为问题很严重。如果说田丰乱了军心该杀的话，沮授同样罪该万死。当然，为了体现公平，袁绍决定给沮授与田丰同等待遇：先囚禁起来，等破曹之后再一起咔嚓掉。

让他们睁开狗眼看看，人世间的事是怎么起承转合又怎么势如破竹的。

袁绍信心满满。

第二章　官渡！官渡！

一封信的价值

战争开始了。

在官渡，荀攸的想法与沮授的想法惊人地相似——要速战速决，不可论持久战。正所谓天下英雄所见略同，天下谋士所见也略同。所不同的是，荀攸的想法被曹操采纳了，沮授的想法却胎死腹中，连带他本人的命运都变得岌岌可危。

当然了，两军交锋，第一行动不是砍杀，而是口水战。

曹操与袁绍就开打了口水战。一个说，你这鸟人，我在天子面前，保奏你为大将军，你为什么还要谋反？另一个说，我靠！你托名汉相，实为汉贼！罪恶如滔滔江水绵绵不绝，比王莽、董卓有过之无不及，要说谋反，你才是谋反的巨无霸，怎么反诬我造反耶！一个说，我今天奉诏讨你！光明正大！另一个说，我奉衣带诏讨贼！替天行道！

然后正式开打。

打法当然煞是好看。因为两边出场的人物既是实力派，也是偶像派，不管是在当世还是在后世都拥有众多的粉丝。曹操一方有许诸、张辽、徐晃、李典等，各持兵器，皆是猛男，毫无疑问，他们的出差肯定会赢得女粉丝们的尖叫，如果当初有女粉观战的话；袁绍一方有张郃、高览、韩猛、淳于琼等名将，也是旌旗节钺，煞是严整。可以说他们的实力不容小觑。

战事采取捉对儿厮杀的方式。这应该就是 PK 了，两大猛男在场上进行力量与技艺的较量，其他人等凝神静观，很有观棋不语真君子的作风。

这真是一场很有怀旧色彩的战争，并且在战争开始阶段，双方死伤并不多。虽然曹操采纳荀攸的想法要速战速决，可毫无疑问，七万人马吃下七十万人那真是个艰巨的任务。战争不由自主地进入了论持久战的阶段。

曹操感受到了寂寞。

不错，这是官渡，却不是曹操的官渡。

因为一直有袁绍的虎视眈眈以及花样百出的骚扰。在某种意义上说，袁绍的骚扰就是性骚扰。比如他会“选精壮军人，用铁锹土担，齐来曹操寨边，垒土成山。……十日之内，筑成土山五十余座，上立高橹，分拨弓弩手于其上射箭”。搞得曹军没有一点隐私，死得又很难看。虽然不至于大伤元气，但长此以往，曹军的尊严何在？最重要的，曹操的脸面何在？

曹操心生去意。怕了你了。我惹不起，躲总躲得起吧。便有弃官渡退回许昌的想法。

但是，曹操的想法遭到了荀彧的反对。当时的荀彧不在官渡而在许昌，不过对一个顶级谋士来说，人在不在现场不重要，重要的是能不能看透现场。

荀彧就看透了现场。

官渡是什么地方？是只能顶住不能放弃的地方。因为袁绍已经红了眼了。他倾巢出动，目标只是官渡吗？不，是许昌。准确地说是曹操本人。你退守许昌，许昌必定被围。总之你曹操逃到哪里，袁绍就会跟到哪里。那叫一个形影不离、不离不弃。所以，有何撤退可言，顶住意味着一切。就像一个人在世上生存，最终能撤到哪里去呢？

再说了，世上事要透过现象看本质。袁绍很强大吗？他是表面强大。“绍军虽众，而不能用；以公之神武明哲，何向而不济！今军实虽少，未若楚、汉在荥阳、成皋间也。”荀彧向曹操如此打气道。

总之，荀彧在后来写给曹操的信中反复提到的是一个关键词。

时机。

时机是这样一个东西，当它没来时，一切看上去都像是绝望之旅；时机到来时，时局将会逆转——“公今画地而守，扼其喉而使不能进，情见势竭，必将有变。此用奇之时，断不可失。”荀彧说得如此斩钉截铁，就像一个预言家一样。

毫无疑问，荀彧的这封信是有价值的，因为后来发生的事充分说明了这一点，但当其时也，荀彧的信到底有没有价值不是他自己说了算，而是曹操说了算。

曹操采纳了就有价值，曹操将它踩在脚下就没有价值。

结果，曹操采纳了。

这个“宁可我负天下人”的人在其性格基因中很难得地具备从善如流的品质，虽然很多时候，他要多疑那么一下子。

只是现在，曹操没有多疑。

他坚信。

坚信这封信的价值。

在军力渐乏，粮草不继的情况下，坚信这封信的价值。

便继续坚守。

事后回忆起来，官渡战局真正的转机发生在韩猛身上。这个袁绍手下的押粮官有一天惊骇地发现，他的手中没粮了。

对押粮官来说，粮食其实就是他的生命。押粮官永远和粮食在一起，就像士兵永远和武器在一起一样，失去粮食的韩猛知道自己无法向袁绍交代了。

韩猛手中的粮食是徐晃烧掉的，目的是让袁军军心大乱。

不过，袁军军心没乱，袁绍自己的心却乱了。他看着韩猛领着败军回营，一时间不知道该如何是好。

好在有一点，袁绍还是知道的，那就是杀了这个狗娘养的东西。袁绍拔出腰中长剑，要让失去粮食的韩猛失去性命。

韩猛的性命没有失去——审配制止了袁绍的蠢蠢欲动。

审配以为，当前最重要的工作不是杀人，而是救粮。不错，韩猛手中的粮食是被徐晃烧掉了，可乌巢的粮食还在。乌巢是袁军屯粮之所，一定要重兵把守。

乌巢在，袁军就在；乌巢亡，袁军就亡。审配将乌巢粮草的重要性提高到整个部队生死存亡的高度来认识。

袁绍赞同审配的看法。当然，为了显示自己的高瞻远瞩，袁绍的讲话比较有领导艺术。他说，乌巢粮草的重要性我早就心里有数了，还等你现在才提醒我啊。对了，你马上回邺都监督粮草，乌巢我另派人去。

袁绍向乌巢派出的守粮官是以大将淳于琼为首，部领督将眭元进、韩莒子、吕威璜、赵睿等为辅的黄金组合，他们身后，则是二万人马将乌巢守得严严实实。乌巢看上去是固若金汤。鸟飞不进，水泼不进，火更烧不进。

但是，一个隐患却已经产生。

淳于琼有问题。他爱喝酒。

大凡大将似乎都爱喝酒。张飞是这样，淳于琼也是这样。他在乌巢终日和他的黄金组合聚饮，似乎只待一个火种扔进来将此地熊熊燃烧。

那么，谁会是那颗致命的火种呢？

官渡之战的拐点

很多年前，许攸是曹操的朋友。

很多年后，许攸是袁绍的谋士。

世事的乖张其实就在这里。

但是袁绍没有看到这层世事的乖张。所以当许攸把曹操的催粮书信放在他面前时，袁绍的表情是漫不经心的。

许攸却郑重其事得多。因为这催粮书信是被他的手下从一个曹兵身上缴获的，大意是催在许昌的荀彧从速措办粮草，星夜解赴军前接济。这样的讯息让许攸觉得，有机可乘。

曹军有机可乘。

所以他要向袁绍献计，以图建功立业。虽然在很多年前，曹操是他的朋友，但那又如何呢？战场上没有朋友，只有对手。

许攸的计是这样献的："曹操屯军官渡，与我相持已久，许昌必空虚；若分一军星夜掩袭许昌，则许昌可拔，而操可擒也。今操粮草已尽，正可乘此机会，两路击之。"

袁绍听了却不以为然。不错，许攸是谋士，他说的话也能自圆其说，但袁绍的谋士多了去了，如果对每个谋士的话都言听计从，那他还怎么决策呢？

这方面的教训实在是太深刻了。袁绍决定独立判断一把。

他漫不经心地告诉许攸，曹操这个人诡计极多，这封信一定是诱敌之计，不用理他。

应该说，袁绍在说这话时口气还是平和的，但接下来许攸的"不知趣"让他很快生起了闷气。因为许攸多了这样一句嘴："今若不取，后将反受其害。"

在这个世界上，一个人的"不知趣"有时候不在于多做了一件什么事，而在于多说了一句话。

一句不知深浅的话。

在袁绍听来，许攸“今若不取，后将反受其害”就是一句不知深浅的话。

什么东西！是骂我智商太低，要自食其果吗？袁绍满腔的怒气无处发泄。

但是很快，袁绍的怒气就发泄出来了。

因为审配给他提供了出气口。

一个信使恰到好处地从邺郡赶来，递上审配的书信。当然，在这封信中，主题是运粮之事，接下来才是检举揭发。审配揭发许攸在冀州时，贪污受贿，“且纵令子侄辈多科税，钱粮入己，今已收其子侄下狱矣。”

毫无疑问，这样的一封信百分百要断送许攸的政治前途。他是否真的贪污受贿现在不重要了，重要的是他已被袁绍打入另册，并被骂得狗血喷头，狼狈而出。

于是许攸一个新的政治抉择产生了。

弃暗投明。弃袁绍投曹操。

这其实不是许攸个人的人生拐点，而且是整个官渡之战的拐点。因为许攸注定会和乌巢联系在一起，和那把火联系在一起，和袁绍的身家性命联系在一起。世间的因果报应那真叫一个丝丝入扣，只是袁绍不明白这一点。袁绍要的只是快意恩仇。袁绍以为快意恩仇就是快意人生，却没想到，这竟是人生最大的悖论之一。

欺人就是自欺

曹操有时很奸诈，有时又很真性情。

最新的一个例子是他手舞足蹈地迎接许攸到访。

当许攸仰天长叹，说完“忠言逆耳，竖子不足与谋!”的牢骚话与袁绍拜拜之后，就别无选择地跑到了曹营，准备投靠曹操。

当时天色已晚，曹操脱了衣服准备入睡，猛一听说许攸来了，他的第一个动作是来不及穿履，跣足出迎。然后“遥见许攸，抚掌欢笑，携手共入，（操）先拜于地”。

真性情的表演很是到位。

许攸大吃一惊。不仅是在感受到袁绍的“冷”之后突然感受到曹操的“热”有些不适应，还在于曹操不管怎么说也是汉相，而他许攸只是个布衣，曹操谦恭的姿态做得这么足，真是出乎他的意料之外。

所以许攸一颗投靠的心便不由得扑通扑通乱跳了起来。

当然了，许攸也是一个混江湖的人，明白“送上门来的东西没价值，求上门来的东西才有价值”这个道理，所以他要“拿”一下。

许攸的“拿”不是故作姿态。因为对一个已经是送上门去的人来说，再故作姿态也无济于事了，他想拿出来的是智慧。

许攸告诉曹操，曾经，他向袁绍献计，“教以轻骑乘虚袭许都，首尾相攻。”曹操听了，马上肃然起敬。因为，这真是个听上去很狠的计谋，曹操确实无法应招。

许攸看着曹操手足无措，微笑不语。他要的就是这个效果。

不过，仅有这个效果是不够的。许攸还想知道，曹操的一颗心是不是真性情。因为在这个世界上，真性情有两种：一是发自肺腑的；一是装出来的。所以许攸马上出了第二道测试题。他请问曹操，现在手头军粮还够吃多久？曹操一脸诚恳地伸出一根指头，说道：一年。

许攸笑笑，心里隐约有凄凉的感觉：恐怕未必。

曹操也不好意思地笑笑，讨价还价道：半年。呵呵，半年。

许攸拔脚就走，脸上表情很是悲愤。曹操忙拉住他，换上一脸不再忽悠的表情，羞涩说道：这次绝不骗你，军中余粮只有……只有三个月了。

许攸哭笑不得，叹道：“世人皆言孟德奸雄，今果然也。”

曹操低调地笑，然后像地下党接头似地凑到许攸耳边说，兄弟，给你曝一个内幕，千万不可外传，军中余粮只有……只有一个月了。

许攸当头棒喝：骗你个大头鬼！你当我不知道，你军中已无余粮。

曹操愣住了。他这才知道，人世间有些事，欺人就是自欺，自欺就是欺心。敢情许攸是有备而来，将他的底细摸得透透的呢……

真正的合作开始了。

在曹操心机用尽之后。

事实上许攸也需要对曹操种种“奸诈”的表现既往不咎。他是投奔一个人，不是改造一个人来的。投奔一个人，就是要接受他的一切——许攸需要接受曹操的历史，赌两个人共同的未来。

曹操也“洗心革面”，准备和许攸合作，将目光投向乌巢。许攸此番献给曹操的计谋只有四个字。

乌巢劫粮。

许攸说："袁绍军粮辎重，尽积乌巢，今拨淳于琼守把，琼嗜酒无备。公可选精兵诈称袁将蒋奇领兵到彼护粮，乘间烧其粮草辎重，则绍军不三日将自乱矣。"

但张辽却对许攸的说法持怀疑态度。因为这个世界上，当一个人莫名其妙地冒出来，以若干年前老友的身份向你献计时，张辽觉得，第一要做的事情就是怀疑他的动机。

乌巢是袁绍的屯粮之所，袁绍怎么可能不加防备？至于说到淳于琼嗜酒，他是真嗜酒还是假嗜酒？这都要打问号。

所以这个许攸，弄不好就是无间啊……张辽忧心忡忡。

曹操却对张辽的忧心忡忡熟视无睹。

不仅仅是因为张辽的职业——不是谋士，献策的水准不那么专业，还在于曹操他别无选择了。现在军粮已尽，军中人心惶惶；若不用许攸之计，那是坐而待困。所以只能冒险劫粮。

当然真正说到冒险，曹操以为，并没有什么风险要冒。因为许攸留下来了。在献计之后，坦然接受曹操的邀请留在寨中。"彼若有诈，安肯留我寨中？"曹操从逻辑学的角度向张辽发问，问得张辽哑口无言。

留下来才是硬道理。曹操心安理得地发兵了。曹军共五千人马，打着袁军旗号，在一个星光贼亮的夜晚背着柴火出发了。

人世间的事怎么能搞清楚呢？

事实上，在那些致命的柴火出发之前，乌巢是有个一次拯救机会的。

拯救者是被袁绍拘禁在军中的沮授。

沮授是个星相学爱好者。好多年以来，他就对天空中星星的排列组合感兴趣。沮授坚信，这些貌似毫无规律的排列组合及其无意间产生的变化暗示着人世间的消息。聪明的人儿经过观察和研究可以知晓它们之间的内在联系。而沮授已然是个聪明人了，因为他的研究已经登堂入室，尽窥个中堂奥。

这一回，沮授就有所得。他惊骇地发现，太白之星逆行，侵犯牛、斗之分，在他看来，这是贼兵劫掠之害的表征。

沮授想尽一切办法面见袁绍，告诉他，天要下雨娘要嫁人，曹操要劫乌巢屯粮。当前最重要的工作就是派精兵猛将，在山路巡哨，以免为曹操所算。

但是沮授的建议却引来袁绍的勃然大怒。因为袁绍认为，沮授出现在他面前就是个错误。就像世间有些人一出现就是错一样，沮授错的不是他的建议，而是在一个错误的时间、错误的空间出现在一个不想见他的人面前。

这样一来，沮授所提建议的价值就被剥夺了。袁绍恼怒的是沮授这样一个待罪之人，为什么会在他面前妖言惑众。

所以，沮授被重新关押了。他的建议成了风过耳。乌巢，注定要走向万劫不复的境地。

乌巢火光满天之后，袁绍开始日理万机了。

袁绍总是这样，事后忙。的确，一个人事前忙还是事后忙是有分野的。分野的标志是智商。当然，袁绍是永远也不会承认他在智商方面有什么问题，所以他也只能事后忙了。

袁绍手下的能人们则忙着辩论，一如之前经常发生的那些情形。张郃火急火燎地说，乌巢危在旦夕，我和高览同往救之。郭图却老谋深算：不可以，这是下策。曹军劫粮，曹操一定亲往；这样一来，曹操的营寨必然空虚，我们可发兵先击曹操之寨；操得知消息后，必然速还。我们再半道截击。呵呵，这可是孙膑围魏救赵之计之郭图版啊。

郭图说得摇头晃脑，

张郃却嗤之以鼻。张郃说，哪里！这哪是围魏救赵啊，这是把你自己给装进去了。曹操不差脑子，更不差兵。他的营寨会空虚吗？错！他就是走到天涯海角，营寨里也不可能空虚。这个人，狡猾啊……

郭图恼羞成怒："曹操只顾劫粮，怎么会留兵在寨呢！"他再三向袁绍请劫曹营，搞得袁绍一时间也没了主意，只得"有容乃大"，兵分两路：一路派张郃、高览引军五千，去官渡袭击曹营；另一路令蒋奇领兵一万，救乌巢。

曹操果然很狡猾。他在杀散乌巢守军淳于琼所部后，让自己的部队乔装打扮成袁军，等待蒋奇军马的到来。

结局是可以想见的。蒋奇死翘翘了。在张辽的刀下，他化作了一个糊涂鬼。当然，他的一万人马也随之人间蒸发。

另一路，张郃、高览的运气也好不了多少。因为他们遇到了三个人。

夏侯惇、曹仁、曹洪，以及他们身后数倍于己方的人马。

张郃、高览选择了投诚。不错，是投诚不是投降。在张郃、高览看来，乱世没有投降之说，每个人都是在赌，赌命运的一种可能性。在这个过程当中，任何的附着与剥离都是正常的，可以理解的。

曹操笑纳了他们。

因为曹操非常理解他们，就像理解自己曾经的某些所作所为一样。

夏侯惇不理解。夏侯惇以为，人世间某些事情是不可以混淆的。投诚与投降那是两途，必须要搞搞清楚。

曹操一笑，为夏侯惇的天真。

唉，人世间的事怎么能搞清楚呢？就像雨和雪，水和冰。要搞清楚它们为何变幻，很傻很天真。曹操这样跟夏侯惇说："吾以恩遇之，虽有异心，亦可变矣。"

毫无疑问，这是曹操一生中说的为数不多的一句包含人生哲理的话。

很软，很有力。

两个人的死

已然成为曹操手下将军的张郃、高览开始报恩了。

他们请求为先锋，去攻打袁绍。为之出谋划策的人则是许攸。这些曾经是袁绍手下的人才争先恐后地为曹操所用，曹操开始享受有容乃大的乐趣。

袁绍大败，只带八百余骑仓皇逃窜。他的身后，无数的人血流成河，成为这场战争的牺牲品。当然，成为这场战争牺牲品的还有金宝缎匹，图书车仗。它们无言地目击了一个词语的演绎过程。

性格决定命运。

袁绍就是性格决定命运。可以说这个曾经在江湖上呼风唤雨的人儿不是败在曹操手里，也不是败在那些曾经是他的手下的人手里，而是败在他自己的性格里。

刚愎自用、首鼠两端，终受其害。

曹操则继续展示他的优良品格。最新的例子体现在一捆书信上。

这是一捆燃烧着欲望与隐私的书信，取自袁绍败逃时遗留下的图书中。信上的内容是许都及军中诸人战时与袁绍暗通曲款之种种。

曹操的心情那叫一个复杂。

不错，今天他是胜了，现在，那些曾经向袁绍暗送秋波的人与他一起欢呼胜利，一个个表情发自肺腑得很——可要是败了呢，他们也许还会欢呼胜利，一个个表情发自肺腑得很。只不过中心人物不再是他，而是袁绍。

但曹操没有快意恩仇。虽然他的心腹建议他对这些人“逐一点对姓名，收而杀之”。曹操却拒绝了。

他说了这样一句话：“当绍之强，孤亦不能自保，况他人乎？”

这话说得悲愤，却温暖人心。说完之后，曹操还采取了一个行动：将那些信付之一炬。

没有人知道曹操这样说、这样做心里是什么滋味，不过结果大家都看到了——这个人，够意思啊。

同志们对曹操更忠心耿耿了。

在这场战争的善后中，曹操唯一主动杀的一个人是沮授。

但事实上，沮授不是死在曹操刀下，而是死在他自己的忠心里。

对袁绍的忠心。

袁绍仓皇逃窜时，并没有来得及带走沮授。沮授的一颗心却随他而去。在接下来曹操的攻心行动中，曹操绝望地发现，这个人，这辈子是不可能为他所用了。不过即便如此，曹操也没打算杀了他，而是“留于军中，厚待之。”沮授后来自取其祸是因为他偷了一匹马。沮授在曹营偷马的目的是为了逃出去继续追随袁绍。曹操这才知道，有时候留一个人不如杀一个人。只有杀了沮授，这个人才不会继续替袁绍出谋划策。

沮授死了，死在他自己的忠心里。

死在袁绍不知道的某一天某一时刻。

不过，沮授不知道，自己即便逃出去也难免一死，因为袁绍不可能让他活着看自己的笑话。只是这一层的意思，谋士沮授到底不明白。

沮授死时神色不变，很有慷慨赴死的意思。这让曹操大为感慨，他叹息说："吾误杀忠义之士也！"当然这话说得还是有矫情的成分在。如前所述，曹操是一定要沮授死的，否则，他自己都死不瞑目。

沮授死后，曹操把墓做得很气派，在黄河渡口很醒目地立着，墓碑上书"忠烈沮君之墓"，体现着曹操有容乃大的意图，令天下义士、谋士、壮士、勇士一时间景仰不已。

沮授的结局是尘埃落定了，田丰却悬而未决。

他在冀州狱中等待命运的裁决。

事实上没有人知道所谓的命运是什么，但田丰知道他的命运其实就是一个人，袁绍。

袁绍的喜怒哀乐，袁绍的微妙心机，都可以决定他的命运。

只是这一层道理，看守田丰的狱吏不知道。这个狱吏虽然看人无数却并不识人。因为在这个世界上，要识人必须先识心，很显然，看守田丰的狱吏做不到这一点。

他能做的只是贺喜。当袁绍战败的消息传来，狱吏的第一反应就是贺喜。

这个天真的人儿真诚地以为，袁绍败了，田丰胜了，就像田丰田大谋士当初所预计的那样。

田丰却轻叹一口气。为狱吏的天真，也为自己的命运。

不错，表面上看，袁绍是败了，他田丰准确地猜到了这场战争的结局，可问题的关键是，战争的结局其实也就是他命运的结局，因为袁绍肯定会让他死翘翘的。

不为别的，就为四个字。

恼羞成怒。

田丰淡然地对狱吏说："袁将军外宽而内忌，不念忠诚。若胜而喜，犹能赦我；今战败则羞，吾不望生矣。"

狱吏不以为然。田丰的话在他听来太背离生活常识了，他不相信。

很快，这个天真而自信的狱吏就相信了。

因为田丰死了。

死在袁绍恼羞成怒的刀下。袁绍用这把恼羞成怒的刀告诉狱吏，人世间只有想不到没有做不到。太笨的人要死，太聪明的人也要死。做人，始终要战战兢兢。

狱吏果然战战兢兢了。一方面是惊骇于袁绍恼羞成怒的刀，另一方面则是惊骇于田丰的临终遗言。田丰的临终遗言说得很悲愤，充满了懊悔的意思。他是这样说的："大丈夫生于天地间，不识其主而事之，是无智也！今日受死，夫何足惜！"

真是后悔也晚了。

人生真是机锋处处

当然对袁绍来说，这些都是小case。

他现在要考虑的是大事。

选定自己的接班人。

逃回冀州惊魂未定的袁绍本来不想这么早就选接班人的，可他老婆刘氏对他说，做人是有风险的，不选接班人也是有风险的，什么叫人生真谛？结婚、生子、立后就是人生真谛！

刘氏不是谋士，但说起话来很有谋士的范儿，让袁绍刮目相看。

袁绍决定立后。事实上这是个三选一的游戏。袁绍有三个儿子。长子袁谭出守青州，次子袁熙出守幽州，三子袁尚在自己身边。刘氏的意思是立袁尚为其接班人，不为别的，只为袁尚是她生的，另外两个不是。

袁绍不想这么赤裸裸，毕竟手心手背都是肉，要民主不要专制嘛。

于是审配、逢纪、辛评、郭图四人被请了过来共同商议立后大计。此四人看上去一脸大公无私、忧国忧民，很评审委员会委员的模样。

但其实，这只是表象。

因为他们都是有帮派的。审配、逢纪是袁尚利益的代言人，辛评、郭图是袁谭利益的代言人，所谓泾渭分明，井水不犯那个河水。

袁绍不知道这一切。袁绍只知道，今天必须议一个结果出来。袁绍清了清嗓子，开腔了。袁绍说，同志们啊，今天这个会很重要，是定调子的会，是议前途的会。为什么这么说呢？形势逼人啊同志们。曹操他不是人啊同志们，从官渡到冀州，曹操步步紧逼，我是连喘气的时间都没有。怎么办？为了让我今后有喘气的时间，为了我们的事业进一步发扬光大，立后问题该提到议事日程上来了。只有解决了后的问题，才能解决前也就是向前进的问题。下面我把我三个儿子的情况说一下，长子谭，为人性刚好杀；次子熙，为人柔懦难成；三子尚，呵呵三子尚，大家说说，都说说……

袁绍本来想说“三子尚，有英雄之表，礼贤敬士，我欲想立他”之类的话，但又觉得太过赤裸裸，就把球踢给审配、逢纪、辛评、郭图四人，希望他们把自己想说又不好意思说的话说出来。

审配、逢纪心里那叫一个暗喜。作为袁尚利益的代言人，此二人愉快地发现，不需要铺垫也不需要暗示什么了。袁老大的意思傻瓜都听得出来，还需要多说什么呢？

郭图却不想愿赌服输。

郭图以为，在赌场上服输的赌徒不是好赌徒。不错，袁绍是给暗示了，可暗示又怎么样呢？在这个世界上，暗示其实是这样一种东西，你接受了它那是暗示，你视而不见那叫屁也不是。

郭图决定让它变得屁也不是。他开始跟袁绍摆事实讲道理，说老大的三个儿子中，袁谭为长子，现又在外带兵；如果执意废长立幼的话，毫无疑问会导致乱相频生。再说官渡之战新败后，曹操大兵压境，这样的非常时刻，倘若我们父子兄弟自相争乱，那会是多么可怕的一副场景啊……

所以郭图的建议是，暂时搁置立嗣之事，团结起来，一致对外。

袁绍犹豫了。此时的袁绍突然发现，人生真是机锋处处，曲径未必通幽，曲线未必救国。人生的常态是欲速则不达。虽然他很想将三子袁尚扶正，可郭图描绘的可怕场景让他止步于立嗣之争。审配、逢纪也只能是空欢喜一场。

当然最失望的那个人是他老婆。尽管在此之后刘氏锲而不舍地在袁绍身边尽吹枕头风，却已然是作用不大了。

曹操攻过来了。如影随形地攻过来了。

袁绍和他的儿子们仓皇迎战。战事的结果是袁军尸横遍野，血流成渠。

这场战争老天爷看来继续在帮曹操。因为袁绍吐血了，在袁熙被箭所伤，军马死亡殆尽之后。随后袁绍带着儿子袁尚逃入冀州养病，深深体味人生低谷的感觉。

刘备却想有所作为。在曹操准备宜将胜勇追穷寇之时，刘备同志带着关、张、赵云等人，引兵欲袭许都。当然，从计谋学上来说，这叫趁虚而入，也算是一狠招。在诸葛亮出山之前，刘备能想出如此招法，真是难为他了。

但曹操却小瞧了他。

曹操以为，计谋学是一门很深的学问。若想事半功倍，一半靠计谋，一半靠实力。刘备的实力已然不行。自保尚且不足，怎么可以进攻呢？更可笑的是刘备进攻的理由——当时两军对垒，刘备与曹操都义正词严，为即将的开杀寻找理由。曹操给出的理由是他奶奶的小刘啊，我一直待你为上宾，你怎么可以背义忘恩呢？刘备则伸出一根兰花指，试图将自己变作正义的化身：老匹夫！你托名汉相，实为国贼！我乃堂堂汉室宗亲，现手上有天子密诏，我是奉诏讨贼！

曹操笑了。狂笑不已。因为刘备接下来的举动让他大跌眼镜。他看见刘备煞有介事地拿出一张形迹可疑的纸，然后在马上大声朗读起来。刘备的口音很重，曹操皱着眉头听了半天才听明白，刘备读的那些话敢情是骂他的，借天子之口骂他。曹操太清楚这是矫诏了，因为那个所谓的天子在他面前绝对不敢这么骂。相反的情形倒是有可能的，那就是曹操将天子骂得狗血喷头。

刘备读完之后神情自得，仿佛真理已在手中，接下来只需雷霆一击就可以了。

雷霆一击开始了。

结果却是伤感的。

刘备被击垮了。一直逃到汉江边上百思不得其解的刘备这才明白，原来人世间最靠不住的东西就是密诏了。密诏密诏，一个“密”字说明了一切。它是见不得天日的，是没有底气的，是翻手为云覆手为雨的，也是要伤人的。而被伤的那个人注定是将密诏当一回事的当事人。

比如他，刘备。

此时的刘备残兵败将不满一千，年纪也有一把。跟过吕布，跟过曹操，也跟过袁绍，终究一无所获，没有根据地，也没有未来。

有的只是中看不中用的所谓江湖名声。

江湖名声害死人啊！刘备一声长叹，仿佛顿悟人生真谛。

于是，汉江之畔，刘备对着关、张、赵云推心置腹。他说你们这些人啊都有王佐之才，可又犯了一个天大的错误，跟错人。人生最可怕的是什么？站错队，跟错人。你们不幸跟随我刘备，苦吃尽了，福没有享到。我愧对你们啊。我刘备命窘，累及诸君。到今天身无立锥之地，实实在在是有误诸君啊。不如就此分手，我往这汉江里去，你们各投明主，以取人生功名，怎么样啊？

刘备一番话没有说话，已是声泪俱下。

关、张、赵云人等也是掩面而哭。

这真是人生的绝望时刻。没有人知道，他们是否可以走出低谷。因为一直在低谷里，从来没有看见山峰的样子，所以接下来如何安慰刘备或者说自我安慰也就无从谈起。

这个江湖一惊一乍

不过，孙乾还是抬起了头。

孙乾是这样一个人——乐观，相信未来。

一般来说，很多人都相信未来，但孙乾不一样，他是在看不到未来的时候，依旧相信未来。

在人生的绝望时刻相信未来。在从来没有看见山峰样子的时候，相信未来。这不是一般人能做到的。

也不是刘备能做到的。尽管刘备已不是一般人。

孙乾认为，未来不相信眼泪。现在最关键的问题是找到一个落脚点。人必须活着才能有未来，可当下刘备最苦恼的就是，世上再无落脚点。

刘备先从吕布，后事曹操，再投袁绍，最后都仓皇逃离，现今，还有谁会是他的保护伞？最后的保护伞。

孙乾觉得，还有一人。

刘表。

刘表虽然不是称王称霸之人，却是自保有余之人。刘表坐镇九郡，兵强粮足，最重要的，他与刘备都是汉室宗亲，怎么不可以投他呢？孙乾如是建议。

刘备却犹豫不决。

他仿佛看到了希望，又仿佛看到了绝望。因为在他眼里，刘表的心胸不够开阔，不是可以容人之人。他担心自己自讨没趣。

孙乾站在了刘表面前。

他不担心自己自讨没趣。理由是他找到了一个角度。

说服刘表的角度。

不错，刘表是很牛，万事不求人。可刘备有一样东西更牛，是刘表不具备的。

义气。

孙乾对刘表说，刘备是天下英雄，这一点连曹操都承认的。曹操为什么对刘备要赶尽杀绝，就是怕他日后威胁他啊。怎么？你不相信？不错，刘备现在是兵微将寡，可他有一颗心，一颗匡扶社稷的心。我们说英雄道英雄，不看他打过几次胜仗，而要看他为什么打仗。屡败屡战，百折不挠，这样的人才是英雄啊！汝南刘辟、龚都和刘备无亲无故，为什么要以死相报？一句话，钦佩刘备是英雄。现在刘备新败，想去江东投孙仲谋处。孙仲谋也说了，刘备是谁，大英雄啊，刘备要来，我十二万分地欢迎。但是刘备没去，为什么？心中有刘将军。刘备说荆州刘将军礼贤下士，士归之如水之投东，何况同宗乎？他因此特派我先来向将军报到。

刘表踌躇复踌躇。

应该说他被孙乾的话打动了，却只打动了一半。在刘表听来，孙乾的话有水分——江东孙仲谋处要肯收留刘备，他们为什么退而求其次，转投他刘表呢？一种鸡肋的感觉在刘表心中油然而生，在留与拒之间，刘表首鼠两端。

孙乾大声呐喊：刘将军心中可以没刘备，刘备心中可时时有将军啊！

刘表心头一动，觉得人世间最可怜的情状莫过于此。他准备收留刘备了。

蔡瑁却在此时跳出来阻拦道："不可。刘备先从吕布，后事曹操，近投袁绍，皆不克终，足可见其为人。"蔡瑁这话说得比较狠，把刘备说成了水性杨花的人，基本上有强壮的男人可靠他就靠上去，没有从一而终的观念。要命的是蔡瑁所说的确是事实，不是捏造出来的。刘备确确实实就是这样一个人，在四处依靠中讨生活。

孙乾张了张嘴巴，说不出什么来。

刘表也张了张嘴巴，说不出什么来。

蔡瑁则继续侃侃而谈。他对刘表循循善诱：主公啊，我们今天要是接纳了刘备，后果很严重。因为曹操很生气，他一定会迁怒于主公，到时兵祸不请自来。为今之计，不如砍了孙乾的脑袋，献给曹操，曹操必定重待主公……

刘表看了看孙乾的脑袋，不作声。

没有人知道他是不是在琢磨砍脑袋的若干种方法。一切需要时间来做出判断。孙乾闭上眼睛，觉得这个江湖一惊一乍的，心脏不好的人还真是不能随便涉足。

建安七年的春天

几天之后，谜底揭晓了。

在荆州地面，刘备惊喜地发现，刘表出郭三十里亲自迎接。表情诚恳，望眼欲穿，仿佛是迎接失散多年的兄弟。刘备忙三步并作两步，上前紧握住刘表的手，千言万语凝成三个字和一个感叹号：缘分哪！

曹操的目光射过来了。

很狠很阴沉。

一句话，他不希望全世界无产者团结起来。特别是此二人都姓刘。所以曹操的一个下意识动作是准备引兵攻击。

程昱却认为，人世间的事，讲究一个轻重缓急。现在攻刘有必要吗？错！

因为背后有袁绍。袁绍未除，遽攻荆襄，傻子都知道后果很严重。当然这句话他是不敢如实跟曹操说的。曹操虽然有时很大度，可有时又很多疑，很恼羞成怒。程昱不好判断的一点是，曹操此时此刻的心情。

他只能委婉地对曹操说，咱现在不如还兵许都，养军蓄锐，待来年春暖，然后引兵先破袁绍，后取荆襄，一个都不放过，一个都不饶恕，你看怎么样？

曹操还能怎么样呢？站在建安六年的冬天里，曹操只能等待，等待春暖花开。等待人生的下一个柳暗花明。

建安七年的春天是杀气腾腾的春天。因为袁绍蠢蠢欲动，目标是许都。

出击似乎是男人的本能，特别是在春暖花开的时候。但袁绍的蠢蠢欲动显得有些力不从心——去冬以来一直感冒吐血，现在整个人站在那里摇摇欲坠，令人担忧不已。

可袁绍一颗蠢蠢欲动的心却不准备将息，因为他想到了一个成语。

只争朝夕。

人生就是只争朝夕啊。身体康健的时候要只争朝夕，感冒吐血的时候更要只争朝夕，袁绍深谙其中的道理。

却已来不及。

因为曹操也出击了。先他一步出击了。

曹操亲率大军再赴官渡，目标是冀州。还有袁绍的性命。

袁绍忧惧交加，已然不能披挂上阵了。

披挂上阵的那个人儿是他儿子——袁尚。袁尚披挂上阵的结果是大败而回。这样的结果同时产生了另一个副结果。

袁绍挂了。

袁绍挂了之前吐血不止。他老婆刘氏见了忙上去追问，老公啊老公，尚儿是否可以继承你的大业？大败而回的袁尚也在父亲跟前紧盯住他的嘴巴，希望能够听到那个人世间最激动人心的消息。

袁绍没有说出那个在袁尚听来激动人心的消息，而是点了点头，表达他对这个人世最后的意见。

刘氏如释重负，长叹一口气。

袁尚也如释重负，长叹一口气。

袁绍如释重负，闭上一口气，从此不再呼吸。

但人世间的事不可能如释重负，它们永远针锋相对、锱铢必较。

袁谭首先愤怒了，在袁尚遣使报丧之后。袁尚派使者带给袁谭的消息中，报丧其实不是中心内容。中心内容是袁尚被审配、逢纪立为大司马将军，领冀、青、幽、并四州牧。袁谭想不通审配、逢纪他奶奶的有什么资格这么做，可审配、逢纪给他的司法解释是此举乃袁绍遗嘱的真实表达，不容置疑。

当时的袁谭已经发兵离开青州，他原本是想参加冀州保卫战的，可局势如此诡异，袁谭觉得，现在要保卫的不是冀州，而是他自己。

那么，冀州还要不要去呢？袁谭首鼠两端。

手下谋士郭图以为，局势如火，现在袁谭不去冀州的话，以后怕是再也去不了了。因为审配、逢纪必定会立袁尚为新主，所以冀州必去。

手下谋士辛评却以为，正因为审、逢二人要立袁尚为新主，那冀州一定有阴谋。现在赶去，只不过是找死。

郭图呵呵一乐，直指人心地问了袁谭一个问题：主公是不是已经做好不要冀州的心理准备，是否可以接受袁尚为冀州新主，如果是这样，那不去也罢。

这个问题显然把袁谭激怒了。再怎么说他也是袁绍长子，是袁尚的大哥，怎么可以做缩头乌龟呢?！所以，冀州必去。

当然，袁谭去冀州是有技巧的。

他屯兵冀州城外，以观袁尚动静。出现在袁尚面前的是郭图。

袁尚心里咯噔了一下：该来的没来，不该来的却来了。人生真是充满意外啊。

不过这样的意外在袁尚心中很快就消失了。因为他有计划。

他告诉郭图并请郭图转告袁谭三点意见：

一、他袁尚为新主是袁绍遗嘱里所规定的，谁怀疑这一点就是怀疑袁绍袁老大。

二、袁尚拟委任袁谭为车骑将军。

三、眼下曹军压境，请车骑将军袁谭为前部攻击曹操，袁尚随后调兵接应。

郭图笑了。见过狡猾的，没见过如此狡猾的；见过自私的，没见过如此自私的。这是要袁谭去当炮灰啊。所谓兄弟相残，真是莫过于此。

但又不能不去。

如果把袁尚的三点意见比做三个规定动作的话，规定动作一嵌制着规定动作三：攻击曹操是找死，不攻击曹操也是找死。死法不同而已。

所以，郭图必须找到一个突破口。

撕开三个规定动作的突破口。

好在，找到了。郭图提了一个让袁尚肉痛的建议，让审配、逄纪去到袁谭营中，作为随军参谋，以加强前锋部队的攻击力——这实在是一个阴险的建议，因为在袁尚看来，郭图不是叫他们去做随军参谋，而是去做——

人质。

一方面是做人质，另一方面迫使袁尚失去筹划的能力。袁尚不得不虚与委蛇，他借口冀州的安危离不开此二人，将球踢回给郭图。郭图讨价还价：“然则于二人内遣一人去，何如?”

这是致命的讨价还价。因为在随后的言语当中，郭图将前锋部队的攻击力与审配、逄纪是否到场绑在一起，这一点让袁尚心惊肉跳。

他只能做出让步。

唉，不让步也不行了，人世间的事无非是两害相权取其轻。袁尚不想面对袁谭阵前倒戈的局面。

便抓阄。

审配、逄纪两人抓阄，中标者去做人质。逄纪悲哀地发现，自己成了那个可怜的人儿。

人质是怎么死的

一把刀架在了逄纪的脖子上。

刀后是袁谭充满杀气的眼睛。还有郭图焦灼的眼睛。

郭图焦灼于袁谭的杀气。郭图以为，杀一个人，最好不要杀气毕露。

亲手杀人的人是可耻的。迫不及待杀人的人也是可耻的。

郭图还以为，杀人是一门很高的学问，在什么时间、什么空间，以什么方式杀人，需要拿捏得当。

而现在，逄纪是来做人质的。人质的价值不在于杀，在不杀。一个死翘翘的人质毫无疑问是没有价值的。再说从当前情势来看，曹操迅雷不及掩耳盗铃地杀过来，此时杀了逄纪，只会使自己两面受敌。不如“留逄纪在此，以安尚心。待破曹之后，却来争冀州不迟”。郭图如是建议。

后来的事实证明，郭图的话是有道理的。道理体现在四个字上：投鼠忌器。因为在袁谭与曹操接下来的战事中，前者被打得屁滚尿流，带着败军逃入黎阳，不得不派人求救于袁尚。

袁尚出手相救了，给袁谭发了五千兵。

五千兵貌似不少，可在袁谭看来，这是不尴不尬的五千兵。他需要的是在后面再加一个零。这个时候，人质逄纪的作用就发挥出来了。在袁谭的威胁利诱之下，逄纪给袁尚写信，请求他多派兵来，以挽救黎阳，挽救他。

人世间的事说复杂复杂，说简单也简单。有时候看不明白的事原因只有一个。

视角。

不同的人站在不同的视角上看问题，轻重缓急就不一样。逢纪认为黎阳重要，他也很重要，审配却觉得，未必。

不错，如果实话实说的话，黎阳是重要，丢了可惜；逢纪也重要，好歹是一谋士，可这些在审配眼里都不如一个人来得重要。

他自己。

主子只有一个主子，谋士却有很多。现在沮授死了，田丰死了，如果逢纪再死了的话，那就万千恩宠集于他一身了。审配决定，不救逢纪。

当然，他之所以不救逢纪，也不完全出于私利，还有一层公义的考虑。审配对袁尚说，郭图这个人是很多谋的，前次之所以不争而去，是因为曹军压境。这次如果破曹的话，肯定会来争冀州。所以我们不如不发救兵，借曹操之力除掉他，主公你看怎么样？

袁尚一听，有道理啊，这叫借力打力。高！实在是高！

便不发救兵，坐视袁谭如何死翘翘。

袁谭没有死翘翘，逢纪却死翘翘了。袁谭没想到袁尚会这么无耻——拜托，逢纪是来做人质的，怎么可以见死不救呢？

逢纪被他咔嚓了。

这一次郭图也没有说什么。的确，人质的价值不在于杀，在不杀。可这句话的前提是“人质”二字，如果袁尚不把逢纪当人质了，逢纪也就没有活着的必要了。

袁谭的愤怒之举让袁尚害怕了。不是怕他冲过来杀了自己，而是怕这个大哥降曹。

人世间很多事情都是在一念间。袁谭杀逢是一念间。袁谭如若降曹也是一念间。一念间乾坤颠倒，一念间世事两重天，袁尚害怕的是袁谭一旦降曹，肯定会联合曹军杀向冀州，到那时真是万念俱空了。

便亲自领兵三万，前来黎阳救谭。

这是一个人的生死抉择。也是另一个人的生死抉择。

袁谭。

袁谭决定不降曹了。他要江湖兄弟在，相逢一笑泯恩仇，和袁尚一起抗曹。接下来的形势是，袁谭屯兵城中，袁尚屯兵城外，成为犄角之势，使黎阳城看上去很固若金汤。

很固若金汤的黎阳城，破了。

这是建安八年春二月的事情，曹操用他杰出的军事才能告诉袁家兄弟，世上没有固若金汤的城池，只要敢于进攻。

善于进攻。

接下来的战事发生在冀州，曹操的部队连日攻打，袁谭和袁尚则缩在里头“打死我也不出来”，这样的时刻，他们开始真正体会到什么叫患难与共了。

在这个世界上，患难与共其实是一种很可怕的力量，因为它没有缝隙，是合力而不是阻力。曹操在袁家兄弟的患难与共面前无可奈何了，战事处于僵持状态。

郭嘉决定站出来打破僵持。郭嘉认为，袁绍这个人虽然死翘翘了，可他废长立幼，导致兄弟之间权力相拼，各自树党，这样的状态是急之则相救，缓之则相争，是一个动态的过程。所以，对我们来说，目前是不攻比攻好。那句话是怎么说的，坐山观虎斗，两虎相争必有一伤。咱不如举兵南向荆州，征讨刘表，以候袁氏兄弟之变，让他们自相残杀。杀得差不多了咱再回来收拾残局，人世间最美妙的事莫过于此。

在曹操看来，郭嘉这样的人才通古今之变，深刻地掌握了历史唯物主义，是可以准确预见事物发展方向的。相信他，就是相信一种可能性，相信明天会更好。他暂时遏制了多疑症的发作，决定依计而行，领大军向荆州进兵。

人的一生无非是做局和入局

人心是这个世界上最大的敌人。

世上的敌人都可以被打败，只要你屡败屡战。但是人心不可以。人心是不可以击败的。因为有人心的地方就有欲望——欲望无处不在。特别是那些难与人言的欲望。

当曹军退去后，黎阳城如释重负，可城中的人儿并没有如释重负。

他们多了些心思，多了些欲望。

比如袁谭。

袁谭突然觉得自己有些亏。他奶奶的，我是长子，反不能继承父业；

袁尚是继母所生，轻而易举地就爬到我头上来了，这口鸟气实在咽不下。

袁谭在郭图、辛评面前仰天长叹，壮怀激烈，那表情真叫一个催人泪下。

郭图就献计了。他的计谋说起来简单之极，三个字：鸿门宴。

应该说几百年前，这个计谋因为一个著名人士的使用而名扬天下，但袁谭却担心它的使用效果，因为项羽当年用的时候就没有成功，只留下一段千古憾事。刘邦跑了，项羽面对一桌残羹冷炙，徒呼奈何。袁谭以为，自己不可能走出这个怪圈。

郭图却以为，鸿门宴不是它自身的错，是项羽的错。项羽心太软，心太软，把所有问题都自己扛，结果扛出了问题。

做男人必须心狠手辣。做大男人要大义灭亲。所谓江山霸业，从来就是人头落地、血流成河的副产品。

袁谭顿悟。他一生长叹，准备大义灭亲，做一个局。

乱世之局。

乱世不谈亲情，乱世没有亲情，有的只是非此即彼和——

针锋相对。

袁尚果然来了。

只是来的人稍微多了些，他屁股后面跟着五万人。五万人当然不是来赴袁谭摆下的鸿门宴的。天下毕竟没有那么大的宴席。

袁尚是打上门来的。

给袁尚底气的人是审配。审配以一个谋士的洞察力判定，袁谭在做一个很大的局。

人的一生无非是做局和入局两件事，如果不能做局，那就不要入局。审配用沧桑的语气告诉袁尚，现在问题的关键是破局。怎么破？鱼死网破的“破”。

便有出兵五万之举。

袁谭气急败坏了。人世间的事果然是强权胜过真理。他怒骂袁尚说，你小子药死父亲，篡夺爵位，今天又要来杀大哥我吗！

袁谭的怒骂是苍白的。因为战场不相信怒骂，只相信真刀真枪。

真刀真枪较量下来，袁谭大败，败退平原。袁尚三面围城攻打，袁谭的心起起落落，又开始想到了那个人。

曹操。

郭图也想到了曹操。唉，这个世上，兄弟亲情已然不可靠，曹操就可靠吗？当然不是，郭图没那么天真。郭图的想法是，先投降曹操，然后利用曹军攻打冀州，这样袁尚肯定会回救。如此一来，平原之围可解。

袁谭依然紧皱眉头。因为有一个问题他没想明白。平原解围之后怎么办？曹操会不会吃了他？袁谭希望曹操为他火中取栗，自己却不想成为那颗栗。

郭图赌曹操不会。

郭图不认为曹操会突然悲慈心起，而是他比较自信。郭图这样对袁谭说："若操击破尚军，我因而敛其军实以拒操。操军远来，粮食不继，必自退去。我可以仍据冀州，以图进取也。"

袁谭仔细想了想，仍然不敢太确定郭图的想法。人世间的事总是非此即彼，凭什么断定上帝一定会和自己勾肩搭背呢？可袁谭又不能不按郭图说的去做。

别无选择了。

平原已是死城，与其沉闷而死，不如有风险地活着，哪怕这样的活只是一种可能性而已。袁谭悲壮地昂起头，准备向命运叫板。

多疑的收获

辛毗站在了曹操面前。辛毗是辛评的弟弟，他之所以可以站在曹操面前口若悬河仅仅是因为他能够口若悬河。

在这个世界上，口才就是战斗力。所谓舌头底下有乾坤，辛毗擅长的就是这一套。袁谭看好的也是辛毗擅长这一套。所以是他而不是别人站在曹操面前。

当时的曹操正驻军西平，煞有介事地讨伐刘表。辛毗来了，降书呈上来了，曹操立马明白，郭嘉之谋成矣。

不过，不是每一个人都能明白郭嘉之谋的。程昱就不明白。程昱说，袁谭现在被袁尚攻得太急，不得已才来投降，所以这样的降不是心服口服的降，而是权宜之降，不可准它。

吕虔、满宠也不明白。他们倒不是对袁谭的降心起疑，而是从利益学角度论述了不接受袁谭投降的理由："丞相既引兵至此，安可复舍表而助谭?"

荀攸笑了。狂笑。

在荀攸看来，人之所以为人是因为有一颗脑袋，一颗会思考的脑袋。但是很遗憾，不是所有的脑袋都能思考，比如以上三位。荀攸认为，刘表这个人是没有出息的。一个人有没有出息说实在的不看他实力有多强，而看他有没有四方之志。刘表虽然坐拥江、汉，却从来没有得陇望蜀之心，这样的一个人，早打晚打都是一回事。可河北之地就不一样了。实力强，袁绍留下几十万部队，如果袁谭袁尚兄弟和睦的话，以后争霸天下的就是此二人。现在兄弟相攻，袁谭势穷而投，正是趁机分割二袁的好时候，如果我们"提兵先除袁尚，后观其变，并灭袁谭，天下定矣。此机会不可失也"。

曹操这才知道什么叫英雄所见略同。荀攸和郭嘉就是英雄所见略同啊。

他立刻接受了辛毗的降书，并请他喝酒。一时间很有兄弟一家亲的感觉。

但是曹操就是曹操，任何时候多疑都是他的本能。

特别是在酒精刺激之下。

他问辛毗，袁谭是真投降还是诈降？袁尚的兵，我们可以战胜他吗？

这真是一些奇怪的问题，起码在辛毗听来是这样。辛毗以为，以曹操的智商，是不可能问他这些问题的。

因为他是辛毗，是袁谭的使者。曹操如此发问，自然不可能得到真实的答案。可曹操却煞有介事地问了，表情诚恳，做推心置腹状。

曹操似乎在赌一种可能性——辛毗是性情中人，会告诉他真实的答案，甚至会和他惺惺相惜。

沉默。历史在这里陷入了沉默。

曹操也沉默，在沉默中等待辛毗的表演。曹操将他的多疑以诚恳的方式表达得淋漓尽致，毫无破绽，令人拍案叫绝。

辛毗开始表演了。他的确是在表演——因为辛毗接下来的回答与其身份毫不相符。他是这样说的，明公啊，你别问此事是真是诈，真与诈在这里没什么用。天下事要紧的是什么，不是事，是势。我们不妨来论一论势。袁氏一族连年丧败，谋臣内讧，兄弟反目，国分为二，再加上饥荒连连，这是老天要灭袁氏啊。现在假如明公提兵攻冀州，袁尚不回来救的话，就失巢穴；如果救，那袁谭就会在屁股后面跟袭。所以袁尚必死无疑。明公也许担心谁是最后的胜者，以明公之威，击疲惫之众，如秋风扫落叶一般。这个答案，还要他人告诉你吗？我们再来看荆州。荆州是丰乐之地，国和民顺，不是一下子能够打掉的。对比内忧外患的河北，当此时也，我认为应弃伐荆州而图河北。河北搞定，天下霸业可成。愿明公详察之。

曹操心里一下子就爽歪歪了。

因为辛毗这个答案，说到他心里去了；辛毗的这个表演，正是他所需要的。虽然老话说疾风知劲草，板荡识诚臣，可曹操以为，酒精也是可以识诚臣的。

当然，在心底里，曹操把这看作是他多疑的收获。他扔掉酒杯，抱住辛毗大叫道：“恨与辛佐治相见之晚也！”

辛毗也是泪眼涟涟，很有人生得一知己足矣的意思。

饭要一口一口吃，人要一个一个收拾

世上事总有意外。

在曹军渡河之际，袁尚知趣地逃回冀州去了，使得曹操和袁谭前后夹击的计划落了空。

但曹操以为，自己还是有收获的，因为袁谭正儿八经地向他投降了，脸上的表情没有一丝慌乱。

曹操投桃报李，把自己的女儿嫁给了袁谭。虽然这桩政治婚姻很有霸王硬上弓的意思，可袁谭却觉得可以理解：非常时期，要精诚团结，精诚团结啊……

后招却如影随形，直向袁谭压来。

曹操拉拢了两个人：吕旷和吕翔。此二人是袁谭新收的将才，来自于袁尚阵营。袁谭不知道他俩的政治忠诚度。

曹操知道。因为二吕向他献宝来了，将袁谭送给他们的两颗将军印暗送给曹操，并且不说一个字。

所谓不着一字，尽得风流。此二人要是去搞艺术，当是个中高手。

但曹操很快就知道了袁谭为什么要送给二吕将军印——是郭图出的主意。郭图这样对袁谭说："曹操以女许婚，恐非真意。今又封赏吕旷、吕翔，带去军中，此乃牢笼河北人心。后必终为我祸。主公可刻将军印二颗，暗使人送与二吕，令作内应。待操破了袁尚，可乘便图之。"

曹操发达的间谍系统帮他破译了来自袁谭阵营的最高机密，同时也帮他破译了人心。

人心似水，无法掌握。所谓的政治婚姻，并不能改变那个叫袁谭的人的心。

曹操最终没有接受二吕的将军印。因为这样的时刻，曹操认为不接受比接受好。

他需要麻痹袁谭那颗蠢蠢欲动的心，起码在破袁尚之前。饭要一口一口吃，人要一个一个收拾。如今的局面是曹操自找的，他需要做出轻重缓急的安排。

二吕依旧是他的人，虽然表面上拿着袁谭的将军印。就像人世间的很多事情，名正不能言顺，最后的底牌打死我也不露。

唉，这样的时代，说到底人人都有一张底牌，人人做无辜状，忠诚状，而翻脸只能出现在最后的时刻。所谓周旋到底，说的就是这个意思。曹操无限惆怅地做如是想。

审配又向袁尚献计了，只是这次的计谋是致命的。

他劝袁尚进兵平原，急攻袁谭。所谓先拿下袁谭，然后破曹。

这实在是一个昏招。因为不管是拿下袁谭还是破曹，对当前的袁尚来说都是不可能完成的任务。

曹操则乘隙而动，剑指冀州。这场战争基本上打得没有什么悬念，袁谭拖住了袁尚的蠢蠢欲动，审配守冀州落得个外无援兵内无粮草，结果他们两个一个跑了，一个死了——袁尚尽弃印绶、节钺、衣甲、辎重，望中山而逃；审配大叫"吾生为袁氏臣，死为袁氏鬼"，引颈就刃，终结了自己的谋士生涯。

毫无疑问，这样的终结是失败的。审配死在自己的计谋里，再怎么对袁氏忠心耿耿，都已是题外之义了。

冀州城内陈琳的结局却是不错。城破之时，陈琳正无所事事。没有人再需要他写檄文。这个曾经问候了曹操祖宗十八代的人儿茫茫然不知所之，直到曹操揪住了他的衣领。

曹操之所以要揪住陈琳的衣领是因为有一个问题他不明白。他奶奶的，你当年骂我便骂我，为什么连我的祖宗都一块骂了呢？陈琳给了他一个回答：“箭在弦上，不得不发耳。”

这样的回答是中性的，听不出一丝忏悔的意思来。曹操的手下都劝曹操杀了这个鸟人，曹操的眼睛里也布满了愤怒，陈琳看上去似乎命悬一线，但谁都没想到的是，曹操竟然放过了他，还任命他当自己的秘书，以尽其才。

毕竟，在这个世界上，要论檄文的锋利，没有人写得过陈琳。曹操需要这样的锋利，所以，他需要陈琳继续呼吸下去，以为他效力。

心中有一个梦想

许攸疯了。

当然，许攸不是真疯，而是变得疯狂了——就在曹操领着众将雄赳赳气昂昂地走进冀州城门时，许攸突然纵马向前，用鞭指着城门并且叫着曹操的小名说，阿瞒，你要不是靠我，今天能走进这个门吗？

很多人怒了。

为许攸的失心疯。

在这个世界上，有一件事其实是最让人忌讳的。

得志便猖狂。

这一般来说是小人所为。子系中山狼，得志便猖狂。典故说尽了一切。

曹操没有发怒，而是心静如水。不仅心静如水，曹操还哈哈大笑，为许攸的故作疯态。在曹操看来，许攸这是在考验他，考验他是不是有容乃大。

做大丈夫就是要能屈能伸，能忍常人所不能忍。曹操以为，自己做到了。

但是，并非每一个人都能做得像曹操那样，忍常人所不能忍。

许褚就没有做到。

这个喜欢用刀说话的男人注定和喜欢用嘴说话的男人天生相克。那是大部队进城后的某一天。许褚骑着马进东门，宿命般地遭遇许攸。许攸将他喊住了，呵呵笑道：你们这些人要是没有我，怎么能够出入此门呢？许褚大怒：他奶奶的，老子千生万死，打了多少血战，才夺得这个城池，你小子怎么敢如此夸口！

事实上即便到了这个时候，许攸还是有退路的，只要他不继续进攻。但问题的关键是他没有这样做。许攸继续恃才傲物，说了他生命中最后一句话："汝等皆匹夫耳，何足道哉！"

毫无疑问，这是一句致命的话。话音刚落，许攸人头落地。许褚用他决绝告诉此人，如何时候刀把子都比嘴皮子要牛叉。做人，还是委婉一点的好。

曹操一声轻叹。为许攸的人头落地。

曹操一向以为，忍常人所不能忍，才能成常人所不能成之事。许褚为什么做不了江湖老大，只能跟着他混，说到底不是武功不高，而是境界不高。

所谓境界，无非是一个"忍"字。忍是什么，心头上面一把刀啊，搁谁心头都不好受。所以重要的不是什么狗屁的心胸开阔，而是能忍。如果许褚能够忍到曹操那样，别人骂自己十八代祖宗都不杀他，还重用他，那许褚就成事了。

可惜，许褚做不到这一点。所以许褚永远是许褚，曹操也永远是曹操。他们就像两条平行线，虽然天天在一块，却永远不能交叉，各自有着各自的宿命。

曹操煞有介事地厚葬许攸，将以德化怨的大戏演得情真意切、催人泪下，成为那个时代的活报剧。

当然，曹操出人意料之举远不止这些。

在摆平冀州之后，曹操以丞相之尊亲往袁绍墓下设祭，一拜再拜并且哭得死去活来。曹操告诉同志们：当年啊，我跟袁绍共同起兵的时候，他曾问我，打天下，我们何以为据？我就问他，你拿什么为据呢？袁绍告诉我说，他南据黄河，北阻燕代，领着沙漠之众，南向以争天下，这样总可以成事了吧？我听了哈哈一笑，回答他：我曹操以天下智力为据，以道御之，天下事无所不可……唉，此言如昨，现而今袁绍却已故去，世事无常如斯，我不能不为之落泪啊！

不过同志们，我说这些话的目的在哪里呢？那就是——我们的敌人也可能是我们的老师。他可以向我们提供反面的教训，也可以提供正面的经验。天下事何以为贵？人才最贵！为了人才，我曹操被人骂了祖宗，被人戳了脊梁骨，我容易吗我?！我不差钱，差自尊！可谁给我自尊，谁理解我呢？没有！都以为我是天下最冷漠自私最小肚鸡肠的人，可我是那样的人吗？许褚你看我是那样的人吗？陈琳你看我是那样的人吗？还有那死去的祢衡、陈宫、许攸你们看我是那样的人吗?!

曹操说到此处，声泪俱下。众人一时间也是泪流满面，觉得这个丞相做得真是太不容易了。

曹操继续：但我后悔吗？没有！我曹操被人骂了祖宗，被人戳了脊梁骨，我不后悔！为什么？因为我心中有一个梦想，那就是——统一中国！我希望我的梦想和诸位一样，都是闪亮的、问心无愧的、可以光明正大告诉子孙后代的，都是可以为之付出生命的!!

丞相万岁！丞相万岁！丞相万岁！

雷鸣般的欢呼声起来了。曹操动情不已，觉得自己深具领袖才华。他也举起胳膊，和大家一起欢呼。一场生动活泼、情景交融的思想政治宣传课就此达到高潮。接下来，曹操还做了这样一些事情，叫人遍访冀州贤士，找了一个叫崔琰的人作为自己智囊团的新成员；将金帛粮米当众赐给袁绍的妻子刘氏，鼓励他在没有袁绍的日子里，坚强地活下去。与此同时，曹操还下令免去河北居民一年的租赋，以体现他的恤民之心。

一时间，河北开始呈现出安定团结、休养生息的局面。

疑心是世界上最大的敌人

袁谭蠢蠢欲动了。

在把袁尚打得投奔幽州袁熙之后。

因为袁谭以为，下一个出局者将是曹操，这也是他计划中的一部分。

曹操愤怒了，为袁谭的反复无常和不自量力。他首先断绝了和袁谭的政治联姻，然后高调宣布：将革命进行到底。

目标是袁谭。

袁谭只得求救于刘表。不错，与曹操为敌是一回事，但真正打起来能不能招架得住是另一回事。袁谭冷静下来仔细想了想，觉得还是要有个帮手，而刘表在他看来是最佳选择。

刘表却首鼠两端。

刘表永远的首鼠两端，像极了这个世界上所有碌碌无为的人，总是患得患失，不知道那些是该抓住的，哪些是要放弃的。

刘备替他拿了主意。

刘备以为，曹操现在已经破了冀州，兵势正盛，所以袁氏兄弟的下场只有一个：死翘翘。当然悬念也是有的，悬念是死翘翘的具体时间。所以在这样的情势下去救袁谭不是一个好的选择。何况曹操这个人心中常有荆襄之意，打荆襄，只缺一个借口而已，我们何苦给他送上借口呢？不妨养兵自守，以静制动好了。

袁谭只得孤身走我路。

在被刘表拒绝之后。刘表最终听取了刘备的意见，给袁谭写了一封千回百转的信，意思是，兄弟，我爱莫能助啊！

这样的情势之下，袁谭当然不敢跟曹操死磕。他放弃平原，逃到南皮。曹操追至南皮，派军队将这座小城四面围住，也将袁谭的人生四面围住。

袁谭选择了一个不是办法的办法：再降。

曹操想不通一个人为什么可以一降再降。因为有一个道理古今通用：投降也是要讲诚信的。初降的人和再降的人不可同日而语。

所以，在他心目中，袁谭贬值了。

不过，另外一个人却让他有了兴趣。

辛评。

辛评是袁谭派出的使者，其主要功能是劝曹操接受袁谭的再降，但是曹操以为，这不是他的主要功能。辛评的主要功能在曹操看来是替他服务。曹操说，袁谭这小子，是反复无常的小人，我这次是肯定不会相信他的。倒是你，可堪一用啊。你的弟弟辛毗，我已经重用了，你不妨也留下来吧。

辛评没有留下来。

在辛评的心里，留不留下来最重要的不是看谁给的工资高，而看谁打心眼里对自己好。

辛评认为，袁谭是打心眼里对自己好的，他愿意跟这个男人一辈子。风雨同舟，荣辱与共。

但是很遗憾，几天之后，辛评悲哀地发现，不可能了。

不可能和袁谭风雨同舟，荣辱与共了。

因为他死了。死于袁谭的疑心之下。

疑心真是这个世界上最大的敌人。在疑心的驱使下，多少人儿人头落地，只是这次很不幸，轮到了辛评。

有两点促使袁谭动了杀心：一、辛评未能说服曹操接受袁谭的再降；二、辛评的弟弟辛毗投降曹操了。袁谭将此二点看成因果关系：因为辛评的弟弟辛毗投降曹操了，所以辛评未能说服曹操接受袁谭的再降。

然后袁谭顺理成章地得出了终极结果：辛评怀有二心。

这实在是一个莫须有的罪名——一个人是不是怀有二心不需他自己说了算，只需旁观者的心理感受。辛评的满腔赤胆忠心遭到了深刻的怀疑，他只能以死明志了。

一个时代的悲剧就这样发生了。不过这样的悲剧并不令人侧目，因为这个时代有很多轰轰烈烈的大事要发生，一个小谋士的死实在是微不足道，所以几天之后，没有人再关心辛评的死及其死因。

人们只关心自己。乱世乱局中的自己。

郭图对袁谭说：主子，最后的时刻到了，咱不妨让老百姓打头阵，大部队跟在后面出城，与曹操决一死战吧。

把话说到心坎上

毫无疑问，这是最后的决一死战，因为都死光光了。

郭图死了，袁谭也死了。

袁谭死得很触目惊心。他的首级，被挂在北门外，供世人瞻仰。曹操下达的一个命令是，敢有哭者斩。

这似乎是一个行为艺术。袁谭的脑袋在此时被艺术化了，用以观察众生的行为。

有一个人哭了。在袁谭的脑袋下号啕大哭。他叫王修，是青州的别驾（别驾这个官相当于刺史助理），若干日子之前，王修因在袁谭面前死谏被赶了出去，若干日子之后，他在袁谭的脑袋下号啕大哭。

曹操不知道王修为什么要这样。他认为只存在一种可能：此人的脑袋进水了。

但王修自己认为，没有。他之所以会哭原因很简单，袁谭生前任命他为青州的别驾，这是恩。现在袁谭死了，他“亡而不哭，非义也。畏死忘义，何以立世乎！若得收葬谭尸，受戮无恨”，王修如是说。

曹操被感动了。他奶奶的这是忠啊，死忠啊，是忠的最高境界。一个人活着的时候被尽忠没什么，因为有利益的考量；一个人死了以后还被尽忠，那说明忠者是发自内心的。

特别是这种忠诚有生命危险的时候，会招致世人非议的时候。

曹操决定利用王修的忠诚，他破例没有杀了他，而是重用了他。王修一夜之间成为曹操手下的司金中郎将，并被礼为上宾。

但王修看上去却是闷闷不乐。因为他不知道，这次的行为艺术到底谁是主角。上半场他可能是主角，可到了下半场，曹操成主角他成配角了。

人世间的事无非是利用与被利用。就像一场大戏，谁能抢戏，谁就是角儿，王修一声叹息，觉得自己的演技到底不如曹操。

所以接下来，王修开始罢演了。当曹操一脸诚恳地问出台词“今袁尚已投袁熙，取之当用何策”时，王修没有接下句。并且永远不会接下句了，就像若干年后的徐庶进曹营一样，一言不发。

曹操这才知道，自己找了个摆设。看来忠诚是不可以移植的，忠诚是一次性消耗品，用过了也就用过了，不可以回收再利用。接下来，王修的作用只有一个，高高挂起来，供世人瞻仰、学习，以资借鉴。

曹操只得问计于郭嘉，同样的问题，曹操又向郭嘉复述了一遍。郭嘉给出的建议是让袁氏降将焦触、张南等去攻击袁尚、袁熙，这叫以毒攻毒、借力打力。

于是焦触、张南、吕旷、吕翔等袁氏降将带着曹军人马出发了，分三路进攻幽州。这是曹操的过人之处，也是他的孤注一掷。不错，大丈夫干大事是要用人不疑，可很多时候，用人不疑是有风险的——不是每一个人都将自己的忠诚都写在脸上，何况这些袁氏降将还都有一段暧昧的历史。

但是，曹操别无选择。因为人生其实就是一场冒险，有人赢，有人输，结局不由自己掌握。曹操所能做到的是有容乃大。

或者貌似有容乃大。

好在这一次的结局比较不错。袁尚、袁熙跑了，在知道曹兵将至后，引兵弃城而逃，目标是去辽西投乌桓。

由此，“征乌桓”这出历史大戏开始轰隆隆上演。曹操的想法是宜将胜勇追穷寇，西击乌桓，把袁尚、袁熙给灭了。

曹洪反对。曹洪之所以会反对不是怕袁尚、袁熙在乌桓跟他玩躲猫猫的游戏，而是怕刘备、刘表玩小动作。如果曹军引兵西击，刘备、刘表乘虚袭击许都的话，那就糟糕透顶了。

不过针对曹洪的这一层忧虑，郭嘉却认为，这样的想法是杞人忧天。郭嘉说，乌桓这个地方远在天边，如果我们卒然击之，他们肯定没有防备，所以攻破它是很容易的。另外西击乌桓的必要性还在于，袁绍生前于乌桓有恩啊，现在袁尚与袁熙兄弟跑到那里去，他们一定会勾结起来，日益做大，所以此地不可不除。至于刘表嘛，呵呵，开开讲座扯扯淡是可以的，干大事他却不是这块料。刘表这个人自知才不足以御刘备，重任他呢怕自己不能控制，不用刘备呢刘又要跑，所以他们两个人永远不可能成为一个人。有句话是怎么说的？各怀鬼胎，对对，他们就是各怀鬼胎，怕个鸟嘛！所以我们现在要做的是，出征！

曹操果然出征了。因为郭嘉的一番话。人世间的道理都在话中，所不同的是有些人能够把话说到别人心坎上，比如郭嘉；有些人说出来却没什么感染力，比如曹洪。

曹操相信了前者。

但是，这场远征的困难程度却超出了曹操的想象。黄沙漠漠，狂风四起；道路崎岖，人马难行。曹操领着大小三军，车数千辆，陷身其间，那真叫一个进退两难。

曹操萌生了退意。不错，他是相信郭嘉的，可他也相信眼前的事实。

残酷的事实。

曹操担心自己的大部队能不能走到乌桓，那个传说中的地方实在是太远了。不过，随军的郭嘉却不担心，他只是有一些遗憾——自己不能陪曹操走到底了。

郭嘉病了，病于水土不服，只能在易州养病，曹操看着一病不起的郭嘉，心情那叫一个复杂。

他只能一个人走下去了，就像很多人的人生，原以为会有其他人陪着自己走，但最后才知道，真正的人生只是一个人的孤独旅程。

曹操：北地崎岖，我想回军，你看怎么样？

郭嘉：上路了，就别想回来。

曹操：如果有一个很好的借口呢？

郭嘉：上路者没有回头的借口。

曹操：也许会失败。

郭嘉：不会。

曹操：为什么?

郭嘉：心中不败，世界就不败。

曹操：大家都走不下去了。

郭嘉：只要丞相坚持走下去，就没问题。

曹操：我也走不下去了。

郭嘉：丞相可以走下去。

曹操：为什么?

郭嘉：因为丞相心里有目标。

曹操：有时候，目标只是个陷阱。

郭嘉：对别人是陷阱，对丞相来说，不是。

曹操：为什么?

郭嘉：因为你是丞相。

自己是自己的盲区

曹操继续往前走，最终取得了这场远征的胜利，而袁熙、袁尚惶惶如丧家之犬般带着几千人马投奔辽东去了。

只是付出的代价是巨大的。由于漠北天气寒而干燥，两百里地范围内无水，军中又缺粮，曹军只得杀马为食，凿地三四十丈后，才得到一点水。

总之曹军损失惨重。但毕竟是胜利了。

凯旋了。

胜利者是不受谴责的，胜利者有资本谴责一切。曹操威严地站在那些曾经阻止他西征乌桓的谋士们面前，表情严肃，令人不寒而栗。

有一个人的腿在不断颤抖。

曹洪。

因为他所担心的一切都没有发生。曹洪事前断言：如果曹军引兵西击，刘备、刘表乘虚袭击许都的话，那就糟糕透顶了。事实证明，这是个杞人忧天式的断言。刘备、刘表根本就没有乘虚而入。

所以曹洪现在该担忧的，是自己。

曹操站在了曹洪面前：你的腿怎么了？

发抖。

我知道是在发抖。我想问的是，为什么发抖？

因为，因为愧对丞相。

你有愧吗？

有。

为什么？

我差点耽误了丞相的一场胜利，一场伟大的胜利。

不，你没有。你们都没有。这是胜利吗？这是人力可以取得的胜利吗？错！这是天意，我曹某乘危远征，侥幸得胜，这是老天在保佑我，今后不可以效法的。相反，倒是你们，诸君之谏，提得好啊，好在哪里呢？两个字：安全。没有安全就没有一切。我们现在不是小团队了，我们是一个大的集体，我们从事的事业，是高尚的事业，是从胜利走向胜利的事业，所以，经不起一点差错。你们所提的万安之计，我看不仅没有错，还值得嘉奖，值得我今后时时事事警醒！所以在座诸君，请接受我曹某人一拜，谢谢，真的谢谢了！希望诸君今后不要心存忌惮，继续献计献策，有以教我！

曹操说到这里，长身大拜，那表情，一脸的诚恳。

曹洪等人面面相觑——他们没想到曹操会有如此表现。事实上，对于今天的谈话，他们有一千个设想，可惜，他们只猜到了开头，没猜到结局。

呵呵，这个世界，人心真是最微妙的东西，所谓生死祸福，不到最后一刻，是不知道答案的。

曹洪等人也跪了下来，开始号啕大哭，哭得那叫一个撕心裂肺，哭得那叫一个赤胆忠心。他们发誓：从今以后，愿意做曹操的人，从心里愿意做他的人了，愿意为这个人出谋划策，愿意为他呕心沥血，愿意为他生为他死。

不为别的，就为曹操的大度。虽然这大度来得有些匪夷所思。

但是曹操的心思他人永远猜不透。什么时候是安抚，什么时候是发自肺腑的忧伤，除非事到临头，没有人可以预先得知。

这一回，一件大事发生了。

郭嘉死了。死在易州。等曹操到时，郭嘉已经死了好几天了，尸体冰冷，无语再说（shui）人间。

曹操哭了，发自肺腑地哭了。他拍着盛放郭嘉遗体的棺材，大哭说："奉孝死，乃天丧吾也！"

毫无疑问，这是真实的忧伤。不仅曹操自己这样以为，站在他身边的那些官员也同样认为：郭嘉在曹操心目中的分量，无人出其右。曹操哭得眼泪一把鼻涕一把，那叫一个如丧考妣。

事实上曹操痛哭郭嘉之死的理由他已经说得很清楚了——天丧吾也：这是老天要灭他。曹操在接下来对身边官员的交代中也重复了这层意思。曹操说，我跟你们各位年纪都差不多，只有奉孝最年轻。我原打算自己死后向他托付后事的，没想到他竟走在我前面，老天这样的安排真是让我心肠崩裂啊！

没有人认为曹操这样说是在作秀，虽然他们也都知道，这个曹丞相是很喜欢秀一秀的，可郭嘉之死毫无疑问重创了他，曹操之所以如此伤心一方面是怜其才华出众却英年早逝，另一方面也是对自身前途的恐惧——后郭嘉时代，谁会帮助他从胜利走向胜利呢？

一片茫然。

当然郭嘉之死曹操也不是没有收获。他收获了一封书信。这是郭嘉临死前写给他的。信里写了什么？曹操看了之后一言不发，讳莫如深。

这就是曹操，讳莫如深的曹操，痛彻心脾的曹操，宁负天下人的曹操，有时也会当众哭得眼泪一把鼻涕一把的曹操。每一个都是他的真表情，每一个都不是他的真表情。没有人知道他的真实内心。曹操自己也不知道。

因为在这个世界上，人也许可以了解他人，却往往不能了解自己——自己是自己心灵的盲区，可普通人的悲剧却在于，太过自信。

拳头之外，别有洞天

夏侯惇准备再立新功。

作为武将，他三天不打，手心就发痒。这一回，夏侯惇准备痛打一个人。

公孙康。

公孙康是辽东太守。在夏侯惇眼里，公孙康有两大该打的理由。一是自以为是，不服管教；二是收容了袁熙、袁尚，一旦他们狼狈为奸，那后果不是一般的严重。

曹操却以为，不用打。他给出的理由是，过不了几天，公孙康会自动送上二袁的首级给他，所以不必兴师动众。

夏侯惇不相信。他觉得在这个世界上，唯一可以相信的东西是拳头。政权是怎么来的？拳头打下来的；人心是怎么征服的？也只能靠拳头。

但曹操却是一笑，笑得很暧昧。他什么都没说。

公孙康已是度日如年。虽说世上本无事，庸人自扰之，可事情不由分说地来了，他不能不为之心烦。

首先是袁熙、袁尚二人引数千骑热情如火地投奔他辽东而来，他是接也不好，不接也不好。紧接着又听说曹军尾随其后，很有赶尽杀绝的意思。公孙康便觉得自己被泼了一头污水，再怎么洗也洗不干净了。

他的亲随公孙恭说，事情确实已经十万火急，但也不是没有可解之术。想当年袁绍在时，便常有吞并辽东之心；现在他的两个儿子袁熙、袁尚兵败将亡，没处栖身，不由分说跑到我们这里来，是鸠夺鹊巢之意。用心险恶，用心险恶啊！我们如果收留他们，那叫引狼入室，后患无穷。不如杀了他们两个，将其头颅献于曹操，曹操肯定会重待我们。

公孙康听了，没有反应。因为他突然想到了另一种可能性：杀了二袁，曹操真能重待他吗？会不会趁他没了帮手，正好赶尽杀绝，霸了辽东？

公孙恭也惊出一身冷汗——这样的可能性，不是没有。曹操是什么人？狡猾的人。多变的人，也是多疑的人。可要是不杀二袁的话，又正好给曹操一个进兵的口实。唉，人世间的难题往往是这样，左也不是，右也不是。所谓左右逢源，难哪。

一炷香之后，公孙恭有了主意：派人去探听曹营动静。如果曹兵来攻，则留二袁；如他们不动，则杀二袁，送与曹操。这就叫左右逢源。

公孙恭边出主意边感慨：左右逢源往往产生于首鼠两端时，人生的一线生机全看自己在关键时刻能不能把握。

公孙康把握了这个机会。事实上他也没有更好的想法。历史总是那么吝啬，给每个人的生存空间少之又少，公孙康不想失去这最后的机会。

袁熙、袁尚却是雄心勃勃。

在这个世界上，一个人是否雄心勃勃与他的处境无关，只与他的心态有关。乐观的人，即便身处死牢也同样会雄心勃勃。这样的例子不胜枚举。

何况这二位爷没有身处死牢，他们的屁股后面还跟着几千人马。袁熙、袁尚雄心勃勃的原因是他们看到了希望。胜利的希望。

不错，现在他们是丧家之犬，但很快就不是了。因为有辽东。辽东军兵有数万，足可与曹操争衡。袁熙、袁尚的如意算盘是先暂时栖身公孙康处，然后找机会杀了他，雄霸辽东养成气力后再抗中原，如此一来河北可复也。

这的确是一个美妙的设想，只是很可惜，它没有实现的一天了。

因为袁熙、袁尚人头落地了，死在公孙康的刀下。公孙康得知曹军没有异动后果断地采取了决绝行动，然后派人送袁熙、袁尚首级至曹操处。

一切水到渠成。一切顺理成章。

但是夏侯惇却大惑不解——这一切是怎么发生的呢？

曹操向他揭示了谜底，是郭嘉的那一封信。郭嘉在信中未卜先知地写道："今闻袁熙、袁尚往投辽东，明公切不可加兵。公孙康久畏袁氏吞并，二袁往投必疑。若以兵击之，必并力迎敌，急不可下；若缓之，公孙康、袁氏必自相图，其势然也。"

夏侯惇看得面红耳赤。他第一次知道，在拳头之外，原来还别有洞天。郭嘉这个只活了38岁的男人以其对人性、人心的深刻把握领先了一个时代。他甚至能在死后运筹帷幄，帮助曹操摆平劲敌。这样的人去世了，不仅是曹操的损失，也是人类的损失。夏侯惇抬头看一眼曹操，看见对方眼睛红红的，颇受重创的样子。一时间他也悲从中来，与曹操心有戚戚焉。

第三章　城头变幻大王旗

人心的微妙与曲折

刘备开始有所作为了。

刘备总是在人生的某一个阶段有所作为，然后很快就归于沉寂。这是时运不济的表现。不过对刘表来说，他还看不出刘备有什么时运不济的地方，相反，刘备正在锋芒毕露。先是带领他的两个兄弟到江夏去了一趟，粉碎了降将张武、陈孙的造反企图。刘备的收获是，得到了张武的胯下之骑，一匹极其雄骏的千里马。

接下来，刘备解决了刘表的心头之忧——派张飞巡南越之境；派关羽拒固子城，以镇张鲁；派赵云拒三江，以挡孙权，让刘表夜里能够睡得着觉。

但是蔡夫人不让刘表睡觉。对蔡夫人来说，睡觉事小，性命事大。她觉得自己老公的脑袋岌岌可危。

不错，是刘备。刘备的所作所为。虽说刘备、刘表都姓刘，可天下同室操戈的事还少吗？更何况刘备、刘表能不能称得上同室还两说呢。

事实上这样的担心不仅蔡夫人有，他的弟弟蔡瑁也有。在蔡夫人对刘表吹枕头风之前，蔡瑁先对他这个姐姐吹了耳边风。蔡瑁说："刘备遣三将居外，而自居荆州，久必为患。"

这样的道理真是浅显易懂，男人懂，女人也懂，所以蔡夫人焦急地对刘表说，我听说荆州人大多与刘备来往，不可不防啊。现在我们让他在城中居住，凶多吉少，不若派他到别的地方去住，以远离祸端。

刘表听了，呵呵一笑，只说了这样一句话：刘备是个君子。他当年连徐州都不要，这个地球人都知道的。

蔡夫人也呵呵一笑，却是冷笑：刘备真的不要徐州？所谓人心隔肚皮，有的时候不要正是为了要。呵呵……

刘表不再说什么。因为他说不出什么来了。原先他一直对一个成语的正确性深信不疑——妇人之见。在刘表看来，所谓的"妇人之见"是头发长见识短的代名词。可是这个夜晚，他怀疑了。

这是个怀疑一切的夜晚。刘备真是个君子吗？刘备真的不要徐州吗？三让徐州的背后，是否隐藏着一个男人难与人言的欲望？“有的时候不要正是为了要”，这句话，真是不应该在夜晚说出来，特别是对一个多疑的人来说，它百分百会导致失眠反应……刘表辗转反侧，感觉人心的江湖，真是无边无垠，前方不是岸，回头也不是岸啊！

一匹马见识了人心的微妙与曲折。

就在刘表第二天早上红肿着双眼找到刘备准备委婉地表达让其离开荆州之意时，那匹宿命之马宿命般地出现在刘表面前。

毫无疑问，刘表被刘备这匹极其雄骏的胯下之骑吸引住了，以至于目露馋涎之意。

一分钟后，刘表得到了这匹马。刘备送给他的。

刘备之所以要送刘表他的胯下之骑是因为在他眼里，已经得到的东西都不珍贵，珍贵的是那些还没有得到的。

比如——天下。

刘表当然不知道刘备的这层深意。他只领受了刘备的深情厚谊，一个人，为了兄弟，可以毫不犹豫地送出自己最喜爱的东西，这是什么精神？这是毫不利己专门利人的精神啊！这样的人，心里会有私利吗？刘表死也不信。

所以接下来，他的心情无疑是高兴的，其高兴源自有二：一、得到了千里马；二、明白了刘备的赤子之心。

只是这样的高兴并没有延续多久。一个人不知趣地打断了它的进程。

蒯越。

当然，蒯越也不是存心的。因为他并不知道此事的前因后果，他只知道，这是一匹不祥之马，谁骑谁死。他拉住骑马回城的刘表忧心忡忡地说，主公啊，快下来吧，这是一匹妨主之马啊！过去我哥蒯良，最擅长相马，我呢，也知晓一二。主公请看，这马眼下有泪槽，额边生白点，名为的卢，骑则妨主。张武为此马而亡。所以主公啊，你千万不要再骑它了。

就像一盆冷水浇到了刘表身上，他的好心情一下子就没了。

刘表一瞬间感觉自己很受伤。不是被马所伤，而是被人心所伤。他仿佛看到了刘备的险恶用心：一大清早，故意在他面前显摆这匹千里马，以售其奸，这是什么精神？这是毫不利人专门利己的精神啊！这样的人，心里会没有私利吗？刘表死也不信。

所以接下来，刘表做出了一个断然选择，将这匹马还给刘备，让他去襄阳属邑新野县自生自灭去吧。

刘备只得去了新野，就像若干年前他带着弟兄们去小沛一样，他的人生总是非主流，总是与主流或者说中心地带保持一定距离。当然他也曾经进入过主流的，但进去的结果是被排斥——在许都的岁月里，曹操的确和他青梅煮酒了，可毫无疑问，那是出局前的离歌。青梅是曹操的，酒也是曹操的，说“天下英雄，惟使君与操耳”的那个人还是曹操，刘备在任何时候都是背景，是修饰，是历史的聚光灯无意间扫到的边缘地带。

这是宿命。

但刘备不相信宿命。虽然他有时候也以宿命观短暂地安慰自己，可更多的时候，他选择的是主动出击。不错，人是被边缘化了，心却没有。心若在，梦就在，大不了一棍子打昏你我从头再来。

在客居新野的日子里，刘备一如既往地向刘表献言献策，试图影响时局；在曹操统兵北征之时，刘备急急忙忙赶往荆州，劝说刘表要抓住机会，趁曹操悉兵北征，许昌空虚之时，举荆襄之众，乘间袭之，则大事可成也。刘表却跟他打哈哈，说我坐据九郡足矣，还有什么别的东西好图呢？

一副知足常乐的样子。

刘备就在这样的知足常乐面前败下阵来。看来，人生的很多时候，需要打败的不是远方的目标，而是心中的不思进取。刘备到现在为止还打不败刘表心中的魔障，他能做的，就是继续影响这个人，以显示自己微弱而顽强的存在。

刘备的人生技能

刘表终于被影响了。

在刘备客居新野好多日子之后。

因为他看到了这个人的积极进取和不具威胁性。

在这个世界上，一个只知积极进取的人是危险的，因为他是称霸的代名词；同样，一个毫无威胁性、软弱无能的人也是不堪一用的——烂泥扶不上墙的道理谁都明白。刘备将这二者很好地结合了起来，所以他在刘表心里就又慢慢复活了。

刘表开始对刘备刮目相看。

刘表总是这样，对同一个人反复刮目相看，负负得正，正正得负，以至于到后来，他也弄不清对一个人的具体看法是怎么样的。一切都是在过程当中，一切都是在变化当中。

而世事确实是变化着的，起码在刘表眼里是这样。因为曹操胜利了。曹操提兵回许都，颇有吞并荆襄之心。刘表便认为自己当初犯了个错，悔不听刘备之言，失去乘虚攻击许都的好机会。所以刘表又将刘备请了过来，共商大计。

的确，这样的时代，不是孤军奋战的时代，也不是意气用事的时代。刘备是有野心的，但刘备又是可堪利用的，特别是在今后的共同抗曹中，刘备和他的弟兄们是一支不可忽视的生力军。

但刘表请刘备来，又不仅仅是为了此事。他还有更重要的事要商量。

对一个男人来说，生命中重要的事情无非是两件。生前事，身后事。生前事可以兵来将挡水来土掩见招拆招，身后事却往往无力把握。

即便你乾坤独断、挽狂澜于既倒，可人世间既倒的澜又有几人能挽？

刘表现在的感觉就是挽不动了。

的确，身后事是一塌糊涂一地鸡毛。原来刘表有两个儿子。长子刘琦是前妻陈氏所生，是个乖乖儿，万事拿不出自己的主意，所谓柔懦不足立事；幼子刘琮是后妻蔡氏所生，人很聪明。刘表的意思是想废长立幼，可又有碍于礼法；要是立长子呢也是险象丛生，因为现在蔡氏族中，都掌管着军务，这些人是不可能看着自己的既得利益受损的，所以长子一旦上台，后必生乱。刘表的痛苦也正在这里——虽然有两个儿子，可无论立哪一个都不是理想的选择，所以他问计于刘备。

刘备说话了。

说了一句性命攸关的话。因为此后不久，他差点就为自己说的这句话付出生命的代价。刘备的话是这样说的："自古废长立幼，取乱之道。若忧蔡氏权重，可徐徐削之，不可溺爱而立少子也。"

事实上刘备当时说出这句话也没什么，因为刘表的表情只是默然。这是拿不定主意的默然，不是暗含杀机的默然。要命的是刘备的话被一个不该听到的人听到了。

蔡夫人。

当时的蔡夫人躲在屏风后面，听到刘备如是说，那真叫一个怒从心头起恶向胆边生。就从那一刻起，刘备的宿命里就有了危险的成分。刘备自己似乎也感觉到这一点，他隐约觉得，自己的话锋芒太露，弄不好会伤了自己，他便起身去卫生间，小小地面壁思过一下。

这是一次伤感的面壁思过。因为刘备流泪了。

为自己的大腿。

在这个世界上，一个男人很少为自己大腿流泪的，除非在伤痛的情况下。刘备不是这样。他的大腿毫无异样，只是看上去有些赘肉堆积在那儿，刘备见了便泪流不止，令人很是不解。

刘表就不解其意。

刘备哭哭啼啼地对他说，我以前啊天天在马上，身不离鞍，所以腿上没什么赘肉；现在很久不骑马，赘肉横生。唉，日月蹉跎，老将至矣，想我刘备东奔西跑，一无所成，怎能不让我伤感呢？

刘表听了，哑然失笑，便打着哈哈说，哥们，别气馁啊，我听说你以前在许昌，与曹操青梅煮酒，共论英雄；兄弟你尽举当世名士，曹操都不认可，只说“天下英雄，惟使君与操耳”，以曹操的威风，都不敢把自己放在你前面，兄弟你还怕什么功业不成呢？

毫无疑问，刘表的这番话纯粹是给刘备打气，并不真的认为后者有什么天大的能耐，但人世间的悲剧就在于，当事者往往拿起根针就当棒捶使——刘备当真了。刘备先是豪情万丈地干了杯中酒，然后豪情万丈地说了这样一句话：“备若有基本，天下碌碌之辈，诚不足虑也。”

刘表一下子被雷倒了。“天下碌碌之辈，诚不足虑也。”谁是碌碌之辈？是指他吗？刘表从刘备俾睨一切的眼神中悲哀地体会到，他被归入此类了……

这个宴席最后是不欢而散的。

刘备带着他的万丈豪情乘醉而归，回到小招待所继续意淫天下，刘表则像吃了个苍蝇一样在蔡夫人面前长吁短叹。蔡夫人当然是希望刘表杀伐决断的，所谓卧榻之侧，岂容他人鼾睡，刘备不仅在鼾睡，还大模大样地咆哮了起来，是可忍孰不可忍？！

刘表想来想去，还是不愿拔剑而起。就像在此之前的无数次生闷气一样，刘表最后总能化解于无形——人生是什么，人生就是在一个闷气与另一个闷气之间首鼠两端，最后活活闷死。这是刘表的宿命。他只能承受，不能反抗。当然刘表不愿杀刘备的另一个原因是他不愿同室操戈。杀了自家兄弟在江湖上传出去是很没面子的，刘表不愿意做这样的人。

最后站出来杀伐决断的那个人是蔡瑁。

蔡瑁连夜点军去小招待所准备结果刘备的性命，刘备却很狡猾地先行逃走了。在刘备的人生技能中，哭和逃是最重要的两项。实践证明，他屡试不爽。

但蔡瑁却打算将刺杀行动进行到底。他在小招待所形迹可疑的墙壁上写了一首形迹可疑的诗，然后请刘表移步去鉴赏。

刘表去了。刘表看到了。刘表愤怒了。

因为墙壁上的诗，实在是气焰嚣张：“数年徒守困，空对旧山川。龙岂池中物，乘雷欲上天！”

刘表的剑拔出来了，发誓要在那条龙没上天之前斩了他。但是很快，他的剑又下垂了。这一回的刘表不是因为首鼠两端，而是想到了一个常识性的问题——刘备不是诗人。

对一个卖草鞋出身的劳动人民来说，让他写诗无疑是附庸风雅。这是无力的附庸风雅，因为任何一个人，想要附庸风雅，肚子里必须要有货。而刘备肚子里除了有万丈雄心外，并没多少货色。关于这一点，刘表深信不疑。

所以接下来，面对蔡瑁欲除之而后快的杀伐决心，刘表表示了谨慎的态度：“未可造次，容徐图之。”

历史的危局

蔡瑁气为之结。

在蔡瑁看来，人世间的很多事情之所以不能圆满，都是“容徐图之”造成的，他决定宜将胜勇追穷寇，没有条件创造条件也要上，一定要刘备人头落地。

蔡瑁的心情如此迫切其实也是可以理解的。他对刘备的仇恨源自于刘备对刘表说的那一句话——“自古废长立幼，取乱之道。若忧蔡氏权重，可徐徐削之，不可溺爱而立少子也。”

他奶奶的，你有什么资格这样说，丧家之犬应该看清他人的脸色，认清自己是什么货色，再扮演好自己的角色。否则，对大家都没好处。

于是一场新的阴谋悄悄诞生了。阴谋来自于一场光明正大的聚会——襄阳合聚。这是为了庆祝近年来谷物丰熟而举行的，刘表准备合聚众官于襄阳，以示抚劝之意。

事实上刘表并没有到会，蔡瑁准备邀请到会的那个人是刘备。蔡瑁在会上精心安排了谋杀刘备的行动，而所有这一切，刘表并不知情。

刘备也不知情。

刘备只是隐约感觉到，这次合聚不太正常。因为他获得授权将代表刘表出面慰问九郡四十二州的官员，他刘备何德何能可以行此大事？

所以凶多吉少。

张飞直截了当地对刘备说，筵无好筵，会无好会，去它干甚？关羽则显得“老谋深算”一些。关羽认为刘备疑心病太重，上次酒后一时戏言，没把刘表吓倒，却把自己吓倒了，不划算啊。再说襄阳离新野不远，无故不去，反而显出自己心怀鬼胎来，惹得刘表生疑。

刘备便动心了。

当然，真正让刘备下定决心排除万难也要去襄阳走一走的是赵云的举动。赵云将率马步军三百人同往，确保刘备的安全。

刘备出发了。没有人知道这是一次危险的旅程，连赵云都无可奈何。因为一到目的地，他手下的三百人便被蔡瑁分化瓦解了。赵云自己被安排在另外一张酒桌上，身边坐满了蔡瑁手下的武将。

刘备孤身一人。他是一个人在战斗。

他甚至不可能有战斗力。所有的一切都对他不利。整个襄阳东门被蔡和引军把守，南门被蔡中把守；北门被蔡勋把守。只有西门没人把守。

因为不需要把守。西门外有檀溪阻隔，那是天堑，是人间车马不可能通行的天堑。

刘备坐在宴席上，就像坐在历史的危局中，表面上若无其事，实际上已无生路。每一个人脸上都带着笑意，每一个人都可疑。他们是历史的同谋，被绑架者只有刘备一人，而刘表却依然在荆州首鼠两端，茫茫然不知所之。

刘备突围了。目标是西门。

这是一个叫伊籍的人偷偷告诉他的。伊籍跟刘备说这个秘密时一声叹息：西门其实也不是生门，只是相对于其他三门来说，它不具有攻击力。与人斗太累，不妨与大自然过招吧。

刘备别无选择。因为他手下的千里马的卢已将他驮至檀溪边上，正准备生死一跃。檀溪是条大溪，有几丈阔，几丈深。没有人认为跳下去会有生还的可能。蔡瑁和他身后的五百士兵对此也持悲观的看法。他们甚至停止了追击，驻足静观一出人间绝唱的最后奏响。刘备则闭上眼睛，纵马一跃，等待命运对他的最后裁决。

水镜先生

跃过去了。

命运往往是这样，在貌似走投无路的时候豁然开朗，所谓柳暗花明又一村。

刘备就来到了又一村。这是南漳地界，刘备策马而行，日将西沉，风景实在是好得不能再好，就像刚坐完过山车松弛下来一般，刘备沉醉在一种难以言说的静谧中。

人生是什么？人生就是夕阳西下时，一个人策马而行。一切都会过去，一切的障碍都不是障碍，只要能够放下。

刘备就放下了，短暂地放下了一切。他的勃勃雄心，他的那些挫折与失意。

一个牧童站在他面前，聚精会神地看着他。这让他感到奇怪。

接下来，更奇怪的事发生了：牧童认识他，称呼他为刘玄德。

刘备不知道，这其实是天意。因为一个叫水镜先生的人很快会浮出水面，与他面对面。这是深具历史意味的面对面，人生中这样的机会并不多，关于这一点，刘备很快就明白了。

水镜先生是仙风道骨的。

在这个世界上，仙风道骨的人都处幽而居。水镜先生也不例外。当刘备狼狈不堪地在牧童引领下去见水镜先生时，他惊呆了。

琴声。

悠扬的琴声。在突起高音部分后戛然而止。然后水镜先生施施然出场，惊鸿一瞥地说："琴韵清幽，音中忽起高抗之调。必有英雄窃听。"

毫无疑问，这样的出场是惊艳的，起码在刘备看来是这样。因为他眼中的水镜先生松形鹤骨，器宇不凡，端的是方外之人的气质。

在刘备的江湖中，他很少看到这样的人物，只是此时他的还不知道，水镜先生会在他的生命历程中扮演什么角色。

水镜先生没有亮出底牌，他只是漫不经心地指出刘备身边乏人的事实。这样的"事实"在刘备看来却是污蔑。刘备不服气地说，我刘备虽然不怎么样，可要说身边的人才，那是多了去了。文的有孙乾、糜竺、简雍等，武的有关、张、赵云，他们竭尽全力地帮助我，怎么叫作身边乏人呢？

水镜先生笑了，笑得很优雅：关、张、赵云，都是万人敌，问题是没有善用他们之人。至于孙乾、糜竺辈，白面书生罢了，不是经纶济世之才。

刘备想反驳他，一时不知从何说起。草堂之内，清气飘然。架上满堆书卷，窗外盛栽松竹，横琴于石床之上，余音袅袅。刘备置身其间，一时很有今夕何夕之感。

也许，他说的是对的。局外之人，方能参透局中之势。刘备想到了这一层，落寞感反而更深了。

因为，人才难得，人才难得啊！自己不是强势人物，惶惶然如丧家之犬一般，到哪里去找寻济世之才辅佐自己呢？

水镜先生提到了两个关键词：伏龙、凤雏。

水镜先生说："伏龙、凤雏，两人得一，可安天下。"但是伏龙、凤雏究竟是何人，水镜先生却打死都不说。他只是颇有深意地看着刘备，一脸安详。刘备有如被天雷击中，似有所悟终未能悟。他呆站在历史的迷局里，百思不得其解。

这个夜晚对刘备来说是终不能寐的夜晚。一切都很安静，一切却又嘈嘈杂杂。刘备恍然间明白了，人世间最大的噪音不是来自大自然，而是来自自己的内心。

心静，则万事静。可世间人事碌碌，有几人可以心静无虑呢？刘备一声叹息。下半夜将睡未睡的时候，刘备真切听到了敲门声。

是找水镜先生的。

一个被水镜先生称为元直的人自称刚从刘表那里回来，很有明珠投暗，燕雀安知鸿鹄之志哉的感叹。水镜先生也认同他的感叹，说"公怀王佐之才，宜择人而事，奈何轻身往见景升乎？且英雄豪杰，只在眼前，公自不识耳"。

刘备听了，当下心里一阵狂跳——英雄豪杰，只在眼前——这是在说我刘某人吗？莫非这个被称为元直的人就是水镜先生说的伏龙、凤雏两人中的一个？

他几乎要跳出去现身了。

但是，没有。

因为一旦跳出去，他就不是刘备了。刘备行走江湖几十年，太知道进退之道了。什么时候该出人头地，什么时候该韬光养晦，他拿捏得非常得当。

这个夜晚好不容易过去了，刘备以为，收获会在天亮时。天亮之后，水镜先生会将元直先生隆重推出，而他所要做的，只是笑纳罢了。

但是，什么都没发生。

什么事都没发生。水镜先生继续颇有深意地看着刘备，一脸安详。他似乎永远要这样看着刘备，却不想有所作为。

刘备忍不住了，只得自己有所作为。他向对方打听昨天夜里来的那个人是谁，现在到哪里去了？水镜先生什么都没说，只是一味地“好、好、好”，令刘备那个焦急和怅然若失。

这次的邂逅是以遗憾告终的，刘备最后一无所获地回到了新野。

当然，也不能完全说一无所获，毕竟刘备知道了两个符号：伏龙、凤雏。刘备隐约觉得，这是两个影响他今后命运的符号，前提是，他必须得到他们，起码是其中的一个。不过对于这一点，刘备的信心并不足。人间不如意事常八九，他刘备何德何能可以功德圆满呢？

所以，还是随缘，随缘吧。

新晋偶像

一个叫单福的人开始作秀了。

不错，是作秀。他在新野街市上“葛巾布袍，皂绦乌履，长歌而来”，很是醒目。

当然最醒目的是他唱的歌词：天地反覆兮，火欲殂；大厦将崩兮，一木难扶。山谷有贤兮，欲投明主；明主求贤兮，却不知吾。

这歌词唱得很幽怨。是怀才不遇的幽怨，愤世嫉俗的幽怨，也是渴求发现的幽怨。

刘备发现了他。事实上刘备别无选择。在没有引来伏龙、凤雏之前，他总要有一个军师替他排兵布阵，哪怕是毛遂自荐者。

单福走马上任了。

没有人看好他，包括刘备。这个世界往往是这样，来路不明的人最容易受到轻视，如果没有业绩来说话的话。

好在，这样的业绩很快就来了，因为曹操打来了，雄赳赳气昂昂地打来了。曹操派曹仁、李典带着降将吕旷、吕翔等领兵三万，屯樊城，虎视荆襄，很有先拿刘备开刀的意思。准确地说，要拿下刘备人头的是吕旷、吕翔二人。他们带领五千人马，直扑新野。

这是致命的直扑。因为几个时辰之后，人头落地了。

吕旷、吕翔的人头。

被张飞、赵云砍下的。当然，功劳不能算在此二人身上，或者说最主要的功劳不能算在此二人身上，要算在单福身上。单福在这一小小的战役上小露身手，终于令刘备们刮目相看。

但这只是开始。对于一场战争来说，只要对方不认输，就不能算结束。

曹仁就不认输。

曹仁之所以不认输是因为他自恃有才。在排兵布阵方面，曹仁有秘而不宣的武器。他鸣鼓进军，布成一个阵势，很有请君入瓮的意思。

刘备当然不敢进到瓮里，他要的是破瓮之道。

单福给了他破瓮之道。单福的破瓮之道听上去神神叨叨的，充满了东方神秘主义色彩。他是这样说的："这是八门金锁阵啊，很难破的。"

刘备的心悬起来了，他被单福的最后一句话吓倒了。这是神秘的力量。神秘是这样一种东西，先抛给你一个匪夷所思的名词，然后再吓你一下，但目的却在字面之外。单福危言耸听的目的仅仅是为了衬托他的非同凡响。因为接下来，他要给出的正是破瓮之道。单福说这八门叫休、生、伤、杜、景、死、惊、开。如果从生门、景门、开门而入则吉；从伤门、惊门、休门而入则伤；从杜门、死门而入则亡。现在八门虽布得整齐，但要找它的破绽，还是容易的。我们如果从东南角上生门击人，往正西景门而出，其阵必乱。

刘备听得一头雾水。的确，这样的玄学专业性太强，充满了似是而非和东拉西扯的"穿越"逻辑，除非有实践的确凿验证，否则没人知道它的正确性究竟如何。

实践是检验真理的唯一标准。这句话真是千古不易的名言。所以接下来，赵云冲进去了，以为验证。赵云引着五百士兵从东南而入，呐喊着杀入中军。曹仁便引军往北走。赵云不追赶，他突出西门，又从西杀转东南角上来，逼得曹仁军大乱。然后刘备率军冲击，结果曹兵大败而退。

胜了。刘备和他的弟兄们。

胜了，单福。

单福的胜利是锦上添花式的胜利。他令刘备们刮目相看了。但单福不满足于此，因为一个偶像的诞生靠的不是一两次的胜利，而是接二连三的胜利。单福接下来的贡献是计夺樊城。

事后想起来，樊城之所以能夺成与曹仁的蠢蠢欲动密切相关。《易经》上说，一动不如一静。曹仁没读过《易经》，所以他不知道这个深刻的道理。当他蠢蠢欲动地带着全部人马自以为先知先觉地偷袭刘备的营寨时，他不知道，在这一刻，他的悲剧命运已然铸就。

悲剧是双重的：一是刘备在单福的提醒下早有防备，将曹仁的劫寨变成了反劫寨。曹仁的手下人马悲哀地发现，这个夜晚，自己要站着进去躺着出来了；二是关羽趁虚而入，夺得曹军的大本营樊城。当曹仁劫寨不成，死战逃脱，在李典保护下渡过河面，上岸奔至樊城时，他发现城头已经变幻大王旗。

关羽在他的旗帜后面放声大笑。

由此，单福功成名就，终成新晋偶像。

优点，也是弱点

对曹操来说，目前的眼中钉、肉中刺不是刘备，而是单福。

这是一个军师的可怕力量。曹操不允许刘备身边存在这种力量。

但他无可奈何。因为单福身份不明。在这个世界上，一个身份不明的人是神秘的，也是难以控制的。

因为找不到命门。

不错，是命门。每一个人都有命门，只要他是人。命门是弱点，是进入乃至于控制该人的通道。唯一通道。

有些人贪财。有些人好色。有些人无知。有些人托大。有些人爱面子。有些人惧内。有些人有洁癖。有些人怕蛇。有些人怕黑。有些人同性恋。

这些都是命门。掌握了这些命门，基本上也就可以控制命门背后的这个人。

曹操不知道单福的命门是什么。他甚至不知道单福这两个字是什么意思。是名字吗？可这名字背后，能透露什么信息呢？

一无所知。

这是信息的不对称。在任何时代，信息不仅仅是财富，更是未来。

不过程昱知道一切。

程昱说，单福其实不叫单福，而叫徐庶，他是颍川人，字元直。单福是他的假名。

曹操笑了。当然他感兴趣的不是这些。而是徐庶的才能。他想弄明白的一点是，徐庶和程昱的才能之比较。

程昱说了这样一句话：“十倍于昱。”这样的回答让曹操心生寒意和恼意。寒意是他和刘备在军师能力方面的比较是他弱刘强；恼意是他不明白自己的号召力为什么不如刘备。

天下杰出人才，怎么可能效力于刘备而不是他曹操呢？曹操百思不得其解。

但程昱以为，曹操纠结于这个问题是没有必要的。世间事各有归属，目前重要的是斩断这种归属。徐庶不是效力于刘备吗？让他终止这项服务就可以了。

所以接下来，曹操需要寻找的就是徐庶的命门：这个人的致命弱点是什么？

很快就找到了。程昱提供给他的。

程昱说徐庶这个人既不贪财，也不好色；既不无知，也不托大；既不爱面子，也不惧内；既没有洁癖，也不怕蛇；既不怕黑，也不搞同性恋。

他唯一的弱点是有孝心。

不错，孝心是优点，也是弱点。就像这个世界上的所有优点一样，从另一个角度看，其实都是弱点。因为可以被利用。徐庶的孝心一旦被利用，它就成了命门。可以控制徐庶的命门。

曹操恍然大悟，决定依计而行。

徐庶他妈却不配合。老太太虽然没什么文化，但是有信仰。信仰是比文化更加坚硬的力量。关于这个认识，曹操很快就体会到了。

徐庶他妈视死如归。在被曹操“请”到许都软硬兼施之后，徐庶他妈始终坚守底线，不给儿子写劝降书。

只是很遗憾，这样的坚守在程昱看来，是脆弱的。

世上无难事，只怕有心人。劝降书是可以山寨的，而且很快就被山寨了出来。这封山寨版的劝降书是这样写的：“近汝弟康丧，举目无亲。正悲凄间，不期曹丞相使人赚至许昌，言汝背反，下我于缧绁，赖程昱等救免。若得汝降，能免我死。如书到日，可念劬劳之恩，星夜前来，以全孝道；然后徐图归耕故园，免遭大祸。吾今命若悬丝，专望救援！更不多嘱。”

徐庶得到了这封令他心如刀绞的劝降书。毫无疑问，他将面临人生的一个重大选择：是要刘备，还是要老娘？或者说是要忠，还是要孝？

这实在是个千古难题，但是，徐庶还是做出了选择。

因为他是一个孝子。孝子永远把“孝”放在其他选项之前。所以真正痛苦的人其实是刘备。

刘备将失去一个事业上的强大帮手。要命的是，这个帮手是不可或缺的。乱世当中，什么最贵？还是人才啊！

刘备泪如雨下。

孙乾没有泪如雨下，而是想到了此事的可怕后果——徐庶不能走啊！徐庶进曹营，对曹操来说，那是如虎添翼。可对刘备来说却是致命打击。另外要命的问题还在于，徐庶知道刘备的军中虚实，他此时跳槽服务于对家，有泄露商业机密的嫌疑。所以孙乾建议刘备，苦留徐庶。徐庶如不去曹操那儿，曹操必杀其母，如此一来，徐庶和曹操就算是有不共戴天之仇了，今后，他肯定会誓死效命于主公的。孙乾如是说道。

刘备若无其事地问道：如果他非走不可呢？

孙乾呵呵冷笑：那就只有杀了他了。反正不能落入曹操之手。

刘备沉默不语。

这是暧昧的沉默不语。没有人知道他的真实想法。的确，刘备是个“仁”字走天下的人，可现如今，仁义不能留人的话，那这仁义还有什么用呢？

可能，玉石俱焚是最好的选择了。我得不到的，天下其他人也别想得到。孙乾以为，刘备接下来就会做出顺理成章的选择。因为只要是个人，就会趋利避害，就会在此生死存亡的关头，做出有利于自己的选择。

但是没有。

刘备没有如是选择，而是做出了趋害避利的选择：送徐庶去曹营，以全其孝道。关于这个选择的动机，刘备是这样解释的：“不可。使人杀其母，而吾用其子，不仁也；留之不使去，以绝其子母之道，不义也。吾宁死，不为不仁不义之事。”

刘备一如既往地维持了他的高大全形象，成功地为其仁义招牌再次打了补丁。所谓非常之人必有非常之举，刘备继三让徐州之后，又一次做出了令人大跌眼镜的非常选择。

孙乾大失所望。

不错，一个人可以一而再、再而三地作秀，但一个人不可以在其性命攸关的时候一而再、再而三地作秀。因为你不是一个人在混，而是带着一帮兄弟们在混。

弟兄们的利益怎么办？弟兄们的身家性命谁来维护？

孙乾想要一个公道。

刘备没有给他这个公道。他甚至没有再次解释什么。这似乎是一个团队小头目的特权。可以拍板决定一切，可以不解释一切。他唯一要做的，就是承担一切。

一切所带来的荣耀和恶果。

世事峰回路转。

失去的其实也就是得到的。甚至，得到的大于失去的。

因为徐庶在临走之前郑重向刘备推荐了一个人：诸葛亮。

这个三国历史上的风云人物就此浮出水面。当然此时的他还在襄阳城外二十里地的隆中奇货可居。他在那里做隐士，自比管仲，乐毅地做隐士。这听上去有些狂妄，可徐庶给他的推荐语是“管、乐殆不及此人。此人有经天纬地之才，盖天下一人也”。

毫无疑问，刘备的好奇心起来了——敢情，这是大腕啊。

当然最后让刘备决定赴汤蹈火在所不辞地将此人挖出来的原动力是，他终于弄清楚诸葛亮就是水镜先生所说的“伏龙、凤雏”里的前者，这样的发现令他很有塞翁失马焉知非福的感觉。

不错，徐庶是走了，可还有诸葛亮。他奶奶的这是仁义的胜利啊。所谓旧的不去新的不来，有仁义在，就有天下人才在。刘备自信，他将凭借自己举世闻名的“仁义”招牌将诸葛亮从隆中挖出来，以为其所用。

而要实现这个目的，只是时间问题。

崇 拜

徐庶来到了许昌。

他为此付出的代价是，母亲自杀身亡。

事实上这不是徐庶的错，也不是他母亲的错，而是曹操的错。曹操用欺骗的手段见到了徐庶的人，却仅此而已。

因为徐庶不可能为他献计了。他的心已冷。

曹操却不相信徐庶的心已冷。曹操以为，人世间变化最快的就是人心。冷了可以变热，热了可以变冷，只要给出变化的条件就行。

曹操给了。他看上去很非诚勿扰，悲切切地亲往灵堂祭奠徐母的不幸去世，握着徐庶冷冰冰的手希望后者节哀顺变，同时给予徐庶优厚的抚恤。

和崇高的待遇。

徐庶不为所动。每天，他唯一能做的事情就是守孝。守孝三年对一个孝子来说那是最低要求，徐庶守得一心一意，令曹操无可奈何和焦急万分。

世事时不我待，多少事，从来急，经不起徐庶的三年之守啊！曹操隐约感觉自己捡了个烫手的山芋，看着香，却不能入口，这真是一件急死人的事。

但收获也不是没有。曹操以为自己最大的收获是让徐庶成功地离开了刘备，在很大程度上解除了刘备对自己的威胁。虽然说现在还不能做到让徐庶为己所用，但那只是时间问题。有一句话是怎么说的？时间是这个世界上最强大的敌人。谁都敌不过时间。时间可以改变容颜，改变性情，也可以改变信仰。曹操愿意把徐庶交给时间。他要看一看，在时间背后，徐庶会不会给他呈现新的变化。

符合他要求的新变化。

水镜先生出现在刘备面前。

水镜先生总是这样，在该出现的时候出现，在该消失的时候消失。没有逻辑，没有预期，有的只是神龙见首不见尾。

刘备不知道水镜先生为什么会来，就像他不知道自己当初为什么会在街头邂逅徐庶一样。一切都不在他的掌握，而在水镜先生的掌握中。

只是这一回，水镜先生感觉自己也无法掌握了。因为徐庶去见曹操了。

徐庶的如是选择在水镜先生看来只能意味着一件事：中计了。

中了曹操之计。

水镜先生忧伤地对刘备说，徐母为人忠烈，虽然被曹操所囚，也肯定不会写信召她的儿子去许都的，所以这封信必定有诈。徐庶如果不去，徐母还有活下去的希望；现在去了，其母必死啊！

水镜先生的忧伤毫无疑问是令人动容的，但是刘备还不理解这其中的奥秘：为什么徐庶去了，其母必死呢？

水镜先生一语点破天机："徐母高义，必羞见其子也。"刘备脑海中电光石火，刹那间也明白了人世间的这一层内在联系。但这样的明白却是于事无补的，他需要的是事前的洞见。如果他手下的谋士事前能给他这一层洞见，那么徐庶不仅能冠冕堂皇地留下来继续辅佐他的事业，还能救徐母一命，这是多么好的一举两得之举啊……

却是没有。

一切都不是上佳选择，一切都是碌碌无为。说到底，还是没有杰出人才的缘故啊！这一回，轮到刘备忧伤了。刘备看着杰出人才水镜先生笑吟吟地一脸深意地看着他却不能为其所用，那一层忧伤真是难与人言。

好在还有诸葛亮，这个传说中的卧龙。刘备向水镜先生提及了这一名字，希望能够得到他的进一步验证。

水镜先生一声叹息。这是含义丰富的叹息，为徐庶的"多管闲事"——你徐庶走便走了，为什么还要拉诸葛亮出来呕心沥血呢？

但刘备要的不是水镜先生的叹息，而是他的推荐语。

水镜先生给了刘备推荐语。水镜先生说，在这个世界上是有高人的。诸葛亮和博陵崔州平、颍川石广元、汝南孟公威与徐元直都是高人，但高人之间也有高下之分。博陵崔州平、颍川石广元、汝南孟公威与徐元直在诸葛亮心目中可为刺史、郡守，诸葛亮却常常自比管仲、乐毅，呵呵，其才不可限量啊……

刘备不说什么。因为水镜先生的推荐语和徐庶曾经给出的推荐语大同小异，他没有听到新鲜的说法。

倒是关羽"呵呵"冷笑了。

关羽觉得，一个人可以在百无聊赖的情况下自我意淫解一下闷，但是他人不可信以为真。他觉得徐庶和这个神经兮兮的水镜先生都犯了相同的错误——做托，不可以这样没有职业道德的，拜托！

水镜先生没有理会关羽。他的眼中没有这个世界，更别说眼前的关羽。他眼中的世界只有一个人。

诸葛亮。

水镜先生对诸葛亮的崇拜可谓滔滔江水绵绵不绝。水镜先生称诸葛亮自比管仲、乐毅不是侮辱了这两个人，而是侮辱了他自己。在这个世界上，真正可以与他比肩的人物其实是另外两个人。

兴周八百年的姜子牙，旺汉四百年的张子房。

鸦雀无声。

水镜先生说完后，四周鸦雀无声。都被雷到了。不仅是关羽，还有刘备。

接着，在这令人难堪的鸦雀无声中，水镜先生再次见首不见尾。

他要走了，不给任何理由地走了。水镜先生轻轻地走了，正如他轻轻地来。水镜先生轻轻地离去，不带走一片云彩，反而留下了一句话："卧龙虽得其主，不得其时，惜哉！"

这句话让刘备站在那里傻半天。他这是说我吗？还是说这个时代？到最后，刘备终于确信，水镜先生将他和这个时代都说了，只是说得比较隐晦，很有骂人不带脏字的意思。不过刘备并不恼羞成怒，因为他心中隐约有一些喜悦——水镜先生预言他是诸葛亮的新主，这样的预言对刘备来说，至关重要。

重要的是关键词

隆中。

水墨山水画般的隆中。

山畔数人，荷锄耕于田间的隆中。

歌声悠扬的隆中。

歌是这样唱的："苍天如圆盖，陆地似棋局；世人黑白分，往来争荣辱：荣者自安安，辱者定碌碌。南阳有隐居，高眠卧不足！"

歌声传到刘备的耳朵里，仿佛天籁之音。

真的是天籁之音。因为它的歌词淡定、从容，隐隐有大气象。

当时的刘备很有朝圣之感。他行走在隆中的大地上，很有走在这个时代心脏里的感觉：激情，澎湃，天下为公，舍我其谁。

他要去见那个叫诸葛亮的人，或者说叫神。

但是，他身后的两个人却没有这样的感觉。关羽和张飞表情淡漠，对刘备的朝圣心态颇为不解。

刘备不管不顾，继续朝圣，特别是在得知这首从农夫嘴里唱出来的流行歌曲其原唱是诸葛亮之后，刘备的表情简直称得上是庄严肃穆了。

应该是怎样的才子，才能有如此的胸中锦绣？刘备渴望见到这个人。

隆中已是水墨山水，卧龙冈更是神仙府第。

流水潺潺，篱落野花，苍猿献果，老鹤守门。刘备被震住了。他站在诸葛亮家门外，亲叩柴门，正儿八经地向出来的小童如是通报："汉左将军、宜城亭侯、领豫州牧、皇叔刘备，特来拜见先生。"

小童傻眼了。见过啰嗦的，没见过如此啰嗦的，这人到底是个什么官呢？刘备看着摸不着头脑的小童，只得气馁地跟他说，你只说刘备来访就可以了。

小童白他一眼，很有鄙视刘备智商的意思。的确，人生的很多时候，修饰语并不重要，重要的是关键词。再华丽的修饰语在时间的淘洗下都会随风而去，唯一能够陪伴终生的无非是简单得不能再简单的关键词——每一个人的名字。这样的发现让刘备很是唏嘘。

更让刘备唏嘘的一条人生真理是，第一次总是不完美的。他没有见到诸葛亮。这个远离主流社会的人出门远游去了。没有人知道他的归期，除了他自己。这基本上可以说是前信息时代的普遍困境：知道一个人的名字是容易的，见到他却很难。

需要缘分。有缘千里来相见，无缘找上门去人家也不在家。

刘备只得怏怏而返。这是一次惆怅的归程。因为这样的惆怅很大程度上不在于寻人不遇，而在于下一次也不可期待。没有人可以保证下一次刘备肯定能够见到诸葛亮，甚至下下一次也是如此。对于人生来说，最大的烦恼也正在于此：满怀希望却看不到希望。

却见到了另一个人。

在归途中，刘备和崔州平遭遇了。这个诸葛亮的朋友容貌轩昂，丰姿俊爽，头戴逍遥巾，身穿皂布袍，当时正杖藜从山僻小路而来，很有仙风道骨的意思。

最重要的是他的谈话，充满了辩证唯物主义的思想。这个博陵隐者没有走遍天下，天下却已在他心中。当刘备告诉他自己找诸葛亮是为了求得安邦定国之策时，崔州平轻笑了。

这是高瞻远瞩的轻笑，也是俯仰天地的轻笑。崔州平告诉刘备，天下的事情，无非是“治乱”二字。治极而乱，乱极而治，事物的发展是有规律的，事物发展的规律是不以人的意志为转移的。想我大汉王朝，高祖斩蛇起义，诛了无道之秦，终于一统天下，这是由乱而入治啊；至哀、平之世二百年，天下太平日久，王莽蠢蠢欲动，呵呵，这又由治而入乱了；接下来光武中兴，重整基业，则再次由乱而入治；到了今天两百年过去了，所谓民安既久，必干戈再起，这不又由治入乱了吗？所以天下的事情，说到底逃不脱治乱的怪圈。现在刘将军你逆天而为，逆时而动，要请诸葛亮出来斡旋天地，补缀乾坤，结局恐怕只有八个字：徒费心力，劳而无功。

刘备听呆了。他突然觉得隆中这个地方，真是人才处处。一个崔州平谈笑间将历史的潜规则和盘托出，虽然听着有些刺耳，但毫无疑问，他能自圆其说。最重要的，崔州平有自己的独立发现，有对历史的深沉思考。刘备以为，这样的发现与思考是他非常需要的。所以刘备有容乃大地向崔州平发出邀请，希望此人能追随他一起建功立业。

崔州平拒绝了。

他不可能不拒绝。在说破“世事不可为”这一历史潜规则之后，崔州平当然不会明知不可为而为之。他和水镜先生一样，轻轻地走了，正如他轻轻地来。崔州平轻轻地离去，不带走一片云彩，只留下惆怅莫名的刘备在那里一个劲地流口水。

张飞鄙视了刘备的惆怅。

在张飞看来，诸葛亮找不着，却在这里遇此腐儒，闲谈半天，整个一脑残！他催促刘备赶快回家，别在这里做无用功了。于是，在山不高而秀雅，水不深而澄清；地不广而平坦，林不大而茂盛的隆中，三个男人各怀心思地走在回家的小路上，整个基调是落寞与伤感的，与周围的环境极不协调。

冬天来了，春天还会远吗

二访诸葛亮是在“雪花那个飘”的冬天。

张飞愤怒了，彻底愤怒了。因为有一个问题他想不明白，“雪花那个飘”的时候，打仗的人都要偃旗息鼓，可刘哥哥为什么还要这么一往情深，踏雪寻人？所以他建议，刘哥哥不必去了，真想见此人，找人将他抓来就是。不就是一乡野村夫嘛……

刘备也愤怒了，为张飞的建议。他义正词严地告诉张飞，诸葛亮是当世大贤，怎么可以找人……抓来?！为了强化自己的义正词严，刘备还引经据典，用了孟子的语录为自己的所作所为辩解：欲见贤而不以其道，犹欲其入而闭之门也。

张飞招架不住。他是个见了语录就头痛的人，更何况是那个诲人不倦的孟子。张飞同意跟刘备一起二顾茅庐。

但是在路上，张飞依旧唠唠叨叨。他说天寒地冻的，我们何苦要冒雪走远路去见无益之人呢？哥，不如回新野去避风雪吧。刘备继续义正词严。他甚至挺起了胸脯，以表达他的大无畏精神：我就是要让诸葛先生知我殷勤之意，不下雪我还不去呢。如果你怕冷，可先回去。

张飞当然不可能回去。这是做小弟的无奈之处。做小弟的宿命就是跟随，不管大哥要去哪里，理解了要跟随，不理解硬着头皮也要跟随。

只是这一次的跟随依旧一无所获。

诸葛亮还是不在家。在家的是他的弟弟诸葛均。诸葛均告诉刘备说，他二哥诸葛亮昨天与崔州平相约，又出外闲游去了。所谓闲云野鹤，生活中最重要的内容就是游山玩水，然后指点江山，再然后怀才不遇。这样的生活状态让张飞觉得这个叫诸葛亮的人整个是一不务正业的二流子，有田不种，天天吹自己是管仲、乐毅，唯恐天下人不知，现在他刘大哥诚心诚意过来找他，又开始玩躲猫猫游戏，他奶奶的，有病啊！

当然，这样的怨气张飞是不敢发泄出来的。因为此时此刻，他已经看出刘备的脸色有些不对了。在风雪交加中，刘备自叹命苦，摇摇欲坠，其情其态惨不忍睹。张飞和关羽忙抢上前去，一把抱住很受伤的刘大哥，鼓励他坚强再坚强。刘备也终于没有倒下，他站住了。刘备站在卧龙山庄，仰天长叹，并且很悲愤地喊出一句世界名言，令整个天地为之变色：

冬天来了，春天还会远吗?!

春天真的来了。因为刘备要三顾茅庐。

对于刘备来说，真正的春天不在外面，而在他的心中。什么时候见到诸葛亮了，什么时候他的春天也就来了。这一点很像我们中间的许多人，心中有暖意才有真正的春天。

只是这一回，关羽不干了。

关羽一直以来都是好好先生。起码和张飞相比，他要温顺许多。但是刘备的三顾茅庐之举还是超出了他的心理承受范围。关羽推心置腹地对刘备说，太过了，大哥前两次屈身亲往，拜谒孔明，礼已经太过了。现在还要三顾茅庐，想孔明何德何能，可以担得起如此礼遇呢？关羽甚至断定，诸葛亮这个人有虚名而无实学，故避而不敢见。如此浪得虚名之人，不值得再往他脸上贴金了！

刘备却依旧引经据典，说当年齐桓公想见东郭野人，五反而方得一面。何况我现在要见的是大贤呢？又说周文王谒姜子牙，那礼数，隆重了去了……人生最痛苦的事是什么你知道吗？那就是人还在，却见不着。你，你们不想让我痛苦一辈子吧……

刘备说得如此痛苦不堪，关羽和张飞也只能随他去了。于是，在这个东南风微微吹在脸上令人痒酥酥的乱世的春天，刘备又一次踏上了朝圣之路。

这是真正的朝圣，因为刘备的准备工作做得刚刚的。“令卜者揲蓍，选择吉期，斋戒三日，薰沐更衣”，那份虔诚，可谓一丝不苟。

细节决定成败。一丝不苟的刘备这一次欣喜地发现，卧龙先生此时正卧在家里没有出去遨游。这个消息是诸葛均告诉他的。当时的诸葛均在离草庐半里之外的地方与刘备遭遇，匆匆忙忙说了以上信息后又匆匆忙忙地离开，那神情，好像忙天下大事去了。张飞便很不快——乡下人到底没礼貌，我们诚心诚意来看你哥，你便引我们到家再走也不迟啊，如此行色匆匆，倒显得我们上赶着要求见诸葛亮似的。

刘备却心静如水：我们可不上赶着要求见诸葛先生吗？我乐意！你要不乐意，回去好了。张飞只得老大不情愿地做乐意状，和刘备一起深一脚浅一脚地去“求见”诸葛亮。

一刻钟后，张飞绝望地发现，这回是真正的、实打实的求见，而不是故作姿态。

因为诸葛亮睡着了。

虽然是大白天，诸葛亮却睡得那个堂而皇之。仿佛作为隐士，最重要的工作除了在外面流浪就是在家里睡觉了。

问题的关键还不在这里，问题的关键在刘备对诸葛亮大白天睡觉的态度上。一脸虔诚的刘备竟然发自肺腑地认为，诸葛亮大白天睡觉是当前压倒一切的最重要的事情。他吩咐小童千万不要进去通报，以免打扰诸葛亮的睡眠。与此同时，刘备让关羽、张飞在门外等着，自己轻手轻脚地走进院中，拱立阶下，瞻仰诸葛亮仰卧于草堂几席上的睡姿。

大气不敢出。大屁不敢放。诚惶那个诚恐。

张飞火了。见过傲慢的人，没见过如此傲慢的人。刘备是什么，是皇叔，更是他的大哥！而诸葛亮是什么？一介村野匹夫，故作姿态的村野匹夫！所以张飞准备做出一个举动，要让诸葛亮为自己的傲慢付出代价。生命的代价。

他要火烧草堂。

只是张飞的举动没有得逞。因为关羽拦住了他。关羽认为，消灭一个人的傲慢，火攻不是最好的办法。至于最好的办法是什么，他也不知道。

这是一支潜力股

刘备依然在诚惶诚恐地等待。

他的等待似乎有了结果。

因为诸葛亮翻身了，翻身欲起。但是几秒钟之后，刘备遗憾地发现，这只是一次疑似起床——翻身之后，诸葛亮又呼呼大睡。

小童着急了，准备强行叫醒主人。刘备却不打算让小童这么做，他好像要将虔诚进行到底，以充分、完全、彻底地感动诸葛亮。

在一个时辰之后，诸葛亮终于完全、彻底地醒来。

于是有了四目相对。这是乱世中两个男人第一次的四目相对，好多年之后，这样的四目相对彰显了宿命般的意义——他们不离不弃地走到了一起，为一个共同的目标，同悲同喜同奋斗。

只是在当时，诸葛亮看上去有些惘然。这是充满诗意的惘然，因为诸葛亮醒来后的第一个行动是吟诗一首：

“大梦谁先觉？平生我自知。草堂春睡足，窗外日迟迟。”

这首诗很有举重若轻的意思，听得刘备目瞪口呆，刹那间醍醐灌顶，顿悟人生。

更让刘备顿悟人生的是诸葛亮的谈吐。这个喜欢浪迹天涯的帅哥对世事有着和山野村夫大异其趣的见识。虽然在去年一顾茅庐时，刘备对崔州平的谈吐有惊为天人之感，但毕竟那是消极遁世的，充满着清静无为、无可奈何花落去的无力感和沧桑感，和刘备积极进取的人生态度相去甚远。可诸葛亮不一样。诸葛亮是人定胜天的，是自信人生二百年，中流击水三千里；是我能，我可以；是虽千万人吾往矣的决绝和镇定自若。

诸葛亮说：“自董卓造逆以来，天下豪杰并起。曹操势不及袁绍，而竟能克绍者，非惟天时，抑亦人谋也。今操已拥百万之众，挟天子以令诸侯，此诚不可与争锋。孙权据有江东，已历三世，国险而民附，此可用为援而不可图也。荆州北据汉、沔，利尽南海，东连吴会，西通巴、蜀，此用武之地，非其主不能守；是殆天所以资将军，将军岂有意乎？益州险塞，沃野千里，天府之国，高祖因之以成帝业；今刘璋暗弱，民殷国富，而不知存恤，智能之士，思得明君。将军既帝室之胄，信义著于四海，总揽英雄，思贤如渴，若跨有荆、益，保其岩阻，西和诸戎，南抚彝、越，外结孙权，内修政理；待天下有变，则命一上将将荆州之兵以向宛、洛，将军身率益州之众以出秦川，百姓有不箪食壶浆以迎将军者乎？诚如是，则大业可成，汉室可兴矣。此亮所以为将军谋者也。惟将军图之。”

诸葛亮又说：“将军欲成霸业，北让曹操占天时，南让孙权占地利，将军可占人和。先取荆州为家，后即取西川建基业，以成鼎足之势，然后可图中原也。”

刘备不说什么，因为他已无话可说。一个人，一个隐居之人，未出茅庐，已知三分天下，这样的历史洞见力，可谓空前绝后了。

他愿意得到这个空前绝后之人。

诸葛亮却不愿意轻易许人。就像久居深闺的女子，对选择托付自己终身的人，那是慎之又慎。刘备看上去则像个囊中羞涩的候选人，虽然有一个还算显赫的身世，可现实的各方面情况都已显现出败落相，长得又不器宇轩昂，更要命的是自信心也不足，整个人猥琐得可以，实在令“女方”提不起兴趣来。

尴尬便在此刻如影随形了。一个孜孜以求，一个不置可否，这样的“相亲”似乎要以失败告终。

但是没有。

因为刘备使出了秘密武器。致命的秘密武器。

哭。

刘备的哭其实分两种。一是秀；二是真哭。刘备这一回是真哭了。一般来说，一个人在求之不得的时候，会感受到真痛苦。刘备真痛苦了。如果诸葛亮的隆中对不是这么才华横溢、水银泻地，他的痛苦不会这么真。可诸葛亮在孔雀开屏之后又华丽转身，做袅袅离去之势，刘备心中的失落那真是致命的。

所以他——号啕大哭。边哭还边说：“先生不出，如苍生何！”

这真是一个绝妙的理由，一下子将诸葛亮置于进退两难之地：不出山，那是置天下苍生于不顾；出山，此生就要跟着刘皇叔从一而终了。这个人能不能成事，能成多大事，诸葛亮都要一肩担当。

诸葛亮最后选择了出山。事实上，这是他的不二选择，也是大多数隐士的人生宿命。隐是为了显，不出是为了出。在这个世界上，没有一个隐士愿意一辈子做隐士，除非此人已心如死水。但诸葛亮显然不在此列，这个有事没事就自比于管仲、乐毅的人，要的就是一个舞台。一个不大不小，却可以让他长袖善舞的舞台。毫无疑问，曹操那个舞台是太大了。曹操谋士如云，讲究的是先来后到、资历深浅。他们出谋划策时个个争先恐后，诸葛亮即便加盟其中也会很快被淹没，到时天下真的到手了，也没他诸葛亮什么事；孙权那边也有张昭这样的大个子顶在那里，大个子有大智慧，即便诸葛亮不认同这一点，孙权也会认同这一点，因为张昭的地位是历史形成的，是经过孙家上下两代人一一考验过的，是可以托孤的，也是时刻准备流芳百世的——诸葛亮就不凑那个热闹了。最重要的是孙权没有向他发出邀请，诸葛亮要是主动凑过去，那也太掉价了。

所以，只剩下了刘备。刘备虽然目前看上去有些山穷水尽的意思，但诸葛亮认定，这是一支潜力股。最重要的，他在刘备心中有价值。当然，事后想起来，这样的价值是经过多人造势的。这里面有徐庶和水镜先生，也有博陵崔州平、颍川石广元、汝南孟公威人等，更有那些唱流行歌曲的山野村夫。他们以口耳相传的形式，强化了诸葛亮在刘备心中的美好想象，而刘备三顾茅庐的朝圣之举，最终使他在仪式感上自我构筑了一场以诸葛亮为关键词的完美风暴。

这是刘备一个人的完美风暴，从此以后，这个叫诸葛亮的男人在刘备心目中占有了至高无上的地位，这样的效果达成毫无疑问是诸葛亮极其需要的。所以诸葛亮答应了。

他答应追随这个男人而去，去创造自己的命运。在百无聊赖的人间，诸葛亮觉得，这样的生活是有意义的。因为他的未来会有无限可能：精彩的，暗淡的；喜剧的，悲剧的……诸葛亮为即将到来的如此有无限可能的未来激动不已。

他终于在那个春暖花开的日子离开了卧龙岗，头也不回地。

第四章　时代的宠儿与弃儿们

江东可以说“不”

孙权也在闷声发大财。

就在刘备赢得孔明归时，孙权也广纳贤士：会稽阚泽来了；彭城严畯来了；沛县薛综来了；汝阳程秉来了；吴郡朱桓来了；当然还有陆绩、张温、骆统、吾粲等人。这些人来到江东，受到了孙权的礼遇。不过以上诸人是玩嘴皮子的，接下来，孙权又引进了若干玩刀把子的人才，他们是：汝南吕蒙；吴郡陆逊；琅琊徐盛；东郡潘璋；庐江丁奉。这些人，注定会在接下来的岁月中，粉墨登场，从而在三国乱世中，演出一场场悲欢离合的好戏。

曹操却有些坐立不安。孙权的引进人才行动虽说不是高调进行的，但在他看来，却是一个危险的信号：一个人，有野心才会蠢蠢欲动，孙权此人，其志不在小。

便遏制。

这是一种隐晦的遏制，也四两拨千斤式的遏制。曹操没有出兵攻打江东，而是让孙权交出一个人，到许都去入朝随驾。

他儿子。

这是建安七年的春天，这个春天，充满了阴谋的味道。你的嘴角有风暴的味道！孙权面对曹操的使者，面对使者送过来的一纸命令，深刻地感受到了阴谋与暴力合二为一所产生的滋味。

他不知道自己是该顺从还是该反抗。

因为无论采取哪一种做法，后果都难以估计。

张昭觉得后果很严重。张昭说，曹叔很生气，后果很严重。曹叔是在江湖上混的人，讲究的是一个面子。其实面子之外，我以为还有深一层的讲究。曹操所谓的遣子人朝，其目的是牵制诸侯，是要杀一儆百。我们如果不送去，曹操很有可能兴兵下江东，到那时，势必危矣。

周瑜却对张昭的怕怕不以为然。这实在是武将与谋士的区别。谋士瞻前顾后，武将则目空一切。在周瑜眼里，江东不是豆腐渣，而是固若金汤的钢铁长城。他认为江东兼六郡之众，兵精粮足，将士用命，他奶奶的谁怕谁啊?!在这种情况下送人质入朝，毫无疑问那是自降身份，何况遣子入朝，后患无穷。因为有把柄捏在曹操手里，不得不与他穿同一条裤子。曹操一旦有召，不得不往，为他卖命，所谓受制于人。与其这样，咱不妨不理那个老家伙，静观其变，看看他能拿我们怎么样?

周瑜的应对赢得了吴太夫人的高度赞赏，当然也得到了孙权的肯定。孙权青春年少，血气方刚，最喜欢的名言是“江东可以说不”。江东今天就是不高兴了，怎么着?

曹操没拿他怎么着。当他的使者从江东无功而返时，曹操一声没吭，就像孙权从来没有对他说“不”一样。

他淡定自若。他谈笑风生。他举重若轻。他高瞻远瞩。

不错，曹操的确是想高瞻远瞩。北方未宁，无暇南征。在这样的情况下，下江南之举只能是慢慢来。虽说“多少事，从来急”，可有时候心急吃不了热豆腐。曹操以为，把仇恨埋在心里远比张牙舞爪着扑向对方要来得深刻、有力，就像挥拳打人，只有收回，才能击出。

更有力地击出。

孙权却将曹操的沉默归结为自己的胜利。

谁的青春有我狂?敢于说“不”才能赢得不一样的青春。

但是对于孙权来说，最重要的不是说“不”，而是拥有。建安八年的十一月，孙权引兵伐黄祖，准备进一步扩大自己的地盘。

毫无疑问，这场战争有一个美妙的开头，可遗憾的是，结局有些伤感。

有一个人死了。

凌操。

凌操是孙权的部将，是这场战事中孙权方面的最高指挥官。就在战事最激烈的时候，凌操犯了一个致命的错误——轻舟突进，杀入夏口，被黄祖部将甘宁一箭射死。

凌操终于以生命的代价明白了一个最基本的道理：指挥官最重要的功能不是冲锋陷阵，而是运筹帷幄。

他主次颠倒了。

战事黯然收场，夏口依旧是黄祖的夏口。凌操死不瞑目的尸体被他十五岁的儿子凌统拖回东吴，继续死不瞑目。孙权悲欣交集地看着这位不再呼吸的部将，觉得人间事，到底不是一个人的事，而是团队的事，一个团队能不能成事，说到底是要看团队中的每一个人会不会坏事。现如今，活生生的事实深刻地教育了孙权，最不应该坏事的那个人坏了事，这让他无话可说。

面子的威力

五年之后，世事有了轮回。

甘宁想弃暗投明，奔向孙权的怀抱。

很多人怀疑甘宁是诈降，孙权却不怀疑这一点。孙权以为，人世间最大的问题就是怀疑一切。一个怀疑一切的人是没有前途的。因为这样做既不给自己很多新鲜的可能，也不给世界很多新鲜的可能。

在孙权看来这样的人是枯燥的，就像此类人的世界也是枯燥的一样，孙权不愿意做枯燥之人。他愿意做一个有趣味的人。

哪怕这样的趣味是有危险的。

很快，孙权的选择赢得了回报——甘宁献计了。甘宁说南荆之地，是曹操必争之地。这块地，刘表是守不住的。一个人心中要是没有未来，他注定没有未来。所谓人无远虑必有近忧。刘表无远虑，失去也就在所难免了。刘表的儿子也没什么出息。龙生龙，凤生凤，老鼠的儿子会打洞。刘表的儿子性情愚劣，除了会打洞之外，不会别的。所以南荆之地，注定是明公之地，宜早图之；迟了，就被曹操先图了。当然，欲图南荆，须先取黄祖。破了黄祖军后，鼓行而西，据楚关而图巴、蜀，则霸业可定。

孙权听完甘宁的建议之后，给了如下评价：

“此金玉之论也！”

于是不再怀疑，包括他的那些部下们。

于是排兵布阵，命周瑜为大都督，总督水陆军兵；吕蒙为前部先锋；董袭与甘宁为副将；孙权自领大军十万，征讨黄祖。

这场战争后来被证明是没有悬念的战争。几天之后，黄祖遗憾地发现，他的脑袋被甘宁拎着，献给了孙权。甘宁以其决绝的行动告诉世人，各为其主没有错，各为其主也一样忠诚。乱世的忠诚。

但是凌统看不懂这种忠诚。凌统喜欢的词句是这样的：从一而终；忠诚到底；杀父之仇不可不报。所以在庆功宴上，他的剑拔出来了，目标是甘宁。

凌统想用甘宁的血为五年前死在他手下的父亲凌操讨一个说法。凌统以为，这个世界上任何一件事都要有个说法的。你不给我说法，我就给你说法。

孙权拦住了他。愁眉苦脸地拦住了他。

孙权之所以会愁眉苦脸不是因为自己无力制止这场内讧，而是他给不出制止内讧的理由：凌统有权为父报仇，甘宁也有权凭借自己的战功加官晋爵（事实上甘宁此时已被孙权封为都尉），可现如今的情势是，此二者不并存。

就像冰和火。

就像矛和盾。

就像同床异梦的夫妻，人在一起，心却不在一起。

那就分开吧。孙权一声叹息，为此二人安排了各自的归属：孙权命甘宁领兵五千、战船一百只，往夏口镇守，以避开凌统的仇恨。同时，孙权加封凌统为承烈都尉——都是都尉了，一碗水已经端平，凌统凌大都尉，你就别闹了，给我孙某人一个面子行不行？

凌统果然没再闹下去。不是都尉一职收买了他，而是孙权的面子在起作用。

的确，面子是最具中国特色的武器。很多人富贵不能淫威武不能屈，但他人的面子却不能不给。给人面子事关道德情操，事关做人的底线问题，马虎不得。

凌统就在孙权的面子前败下阵来。他的杀父之仇被暂时搁置了——面子的威力由此可见一斑。

当然，搞好内部团结对孙权来说，不是当前最紧迫的任务。在孙权看来，当前最紧迫的任务是要不要乘胜追击，让刘表变成第二个黄祖。

张昭的答案是四个字。

以逸待劳。

张昭以为，对一个军事统帅来说，乘胜追击是容易的，以逸待劳是困难的，因为要做到后者，必须战胜自我的好胜心。这对孙权这样一个血气方刚的年轻人来说，更是困难。

张昭分析：表面上看，乘胜追击里头包含着一股士气，可这样的士气是空虚和脆弱的，因为战事既起，疲乏已继，而刘表的部队则养精蓄锐，那是真正的以逸待劳，我们以疲乏之师去打他，必败无疑；相反，如果我们果断收兵，回师江东。刘表知我破黄祖，必来报仇；我方以逸待劳，届时必败刘表；刘表败后乘势攻之，则荆襄可得。

孙权这一回非常欣赏张昭的看法。不为别的，只为张昭将以逸待劳分析得非常透彻。

的确，以逸待劳不是单方面的，是可以相互转换的。最重要的是，自己处在什么节点上。

便撤兵。充满希望地撤兵。等待刘表气势汹汹地来攻。

刘表急了找刘备

刘表没有气势汹汹地来攻，而是悄悄地去找寻一个人。

刘备。

这时的刘表十二万分地佩服自己，没有对刘备斩草除根。蔡瑁做的事蔡瑁自己担当，他刘表可从来没有对刘备下毒手。

这似乎是首鼠两端的益处。在这个世界上，有一利必有一弊，有一弊则必有一利，谁都不能蔑视我刘表的性格——这是刘表对自己的再认识。

当然刘表能不能认识自己是一回事，他人能不能认识刘表是另一回事。刘表不知道，在刘备身边，有一个人对他的认识可谓透彻之至。

诸葛亮。

诸葛亮没有见过刘表其人，但却“认识”了他。他知道刘表在此时派人请刘备过去餐叙究竟意味着什么。

因为见微知著。诸葛亮的见微知著。

诸葛亮这个高大的帅哥事实上具备着一般男人不具备的优点——敏感。

对世事内在联系的敏感。

当刘备差人打探江东消息，得知东吴已攻杀黄祖，现今屯兵柴桑之后，诸葛亮便明白，刘表要着急了。

诸葛亮不仅明白刘表着急了，他还明白刘表着急之后的举动。狗急了要跳墙，兔子急了要咬人，可刘表急了，只能找刘备。因为他不是别人，是刘表。

和刘备同宗的刘表。一生谨小慎微、首鼠两端的刘表。

果然如是。

当诸葛亮陪同刘备参加刘表在荆州举行的餐叙会时，刘表果然向刘备迫切地表达了强强联手的心愿。当然，“强强联手”这个词用在这里有些夸张，可世界上的事情往往是这样，夸张的才是正常的，不夸张反而不正常。

刘备不置可否。事实上这不是刘备的应有反应，而是诸葛亮事前对他的交代在起作用。诸葛亮说，主公啊，如果刘表让您去征讨江东，切不可应允，只说回归新野，整顿军马就可以了。

刘备不明白诸葛亮为什么会有如是安排，但这并不妨碍他依计而行。毕竟诸葛亮是他三顾茅庐请来的高参，如果不照他的计谋行事，那三顾茅庐的意义在哪里呢？

特别是，对刘备来说，人生是需要意义的。有意义就是好好活，好好活就是正儿八经地对待自己的历史，特别是那段三顾茅庐的历史。

因此刘备只能对刘表说抱歉，然后小心谨慎地设问：“今若兴兵南征，倘曹操北来，又当奈何？”

这种问法听上去非常冠冕堂皇，充满了大局观和忧患意识，但是，在刘表听来，所体现出来的意思只有三个字：不真诚。

这不是刘备刘皇叔的行事风格啊，刘皇叔仁义播天下，向来是堵枪眼争先恐后之人。什么时候开始，他玩上心眼了呢？刘表顿感惆怅——看来蔡瑁暗杀事件还是伤了刘备的心，很可能刘备以为他刘表是幕后黑手，这才虚与委蛇……

对待不真诚最好的办法是以诚相待，这似乎是人间的铁律。刘表决定，拿出自己的真诚来。刘表先向刘备解释，我已听说贤弟差点被害之事。这个事情，大逆不道啊，我当即就火了，蔡瑁该死，他必须为自己的所作所为付出代价！我想斩下蔡瑁的脑袋，献给贤弟，可经不起众人的一再说情，这才姑且饶之，贤弟你可千万别误会我啊，我们同为宗亲，怎么可能下此毒手？

刘表说这话时表情真诚，真诚得催人泪下，让刘备听了，都忍不住为之动容。刘备也顺势下台阶，他甚至设身处地地为蔡瑁的所作所为寻找开脱的理由。刘备是这样说的：这个事情应该非关蔡将军之事，想必是下人所为吧。

说完之后，刘备没再多话。因为他自己突然感觉，这样的理由极不真诚。暗杀之事不是蔡瑁牵头干的话，他的那些手下为什么要拿刘备开刀呢？只不过是安慰之词罢了。

刘表决定继续加重砝码——他要拿出真真诚。

不错，真诚也有真假之分。就像这个世界上的事情，有阴就有阳，有真诚就有伪真诚。而区别真诚与伪真诚的重要标志就要看真诚告白者最终能掏出什么来。

事实上最后的衡量标准还是物质。将事情说得天花乱坠谁都会，重要的是给予。无私的给予。刘表最后的决定是裸捐。刘表说，我年老多病，才干又不如你，贤弟如果来帮我的话，我死之后，你便为荆州之主！

刘表这话说得慷慨激昂，很有将裸捐进行到底的意思。但刘备听了，还是无动于衷。就像当年三让徐州一样，刘备始终以为，主动送上门来的东西，不祥。

刘备甚至还以为，刘表的这番表态其真诚度大可质疑。地球人都知道刘备不受嗟来之食，那么，这个刘表会不会利用他的这一“弱点“做慷慨状，以达成利用刘备为其当炮灰的目的呢？

没有人告诉刘备答案。刘备明白，也许永远不会有人告诉他真实答案了。在这个世界上，似乎所有的答案都要靠自己体验得来，他人告诉的所谓答案永远是他人的思想结晶。

刘备不需要这样的思想结晶。

人生的路啊，为什么越走越窄？

诸葛亮却以为，刘备需要。需要荆州。

早在隆中对中，诸葛亮就把荆州看作是刘备事业的落脚点。得荆州者得天下，没有荆州，一切都是空中楼阁。

不过在诸葛亮的设想里，荆州是要煞费苦心才能获得的，现如今刘表主动献宝，真是大出他的意料之外。所以，诸葛亮希望刘备——接受。

刘备没有接受，而是说了这样一番话：“兄何出此言！量备安敢当此重任。”这番话当然是对刘表说的，却让诸葛亮气不打一处来——一个人谦逊是美德，可过分谦逊就不是美德了，而是虚伪。

诸葛亮希望刘备不要太虚伪。他用目光示意刘备：不要说“不”，特别是在人生最关键的时候，不要说“不”。

毫无疑问，诸葛亮的暗示让刘备感受到了压力。一方面，刘备是有自己做人底线的——不能无原则地什么都要；另一方面，诸葛亮是他最为器重的军师，诸葛亮的建议或暗示，他不能熟视无睹。

因此，在双重压力下，刘备部分修正了自己的立场：“容徐思良策。”

呵呵，荆州到底要不要接受，需要一个良策来做基础。那么良策究竟是什么，计又安出？一切待定。刘备就这样给自己留了个活口。他需要时间来思考，也需要诸葛亮给他一个明白：人生的路，究竟该怎样走？

人生的路啊，为什么越走越窄？

回到驿馆，诸葛亮突然向刘备抛出这个问题。

问题当然是针对刘备的。从上一个栖居地到下一个栖居地，刘备总是仓皇逃窜，他的人生之路，的确越走越窄。只是这个问题，刘备自己从来没有反思过。

诸葛亮替他反思了。诸葛亮以为，性格决定命运。刘备总是心太软，心太软，把所有问题都自己扛。这样做的结果是——江湖上名声有了，其他的都没了。人不能只靠名声活着，在这个世界上，名声不是最重要的，最重要的是脚踏实地，而脚踏实地的前提是得有一块地让你去踏。现如今荆州正是这样一块地。

飞来之地。

诸葛亮希望刘备不要放弃，不要再演三让徐州的旧事——在这弱肉强食的乱世，心太软的人是可耻的，也是没有资格生存的。

毫无疑问，刘备再次面临着两难选择。他的人生似乎总是这样，没有一次选择是与世俗标准同一的。“三让徐州”时众人反对，这一次“让荆州”诸葛亮又反对。刘备悲哀地发现，自己作为谦谦君子，一不留神竟成了另类人物。

但他依然说“不”。

对诸葛亮说“不”，也对这个世界说“不”。

刘备的悲怆感在此时再次体现了出来。他心情复杂地对诸葛亮说："景升待我，恩礼交至，安忍乘其危而夺之?"当然，这样的话是有些夸张成分的，因为所谓"恩礼交至"云云，在诸葛亮听来完全是自欺欺人——多疑而首鼠两端的刘表，什么时候对刘备"恩礼交至"了?

刘备也知道这是自欺欺人。不过，他需要一个理由。一个说服自己和他人的理由。所以在这个意义说，理由本身是否自欺欺人并不重要，重要的是，它必须有说服力。哪怕是装可怜性质的说服力。

诸葛亮最后在刘备如此这般的"装可怜"中败下阵来。

他不再坚持什么，而是剩下一丝幽怨。因为诸葛亮知道，最好的机会被错过了。下一次决不会再有这样的好机会——要得荆州，真是千难万难。

所以在诸葛亮看来，不是他败了，而是刘备败了，败于其看上去很美的性格。诸葛亮伤感这个叫刘备的人注定只能在这个江湖的边缘团团打转，被忽悠到祭坛之上继续做一个德高望重却没有前途的江湖浪子。

江湖老浪子。江湖中年浪子。

这是刘备的宿命，也是他诸葛亮的宿命。因为他们走到了一起，他们的命运也走到了一起，一荣俱荣一损俱损，谁都不可能逃脱命运的安排。

不过，要细究起来，诸葛亮似乎还是有一个机会的。一个离开刘备的机会。

不错，他是从卧龙岗走出来了，不过那又怎样呢?他也可以回去，毫不留恋地回去。

只要他愿意接受这样一个事实——功未成，名未就。

但是诸葛亮不能接受。因为他不是别人，他是诸葛亮，自比于管仲、乐毅的诸葛亮。在这个世界上，管仲、乐毅是什么人?功成名就之人，有经天纬地之才的人。诸葛亮自比于他们，事实上已将自己逼入一个死角，命运的死角。他只能允许自己成功，不许自己失败。

哪怕最后失败的原因不在自己身上，而在合伙人刘备人等身上。因为一个经天纬地的人必须是化腐朽为神奇的人，必须是挽狂澜于既倒的人，做不到这一点，这个江湖注定就不是他的江湖。

所以，诸葛亮只能悲怆前行。他只能出发，不能回归。不能让终点再回到起点。在这个意义上说，诸葛亮是属于未来的人，属于十字架上的人，属于被命运绑架的那一类人。任何圈到最后都是花圈，任何坛到最后都是祭坛，诚哉斯言啊!

离权力越远越安全

刘琦觉得人生最痛苦的事不是人还在，钱没了，而是人还在，安全没了。

他的安全就没了。因为继母看他的目光很阴险。刘琦认为，那是致命的危险，他的性命只在旦夕间。

却无人解救。

父亲永远是首鼠两端的父亲，不表态就是他的表态。所谓不掺和，不负责，不表态，父亲是这个时代里三“不”男人。所以刘琦只能求助于刘备。刘备置身事外，没有利害之忧，刚好可以出手。

但刘备却不想出手。不是他不仁慈，而是因为他感受到了某种危险的存在。不错，在刘表的家争中，他是置身事外的逍遥人，可他刘备一旦在刘琦的问题上表态或出手相助，那就不是置身事外了——他势必要在刘家错综复杂的家族利益纠纷中深陷其中，不能自拔，惹得一身骚。

所以刘备只能笑笑，用“此贤侄家事耳，奈何问我?”之类的话语来打发刘琦。刘琦却不依不饶。他迫切地想抓住最后一根救命稻草。如果这根稻草不是刘备的话，他也希望有其他人可以替代。

替代人终于找到了。诸葛亮。这是刘备对刘琦不胜其烦之后做出的一个敷衍之举。同时刘备也打心眼里认为，诸葛亮出面比他出面来解决刘琦的问题，麻烦要少得多。

不过刘备没有想到，诸葛亮也和他一样，做事不关已高高挂起状。

的确，在这个世界上，每一个人都趋利避害，没有人会做无用功。

刘琦却不相信这一点。刘琦相信，每一个人的内心深处都有悲悯。至于这悲悯能不能释放出来，只取决于一条：不要危害到释放者的利益。

刘琦做到了这一点。针对诸葛亮。

因为他把诸葛亮放到了一个“上不至天，下不至地”的境地，在骗诸葛亮登上一小楼之后，刘琦撤去了登楼的楼梯——这一招看上去有点狠，很有些置之死地而后生的意思。但刘琦以为，人生中的很多事，不先找死，很难求生，更何况，他带给诸葛亮的是安全感——小楼上两人说的任何话，都不可能进入第三者的耳朵里，所谓出君之口，入琦之耳，你诸葛先生可以赐教了。

诸葛亮果然就赐教了，在他体察到刘琦的良苦用心之后，也在自己的安全感得到充分保障之后。

诸葛亮说，公子难道没有听说过申生、重耳之事吗？申生在内而亡，重耳在外而安。现如今黄祖已经死翘翘了，江夏没人守御，公子何不借此机会，请求屯兵守江夏，如此一来，可以避祸了。

刘琦恍然大悟。在那一瞬间，他对辩证法有了更加深刻的理解：所谓远近关系、生死关系都是辩证统一的。人生就是置之死地而后生，就像今天的小楼，就像以前和今后的所有日子，无不相生相克。生就在死亡的边缘，离权力越远，其实越安全。

刘表不置可否。

刘表永远的不置可否。在刘琦提出屯兵守江夏的请求之后，刘表的老婆当然是反对的。在刘表老婆看来，江夏重地，重兵防守之人必须是自己人，否则太不安全了。但是刘表老婆的反对无效，因为刘表不置可否。

这事实上是立场不同造成的观点不一。对刘表老婆来说，刘琦不是自己人；可对刘表来说，他和刘琦有血缘关系，是亲父子，再怎么有隔阂，那也是自己人之间的隔阂。所以他不置可否。

便再次请出刘备，希望他来终结自己的不置可否。

刘备这一回决定表态。因为是受邀，不是主动出击。刘备对刘表说，大哥啊，江夏重地，不是一般人可以守的，必须公子自往。我看这样，东南之事，兄父子当之；西北之事，备愿当之。

这样的表态让刘表喜出望外——看来刘备还是那个仁慈的刘备啊，拒绝做荆州之主后，还愿意出手相助，这是什么精神？这是毫不利己专门利人的精神，这是见荣耀就让见危险就上的大无畏精神！在那一刻刘表简直爱死刘备了，所以他立马同意了刘备的主张，让刘琦守江夏，刘备挡西北，自己应付东南。

一切似乎尽可掌握，刘表感觉自己的人生走到今天，不仅没什么破绽，还相当丰满，这让他陶醉不已。

有意外才动人心弦

曹操又开始进攻了。目标是刘备。

对曹操来说，刘备是他挥之不去的阴影。他讨厌这样的阴影，可要命的是，这阴影很顽强，总在他的不远处挣扎着存在，对这个世界不抛弃不放弃。

对曹操也不抛弃不放弃。

他们就像一对怨偶，两两相望于江湖，有仇恨在就有挂念在，或者反过来也一样，有挂念在就有仇恨在。

他们是彼此的影子，互为对方的阴影。

和梦魇。

所以曹操决定，毕其功于一役，杀死刘备。

当时的刘备正在新野，每日操演士卒，很有踌躇满志的意思。曹操便命夏侯惇为都督，领兵十万，直抵博望城，以窥新野。

荀彧看上去却有些忧心忡忡。

荀彧总是这样，与他人表情不一致。旁人志在必得的事情，在他看来却千难万难；旁人视若畏途的，他却以为是平地。

这一次，他的忧心忡忡只为一人。

诸葛亮。

徐庶也对诸葛亮高唱凯歌。在夏侯惇将刘备视作鼠辈，对诸葛亮更是不屑一顾之后，徐庶说刘备得诸葛亮，只能用四个字来形容——如虎添翼。

很久没有开口说话的徐庶今天猛然用上了成语，而且是“如虎添翼”这样重量级的成语，让曹操好奇心顿起——那个叫诸葛亮的人，到底是哪里钻出来的乖乖，搞得荀彧、徐庶这样的大腕都景仰不已，他很有才吗？

徐庶摇摇头，然后告诉曹操，诸葛亮不是很有才，那是相当的有才。这个诸葛亮有经天纬地之才，出鬼入神之计，总之是当世之奇才，不可小觑。

曹操的好奇心燃烧了。因为在他眼里，徐庶就是相当有才的人，可一个相当有才的人如此夸赞另一个他闻所未闻的人，令他感觉不可思议。

所以他想让徐庶做一个比较：徐庶之才和诸葛亮之才，到底谁比谁强多少？

徐庶做了一个骇人听闻的比较，起码在曹操听来是这样。徐庶说我的才就像萤火虫发出的光，诸葛亮之才就像天上的满月，光芒无处不在。

这样的比较让夏侯惇听了很不舒服。夏侯惇以为，世上最酸的莫过于文人，互相吹捧，真以为靠一张嘴皮子就可以经天纬地了。

夏侯惇不相信这些。他只相信一点：与嘴相比，手更加有用；与舌头相比，刀更加锋利。他要用刀来说话，用刀割下诸葛亮的舌头。

曹操也赞成夏侯惇这样做。当然了，曹操不是轻视靠嘴皮子谋生的人，他只是以为，诸葛亮一介村夫，即使有才那也是小才。要成就霸业，最主要的一点是要有视界和胸襟，山的外面有什么？靠的不是想象而是见识。很显然，诸葛亮不具备这样的见识。在隆中那个地方，那个叫诸葛亮的人只能耽于想象，以意淫天下为己任罢了。

曹操是这样认为的。

所以夏侯惇出发了。带着曹操的野心和欲望出发了。夏侯惇想让常识回到常识，让传说回到传说。一切泾渭分明，一切井水不犯河水。

诸葛亮在新野的日子过得并不好。

原因是——张飞、关羽鄙视他。

张飞、关羽一直在鄙视他。自从刘备像请宝一样将诸葛亮从隆中请到新野来之后，张飞、关羽就没有给过他好脸色。应该说，这是一种嫉妒式的鄙视。就像很多女人在生育后将爱的重心从丈夫身上转移到孩子身上一样，张飞、关羽痛苦地发现，刘备不“爱”他们“爱”孔明了。

这是一次移情别恋！可在关张二人看来，刘备是上当受骗了——诸葛亮欺世盗名，要战功没战功，要计谋没计谋（起码在新野之战之前，诸葛亮没有出招），刘备凭什么对他如此诚惶诚恐，恭敬有加，以师礼待之?!

毫无疑问，这是夺爱！赤裸裸的夺爱！关张二人忍无可忍无需再忍地找到刘备，抗议道：“孔明年幼，有甚才学？兄长待之太过！又未见他真实效验！”

刘备却如是回答：“吾得孔明，犹鱼之得水也。两弟勿复多言。”这真是一个令人感到伤感的答案。关张二人由此对诸葛亮除了嫉妒还是嫉妒。

诸葛亮却毫不客气地对刘备做老师状。看到刘备无所事事地坐在地上重操旧业织草鞋，诸葛亮板起脸来教训他说，你难道没有远大的志向，每天只能织织草鞋吗？

刘备马上诚惶诚恐，然后轻声辩解说，自己心理压力太大，已经得了严重的抑郁症，不再织草鞋消遣的话，只怕挺不过去。

形势确实很危急。曹操差夏侯惇引兵十万，杀奔新野而来，而刘备的守军却只有几千人。刘备不知道，自己还有没有明天。

但诸葛亮以为，每一个人其实都有明天的，只要他心里还有这个念想。十万人怎么了？几千人又怎么了？真正的战争是意外之战。在诸葛亮看来，十万人打败几千人不叫战争，几千人打败十万人才叫战争。

因为有意外。有意外才动人心弦。

刘备当然知道有意外才动人心弦，可他不知道的是，这一次的意外会不会如期而至？

诸葛亮也不知道。

他本来是知道的，可那两个人的存在让他对自己失去了信心。

张飞和关羽。

战争是什么，战争是一方打垮另一方的游戏，也是凝聚力的游戏。没有一场战争的胜利是在互相猜忌的状态下赢得的。现在他和张飞、关羽的状态就是如此。所以——在诸葛亮看来，要摆平十万曹军，必须先摆平关张二人。

埋伏也要讲实力

刘备决定摆平关张二人。这是做大哥的权利所在。

他将剑印交给诸葛亮，希望他无所畏惧。

诸葛亮将剑印捧在怀里，不知道自己是不是可以无所畏惧。

因为他看到的是关张二人无所畏惧的目光。

迎向他的。

他却不敢逼视。

诸葛亮这才知道，要真正征服一个人，有时候威权是无效的。重要的是，有没有一种力量可以打动他的心灵。

好在这样的力量诸葛亮具备。那是他行走江湖的利器，那是他的全部智慧。诸葛亮开始排兵布阵了，举重那个若轻。诸葛亮说道：“博望之左有山，叫豫山；右有林，叫安林：可以埋伏军马。云长引一千军往豫山埋伏，等曹军到了之后，放他们过去，千万别打；他们的辎重粮草，一定在后面，只要看到南面火起，就可纵兵出击，焚其粮草。翼德引一千军去安林背后山谷中埋伏，只看南面火起，便可冲出，向博望城旧屯粮草处纵火焚烧。关平、刘封引五百军，预备下引火之物，在博望坡后两边等候，到初更兵到，便可放火。另外从樊城召回赵云，令他为前部，不要赢，只要输，主公自引一军为后援。各位均须依计而行，不可有失。”

一片鸦雀无声。

诸葛亮说完之后，一片鸦雀无声。

很多人没听明白他到底在说什么，或者说只听明白了自己要干什么。至于干完之后会达成什么后果，真是天知道。

刘备也不知道。但他装作知道的样子，老成持重、正襟危坐在那里，似乎胜券在握。

关羽则有一个问题不明白。大家伙儿都有任务了，连刘备都被安排了任务，唯独这个叫诸葛亮的人屁事没有——嗷，战打赢了是他的功劳，输了全都是弟兄们背黑锅——做人，怎么可以狡诈到如此地步?!

所以关羽请教诸葛亮，冷冷地请教诸葛亮，说我们都卖命去了，不知道军师你有什么安排？诸葛亮镇定自若地说，我的主要任务是坐守县城，等你们凯旋。

关羽笑了。张飞也笑了。笑得那叫一个酣畅淋漓。

毫无疑问，这是嘲笑，当众嘲笑。诸葛亮以为，这样的行为是极其危险的：他自己被羞辱倒没什么，可军心被动摇，各将都不依计行事那就彻底玩完了。诸葛亮不得不捧出剑印，表情森严地说：“剑印在此，违令者斩!”

关张二人不笑了，可脸上依旧是不服气与不高兴。这是一种僵持。

无人可以打破的僵持。除了刘备。

刘备站了出来，一声咳嗽。这是一声倾向性鲜明的咳嗽，因为咳嗽过后，刘备慢悠悠地说了这样一句话。他说：“有句老话你们都要记住啊，所谓‘运筹帷幄之中，决胜千里之外’，二弟不可违令。”

关张二人不敢违令。他们冷笑着离去，只把这场战事的悬念和危险留给诸葛亮。他们想看到结果，他们要笑到最后。他们诚挚地以为，最后那个痛哭流涕的人一定是诸葛亮。

留下来的人也是一脸狐疑，包括刘备。事实上刘备脸上的表情还算镇定自若，但在心里，他的疑惑和同志们一样，难以排除。更重要的一点还在于，他是这场战事的最后责任人，而诸葛亮充其量只是他的职业经理人，一个尚处于试用期的职业经理人。成败在此一举，可失败却是难以承受的。

包括诸葛亮，更包括他刘备。

诸葛亮依旧举重若轻。他命孙乾、简雍准备庆喜筵席，安排“功劳簿”伺候。派拨这一切活计时，诸葛亮羽扇纶巾，很有谈笑间樯橹灰飞烟灭的意思。刘备只是疑惑不定，不敢多问，也不敢多说。

夏侯惇和于禁走在命运的乡间小路上。这是通向博望的乡间小路。十万精兵一半作前队，其余则护粮车而行，显得小心又谨慎。

有秋月冉冉升起，显得吉祥又平安。

但夏侯惇要的不是吉祥平安，而是杀气腾腾——他要毕其功于一役，为其军人生涯添上浓墨重彩的一笔。

夏侯惇想要的东西真的来了——赵云挡住了他的去路。在赵云的身后，是为数不多的羸弱兵勇。

夏侯惇立马想到了一个词：悲壮。

赵云的确是悲壮。刘备的兵本来就不多，分到他手里，更是寥寥无几。要质量没质量，要数量没数量。所以他只能为这个叫赵云的男人叹息——人生最重要的事不是练就一身武功，而是为自己的武功找到最好的买家。就像他和赵云，相似的武功却呈现出云泥之别的结局，这都是选择的结果啊。

细节决定成败，选择决定命运。对于这一点，夏侯惇深有感触。

赵云却没有什么感触，他甚至在错误的道路上越走越远，以羸弱之兵抗击夏侯惇的十万精兵。

结果显而易见。赵云带着他的兵们落荒而逃。

当然在夏侯惇看来，赵云的逃跑是符合逻辑的，而他本能的反应则是穷追不舍。

直到有一个人追上来提醒他——他的部将韩浩。韩浩拍马向前大声说道：“赵云诱敌，恐有埋伏。”

夏侯惇笑了，笑得心花怒放。因为夏侯惇以为，埋伏也是要讲实力的。刘备的兵如此羸弱不堪，全部埋在前面又能怎样呢？

不自量力罢了。

他下令进攻。果然有埋伏。

在赵云且战且退之后，有一个人从暗黑处冲出来接应他。

刘备。

刘备看上去信心十足，虽然他身后的兵也不多，可刘备的表情完全是“你中招了”的自得。他和赵云并肩战斗，很有扭转乾坤的意思。

夏侯惇狂笑。他对韩浩说：“他奶奶的这就是埋伏之兵啊！哥们，今晚咱不到新野，誓不罢兵！”

便冲锋。便秋风扫落叶。

刘备和赵云被打得望风而逃，空气中只剩下夏侯惇的豪迈和“将革命进行到底”式的欲望。

但是，好像有什么地方不对劲。因为这个时候天色已晚，天空中浓云密布，又没一点月色；夜风骤起，愈刮愈猛，很有月黑风高杀人夜的意境。

有两个人害怕了。

于禁、李典。

他们行进至狭窄处，见两边都是芦苇，猛地一惊，一个“火”字涌上心头。刘备和赵云为什么被打得望风而逃，且逃进这树木丛杂、芦苇遍生之地，这里面大有讲究啊！

夏侯惇也感觉到了这里面的吊诡之处。树木丛杂、芦苇遍生之地，刘备倘若用火攻怎么办？这可是无解啊！

夏侯惇急令全军撤退，以图安全。

曹操很生气

人生总是这样，事到抽身悔已迟。觉悟总比事实本身慢半步。

真是只有半步。就在夏侯惇急令全军撤退话音刚刚落地之时，火已经起来了。这火起得那叫一个如影随形，一线天似的从远处烧来，迅速蔓延至两边芦苇及四周树木。刹那间，四面八方都是火；又加上风大，火势愈来愈猛。曹军在火中丧生的，自相践踏的，死伤不计其数。

赵云回军赶杀了，他仿佛换了一个人，枪枪要致夏侯惇于死地。夏侯惇心慌意乱之下冒死突围；与此同时，李典遭到了关羽的追杀，夏侯兰、韩浩遭到了张飞的追杀，夏侯兰甚至死在了张飞的矛下，这一仗最终的结局是——

火打败了一切。

一把火烧出了一个人的高智商。

诸葛亮。

诸葛亮以他匪夷所思的计谋雄辩地告诉世人，很多时候，决定战争胜负的关键不在兵多将勇，而在于审时度势，借天借地借人和。而博望这一战，也真正打出了刘家军的“人和”——

战后，关、张下马拜伏于诸葛亮面前，表示今后一定要一切行动听指挥。

诸葛亮看上去却是一脸的沉重。仿佛胜利是别人的，庆祝也是别人的，与他无关。他在思考，或者说做思考状。因为一个事实显而易见：曹操没被打败，他只是被打痛了。

诸葛亮以为，这不是什么好事。特别是对曹操这样一个大腕来说，他接下来的选择只能是睚眦必报。

所以归根到底，该失去的还是要失去。博望要失去，新野迟早也要失去。它们经不起曹操大军的践踏。

所以，刘备必须要找到自己的下一个根据地，踏踏实实的根据地，可以有回旋余地的根据地。

诸葛亮再次把目标瞄准了荆州。他对刘备说：“新野小县，不可久居，近闻刘景升病在危笃，可乘此机会，取彼荆州为安身之地，庶可拒曹操也。”

刘备则再次于心不忍，表达了不做趁人之危之事的坚强决心。诸葛亮威胁他说，今天如果不取荆州，以后后悔莫及啊……刘备斩钉截铁：“吾宁死，不忍作负义之事。”

诸葛亮整个一没脾气——一切又回到了上次的状态：和刘大善人合作，就是要自己多担当点，舍此无他。谁叫自己选择了这样的主。我选择，我承受，人生的要义莫过于此。诸葛亮自叹命苦。

曹操很生气。

曹操经常很生气。有时是真生气，有时是做生气状。这是一个大人物的特点。大人物的日常生活里充满了真真假假。假作真时真亦假，大人物要把人生的戏演好，最重要的一点是要入戏。

但这一回，他是真生气了，被夏侯惇的盲目自信气得吹胡子瞪眼，那叫一个怒不可遏。

夏侯惇也乖巧。从博望逃回来后，自缚去见曹操，跪地请死。夏侯惇哭着说，我遭诸葛亮诡计，用火攻破我军。惇罪该万死啊……

但是很意外，曹操没有让他死。因为他的注意力被转移了，转移到诸葛亮身上。这个传说中的人物终于以惨烈的事实证明了他强悍的存在，曹操不能不引起重视。

必须尽快扫平江南，让刘备、孙权都死翘翘，特别是那个诸葛亮也要死翘翘！一个报复性的决定很快就在曹操脑海中现成了。他决定出兵五十万，一统江南。时间就选定在建安十三年秋七月丙午日。曹操计划在这一日出兵。

太中大夫孔融计划不让曹操出兵。他给出的理由是刘备，刘表都是汉室宗亲，不可轻伐；而孙权虎踞六郡，又有大江之险，也不易取，总之最后的结局很可能是劳而无功啦。不过问题的关键不在这里，问题的关键是丞相的声望会大受打击。丞相如今兴无义之师，会失天下之望……

曹操听了，觉得孔融这个人的人生很失败——曹操以为，一个人的人生是成功还是失败，有时看他说话就知道了。孔融的话说得很触霉头，曹操觉得不祥。他痛斥孔融说："刘备、刘表、孙权皆逆命之臣，岂容不讨!"

当然还有一层话曹操没有说出来，那就是，要不要讨伐某人，标准不在于此人是不是逆命之臣上——天子他都可以玩弄于股掌之间，忠臣逆臣于他而言就更无所谓了。忠臣逆臣者，拿来说事的由头也，最重要的标准是——曹某人看你顺不顺眼，不顺眼就给我死翘翘去。

孔融长叹而出。这个读书读多了的人喜欢事事从书本出发，从礼仪道德出发。在他看来，曹操的暴力哲学是要遭报应的，所以孔融长叹而出的时候还附带说了这么一句话："以至不仁伐至仁，安得不败乎!"

这是一句致命的话，致孔融的命。因为这句话被御史大夫郗虑听到了，从而构成了对孔融生命的绝杀。郗虑是这样一个人——被侮辱与被损害的对象。在他的日常生活中，郗虑经常遭到一个人的侮辱。

孔融。

孔融实际上并没有暴力倾向，他之所以侮辱此人完全是因为郗虑的人格比较卑微，喜欢拍马屁，喜欢打小报告。孔融以为，做男人不可以无耻到这个地步，做男人遇见坏人坏事要展开针锋相对的斗争，所以对郗虑，他经常展开疾风暴雨式的批评教育，以完善其人格，促进其健康成长。

但是孔融不知道，世界上最难改造的就是人的价值观。他很快就深受其害——郗虑向曹操打小报告了，说他受的委屈大了去了，孔融经常像他爹一样恶狠狠地教育他，最重要的是孔融竟然侮辱丞相，又与祢衡臭味相投，俩人凑在一起经常互拍马屁，祢衡夸孔融是仲尼不死，孔融夸祢衡是颜回复生。丞相啊，你知道以前祢衡为什么会羞辱丞相您吗？全是孔融指使的。最严重的是昨天，孔融在大庭广众之下骂丞相您“以至不仁伐至仁，安得不败乎！”至不仁是什么意思？不就是粗暴吗？而他说刘备是至仁……丞相，这，这，这个……

曹操吐血了。

真的吐血了。先前他还以为孔融是个书生，现在才知道，敢情还是个阴谋家！披着书生外衣的阴谋家！

曹操决定，让这个人去死。

立刻。马上。分分钟。

事情发展到这个地步，孔融的死已经没有悬念了。

有悬念的是他两个儿子。

孔融有两个儿子，都未成年，不知道世事的凶险，要命的是那时又没有《未成年人保护法》。所以当宿命的冷箭刺透孔融然后向他的两个儿子逼仄而来时，这两个孩子基本上没有招架之功。

事实上他们也不打算招架。他们安坐家中，对坐弈棋，表情恬淡，很有孔融遗风。有好心人急匆匆上门劝他们找个地方一避，孔融的这两个儿子不慌不忙地抛出影响这个世界一千多年的孔氏名言：

“破巢之下，安有完卵乎？”

破巢之下，的确没有完卵。以天下之大，或许可以躲得过兵勇的追捕，却躲不过曹操的杀心。

曹操斩草除根的决心。

正是因为看到了这一层，孔融的两个儿子便没有做无用功，而是选择了从容赴死。他们和他的父亲一样，不和命运做无谓的抵抗，要做就做乱世中的智者。

不合时宜的智者。视死如归的智者。令人感慨万千的智者。

没有理由，寸步难行

刘表快死了。病重，属于奄奄一息那种。

但刘表死不瞑目，因为有一个人的心，他一直猜不透。

刘备。

曾经，他要把荆州送给刘备，刘备却拒绝了，这让刘表感觉不可思议。

毕竟在这个世界上，一个人可以拒绝一只鸡、一只鸭，拒绝美女的诱惑，甚至拒绝仇恨，拒绝友情，却不可能拒绝一大块地盘。

安身立命的地盘。

每个人都需要安身立命，所以每个人都需要一个地盘。我的地盘我做主，我的地盘你为什么不要？

所以刘表搞不懂刘备。他要获得一个确认，刘备是真傻还是假傻？真傻之人好对付，要是假傻，那事情就麻烦了。或者说他的儿子们就麻烦了。

在刘表心里，荆州是要留给他儿子的。就像这个世界上的很多人，虽然到最后钱还在，人没了，可这钱归根到底是要传给后人的，这样便没什么痛苦。

刘表也没什么痛苦，有的只是疑惑。

刘备帮他解开了疑惑。在刘表生命中最后的日子里，刘备斩钉截铁地告诉刘表，你的地盘我不要。你的地盘你做主，或者你儿子做主也行。

刘表这才放下心来，然后正儿八经地和刘备探讨在后刘表时代，请刘备托孤的可能性、现实性与紧迫性等等问题。刘备心如止水地答应了。

一切似乎没有意外，一切都在按照刘表的意愿在进行。只是刘表没有想到，世界上最大的意外产生于没有意外之时。

起因是他选定长子刘琦为荆州之主，同时令刘备辅佐自己的这个大儿子直到他安全地坐稳王位。刘表将这样的政治决策写进了遗嘱里，很有遗嘱一立万事安的意思。

蔡夫人却坐立不安。

不错，刘表是遗嘱一立万事安了，可她呢？她的命运将会变得很惨。毕竟刘琦和刘备都不是自己人。不仅不是自己人，还是她的敌人。她对此二人都采取过敌视甚至驱逐的对策，一旦他们上位，政治清洗将是可以想象和不可避免的。

蔡夫人决定，不能让历史的悲剧在她身上发生。她为此采取的行动是，令蔡瑁、张允二人把住外门，隔断外界与刘表的联系，人为制造信息的不对称。

蔡夫人坚信，世界上的秘密千千万，所有的秘密其实都是信息不对称造成的。蔡夫人还坚信，一个有秘密的人才有明天，因为秘密是这样一种稀缺资源——我有你就没有。

你什么都没有。

包括明天。

蔡夫人要让刘琦和刘备没有明天。

刘琦来见老爸来了。当他在江夏听说父亲病危时，一个本能的反应是连夜赶回荆州探病。

可他注定见不到父亲刘表。不是刘表已死，是他进不了外门。

蔡瑁把守的外门。蔡瑁冷若冰霜地伸出一只手，向刘琦要进门的理由。

的确，这世上，理由是至关重要的通行证，没有理由，寸步难行。这个道理刘琦当然懂。可刘琦不懂的是，一个人，见自己病危的父亲，难道还要什么理由吗？

蔡瑁以为，要。蔡瑁语重心长地告诉刘琦，说公子你奉父命镇守江夏，这个责任太重了；现如今擅离职守，倘若东吴兵至，那大家不是要死翘翘吗？再说这个时候如果入见主公，主公一定会嗔怒，病情反而加重，诚非孝道。所以，请回吧。

刘琦哑口无言。因为他突然觉得蔡瑁的话句句在理，虽然在他说的每句话背后，都包含着难以言说的私心、祸心——唉，世界上的事情往往是这样，冠冕堂皇的背后，总有肮脏的东西被包裹着，令人莫辨黑白。刘琦觉得自己无可奈何，无法辩解，只得选择立于门外，大哭一场，然后上马心有不甘地回到江夏。

这一年的八月，戊申日，久经考验却考验不出什么名堂的、首鼠两端、不算太好也不算太坏的荆州地区最高领导人刘表同志因病势垂危，在大叫数声之后与世长辞，死前望着江夏方向，久久不肯合眼。

躲来躲去躲猫猫

刘表死了，地球没有停转。相反，转得更快了。

因为轻松了一点，少了一个人的欲望。

当然，对芸芸众生来说，他们的欲望依旧生生不息地存在，比如蔡夫人与蔡瑁、张允等。

还有年仅十四岁的刘琮，蔡夫人的亲生儿子。

只是刘琮的欲望显得有些首鼠两端，就像他的父亲，每临大事有怯心。刘琮的胆怯就在于——刘琦和刘备是不会放过他的，如果他被立为荆州之主的话。

事实上这样的程序正在启动。在蔡夫人的坚强领导下，一份看上去毫无破绽的刘表的遗嘱诞生了，在这份遗嘱里，刘琮被推为荆州的下一任主人。

没有人怀疑这份遗嘱的真实性。事实上即便有人怀疑也不敢公开说出来，因为蔡夫人与蔡瑁、张允等不是吃素的，他们是要吃人的。

事情坏就坏在刘琮身上。他的欲望被恐惧压垮了。刘琮在众官汇聚的公开场合表达对刘琦和刘备的忧惧，令人怀疑他是否具备做荆州之主的能力和勇气。

无人应对。荆州这些自身难保的官员们当然知道，对一个未成年人来说，做荆州地区最高领导人是有些苛求了。可这样的时代不是以能力论英雄的时代。这是个顺我者昌逆我者亡的时代，每一个人要做的就是服从。

认清自己是什么货色，看看周围人的眼色，扮演好自己的角色，是为做人“三色”原理。对于这个原理，荆州官员们都已经耳熟能详了。

当然，不是每一个人都耳熟能详。有一个人犯糊涂了。

幕官李珪。

幕官李珪致力于追求人生真善美，鞭笞假恶丑，并愿意为此付出生命的代价。

很快，幕官李珪的这个愿望达成了，在说了以下这番话之后。

他是这样说的：“公子之言甚善。今可急发哀书至江夏，请大公子为荆州之主，就命玄德一同理事：北可以敌曹操，南可以拒孙权。此万全之策也。”

毫无疑问，幕官李珪的呼吸停止了。因为蔡夫人与蔡瑁、张允等没有让他再呼吸下去——他的脑袋与身体被一分为二。这似乎是违背做人“三色”原理的下场：没有认清自己是什么货色，也不看看周围人的眼色，更谈不上扮演好自己的角色，这样的人在世间是不能苟活下去的。

李珪的死就是个活生生的教训。

刘琮一声叹息，很有兔死狐悲的感觉。当然对他来说，只要能改正错误，一切都是可逆的。

不为别的，只因他有一个强势的妈。

刘琮走马上任了，带着一个十四岁少年的迷惘与无可奈何，在这一切都不确定的年代，匆匆忙忙做了荆州新主。

荆州新主不是那么好当的。不确定的年代什么事都在发生，什么事也都会发生。在襄阳，曹操引大军攻过来了。

十四岁的少年再一次迷惘与无可奈何。这迷惘与无可奈何是双重的，一方面是刘琮这个荆州新主当得不那么光明正大，很有偷鸡摸狗的意思。蔡夫人与蔡瑁、张允为了防备刘琦和刘备可能的反抗，不仅没有知会他们荆州易主的消息，甚至没有告诉他们刘表病故之事。

一切都偷偷摸摸地进行，只为制造既成事实。

另一方面，曹操引大军攻过来了。这是致命的攻击。刘琮当然知道，如果曹操和刘琦、刘备联手打他，那荆州和他的下场只有一个。

毁灭。

东曹掾傅巽站出来献计了。计谋其实很简单，就两个字：投降。傅巽说：“不如将荆襄九郡，献与曹操，操必重待主公也。”

事实上，不仅是傅巽，蒯越、王粲都赞成这样做。他们给出的理由是“逆顺有大体，强弱有定势。”人生最重要的事就是识时务，知进退，明得失。曹操以朝廷为名，南征北讨，是可以抵挡的吗？多少英雄在他面前成了狗熊啊?！吕布完了，袁绍完了，刘备也差不多快完了。谁能抵挡曹操?！这个江湖，是曹操的江湖，都洗洗睡吧。

刘琮决定从善如流。

他也只能这样做了。当人心思降时，最可怜的人莫过于负隅顽抗者。因为这样的人是没有明天的。而投降者的命运却好很多。他们会得到回报，很多既得利益将不受损失。关于这一点，刘琮发现自己就是个案——

曹操接受了他的投降，还慷慨地封他为荆州之主。

只是此荆州之主非彼荆州之主。刘琮明白，在这不确定的年代，一切都还是不确定的。投降了，人格的降级都还在其次，重要的是刘琦和刘备怎么看待自己，又怎么对待自己。

刘琦和刘备当然很愤怒，只是在如何对待刘琮卖祖（业）求荣的问题上，俩人并没有什么好办法。

能想出办法来的有俩人。一是张飞。张飞怒气冲天地说，他奶奶的，天要下雨，娘要嫁人，刘琮要卖祖业，咱只有一个办法，那就是渡过江去，夺了襄阳，杀了蔡氏、刘琮，然后与曹操交战。

另一人是伊籍。伊籍当时跟着刘琦混，心里却向着刘备，所以他提的办法跟张飞大同小异，侧重点在于荆州的归属问题。伊籍说，刘琮已将荆襄九郡都献给曹操了，卖祖求荣莫过于此，使君不如以吊丧为名，前赴襄阳，诱刘琮出迎，然后将其拿下，诛其党类后，则荆州属使君矣。

诸葛亮拍手称快，特别是在听到伊籍说的最后一句话时。诸葛亮以为，形势比人强。刘备再谦谦君子，这回也该心硬一把了吧。再说，现在的荆襄九郡在名义上已是曹操的地盘了，刘备虎口夺食，是凭力气吃饭，也是替刘表出一口气，凭什么不能抱得荆州归？

然而，刘备还是心太软。这个活在名誉里的男人瞻前顾后，总感觉于心不忍。他哭着对大家伙儿说，同志们啊，我大哥临去前托孤给我，言犹在耳，言犹在耳啊，大哥多好的人，宽厚、善良，毫不利己专门利人，我应该向大哥学习啊！今天我如果执其子而夺其地，他日死于九泉之下，有何面目去见我大哥呢？呜呜呜……

张飞长叹一声。

伊籍长叹一声。

诸葛亮长叹一声。

他们一时间不知道是自己错了还是刘备错了。

但是诸葛亮知道，这件事其实没有对错，只有可否。能做就是可，不能做就是否。所谓宽厚、善良，毫不利己专门利人，那都是自欺欺人的话语。荆州现在还是刘表的荆州吗？错！卖祖（业）求荣的刘琮还值得辅佐吗？更是错！问题的关键都不在这里，问题的关键在于刘备的死脑筋没有与时俱进。

诸葛亮将刘备逼到死角，让他做出生死抉择——现在曹兵已到宛城了，没有荆州，没有根据地，没有兵马，我们何以拒敌？

刘备当然不知道何以拒敌的对策。对刘备来说，个人名誉是形而上的东西，其他的都是形而下的，胜败乃兵家常事，大不了先找个地方躲起来，反正他的一生躲来躲去，躲猫猫已是家常便饭，不在乎多这么一次……

诸葛亮脸色铁青，气不打一处来。他从隆中出来从事的这一份工作竟然是躲猫猫，并且应刘备的要求，还要为躲猫猫的游戏提供技术指导，这个军师当的，可谓一点正经没有。

而他，原本是多么正经，多么有追求的人啊，每自比于管仲、乐毅——管仲、乐毅，是天天躲猫猫的吗？诸葛亮无语。

却又不能逃避。就像前文说的，出来了，就不要哭着喊着想回去。诸葛亮是个没有退路的人。作为军师，事实上最大的能耐就是在没有退路的地方找出退路来。

甚至反败为胜。

那么，诸葛亮能做到这一点吗？

人是自以为聪明的动物

诸葛亮做到了这一点。

因为他不是别人，他是诸葛亮。

在刘备定下“退走樊城以避之”的目标后，诸葛亮觉得，将这一场撤退退出花来，退出他的绝世才华来。不错，他是螺蛳壳里做道场，可人生的常态不就是螺蛳壳里做道场吗？

谁都不会事先给你预备下大大的舞台，因为上帝不是你的干爹。

诸葛亮放出话来，上次一把火，烧了夏侯惇的大半人马，这不稀奇。稀奇的是要让曹军重蹈覆辙！

这话张飞听了，高兴得不行。张飞说，军师，曹军没那么傻吧，一个人，真的可以在短时间里犯同样的错误吗？

诸葛亮无限沧桑地答道：这很正常，只要他是人。

张飞不解：为什么？人不是很聪明的动物吗？

错！人是自以为聪明的动物！

诸葛亮如是回答。

诸葛亮的计谋又开始粉墨登场了。这是一次相当复杂的计谋组合，集合了水战、火战、心理战等诸多算计。玩的就是心跳。

曹军却不知道个中的奥秘。曹仁、曹洪引十万曹军为前队，最前锋则是许褚的三千铁甲军，他们浩浩荡荡，直杀新野而来。部队行进到鹊尾坡时，遭遇了刘备部分人马的对峙。

这个时候许褚需要有一个判断——他们，是干什么的？疑兵还是前面有伏兵？许褚给出的判断是后者。

但是许褚的判断无效，因为曹仁给出的判断是前者。所谓官大一级压死人，许褚在曹仁的“英明”判断下奋勇前进。

刘军却突然人间蒸发了。

这里的山林静悄悄。鹊尾坡前，只剩曹军孤孤单单的身影。这个时候，西边的太阳快要落山了，不知谁的末日就要来到，许褚在刘军的迷魂阵前陷入了长考。

有仙乐悠扬。有众声喧哗。在山顶，一个热闹的世界和盘托出。

这个世界的主人是诸葛亮和刘备。此时的山顶上有一簇旗，在旗丛中有两把伞盖：左玄德，右孔明，二人对坐饮酒，宛如神仙中人。

许褚愤怒了，他把刘备和诸葛亮此举理解为调戏。调戏不是调情。因为调戏被动，调情互动，所带来的心理感受截然不同。虽然在一定的阶段，调戏可以往调情的路上走，但此时的许褚那是一千个不答应一万个不答应！他要上山，杀了这两个调戏专家。

却没有杀成，反而惹了一团骚。

诸葛亮和刘备竟然也人间蒸发了，随之而来的是檑木炮石从山上打将下来，搞得许褚的部队不能前进。与此同时，山后喊杀声大震，一时地动山摇。许褚想寻路厮杀，却找不到厮杀的对象。

这个世界的痛苦也许就是这样，找不到要出击的目标。因为有目标才有可能，没有目标，一切都失去了意义，就如此时的许褚。待山上一切尘埃落定时，许褚怏怏而回，去寻找他的下一个目标——新野。

新野空无一人，整个新野四门大开。曹兵闯入以后，并没有兵士出来阻挡，城里也不见一人，已然一座空城了。许褚再次找不到厮杀的对象。曹洪给出的判断是，这一定是刘备势孤计穷，所以带着百姓逃窜去了。

许褚也放下心来，不再提防着什么——当厮杀的对象一再消失时，任何人心里都不会时时处处想着他们——人啊，终究是没有远虑的动物，求的只是当下心安而已。

曹兵们也个个疲惫不堪，饥饿难耐，忙着夺房造饭，一片杀鸡宰鹅添油加醋真忙的景象。

火。大火。

东门骤起大火。

这是初更时分，新野城狂风大作。有守门军士飞报西门火起。曹仁却不紧不慢地打了个哈欠说：这一定是军士烧火做饭不小心，遗漏之火罢了，灭了它，切不可自己吓自己。

许褚也相信这一点，或者说他宁愿相信这一点。整个新野城进来时空无一人，这火不是自己人不小心烧的，难道是天火不成？

他也打了个哈欠。不紧不慢的。

但是火起来了。不由分说地起来了。

曹仁的哈欠刚打完不久，守门军士接连几次飞报，说新野城西、南、北三门都有火起，看样子不是军士烧火做饭的遗漏之火。曹仁这才知道，人世间有些火是不明原因的。它没有过程，只有结果。就像有些人的出现，惊鸿一瞥的惊艳之后，带给观者的很有可能是厄运般的宿命。曹仁急令众将上马，看满县火起，上下通红，那叫一个艳阳天，不夜城。总之，这一夜的火，比博望烧屯之火烧得更猛，更加的不容置疑。

让大火来得更猛烈些吧，烧死我之前种种的自大与轻视！曹仁站在新野大火前，呆若木鸡，心情复杂，很有阴沟里翻船的感觉。

当然，许褚也有这感觉。这些曹操的高级将领们自大惯了，以为站得高才能看得远，殊不知站得高最大的问题是看不清脚下，而绊倒他们的，往往是脚下一些不起眼的小石子。

便想法子突围。这是大火中的突围，大火中突围最大的特点是哪里没火往哪里钻。

便都往东门钻去了。因为东门没起火。

没有人知道为什么东门没起火，就像没有人知道其他三门为什么会起火一样，很多人只是依靠本能在拥挤，在前行。

前行在奔出东门的路上。仿佛世界末日，而东门则是唯一的诺亚方舟。

诺亚方舟的周围堆满了祭品——死者无数。那是军士自相践踏的结果。这是生存的残酷，也是死亡的残酷。他人即地狱，地狱真是他奶奶的无处不在啊。

少数人冲了出来，沉默的是大多数。大多数人成了祭品。但是这少数人也不是命运的宠儿，因为考验接二连三。

赵云冲出来了，糜芳冲出来了，刘封冲出来了，他们带着部队先后骚扰一路惊慌失措的曹军，直把他们赶到白河边上。

这是四更时分，所谓人困马乏，曹军士兵大半焦头烂额。好在白河看上去还比较吉祥，起码河水不深，不会淹死人。此时的曹仁感谢命运给他留了个活口，没有赶尽杀绝，没有将他一头闷死。他下令人马都下河吃水，解解乏，整顿兵马后再图将来。一时间白河边上人相喧嚷，马尽嘶鸣，充满了生机和活力。

人要活无数张皮

但是命运是不留活口的。

命运任何时候都不留活口，所谓赶尽杀绝，那是命运的本性。

曹仁不知道，白河其实很深，深不可测，一如每一个人的命运，充满了礁石和陷阱。现在曹仁看到和体会到的白河，是被做过手脚的白河。

做手脚的那个人是关羽。关羽奉诸葛亮之命，于一天前带来士兵在上流用布袋遏住河水，致使下流断水，这样白河就看上去很浅了。直到四更，关羽忽然听得下流人喊马嘶，充满了生机和活力，便急令手下军士一齐撤掉水中的布袋，被堵了一天一夜的河水，重新变得水势滔天，浩浩荡荡往下流冲去，冲向那些在下河吃水，充满生机和活力的曹军人马。

结果是可以想见的，

少数人逃了出来，沉默的是大多数。大多数人成了祭品。曹仁狼狈不堪地引众将往水势不急的地方夺路而走，好歹逃了出来，逃到了博陵渡口，却又苦命地遇见张飞。如果不是许褚拼命掩护的话，曹仁是不可能活着逃回去向曹操汇报战况的。

新野之战就此告一段落。曹操极其震怒，说了这样一句话：“诸葛村夫，安敢如此!?”他传令军士一面搜山，一面填塞白河。同时将大军分作八路，一齐去攻樊城——一定要活抓诸葛亮，让他明白自己是不好惹的。

当然，对曹操来说，一两场小战的失败说明不了什么，重要的是气势，五十万大军的气势。诸葛亮除了火攻就是水攻，说到底玩的还是雕虫小技。曹操不相信，打天下是靠雕虫小技就可以成事的。所谓短兵相接，刀枪相见，要说真打，刘备和诸葛亮还是不堪一击的。对于这一点，曹操有着充分的自信。

曹操的谋士刘晔也相信人多力量大的道理。他只是不相信，天下人心是打出来的。人心至软，兵器至刚。柔可以克刚，刚却无法击垮柔软的东西，这是刘晔对世事的一个认识。所以他对曹操说，丞相啊，你初到襄阳，首先要做的是收买民心。刘备为什么老是打不垮，他的屁股后面跟着民心啊。刘备现在尽迁新野百姓进樊城，等于是绑架了这两县城的民心。如若丞相刀兵相见。两县最终是可以到手的，可差不多就变成齑粉了。民心何在？民心尽心啊！丞相这次征江南，志存高远，可恕我直言，占领江南不等于占有江南……我看这样，不如先使人招降刘备。刘备即使不降，也可见丞相爱民之心；刘备如果来降，那荆州之地，可不战而定啊。

曹操采纳了刘晔这个听上去很美的计划。可问题的关键是，谁去做刘备的思想政治工作呢？

这个人，必须跟刘备有交情，同时对刘备有影响力、能成大事者。最重要的一点，此人还必须是忠于曹操的，别策反不成却被刘备给收编了。

刘晔提了一个人选。

徐庶。

毫无疑问，这是个让曹操头痛的人选。曹操当然不怀疑徐庶的能力，他只怀疑徐庶的忠心。在能力与忠心之间，曹操看重的是后者，他不愿做放虎归山的蠢事。

刘晔当然也怀疑徐庶的忠心，不过刘晔赌徐庶不敢不归。因为刘晔以为，在这个世界上，一个人除了忠心还有责任心，还有面子要去维护。人不是活一张皮，人是要活无数张皮：爱心、孝心、忠心、责任心、面子、旧谊、新爱……每人都在皮后面首鼠两端、顾此失彼、瞻前顾后、爱恨交加。

要做出一定的选择。

当然在这个过程中，最重要的是要搞清哪一个是首选。刘晔对曹操说，徐庶如果去见刘备，是一定会回来的，否则他不辞而别，出尔反尔，当面一套背后一套，岂不贻笑于世人？

曹操还是忧心忡忡：有些人就是出尔反尔，当面一套背后一套，不以贻笑于世人为耻，你怎么断定徐庶就不是这样的人？

可以断定。因为他是一个清高的人。清高的人如果贻笑于世人，他自己都会认为没有活下去的必要了。

刘晔如是回答。

曹操恍然大悟，觉得人心真是一门大学问，有所悟就有所得，他要常学常新。

佛与人的不同

徐庶站在了刘备面前，表情是悲欣交集的。

这是乱世的重逢，重逢之后便是离别，一如刘晔所推测的那样，人心是柔软的，却又是可以抓住的——只要知道抓手在哪里。

徐庶之心的抓手是——清高。

一个清高的人知去，也知归。这叫来去明白。

当然，徐庶愿意来见刘备，并不仅仅是受命曹操那么简单。他是来给刘备通风报信的。徐庶告诉刘备，曹操派他来招降，是收买民心之举，现在曹操正分兵八路，填白河而进。樊城是万万不可守了，还是早作行计吧。徐庶如是劝刘备。

徐庶并没有和刘备讨论一下归顺曹操的利害关系和可能性的问题。徐庶以为，他不是说客，如果那样做，就是对刘备的侮辱。在这个世界上，有一种人是不可以在另一种人手下生活的，因为此种人心中有世界，有一个独立的世界。此种人的一生，就是为了获得独立的世界而到处奔波的一生，哪怕居无定所，哪怕颠沛流离，也在所不惜。徐庶以为，刘备就是这样的人。

其实，在刘备心里，徐庶也是这样的人：一生只为理想而活。刘备觉得，他们是同路人。

同路人就应该同行。刘备向徐庶发出了真诚的邀请：留下来，同奋斗。刘备推心置腹地对徐庶说，曹操是言而无信之人。当初他扣押令堂大人，并伪作老人家的手书赚你回去，本是不仁不义之举。令堂后来懊悔莫及，自缢以明志，如此高风亮节，充分说明老人家不肯同流合污的尚雅之举。令堂可以如此，先生为什么不愿意这样呢？

徐庶反问道：曹操是言而无信之人，我若留下来不归，是不是言而无信之人呢？

刘备心里一震，顿时说不出话来。

徐庶继续：就是为了要做跟曹操不一样的人，不为天下人耻笑，我才必须回去啊，不过刘公你放心，我人虽然在曹操那里，心却不在那里，我发誓终身不为曹操设一谋，刘公现有卧龙辅佐，何愁大业不成呢？还是请允许我归去吧。

徐庶便回去了，刘备再次面临着选择：怎么办？

事实上不可能怎么办，除了离开。在很多人的一生中，离开是为了抵达，不过刘备却不是这样。他是为了离开而离开。

为了活下去而离开。

诸葛亮给他的建议是"弃樊城，取襄阳暂歇。"

其实，在诸葛亮的建议里，弃樊城容易，取襄阳却难——任何时候，失去总是容易的，要获得却很困难。更何况这时的襄阳是刘琮的襄阳，他能不能让刘备"暂歇"都是未知数。

可诸葛亮却只能这样建议。因为没有更好的建议了。事到如今，刘备的"心太软"已经让诸葛亮先前的好建议一一流产——襄阳将不再可能是刘备的襄阳，最多是其人生的下一个落脚点。

不可靠的落脚点。

刘备却拖泥带水。

刘备总是这样，在任何一件事情上都拖泥带水。这一次，他的拖法是带上樊城老百姓一起长征，大家生死相随往襄阳走。

诸葛亮倒吸一口冷气，觉得刘备这个人真是匪夷所思：自己都朝不保夕了，还拖上大家一起朝不保夕。这样的人不是狠，就是佛。

诸葛亮自然不相信刘备是个狠人，应该算是佛，人间的佛，活佛。可诸葛亮以为，做人间的活佛其实很累，因为那只意味着一件事——

牺牲。

刘备却愿意牺牲。刘备是个有牺牲情结的人。就像有些人只能在意淫中达到高潮一样，刘备是个活在"牺牲想象"中才有快感的人儿。他着实与众不同。

诸葛亮无可奈何，只能尽人事知天命。他对刘备说："可令人遍告百姓：有愿随者同去，不愿者留下。"诸葛亮希望，留下的人越多越好。多留一个人对刘备而言就多一份轻松，也就多一分生机。

却没人愿意留下。

两县百姓全都想走，他们齐声大呼曰："我等虽死，亦愿随使君!"场面令人动容。这是一个人的号召力，也是佛与人的大不同。诸葛亮看见老百姓们扶老携幼，号泣而行，心情那叫一个复杂和震撼。

刘备也被震撼了，却是羞愧的震撼。因为刘备认为，两岸哭声不绝，老百姓之所以要滚滚渡河，过上颠沛流离的生活，错全在他一人——他没有能力保护他们。所谓荼毒众生，这是刘备生命中不能承受之重。

因此接下来他做出了一个在他看来合情合理的举动：准备投江而死。

刘备的投江之举动作坚决，表情真挚，很具感染人的力量，看得两县百姓目瞪口呆，心为之去。

好在——未遂。刘备的左右拉住了他，坚决遏止了刘备轻生的企图。刘备这才哭着勉强上路，挈妇将雏，浩荡前行，直往襄阳而去。

襄阳果然是刘琮的襄阳，而不是刘备的襄阳。

因为刘琮拒绝开门。尽管刘备在襄阳东门前反复向刘琮表白，自己只想救百姓，并无他念，可刘琮不为所动。刘琮以为，漂亮的言辞往往隐藏着险恶用心，越是光明正大的理由背后，动机越是龌龊不堪。所以他的城门，不能为此类人而开。

有一个人却愿意为刘备开门。

魏延。

魏延是襄阳守将，一向同情革命，见不得百姓受苦。他在城楼上看见刘备屁股后面跟着军民十来万，大小车数千辆，挑担背包者不计其数，大家全指望着他闯一条生路出来，觉得这个人真是不容易，快扛不住了。魏延当下就抡刀砍死守门的将士，开了城门，放下吊桥，招呼刘备快快进城。

刘备没有进去。刘备突然觉得，这样进城不够文明，很有占领的意思。他希望刘琮光明正大地向他发出邀请，他再雄赳赳气昂昂地进去。

刘琮没有向他发出邀请，而是用阴沉的眼光看着他，看着这个他称之为叔父的人，一言不发。与此同时，忠于刘琮的另一襄阳守将文聘飞马引军而出，枪挑魏延，上演了一出全武行。

刘备只得离开。事实上这两个人谁打赢都已经无关紧要，重要的是襄阳内讧了，刘琮不欢迎他，这样的发现让刘备伤感。他转而来到城外刘表墓前，向后者哭诉自己的委屈与压抑，表达了类似于"人生的路啊，为什么走不下去"的迷惘与忧伤。

跟着他的十来万军民齐声痛哭，哭声里同样有对自身命运的感慨和不自信。

曹操的大部队却如影随形。按照诸葛亮的提议，刘备决定往江陵撤，以避锋芒。

但是，这样的撤退是危险的。因为一路跟随的老百姓太多，刘备的人马每天只能走十几里地，曹军如果快马加鞭的话，他们将很快被追击，乃至被围歼。

诸葛亮知道，这是迟早的事情，但他无计可施。

不错，他是这样时代一等一的军师，可刘备也是这个时代一等一的活佛。任何人间的计谋在活佛面前都是失灵的，诸葛亮非常清楚这一点。

所以他不做无用功，再一次抱持尽人事、知天命的消极人生观，静观命运如何在他身上图穷匕见。

刘备的部下们却不信这个邪。他们从纯军事的角度出发建议刘备要放下包袱轻装上阵。刘备当然明白这句话的意思，可刘备以为，人世间最重要的事情其实是负荷而行，没有压力就没有动力。一个人只有在两种状态下是没有包袱的：刚出生时；与世长辞后。所谓赤条条来去了无牵挂。

所以刘备语重心长、泪如雨下地对他的部下们说：“举大事者必以人为本。今人归我，奈何弃之?”很有“我不下地狱，谁下地狱”的意思。

便负荷前行，做人世间最沉重的那一个人。十万百姓闻知此事又是一片哭声，觉得道路虽然是曲折的，可前途是光明的。因为有刘备在。

这个不抛弃不放弃的人带着他们往前走。

时代的弃儿

刘琮的命运在此时进入了倒计时。

因为曹操来了，不容置疑地来了。曹操要安排襄阳的一切，包括他们每一个人的命运。

事实上在此之前，刘琮的命运是有过转机的。他的谋士王威告诉他说：将军你既然已经归降曹操了，刘备又已离开襄阳，如此一来，曹操肯定懈弛无备。这是个良机啊将军，如果将军能够出奇兵，于险处设伏曹操，则操可获也。杀了曹操就可威震天下，到那时中原虽广，也可传檄而定。这可是千古伟业，将军切莫错过。

王威的话听上去很有诱惑力，但是对刘琮不起作用。因为一个首鼠两端的人对任何建议都不会立马拍板，而要论证再论证。刘琮就将王威的建议转给蔡瑁去论证，可想而知，这样的论证是残酷和血淋淋的——王威被剥夺了建议权。他的生命也差点被剥夺，蔡瑁一怒之下要杀王威，后被蒯越阻止。

由此，刘琮的命运里就少了主动出击的成分，只剩下了任人摆布。

任曹操摆布。

曹操在一个天不刮风天不下雨天上有太阳的日子里任命刘琮为青州刺史，并且即日起程。

刘琮怕怕了，他突然觉得青州很有可能是他人生的终点，便不愿去，给出的理由是“不愿为官，愿守父母乡土。”事实上这样的理由是苍白的——对于一个放下武器举手投降的人来说，抵抗力等于零——去不去青州不是刘琮说了算，而是曹操说了算。

曹操哄小孩（刘琮在曹操眼里还真是个小孩，不管是岁数还是智商）似的对刘琮说，乖，听话，青州靠近帝都，我教你随朝为官，是为了免在荆襄被人图害。你这孩子，怎么不懂我的心呢?

刘琮确实不懂曹操的心。他只知道这个跟他父亲同辈的人在占领了荆州之后又将他驱逐了。所谓“永为荆州之主”的承诺云云，只是一句哄小孩的话语，当不得真的。

便上路。无奈地上路。

陪伴刘琮一起上路的是他的母亲蔡夫人。还有故将王威。王威本来可以不去青州的，就像其他官员一样，将刘琮人等送至江口就可返回。王威没有返回。他想看一看这个人的结局。

还有自己的结局。

他们都是这个时代的弃儿。弃儿的命运是不是一定很惨?刘琮和王威希望上苍给出的答案是否定的。

却是肯定。当于禁奉曹操之命将手中宝剑插入他们的后背时，刘琮这才知道，自己曾经错过一次挽救自己性命的机会。尽管那样的挽救是有风险的，没有绝对的胜算，却是唯一一次有可能改变命运走向的机会——很可惜，他没有把握住，而是将自己的命运交给他人去裁决……

刘琮临死前看一眼同时中剑的王威，发现这个老实人一脸悲愤却又无可奈何，就像一只被叉子叉住的青蛙，虽然四肢乱动，败局却已注定。

就像他，就像他身后的荆州，都已是曹操自由裁量的对象。

蔡瑁的命运要好得多。若干个日子之后，已经当上镇南侯、曹操水军大都督的蔡瑁在总结自己的成功之道时说了这样一句话：识时务者为俊杰。

不错，人生的很多道理都在老生常谈中。老生为什么常谈？就因为这些道理都是一句顶一万句的人生总结。是用血写成的。

比如王威的血。

王威就是不相信“识时务者为俊杰”这个真理所以付出了生命的代价。蔡瑁以为，王威起码在两点上铸成了大错：一是出什么馊主意伏击曹操。笑话！曹操是可以伏击的吗？有些人的命天生就很硬，一辈子只让别人人头落地，自己的人头永不落地，就像曹操。退一万步讲，曹操的人头真的不小心落地了，以刘琮之才能，就可以扭转荆州败局吗？告诉你，世界，我不相信！大错之二是王威跟着刘琮上路了。蔡瑁以为，王威这是在找死。在这个世界上，举什么旗，跟什么人，走什么路是最重要的事情，因为他决定着一个人的死生荣辱。正是在这个问题上，王威犯了致命的错误，所谓自作孽不可活，怨不得别人的。

相比之下，蔡瑁在这方面就游刃有余了。不仅在第一时间粉碎了王威的蠢蠢欲动，而且成功取得了曹操的信任，再次行走在权力之巅。

蔡瑁以为，这是他人生的成功，很少有人可以做到他那样，游刃有余。

但是，在曹操看来，没有人可以成功，除了他自己。曹操以为，世上的人分两种，一种是摆布他人的，一种是受人摆布的。

他是第一种。所以，蔡瑁是注定受他摆布的。不错，今天的蔡瑁是镇南侯、他的水军大都督，但明天会是吗？曹操后来这样对心存疑惑的荀攸解释说，蔡瑁是不可重用的，我只是利用他而已。我们这些兵都是北方来的，不习水战，所以暂且用此二人。等成事之后，爱谁谁！

乱世中，有人不知下落

刘备继续在路上。继续着日行十余里的漫漫长征。

曹操开始追赶，他令部下精选五千铁骑，星夜前进，限一日一夜，赶上刘备。

结果是可以想见的：刘备的人马被打得七零八落。他的身边只有百余骑；百姓、老小还有糜竺、糜芳、简雍、赵云等一干人等，都不知下落。

刘备只能又号啕大哭。刘备总是这样，在拿不定主意的时候号啕大哭，边哭还边自虐地说："十数万生灵，皆因恋我，遭此大难；诸将及老小，皆不知存亡：虽土木之人，宁不悲乎！"

这样的自责当然是无济于事的，只能减轻刘备的道德负罪感。在此之前，诸葛亮继续尽人事知天命，跟随关羽往江夏去搬救兵，但如此亡羊补牢式的解救行动事实上只是一针安慰剂，不起什么作用。第一，曹军闪电出击，江夏刘琦部队能不能及时回救是个大问题；第二，即便及时回救了，能不能救成功也是个大问题。曹军浩浩荡荡，江夏刘琦部队则如杯水车薪，除了无济于事还是无济于事。

所以刘备只能收拾残局。无可奈何地收拾残局。更要命的一个消息突然出现在眼前：糜芳飞报——赵子龙反投曹操去了！

对于这个突如其来的消息，刘备的第一反应是不信。他相信赵子龙的忠诚。刘备以为，在这个世界上，有一些忠诚是需要磨难来证明的；而另一些忠诚是不需要磨难来证明的，否则就是对此类忠诚的侮辱。

刘备相信，赵子龙对他的忠诚属于后者。所以他看上去安之若素。

张飞却不安之若素。他引着二十余骑，出现在长坂桥上。他要目睹那个叫赵子龙的人以何面目出现在他面前。

赵子龙其实面临着这样一个难题——回不去了。

不是他身负重伤、身陷重围，而是他受托照顾的刘备家小包括甘、糜二夫人与刘备的儿子阿斗都在行军中失散，赵云无脸去见刘备。

所以接下来，他的一个使命是找到他们，一个都不能少。

但是，不可能了。这样的乱世，不可能一个都不能少。乱世当中，注定有很多人不知下落，不管他们的身份是高贵还是低贱。

赵云只保得了阿斗归。他所付出的代价是，身负重伤。

刘备怒了。在接过阿斗的那一瞬间发怒了，紧接着他做出了一个出人意料却又在情理之中的举动：将还在襁褓中的小儿子阿斗狠狠地扔在地上，然后怒发冲冠地指着阿斗说，为了你这个畜生，几乎折损我一员大将！你还活在这个世上干吗?!

刘备的惊人之举取得了极其良好的戏剧效果——赵云哭了，发自肺腑地哭了。因为他突然明白了自己在刘备心中的分量：大于阿斗。这是什么分量?!这是值得死生相报的分量啊！赵云立刻从地上抱起阿斗，向刘备表忠心，表示今后即使肝脑涂地，也不能回报大恩大德于万一……

刘备也哭了，心情复杂地哭了。因为他无法解释自己刚才的所作所为。是作秀吗？不可能，谁敢拿自己儿子的性命来作秀?！是发自肺腑的吗？好像也不可能，因为怒掷亲子之举不符合他一贯的仁慈形象——一个连自己的亲儿子都不爱，都要致其余死地的人，怎么可以爱他人，爱世人呢？

所以只能说是权宜之举。

在这个世界上，处处充满了权宜之举。权宜之举是爱恨交加，是趋利避害，是在利害之间找一个平衡点。是做给别人看，也做给自己看，是意料之外与情理之中。但是说到底，它是经不起拷问的，一拷问就破绽百出，烟消云散。

所以没人的时候，众将走光的时候，刘备会泪流满面地抱着自己的心肝宝贝阿斗，哭得眼泪一把鼻涕一把。但他又不敢光明正大地哭，只能很压抑地哭，就像这个乱世中的人心，呜咽，千回百转。

有，还是没有？

张飞在长坂桥上已经很寂寞了。当赵云的忠诚被通过之后，张飞现在要呈现给世人的是勇敢。

还有他的计谋。

这是张飞一生中最闪亮的一次出演。没有人知道会不会演砸，但是张飞知道，一出戏要演好，仅有自己的努力是不够的，还要对手的配合。

对手戏对手戏，有一半戏其实是对手的，张飞现在就等着对手的到来。

他们来了。

曹仁、李典、夏侯惇、夏侯渊、乐进、张辽、张郃、许褚等人。他们站在长坂桥上，看见了一个经典张飞：倒竖虎须，圆睁环眼，手绰蛇矛，立马桥上，很有“世界，我来了”的意思。

与此同时，作为背景，曹仁等人看到了桥东树林之后，尘土铺天盖地，他奶奶的，这是有伏兵的征兆啊！

有，还是没有？

有没有你不知道哇?! 张飞一声怒喝，吓得曹仁等人不敢前进。

于是最后的裁判曹操被请出来了。曹操一生多疑。多疑之人最大的问题就是怀疑一切。有，他怀疑；没有，他也怀疑。长坂桥上，对手戏被演僵了。张飞势头十足，对手们却犹犹豫豫，不敢往下演。

张飞只得一声怒喝，打破僵局："我乃燕人张翼德也！谁敢与我决一死战?"

张飞的嗓音是超高八度，当世第一超级男声。这一声怒喝，那叫一个声如巨雷，吓得曹军一个个大腿发抖，进入尿失禁的临界状态。

曹操更加多疑了：一个人，要有怎样的自信，才能如此中气十足？他吩咐手下，不可轻敌。

张飞催演，又发巨声："燕人张翼德在此！谁敢来决死战?"

还是一个超高八度。此次巨吼的一个重要效果是，曹军阵脚乱了。张飞发现，这支部队隐隐有后退迹象。

张飞决定趁热打铁。于是，燕人张飞一生中最具威力的断喝出现了："战又不战，退又不退，却是何故!"

张飞的一声断喝最直接的杀伤力是导致了一个人的死亡。

夏侯杰。

当时的夏侯杰正在曹操身边，已进入鸭听天雷的状态。张飞的晴天霹雳惊得他肝胆碎裂，立马倒撞于马下。这让曹操感同身受。曹操回马就走。于是跟随曹操的众将士也一个个争先恐后地往回跑，那场面如退潮一般，相当的壮观。

张飞笑了，笑得像第一男主角。

笑完之后，张飞做了如下这些举动：让树林中来回奔骑的二十几个随从解去马尾树枝，停止"扫地"工作；将长坂桥桥梁拆断，以绝曹操追兵，然后回马去见刘备。

刘备一声叹息，为张飞的功败垂成。唉，张飞还是不懂——人世间的有些事情其实是不需要收尾的。它们没有结束。不结束的状态就是结束。现如今，张飞将长坂桥桥梁拆断，只能给曹操这样一个信号——张飞示弱，此处无伏兵，可以追击。

张飞却不承认自己的失策。张飞以为，长坂桥桥梁拆断，正可以绝曹操追兵，怕他个鸟。

刘备又一声叹息，为张飞的目光短浅。

不错，长坂桥桥梁拆断，是可以断绝交通的，但曹军“有百万之众，虽涉江汉，可填而过，岂惧一桥之断耶?”刘备对曹军的反攻能力做如是估计，由此，他又做出了战略撤退的决定——还得走，下一个目的地是汉津。

曹操果然见微知著。

一个多疑的人有很多缺点，但也有很多优点。

比如谨慎。比如好奇。比如见微知著。

好奇使得曹操重返现场去一观究竟，见微知著则是曹操在现场的所见所得。

他看见桥断了，人没了，他看见张飞式的阴谋正在清晰呈现。曹操传令派一万士兵，速搭三座浮桥，当夜就要过桥。

李典则比曹操更谨慎。他不仅想到了张飞，更想到了诸葛亮。李典说：丞相啊，这怕是诸葛亮之诈谋，不可轻进啊。

曹操此番却斩钉截铁，认定只是张飞玩弄的小聪明——他传下号令，火速进兵。

第五章　高手过招

要请上门去，不要求上门去

在曹军的火速追击下，刘备并没有死翘翘。

因为关羽赶回来了。

关羽去江夏借得军马一万，得知当阳长坂大战的消息后，特地赶回增援刘备。这让曹操感到有些怕怕。他突然觉得李典的担心是有道理的，奶奶的，原来真是诸葛亮之诈谋啊！

要命的是曹操不知道诸葛亮的诈谋由多少个小计谋构成，水攻、火攻、心理战，樊城的教训不可谓不深刻。

便停止追击，让刘备死里逃生。

刘备惊魂未定。他明白，这是短暂的死里逃生。如果没有一个可靠的根据地，一道牢固的防火墙，他的人生是岌岌可危的。

所幸，诸葛亮也从江夏赶回来了，带来了刘琦所部的全部人马。与此同时，刘琦也公开表态，欢迎刘皇叔到江夏去，大家共生死，同进退。

刘备这才稍稍定下神来，觉得命运对他到底没有赶尽杀绝。

但是，更大的浪头打过来了。

这一次曹操的眼里不仅有刘备，还有孙权。曹操担心，在江夏的刘备如果联结东吴的话，势必形成滋蔓的局面，到那时就麻烦了。

荀攸献计说，世界上的事，怕就怕团结二字。刘备和孙权会团结起来吗？有可能，但这种可能性是可以斩断的，只要我们有足够的威慑力。丞相不妨大振兵威，遣使驰檄江东，请孙权会猎于江夏，共擒刘备，分荆州之地，永结盟好。到那时孙权的反应肯定是惊疑，最终受利益驱使只能选择来降，若如此，大事济矣。

曹操也觉得这个主意不错。因为他相信每一个人的选择归根到底是利益的选择。孙权跟着他曹操干可以分荆州之地，永结盟好，何乐而不为？如果孙权选择跟刘备联手的话，傻瓜都知道下场只有一个。

陪葬。

孙权被雷倒了。

因为他从来没有看到过如此浩浩荡荡的架势：曹操百万大军，水陆并进，船骑双行，沿江而来，西连荆、峡、东接蕲、黄，寨栅联络达三百余里。

这是什么架势？这是杀猪的架势。

猪是何人？孙权以为不是刘备，而是他孙权。刘备失魂落魄、残兵败将，值得曹操出动百万大军，予以穷追猛打吗？所谓杀鸡焉用牛刀？曹操这把大牛刀一出，孙权立马就知道，曹操要杀的不仅是鸡，还有牛。

他这头大牛。

当然，诱惑也是存在的。曹操来信说“分荆州之地，永结盟好”，这似乎看上去很诱人，却是可望而不可即。因为在这个世界上，没有人会在自己占有绝对优势的情况下，与他人共分蛋糕的。能够坐下来共分蛋糕的，只能是旗鼓相当者。

谁也吃不了谁，谁也占不了谁的便宜。只有这样的旗鼓相当者才能共分蛋糕。

所以鲁肃给孙权的建议是，去江夏打探虚实，如果可能，全世界无产者，联合起来，共抗霸权。

当然要联合是需要由头的。鲁肃的由头是带上厚礼往江夏吊丧，沉痛哀悼刘表同志的去世。

在江夏，面对大军压境，刘备感觉命运对他又步步紧逼了。

曹操的百万大军，不是人间任何一个谋士的计谋可以抵挡的。诸葛亮高明是相当的高明，但只能在一些小规模的战争中讨得一些便宜。现如今，百万大军啊，每人一口唾沫也足以将刘备淹没。刘备不知道，谁是那个拯救他于危难之中的人。

诸葛亮再次站了出来，提出了这样一个对策：曹操势大，我们一时间急难抵挡，不如往投东吴孙权，以他为应援。曹操、孙权南北相持，这对我们来说是好事，可以从中取利，何乐而不可呢？

刘备看上去没有什么欢乐的意思。因为他听出了诸葛亮对策中的一个破绽——往投东吴孙权，以他为应援。呵呵，东吴孙权是我干爹啊？凭什么无缘无故地成为应援，为我顶雷?!

刘备对此毫无自信。

诸葛亮却以为，人世间的事，强大与弱小是相辅相成的。不错，江东人物极多，深谋远虑之辈也众多。可正因为这一点，江东才会看到自己的弱小与不足。现在曹操引百万之众，虎踞江汉，对江东形成泰山压顶之势，江东有远见者必定会寻求外援，以为自己的帮手。那么江东找外援最便捷的目标在哪里呢？无非是江夏罢了。江夏现如今已成为两强必争之地，倒向哪一方，哪一方的胜算就会多一些。

刘备开始有所动心了：这个那个似乎好像的确可能有些道理啊……

诸葛亮继续往下说。他说，我可以打赌，江东一定会派人来打探虚实。如果真有人到此，那我愿意回访江东，凭三寸不烂之舌，说动南北两军互相吞并。如果南军胜，我们和孙权共诛曹操以取荆州之地；如果北军胜，那我们乘势取江南好了！

刘备激动了，他伸出大拇指：高！实在是高！……可我现在担心，江东会不会派人来呢？他们要不来人，我们总不能腆着脸上吧……

诸葛亮闭上眼睛，不再说一句话。因为该说的都已经说完了，至于来不来人，在他看来根本不是一个问题，就像太阳明天照常升起一样，诸葛亮以为，那不是假设，而是事实。

他现在需要的，就是等待。

鲁肃表情沉痛地来了，来吊丧。

刘备不知道在鲁肃表情沉痛的背后还隐藏着什么，但是诸葛亮知道，在这个世界上，没有无缘无故的欢喜，也没有无缘无故的沉痛。当年孙策亡时，襄阳未曾遣人去吊丧，因为江东与刘家有杀父之仇，不通庆吊之礼。现如今，形势比人强，孙权强压杀父之仇不报，差鲁肃前来吊丧，只能说明一点——

别有用心。

诸葛亮欢迎这样的别有用心。他对刘备说，鲁肃到了以后，若问起曹操的动静，主公只推不知道就可以了，如果鲁肃再三问起，主公只说去问诸葛亮好了。一切由我来安排。

诸葛亮果然料事如神。因为鲁肃对曹操的一切都很感兴趣。但是诸葛亮却对此半遮半掩，让鲁肃愈发的好奇。这个世界似乎就是这样，隐秘的东西才是值钱的，没有秘密的东西则毫无价值。诸葛亮深知这一点。

接下来，他愈发地云山雾罩，跟鲁肃透露了一个新秘密。诸葛亮说：“使君（刘备）与苍梧太守吴臣有旧，将往投之。”这让鲁肃觉得自己统战的目的没有达到，内心隐隐感到不安了——刘备不能走，刘备走了，他怎么回江东交代？

鲁肃开始有倾向性地发表意见。他一方面诋毁吴臣的气度，说他粮少兵微，自不能保，怎能容人；另一方面猛夸孙权的有容乃大——“孙将军虎踞六郡，兵精粮足，又极敬贤礼士，江表英雄，多归附之。今为君计。莫若遣心腹往结东吴，以共图大事。”

呵呵，诸葛亮要的就是这最后一句话——被人请上门去，而不是自己求上门去。的确，两种上门的价值大不相同，前者是尊贵的，有价值的，可以待价而沽的；后者则是卑微的，不可以讨价还价的。

当然，为了把戏做足，诸葛亮继续忸怩作态，说：“刘使君与孙将军自来无旧，恐虚费词说。且别无心腹之人可使。”这里面有两层意思，一是表明因为刘备与孙权不熟，所以没有强烈的投靠意识，而“使君与苍梧太守吴臣有旧，将往投之”表达的是熟人好办事的意思，诸葛亮似乎是向鲁肃透露，去孙权处目前不是刘备的首选行动；二是真去江东的话没有心腹之人可使。这里面又有两层意思，其一还是不熟，不好办事；二是老兄你看着办吧，如果你真需要我们去，这个穿针引线的人还是要解决的。

鲁肃听出了诸葛亮的意思。为了把事情做成，他立刻提出了具体的解决方案：穿针引线的人好说，一是先生之兄诸葛瑾，现在是江东参谋，每天都盼望着与先生相见呢。另外就是我，鲁肃，愿与公同见孙将军，共议大事，共议大事啊。

诸葛亮至此长吁一口气，觉得自己可以有尊严地上门了。

刘备却不让诸葛亮走。他的表情是依依不舍、肝肠寸断的，起码在鲁肃看来是这样。刘备对鲁肃说，诸葛亮是我老师，顷刻不可相离，怎么可以去江东呢？我可不希望他成为第二个徐庶！

刘备的话让鲁肃愈发觉出诸葛亮的珍贵。这样的珍贵在他看来就是孙刘联盟的珍贵。所以接下来，鲁肃的重要任务就是做刘备的思想政治工作，说服后者放诸葛亮成行。

诸葛亮心里暗叫一声好，刘备刘大哥这戏演得，妙。一个不放，一个力争，他诸葛亮的价值就被烘云托月了。鲁肃如果回江东将诸葛亮得来不易的情形一汇报，那刘备在联盟中的位置就不是可有可无，而是缺一不可的了。

刘备也果然知戏、人戏，对鲁肃的再三请求只是不理不睬。鲁肃一脸焦灼，无可奈何。这个老实人到此时要哭的心都有了。诸葛亮看戏演得差不多了，再演就过了，就对刘备如是说道：“事急矣，请奉命一行。”刘备这才老大不情愿地放行，让诸葛亮跟着鲁肃去柴桑面见孙权，见机完成孙刘结盟共抗曹操之大计。

猎手与猎物

鸦雀无声。

鸦雀无声的不仅是空气，还有人心。

因为每一个人的心都很沉重。这是沉重的柴桑。这是沉重的会议。没有人说话——孙权和他的百官们。

原因是出现了一封信。

一封改变历史进程的信，此刻拿在了孙权手上。

是曹操来信。信是这样写的："孤近承帝命，奉词伐罪。旄麾南指，刘琮束手；荆襄之民，望风归顺。今统雄兵百万，上将千员，欲与将军会猎于江夏，共伐刘备，同分土地，永结盟好。幸勿观望，速赐回音。"

这信写得软硬兼施，透着阴气与杀气。特别是最后一句——幸勿观望，速赐回音。很有最后通牒的意思。

当然，诱惑也是存在的。曹操来信说的"同分土地，永结盟好"，这似乎看上去很美，不过孙权以为，那是可望而不可即。孙权现在唯一能感受到的，是曹操的杀心——"今统雄兵百万，上将千员，欲与将军会猎于江夏，共伐刘备"——老天！都雄兵百万，上将千员了，还需拉我这个垫背的去共伐刘备吗？所以孙权觉得，"会猎于江夏"五个字，意味深长。谁是猎手谁是猎物？大可玩味。

有人咳嗽。

是张昭。

张昭是老同志了，身体不大好，主要是气管不好，一年四季常咳嗽。有时候是纯生理的咳嗽，有时候是半生理半心理的咳嗽，所谓半生理半心理是指张昭同志咳嗽之后，是要发言的。

这一次，他就发言了。张昭说："曹操拥百万之众，借天子之名，以征四方，拒之不顺。且主公大势可以拒操者，长江也。今操既得荆州，长江之险，已与我共之矣，势不可敌。以愚之计，不如纳降，为万安之策。"

老同志发言到底是有分量的，哪怕是纳降两个字，说出来也底气十足、理由充分，处处有为党国利益考虑的意思。一帮谋士见张昭替他们说出了心里话，纷纷叫好，表示支持。

孙权不置可否。张昭和周瑜是他哥孙策生前遗留下来的宝贵财富，是国之瑰宝。虽然说内事不决问张昭，外事不决才问周瑜，可周瑜不在身边，张昭就不能过问外事吗？张昭过问外事的意见难道不应该引起重视吗？孙权觉得自己颇不好下一个论断。他还要听听更多的意见。

比如鲁肃的。

鲁肃没有发表意见。在闭目养神。不过在这个世界上，一个人闭目养神并不代表毫无意见。恰恰相反，他只是在掩饰自己的意见，不敢当众发表罢了。孙权决定给鲁肃一个机会，他站起来去上厕所。孙权希望鲁肃明白，这是个含义丰富的如厕行为。可进可退，可攻可守，可长可短，可黑可白。

鲁肃明白了。他也站起来跟了过去。

在臭烘烘的厕所里，孙权和鲁肃就江东的未来进行了富有成效的交谈。鲁肃说，江东人人可降，唯将军不可降曹。就拿我鲁肃为例吧，我若降曹，还可以做一州郡的长官。有什么损失吗？没有啊！可将军你就不一样了。将军降操，位不过封侯，车不过一乘，骑不过一匹，随从不过数人，还能南面称孤吗?！所以说众人之意，都是各自为己，不可听，不可听啊……

孙权恍然大悟：他奶奶的，真是人不为己天诛地灭。一个个口号喊得震天响，什么如降操，则东吴民安，江南六郡可保……放屁！那是他们自己的荣华富贵可保。所谓民众的利益高于一切，都只不过是挡箭牌罢了……唉，还是鲁肃心系党国，可歌可泣啊！

但是，孙权的感叹并没有维持多久，因为一个现实的问题还没有解决——曹操的强大是不是到了无坚不摧的地步？曹操新得袁绍之众，又得荆州之兵，恐怕势大难以抵挡啊，孙权为此忧心忡忡。

至此，鲁肃觉得，可以让诸葛亮粉墨登场了。在一切已成僵局，人心惶惶的江东，诸葛亮现在是这样一种力量——唯有他站出来才能打破平衡。他倒向哪一方，都可以影响江东未来的走向。而这，正是诸葛亮求之不得的，因为诸葛亮也需要这样一个机会来证明自己——

在这个世界上，我很重要。

舌头的力量

张昭睥睨诸葛亮。

不仅是张昭，顾雍等江东精英二十余人，都睥睨诸葛亮。他们峨冠博带，整衣端坐，看上去是神，不是人。

可以知过去未来、生死荣辱的神。他们不仅掌握自己的命运，也掌握江东甚至天下的命运。这是张昭、顾雍等对自己的一个认知。

现在，这些神们团结起来，共抗诸葛亮。因为一个时辰之后，诸葛亮将穿越他们，去见孙权，去影响江东未来的命运。张昭等人的目的是，让诸葛亮无功而返。

事实上，这是一场智商辩论赛。谁比谁聪明，谁就能胜出。否则，请回吧。

张昭开始充当一辩。他一上来就先抑后扬，说我张昭江东微末之士，意思是我不入流。“久闻先生高卧隆中，自比管、乐。此语果有之乎？”这个问题问到这里就很尖锐了——自比管、乐，到底有没有啊？

这是把诸葛亮逼入死角：诸葛亮要说有，那你也太牛哄哄了；要说没有，你不是管、乐你出来混什么，趁早回隆中去吧。

诸葛亮是什么回答的？诸葛亮说：“此亮平生小可之比也。”呵呵，不仅承认了有，还高调宣布是“小可之比”，意思是我才能大着呢，这只是个小小的比喻。至于我才能有多大，不告诉你。

张昭的脸立马就阴了下来。见过厚颜无耻的，没见过如此厚颜无耻的。他决定给诸葛亮以重创。张昭暗讽说，我听说刘备三顾茅庐才得的先生您，刘备得先生，以为如鱼得水，以为席卷荆襄不在话下。可现在荆襄怎么样呢？还不在曹操手里?！不知先生的作用体现在哪里？

这又是一个往心窝上捅刀子的问题。诸葛亮必须直面这个问题，要对自己的重要性做出合情合理的解释，同时又不能将责任推给他人——他总不能说刘备心太软，是一熊包，搞得他无以建功立业吧？否则自己受聘于此人不是明珠投暗，瞎了眼吗？

诸葛亮如是解释道，我要取荆襄之地，那叫一个易如反掌。为什么不取呢？原因是我主刘豫州躬行仁义，不忍夺同宗之基业，所以力辞之——听好了，不是得不到荆襄之地，是不忍取。荆襄之地今天之所以归曹操错只在刘琮一人，他听信佞言，暗自投降，致使曹操得以猖獗。可“我主刘豫州屯兵江夏，胸中自有韬略，非等闲之辈可知也”。

诸葛亮这话说得连守带攻，连打带削，很有一报还一报的意思。张昭的咳嗽当下变得厉害了。要说羞辱人的艺术，这个诸葛亮看来也很在行啊。

他决定继续。因为高手最怕寂寞。高手之所以寂寞是因为没有找到对手。现如今，张昭的对手找到了，他就是——诸葛亮。张昭针锋相对：要是这样的话，先生你就言行不一了。一方面，“先生自比管、乐，管仲相桓公，霸诸侯，一匡天下；乐毅扶持微弱之燕，下齐七十余城”：这两个人，是真正的济世之才啊。什么叫济世之才？济世之才就是挽狂澜于既倒，从不可能的地方玩出可能来。执行，没有任何借口；成功，不怕千难万险。“先生在草庐之中，可以笑傲风月，抱膝危坐，以为可以拯民于水火之中，措天下于衽席之上。为何先生自归刘备后，就连打败仗，弃新野，走樊城，败当阳，奔夏口，已无容身之地”。一个显而易见的事实是，刘备刘豫州得先生之后，每况愈下啊。难道当年管仲、乐毅，就是这样济世安邦的吗？呵呵……

张昭这一番话说完，自己笑了，顾雍等江东精英二十余人都笑了。

诸葛亮也笑了。

但是他们笑的内涵不一样。张昭、顾雍等江东精英是得意的笑，笑诸葛亮给自己的失败找借口，属无能之辈；诸葛亮则是清高之笑，笑声清朗，很有人世间，庸才遍地，知音何觅的意思。

两种笑声在持续，在较量。

很快，有一种笑声消失了，只剩下清朗的笑声——诸葛亮笑得很执着。

在这个世界上，执着者久长，无论是做事，还是发出笑声。而执着来自于信念。诸葛亮的信念是——我永远是最棒的，哪怕你们都否认我，但只要有一个人不否认就可以了。

自己。

自己不否认自己，才是最重要的。

诸葛亮在笑声中说，鹏飞万里，它的志向怎么是群鸟可以辨识的？这就像人生重病，不可以下猛药，应当先用薄粥饮之，和药服之；等到他腑脏调和，形体渐安，然后才可以用肉食补之，猛药治之。只有这样，才能病根尽去，人得全生。如果不等气脉和缓，便投以猛药厚味，其结果只能是适得其反。我主刘豫州，三顾茅庐找我之时正败于汝南，寄迹于刘表处，兵不满千，将止关、张、赵云几个人。这就像病势尪羸已极之时，而新野是山僻小县，人口稀少，粮食鲜薄，刘豫州不过暂借以容身罢了，怎么会一辈子坐守此地呢？要说我的用兵之道，以羸弱之兵，博望烧屯，白河用水，使夏侯惇，曹仁辈心惊胆裂——这样的战绩即使管仲、乐毅来用兵，也未必过此吧。至于刘琮投降曹操，刘豫州实在是不知道，且又不忍乘乱夺同宗之基业，这可是大仁大义啊，是不可以被嘲笑的。而当阳之败，刘豫州看见有数十万赴义之民，扶老携幼相随，不忍心抛弃他们，日行十里，不愿进取江陵，甘与百姓同败，这也是大仁大义。试问世间，有几人可以做到?! 所以我要说，这样的失败是光荣的失败，是高尚的失败，是前无古人后无来者的失败，我要为这样的失败讴歌！其实，一时的失败说明不了什么。寡不敌众嘛，胜负乃是常事。昔日高皇数败于项羽，而垓下一战成功，这难道不是韩信的良谋吗？所以说国家大计，社稷安危，是要有远见有主谋的。它不是夸夸其谈之人，在斗室里过过嘴瘾，一旦临机应变，却百无一能。只为天下耻笑罢了！

张昭不再说什么。

因为他无话可说了。他原以为抓住了诸葛亮的漏洞——不为失败找借口，没想到诸葛亮竟然在失败里做出大文章，号称光荣的失败，高尚的失败，前无古人后无来者的失败，要为这样的失败讴歌！他辩无可辩了。毕竟刘备的仁义是辩不倒的，在大仁大义面前，辩术只是雕虫小技罢了。

张昭开始了他的纯生理咳嗽，意思是——同志们，我不行了，你们接着上。

第二辩手虞翻入场了。虞翻问诸葛亮，曹操现在势大力沉，兵屯百万，将有千员，你怎么看？

诸葛亮不屑一顾，昂头说道："曹操收袁绍蚁聚之兵，劫刘表乌合之众，虽数百万不足惧也。"

吹牛！虞翻冷笑说，你诸葛先生军败于当阳，计穷于夏口，这才吧唧吧唧跑来求教于人，还在这里大言不惭说"不惧"，你好意思吗你！

虞翻战斗作风比较粗野，是个靠"打、砸、抢"上位的人物。因此他的辩法与首辩张昭大相径庭，属于"辱骂与恐吓就是战斗"那种。

但是，诸葛亮不怕。诸葛亮以为，在这个世界上，叫得越响的东西越没有分量，相反，一声不吭的才真正可怕，那句话是怎么说的？会叫的狗不咬人，会咬人的狗不叫。更何况，他还抓住了虞翻的一个软肋。

诸葛亮说，刘豫州以数千仁义之师，怎么能抵挡百万残暴之众？之所以退守夏口，那是要待天时啊。而江东兵精粮足，又有长江之险，完全可以有所作为嘛，为什么某些自视甚高的人要劝他们的主人屈膝降曹，不顾天下耻笑呢？呵呵，由此论之，刘豫州真是不惧曹操呢……

虞翻无言以对，开始翻白眼了。不错，诸葛亮说的确是事实。要说江东的军事实力，远在江夏刘备之上，饶是如此，张昭和他们这些江东精英还是劝孙权投降曹操。这个那个，要说什么不惧，确实是挖苦自己。

他也退下去了。

三辩步骘见缝插针，质问诸葛亮说，兄弟你是要效仿苏秦张仪，游说东吴吗？言下之意是诸葛亮只逞口舌之利，肚子里没多大能耐，属于吃开口饭的那一种。

诸葛亮见招拆招，回击道，步先生只知苏秦张仪为辩士，不知他们也是英雄豪杰吗?！苏秦佩六国相印，张仪两次相秦，都有匡扶人国之谋，不比那些畏强凌弱、惧刀避剑之人。你们这些人一听曹操的那些狠话，就畏惧请降，怎么敢笑苏秦、张仪不丈夫？

步骘也默然无语了。因为诸葛亮确实狠，不仅指桑骂槐，还一剑封喉，抓住这些所谓的江东精英只知投降不知韬略的本性迎头痛击，令他们个个哑口无言。

四辩薛综决定改变问题的实质，围绕曹操的人品问题做一番文章。他首先问诸葛亮，先生以为曹操是什么样的人啊？

薛综的问话很阴，后面似有伏招，但诸葛亮却回答得干脆利落——曹操就是汉贼啊，这难道还有什么疑问吗？

错！曹操是英雄，大英雄！什么汉贼？汉难道不是贼吗？这个江山打哪儿来，是来自汉吗？汉之前呢？江山是谁的？江山自古无名主，谁有实力谁去坐。汉朝传世至今，天数将终。今天曹公已有天下的三分之二，正所谓人皆归心。他不坐江山谁坐江山？刘备不识天时，强欲与其争，这叫以卵击石，怎么能不败呢？

薛综的辩词一下子赢得江东精英的一致叫好，是啊，谁说曹操是贼？他是英雄，大英雄！只有把“曹操是英雄”这个定义确立了，他们自己的高大形象也就确立了。投奔英雄这叫识时务者为俊杰，不是贪生怕死。相反，刘备的所作所为则成了可笑的不自量力，势必要被历史的车轮活活碾死。江东精英们像发现新大陆一样个个交头接耳，喜形于色，为自己形象的焕然一新而兴奋不已。

诸葛亮则坚持他的道德评判，并且表达了他发自肺腑的愤怒。诸葛亮说，薛综你是不是人啊？怎么可以说出这样无父无君的话来！人生天地间，当以忠孝为立身之本。薛综你既为汉臣，那么看到不臣之人，应当毫不犹豫地杀了他。这是最基本的为臣之道啊。当今曹操和他的祖宗都食汉禄，不但不思报效朝廷，反怀篡逆之心，这是天下人所共愤的恶行！薛综你却以天数归之，真是无父无君之人啊！我不与你这样的人对话！请别再多说！

诸葛亮怒形于色，一副为汉室安危忧心如焚的样子。薛综傻了。他突然意识到自己犯了一个重大的错误：有些事，可做不可说。毕竟现在的天下还是刘家的天下，毕竟他还是汉室的官员，必要的贞节牌坊还是要的。薛综退到一旁，满面羞惭，不能对答。

五辩上场了。

五辩是陆绩。他秉承薛综的“遗志”，继续在曹操的人品上做文章，同时陆绩同志还发扬光大，将刘备的人品拿来做垫背，以图重创对手。陆绩是这样说的，曹操虽说是挟天子以令诸侯，可他还是相国曹参之后。刘备虽然自称中山靖王之后，却无从稽考，大家现在所公认的事实是刘先生只是个卖草鞋的，如此人物，怎么可以与曹操抗衡呢？哈哈……

诸葛亮听了，也是哈哈一笑。他继续举重若轻，兵来将挡水来土掩：曹操既然是曹相国之后，那应该是世为汉臣了。可他现在专权肆横，欺凌君父，这不惟是心里无君，而且蔑祖，不惟汉室之乱臣，还是曹氏之贼子。这样的人，不配做人臣，做人子。而刘豫州就不同了。刘豫州乃堂堂帝胄，是当今皇帝，按谱赐爵的，怎么可以说无可稽考？况且高祖高皇帝起身亭长，最终拥有天下；卖草鞋也是一份职业，怎么可以被羞辱呢？风物常宜放眼量，英雄莫问出处。陆绩公小儿之见，不足与高士共语！

陆绩说不出话来。这个诸葛亮，真能忽悠啊，把刘备和刘邦都相提并论了，且堂而皇之，令人无可辩驳，有才，有才……

诸葛亮所言，都是强词夺理，均非正论，我们不必再跟他说什么了。请问诸葛先生，你平时治何经典啊？

在当头棒喝中，江东六辩严畯上场了。严畯聪明，知道再次转换攻击的角度。当抬高曹操、贬低刘备的目的没有达到时，严畯将矛头直接对准了诸葛亮本人——山野村夫，能治何经典?！没有学问，你瞎闯什么——六辩严畯决定用江东精英的集体智慧闷杀诸葛亮。

诸葛亮再次举重若轻，指东打西。他说，寻章摘句，是世之腐儒所为，雕虫小技罢了，怎能兴邦立事？且请看子牙、张良、陈平这些人，都有匡扶宇宙之才，他们生平治何经典了吗？呵呵，没有。所以说世之大才，怎么可能仿效书生，在区区笔砚之间，数黑论黄，舞文弄墨而仅满足于此呢？

面对诸葛亮的摆事实讲道理，严畯也低头丧气，一声不吭了。

但是，针对诸葛亮的人身攻击并没有停止。因为江东精英明白，这是最后的机会，不把这个人批烂批臭，踏上一只脚让他一万年不得翻身，就没有他们的出头之日。于是七辩程德枢粉墨登场了。

程德枢口气阴阴地说，诸葛先生好为大言，未必真有实学，恐怕为儒者所笑啊。

诸葛亮却如是回答，他说，儒有君子小人之别。君子之儒，那是忠君爱国，守正恶邪，务使泽及当时，名留后世。而小人之儒，搞搞雕虫，玩玩翰墨，青春作赋，皓首穷经。笔下虽有千言，胸中实无一策，十足小资情调。所以说君子之儒与小人之儒有云泥之别，龙蛇之分。你概念不清上来献丑，原形毕露也就怪不得他人了……哈哈，哈哈哈哈……

一场力量悬殊的辩论赛在诸葛亮的哈哈声中结束了。当然它也可以不结束，江东精英每个人都可以跳出来与诸葛亮过过嘴瘾。不过，这已经毫无意义。因为胜负已定。诸葛亮的口若悬河与挥洒自如使他注定穿越这些精英们去见那个最重要的人。

决定江东命运的人。

也是决定刘备和诸葛亮命运的人。诸葛亮心中有很多好戏可以一一出演，但他现在最重要的是需要一个舞台。展示的舞台。而这个舞台只有孙权才能提供给他。

他必须说服这个人。

高智商的人知道别人的秘密

孙权十分想见诸葛亮。

在这个世界上，一个人想见另一个人，原因有一千零一种。思念。仇恨。欠账不还。离别太久。

还有钦佩。

以及好奇。

孙权就对诸葛亮钦佩加好奇。一个人，要有怎样的智商加舌头，才能舌战群儒，穿越重重障碍，见到他呢？所以，他要见他。

不仅仅是见他，还要知道一些秘密。关于曹操的秘密。

孙权以为，普通智商的人只知道自己的秘密，高智商的人知道别人的秘密，超高智商的人知道世界的秘密，超超高智商的人知道过去未来的秘密。那是跟时间和历史有关的秘密，也是这个宇宙的终极秘密。

孙权不想知道超高和超超高的，太累。他只想知道曹操的秘密。孙权坚信。诸葛亮肯定知道的，他现在需要的，就是获知它。

但是鲁肃却不想让孙权知道曹操的全部秘密。因为那是要吓死人的。孙权的胆子够大，却不是足够大。鲁肃不知道孙权能不能够承受。

孙权和诸葛亮开始了一问一答。

诸葛亮看上去毫无心机，一副坦荡如砥的模样。

孙权问：足下近来在新野，辅佐刘豫州与曹操决战，一定深知曹军虚实吧。

诸葛亮回答：刘豫州兵微将寡，再加上新野城小无粮，怎么能与曹操相持呢？

孙权问：曹兵共有多少？

诸葛亮回答：马步水军，约有一百余万。

孙权问：这里面是否有诈？

诸葛亮回答：应该是比较合乎实际的。曹操就兖州已有青州军二十万；平了袁绍后，又得五六十万；中原新招之兵三四十万；今又得荆州之军二三十万：以此计算的话，不下一百五十万啊。所以亮以百万言之，还是怕吓着了江东之士啊。

诸葛亮的回答果然吓着了江东之士。

鲁肃。

鲁肃站在一旁，听得大惊失色，这个诸葛亮，会不会说话啊，这样一来，借孙权十个胆，孙老大也不敢合作抗曹了。他目视孔明，很有皇帝不急太监急的意思。孔明却视而不见，继续和孙权一问一答。

孙权问：曹操部下战将，还有多少？

诸葛亮回答：足智多谋之士，能征惯战之将，何止一两千人。

孙权怕怕了，又问：现如今曹操平了荆、楚，还有继续进攻的打算吗？

诸葛亮将话说死：曹操傻啊，他不沿江下寨，准备战船，不图谋江东，下这么大本钱干什么？

孙权不说话了。他现在总算明白“会猎于江夏”五个字是什么意思。这哪是共同会猎啊，这是将我孙某人当猎物啊……明白自己成了猎物的孙权却不明白接下来该怎么办。

战还是不战，这是一个问题。

一个大问题。

一个他自己不能决定的大问题。他想把决定权交给诸葛亮，暂时的。他想听听这个高智商人的高见，以为自己的借鉴。

诸葛亮循循善诱，将孙权诱到一个圈套里：天下大乱，将军与刘豫州、曹操并争天下。现在曹操胜出，刘豫州遁逃至此，不再有昔日风采，只愿将军量力而行，把问题想明白：如果能以吴、越之众，与曹操抗衡，不如早与之绝；如果不能，何不听从众谋士之论，放下武器，北面事曹？

孙权觉得自己不好回答。说实话，“放下武器，北面事曹”这句话刺激了他。如果真这么做了，他以为是耻辱；如果不这么做，下场会不会更惨——生存的压力与生命的尊严哪一个更重要？

诸葛亮想一针见血，让孙权做出非此即彼的选择：孙将军表面上服从曹操，内心却不想这么做，事急而不断，我担心将军您很快就大祸临头了啊！

诸葛亮刺的这一针果然见血。因为孙权急了。情急之下的孙权抛出了一个问题：我如果投降曹操了，刘豫州为何不投降？

诸葛亮要的就是这一设问。他马上昂起头颅说：刘豫州怎么可以投降曹贼呢？刘豫州是王室之胄，英才盖世，众士仰慕。他落到这个地步，这是天意罢了，又怎能安屈人下呢?!

孙权火了，他站起来高声骂道：我孙权也不是孬种啊！刘豫州如此落魄还不降曹，我孙权怎么可能投降曹操呢？我非与那老贼决一死战不可！

诸葛亮笑了。

鲁肃也笑了。

因为他们的目的都已达到。接下来，只不过是抗曹技术层面上的问题了。诸葛亮接着刚才的话题把话往回收，表示刘备虽然新败，可关云长那里还有精兵万人；刘琦领江夏战士，也不下万人。而曹操方面却是问题多多，兵士远来疲惫；近追刘豫州，轻骑一日夜行三百里，诚所谓强弩之末，势不能穿鲁缟。而且北方之人，不习水战。荆州士民投降曹操者，没有一个是真心实意的。孙将军如果能和刘豫州联起手来，协力同心的话，肯定能破曹军。曹军一破，必定北还，到那时荆、吴之势走强，天下鼎足之形必成！将军您说呢？

孙权不再说什么。因为什么都不用说了。高智商的人就是这样，不仅把话说到人心坎上，还把解决问题的方案也附带送上，令人心旷神怡。

暧昧之夜

张昭却不心旷神怡，而是心烦意乱。

在得知孙权被诸葛亮忽悠得像打了鸡血似的，高喊要和曹操决一死战之后。他连夜闯入孙权内宅，拉着孙老大的手说，主公，冷静啊，你可千万要冷静啊！主公要和曹操决一死战，这不是一般的危险，这是相当的危险。主公不妨和袁绍比一比，谁强谁弱？当年曹操兵微将寡，还能一鼓作气拿下袁绍，何况今日拥有百万之众呢，我们岂可轻敌？主公若听诸葛亮之言，与曹操争锋的话，无异于抱薪救火，越救越玩完啊。

孙权的一颗心一下子变得瓦凉瓦凉的。他这才知道，人世间最锋利的东西不是武器，而是话语。话语可以让人热血沸腾，也可以让人浑身冰凉。

最重要的是从什么角度去说它。他隐隐觉得，张昭的话也是有道理的，当年曹操兵微将寡，还能一鼓作气拿下袁绍，何况今日拥有百万之众呢，再说了，他跟袁绍做比，还真的不在袁之上呢……

孙权低头不语了。顾雍则趁热打铁，说道：主公啊，刘备是因为被曹操所败，所以才想借我江东之兵以拒之，主公为什么要为其所用呢？

孙权的头低得更厉害了。因为他觉得顾雍的话也是很有道理的——被刘备所用，他奶奶的我为什么要被刘备所用？我贱啊……而诸葛亮所有的巧舌如簧背后，莫非都只隐藏着这样一个险恶的用心？苍天啊，给我一双一双慧眼吧，让我把这纷扰看得清清楚楚明明白白真真切切。

吴国太给了孙权一双慧眼。

准确地说是当头棒喝。

内事不决问张昭，外事不决问周瑜。这个事情，最关键的人物是周瑜啊。周瑜的态度怎么样现在还不知道，为什么要自寻烦恼呢？

便叫周瑜回来。当时的周瑜正在鄱阳湖上训练水师，属于作而不述的人物。他的态度到底怎么样，不仅孙权关心，其他部门的同志也关心。

周瑜回来了。

在周瑜刚回柴桑的夜晚，有四个人出现在他面前。

张昭、顾雍、张纮、步骘。

他们的表情充满了绝望、急切和忐忑不安。

忐忑不安是因为他们不知道周瑜对待曹操的态度。是战是和，他们要弄一个明白。

周瑜脸上的表情却是没有表情。

在这个世界上，是有一些人脸上毫无表情的，但这不代表他们没有喜怒哀乐。相反，脸上毫无表情的人其实有最大的表情——他们对这个世界充满了爱，也充满了恨。充满了恩，也充满了怨。只不过，他们不愿意将爱恨恩怨写在脸上，避免被他人利用。

张昭只得先开口说话了。张昭的意思很明确：曹操是强大的，不可战胜的。所以他劝孙权投降，是识时务之举，是拯救江东之举，问心无愧。相反诸葛亮却包藏祸心，很有让主公为其火中取栗的阴谋在里头，是祸江东，而不是救江东。

周瑜听了，毫无表情地点点头，然后一言不发。

张昭、顾雍、张纮、步骘四人只好走了，走时的表情依然绝望、急切和忐忑不安。

不错，周瑜是点头了，却没说话。这是很可怕的。毕竟点头不是表态，说话才是表态。点头的意义有很多种。比如听明白了对方的话，点个头；敷衍一下，也点个头；得帕金森氏症，更是点头不断。可它们毫无意义。

有意义的是话语。当事人的话语。当事人的明确表态。这个周瑜自始至终没说一句话，那就是不表态。这一点让张昭、顾雍、张纮、步骘四人心寒——周瑜不是不表态，是不想在他们面前表态。这样的一个结果只能说明一点：他们混得还不够分量，不足以引起周瑜的重视。

这个夜晚是暧昧的，也是混乱的。因为接下来，周瑜惊奇地发现，江东的头面人物一一过来向他问候，试图获取他对曹操的态度，对江东是战是和的表态。

他们是好战派程普、黄盖、韩当等一班战将；温和派诸葛瑾、吕范等一班儿文官；愣头青派吕蒙、甘宁等一班人儿；

这些人来到周瑜面前，或慷慨陈词，或呜咽悲歌，或栏杆拍遍，或板凳坐断，或柔肠百结，或肝肠寸断，表达了对于江东局势的深切担忧和鲜明态度。周瑜只是一概点头，不给每一个人以实底。当这个夜晚终于过去，周瑜一个人静下心来的时候，他不禁冷笑不已。

人心散了，队伍不好带了。大难临头，每一个人都凸显了自己鲜明的存在，可谁是真正替江东着想的呢？

周瑜便想见那一个人，传说中的诸葛亮。他想知道，这个叫诸葛亮的人是如何让江东的一潭死水，风生水起的；最重要的，周瑜想和诸葛亮过招一下，看看当今之世，谁是傲立群峰之巅的人物？

有些人精得要命，有些人笨得要死

诸葛亮站在了他面前。

还有鲁肃。

鲁肃的表情是焦灼的，充满了对世事的迷茫；诸葛亮的表情却是淡定的，似乎与世事隔着一层皮，又抑或世事就是一层皮，而诸葛亮则是拎皮之人，双手轻轻一抖，世事水银泻地，那叫一个华丽丽的哗啦啦。

周瑜轻叹一声：这两个人，云泥之别啊。

他决定先出招，先在战略上藐视诸葛亮的存在。周瑜看都不看诸葛亮一眼，只是抓住鲁肃的手，忧心忡忡地说，现在的形势不是一般的严重，是相当的严重啊。曹操以天子之名南征，可谓师出有名，其师不可拒，不可拒啊。再说他百万雄师过大江，荆襄一失，长江天险已破，我们是挡无可挡，不用再挡。所以如今之计，战则必败，降则易安。我看还是投降算了。

鲁肃惊愕，脸上的表情愈发焦灼了。他连声说，怎么能这样说呢？将军啊，江东基业，已历三世，怎可一旦弃于他人？先主遗言，外事付托将军。现在的形势正需要仰仗将军保全国家，将军怎么可以听从那些懦夫之议呢？

周瑜的脸一下子黑下来了。不仅仅是因为鲁肃的话说得比较刺耳，还因为诸葛亮不为所动。这是藐视他存在的不为所动。的确，在这个世界上，对一个人说话最大的不尊重不是反驳，而是置之不理。

这让周瑜很不好受。可周瑜又不能直接拿诸葛亮撒气，毕竟自己先藐视他在前，只得隐忍着，指桑骂槐地对鲁肃说，我是没什么本事，不像有些人，说起话来一套一套的，像是能将曹操的百万大军说回北方去。但是曹军回去了吗？没有！依旧枕戈待旦，依旧虎视眈眈。所以江东危险啊。江东六郡，生灵无限；若有血光之灾，我第一个饶不了的人，就是自己。还是那句话：不可轻战，不可轻战！……

周瑜说到这里，眼角的余光瞄一眼诸葛亮，见他依旧气定神闲，心下暗叫一个“好”字。

有大修为啊！在这世上，有大修为的人最重要的一点就是能够忍受屈辱。忍耐有多大，修为有多大。

与此同时，周瑜返观自身，觉得自己在这方面还是有所欠缺——有些斤斤计较了。

鲁肃却不明就里，只顾和周瑜继续辩论，很有就事论事的意思。鲁肃说，可这么不战而降，是否太……将军啊，以将军之英雄，东吴之险固，曹操能奈我何?!

周瑜只顾呵呵冷笑，觉得人世间真是姹紫嫣红，有些人精得要命，有些人笨得要死，他偏偏找不到可以与之对话的人。

很快，周瑜就不笑了。

因为有一个人开始笑了。

冷笑。

是诸葛亮。

周瑜不明白诸葛亮为什么会冷笑。一个淡定自如的人突发冷笑，不是他有问题，就是这个世界有问题。

周瑜要问一个明白。第一次，他对诸葛亮彬彬有礼了：“先生何故哂笑?”先生你为什么要冷笑啊?

诸葛亮忙声明，自己不是笑他，而是笑鲁肃不识时务。

鲁肃很快就被绕进去了——唉，老实人总是不够变通，不知道由此及彼的道理。当局者迷的鲁肃当时并不知道，自己只是个由头，拿来说事的由头。他一本正经地问诸葛亮，你为什么笑我不识时务?

诸葛亮开始把周瑜往筐里装，说他意欲降操的主张，甚为合理。这马屁一拍，立马让周瑜晕晕乎乎的，觉得诸葛亮这人，还是知趣，于是欣喜之余，他也顺口夸了对方一下："孔明乃识时务之士，必与吾有同心。"

鲁肃却感觉自己被卖了。这个诸葛亮，什么如此两面三刀墙头草啊，在孙权面前信誓旦旦要抗曹，一到周瑜面前却软蛋了。做人，不能太诸葛亮！

鲁肃幽怨地对诸葛亮说，孔明，你怎么这样啊？！诸葛亮却笑着摇摇头，识时务者为俊杰，曹操极善用兵，天下没人敢挡。以前只有吕布、袁绍、袁术、刘表敢与之对敌。现如今他们都死了，天下没人了。只有一个刘豫州不识时务，强与之争衡，结果落得个孤身江夏，不知还有没有明天。将军现在决定降曹，可以保妻子，全富贵。这就足够了！至于江东归谁所有，百姓命运如何，管那么多干啥？！

事实上诸葛亮这话说到最后，味道已经变了，但是老实人鲁肃没有听出来，他一根筋地认为，诸葛亮这样说是叫孙权蒙受屈辱。鲁肃拍案大怒，表情哇哇的，应了一句老话，蔫人出豹子。

周瑜的表情却阴沉了下来。因为他听出了诸葛亮的弦外之音。不错，诸葛亮是说了他降曹的好处，什么"可以保妻子，全富贵"。可他周瑜降曹是为了保妻子，全富贵吗？这叫暗讽。

周瑜没有当场发作。

不是他涵养好，而是诸葛亮献计了。

献了一条令他好奇的计谋。

诸葛亮说，其实降曹，并不伤筋动骨，甚至整个江东可以安然无恙——只要献出两个人。诸葛亮说，此二人一献，曹操百万之众，皆卸甲卷旗而退回北方。

周瑜很想弄清楚这两个人是谁，为什么对曹操会有如此大的魔力？诸葛亮却对他继续卖关子，说："江东去此两人，如大木飘一叶，太仓减一粟耳；而操得之，必大喜而去。"

打死他也不说这两个人的真实姓名。

周瑜隐隐地有所领悟了。他不相信诸葛亮会如此大胆，说出此二人的名字——周瑜打心眼里认为，诸葛亮所指之人是他和孙权。

这是羞辱！天大的羞辱！

周瑜决定，诸葛亮一旦说出他们俩的名字，他就杀了他。

但是，没有。

诸葛亮没有说出此二人的名字，而是慢慢悠悠地说开了。诸葛亮说，我当年在隆中时，曾听说曹操在漳河上造了一个铜雀台，那家伙，壮丽了去了。所谓天下美女尽在台中。但是曹操还是不满足。他听说江东乔公有二女，大的叫大乔，小的叫小乔，有沉鱼落雁之容，闭月羞花之貌。曹操为此发誓说，他平生有两大心愿，一愿扫平四海，以成帝业；二愿得江东二乔，置之铜雀台，以乐晚年，这样虽死无恨了。现如今曹操引百万之众，虎视江南，其目的实为此二女。将军何不去寻找乔公，以千金买此二女，差人送给曹操，曹操得二女，一定班师而回。这叫范蠡献西施之计，将军何不试试？

周瑜脸色铁青了——这个诸葛亮，死定了。所谓打人不打脸，揭人不揭短，诸葛亮伪饰理由羞辱他和孙权，这是找死，怨不得别人。

周瑜不想让诸葛亮再找借口，他要让此人死得明明白白，便接着问道，你说曹操想得二乔，有什么可以证明的吗？

周瑜的意思很清楚，拿不出言之凿凿的证明来，你诸葛亮就是无事生非，就是挑拨离间，需要为刚才的一番话付出代价。

鲁肃的脸色也铁青了。那是怕的，怕诸葛亮有来无回。诸葛亮毕竟是他介绍到江东来的，一旦在此死于非命的话，刘备势必要前来复仇。到那时，曹操、刘备轮番来攻，麻烦大矣。

便在心里抱怨诸葛亮嘴上没个把门的，什么话都敢说——大乔、小乔是孙策、周瑜的老婆，你让人家拿老婆做交易，给自己戴绿帽子，这对任何一个七尺男儿来说都是奇耻大辱。

更何况孙策、周瑜不是一般的七尺男儿，是重量级的七尺男儿，是可以让他人人头落地的七尺男儿。

诸葛亮看上去像不知其中奥秘，继续慢悠悠地说，你们知道吗？曹操的小儿子叫曹植，下笔成文，是一才子啊。曹操曾经命他作《铜雀台赋》。赋中便有他家当为天子，誓取二乔的内容。

周瑜惊呆了，这个曹操，想我老婆都想疯了，还写进文章里，青史留名啊！他的愤怒腾地上来了，这回是针对曹操的。不过，在周瑜愤怒上来之前，他并没有忽略掉这样一个问题——诸葛亮有没有可能在忽悠，给我编故事呢?!

便向他提了个要求，他要诸葛亮一字不漏地背出《铜雀台赋》，以此来证明是不是确有其事。

诸葛亮背出来了。

因为他不是别人，他是诸葛亮。

艺高人胆大的诸葛亮，在刀尖上舞蹈的诸葛亮。他即时背诵《铜雀台赋》，没有错一个字：

"从明后以嬉游兮，登层台以娱情。见太府之广开兮。观圣德之所营。建高门之嵯峨兮，浮双阙乎太清。立中天之华观兮，连飞阁乎西城。临漳水之长流兮，望园果之滋荣。立双台于左右兮，有玉龙与金凤。揽二乔于东南兮，乐朝夕之与共。俯皇都之宏丽兮，瞰云霞之浮动。欣群才之来萃兮，协飞熊之吉梦。仰春风之和穆兮，听百鸟之悲鸣。天云垣其既立兮，家愿得乎双逞，扬仁化于宇宙兮，尽肃恭于上京。惟桓文之为盛兮，岂足方乎圣明？休矣！美矣！惠泽远扬。翼佐我皇家兮，宁彼四方。同天地之规量兮，齐日月之辉光。永贵尊而无极兮，等年寿于东皇。御龙兮以遨游兮，回鸾驾而周章。恩化及乎四海兮，嘉物阜而民康。愿斯台之永固兮，乐终古而未央！"

周瑜耳朵里什么都没听见，只听见了这样一句话：揽二乔于东南兮，乐朝夕之与共。

还朝夕之与共呢？曹操，我 x 你妈！周瑜差点吐血而亡。只见他勃然大怒，离座指北而骂道："老贼欺吾太甚！"那表情，像极了《大话西游》里的至尊宝。

诸葛亮看上去却不明就里。他甚至上前劝周瑜要以大局为重，还说过去单于屡侵疆界，汉天子许以公主和亲，才换来大汉长久的和平，现如今这二乔只是民女，何必不舍得呢？

周瑜悲愤地看着他，想说又没说出来。不错，他是想说大乔、小乔是孙策和他的老婆的，可话临出口，一个念头有如电光石火般在他脑海中闪过——这孙子，是不是跟我装呢？明明知道这一切，却逗我玩？

他死死地盯着诸葛亮，仿佛要盯出火来。空气中确实有股燃烧的味道。

那是紧张燃烧殆尽才可能产生的味道。周瑜要诸葛亮明白，别逗我玩，否则会死得很惨！

诸葛亮却一脸真诚地看着周瑜，仿佛不知世事的婴儿般的眼神让人看了很放松。

周瑜死死地盯着这眼神——他要跟诸葛亮比持久。

周瑜相信，一个人嘴巴可以撒谎，眼睛却不能撒谎；眼睛有可能短暂地伪饰谎言，却不能长久地维持。

但是诸葛亮却清澈始终。

这是乱世中的清澈，是坚强信仰下的清澈。这样的清澈，不是一般人可以攻破和识别的。

周瑜败下阵来。在诸葛亮的清澈眼神面前败下阵来。他由衷地相信，诸葛亮确实没有逗他玩，从一开始就没有逗他玩。他只是出谋划策。

仅此而已。

空气不再燃烧。

但仇恨依旧持续。这是周瑜对曹操的仇恨。他对诸葛亮说，我跟曹操的关系是冰与火的关系，打我离开鄱阳湖后，便有北伐之心，即使刀斧加头，也不能夺我的志向！周瑜说这话时，咬牙切齿，一副不共戴天之仇的神情。

鲁肃终于松下一口气，他频频擦汗。这汗其实是为诸葛亮而檫，只是他不说什么。

的确，不用再说什么了。起码在他们三人之间。接下来要说服的那个人，应该是江东最高领导人孙权了。鲁肃相信，孙权是一定会被说服的——毕竟是周瑜回来了，重要的是周瑜和诸葛亮达成了共识。这样的结果，好得很。

又开会了

又开会了。

开会和吃饭一样，是人生的常态。可以说，人类吃饭的历史有多长，开会的历史就有多长。当然，开会不一定能解决什么问题，如果人多嘴杂的话。它不像吃饭，起码可以解决肚皮问题。

这一次江东的会议依旧是讨论老问题：打还是不打。

到会的人很多，基本上能走路的都来了。人们不自觉地站成两排：左边的是文官张昭、顾雍等三十余人，右边则是武官程普、黄盖等三十余人。这些人衣冠济济，剑佩锵锵，体现出了立场的鲜明。每个人的观点都还是老观点，除了周瑜。因为周瑜明确表态了：要打！

在听取了张昭冗长的报告——《关于投降曹操的若干个理由》之后，周瑜发言了。周瑜说，打还是不打，关系到江东今后的命运。江东自开国以来，已历三世，同志们，三世啊，不容易啊，这是祖宗基业，怎么可以说不要就不要呢？

周瑜慷慨激昂。但是周瑜的慷慨激昂没有获得喝彩，因为很多人都还忧心忡忡——这样的时代，慷慨激昂易，脚踏实地难啊。曹操百万大军一来，多少慷慨激昂都要雨打风吹去了，还是讲点实实在在的招吧。

孙权也在等待周瑜讲实招。说实话他是最需要周瑜出实招的人。江东毕竟是他的，而不是同志们的，虽然他每次讲话，都要同志们鼓足干劲力争上游，可这仅仅是要求，而不是权力。同志们对待权力当然会鼓足干劲力争上游去争取，可要求嘛，那就是另一回事了。

周瑜果然出实招了。周瑜说，曹操此次南征，多犯兵家之忌。我总结了一下，有这么几点。一是有隐患，北方未稳，马腾、韩遂是其后患，如果曹操久于南征，后院可能着火；二是北军不熟水战，曹操让他的士兵舍鞍马，仗舟楫，与东吴争衡，这是扬短避长，很危险啊；再加上现在是隆冬时节，马无藁草，吃都吃不饱，怎么打仗呢？第四点，曹操驱北方士卒，远涉南方江湖，不服水土，多生疾病，战斗力很成问题。曹操有此四大问题，正所谓犯了兵家四忌，人数虽多，必败无疑。将军擒操，正在今日，还犹豫什么呢?!

毫无疑问，周瑜的讲话是有煽动性的，就像伟哥入嘴，振奋了孙权那颗疲软的心。

孙权站起来了。孙权成了孙大勃勃，而不仅仅是孙大将军。因为在这个世界上，将军有两种，一种是勃然而起，奋勇出击的将军；还有一种是顶着将军之名，无所作为的。

孙权是第一种。

他甚至当众发表抗战宣言：曹操这个老贼早就想废汉自立了，但害怕的是二袁、吕布、刘表和我。现在数雄已灭，惟我尚存。我与老贼，誓不两立！打曹操，就这么定了！

鸦雀无声。

又是一片鸦雀无声。因为孙权的表态在让一些人欢欣鼓舞的同时，也让一些人若有所失。毫无疑问，这不是周瑜要的效果。周瑜进一步激孙权道：我为将军决一血战，那是万死不辞。只怕将军狐疑不定啊。周瑜边说边看众人，并特意盯着张昭看了许久。

张昭表情复杂，不置一词。想说什么又不敢说。孙权也看出了其中的意思。他明白，自己要真正有所作为了。

孙权拔出佩剑。孙权的佩剑寒光闪闪，不仅能让人头落地，也能让铁石腰斩。周瑜不知道，孙权今天想杀了谁。

杀了谁都不合适。虽然说有人的地方就有左中右，可每一个人发表意见的时候，毕竟还是从江东安危出发，去参政议政的，还是要民主不要专制吧。

孙权的佩剑砍下去了，毫不民主地砍下去了。孙权是想用他充满专制的砍伐行动告诉在场的各位：要民主，更要集中，没有集中的民主是乱了套的民主，而这不是目前江东所需要的。

没有人死。

孙权的佩剑砍下去了，却没有人死去。他砍的是奏案一角。那块从整体分离出来的木头在地上孤独地蹦跶了几下之后就无可奈何地在一个角落静静地躺着，完成了它的分离过程。

它是牺牲品。

在场的每个人都知道它是牺牲品。

孙权只是想用这样的决绝告诉在场的每个人，都听话点，别再叽叽歪歪，否则，你们跟它一样寂寞、飘零，残缺不全。

便集体沉默。

便开始一一点将。孙权豪迈地封周瑜为大都督，程普为副都督，鲁肃为赞军校尉，并当众告知：如文武官将有不听号令者，即以他的佩剑诛之。

周瑜接过了孙权的剑，沉甸甸。这让他感到踏实。

诸葛亮却没感到踏实。

诸葛亮以为，剑踏实，不等于人踏实。剑可以削铁如泥，人心可以削铁如泥吗？错！人心是比剑更沉重的东西，因为它的分量无法估量。

所以，当周瑜坐在他身边，向他请教破曹良策时，诸葛亮却说了这样一句话：孙将军心尚未稳，不可以决策也。

周瑜不解了。什么叫孙将军心尚未稳啊，人家把奏案一角都砍下来了，把佩剑都交给他了，还要怎样呢？

诸葛亮呵呵一乐：佩剑可以交出也可以收回，这没什么。

周瑜奇怪了：佩剑难道不是权力吗？

是吗？

诸葛亮笑眯眯的，不再说什么。周瑜却心里一动，顿有所悟——佩剑怎么可能是权力呢？权力是什么？权力其实是人心，可硬可软，可方可圆。给就是收，收就是给，没有人知道是否真正给出或得到，除了当事人。

周瑜决定诚心向诸葛亮请教，什么叫作“心不稳”。诸葛亮淡淡地说：“孙将军心怯曹兵之多，常有寡不敌众之念想。将军如果能以军数的实际开解他，使其了然无疑，那么大事可成也。”

当然，这只是诸葛亮的一个猜测。

不过周瑜觉得，这是正确的猜测。因为第二天晚上，孙权在他面前展开了内心的犹豫和彷徨。孙权承认，这几天，他的黑夜比白天多，彷徨比坚定多。特别是在手中没剑之后。虽然有些人手中没剑，心中有剑，可他正相反，不管手中有没有剑，心里都没有剑。

他的剑在曹操手上。曹操手上有万千宝剑，他不知道，自己的那一把是不是可以抵挡。

周瑜开导他了。周瑜说，曹操虽然号称有百万大军，实际上他带过来的北方兵不过十五六万，并且疲惫不堪；而所得的袁氏人马，只不过七八万，这些人首鼠两端，对曹操疑惧未服，没什么战斗力。曹操以这样的久疲之师，领一群狐疑之众，其人数虽多，不足畏啊。周瑜我要是得五万兵，足以破他，愿主公别再忧虑了。

孙权果然不发愁了。因为他的眼神清亮了起来。就像一个奄奄一息的人，突然吃了一颗上好人参一样，精气神都回来了。

那是自信。也是期盼。却让周瑜心里瓦凉瓦凉的。

他想到了一个人的眼睛。

诸葛亮的。

诸葛亮不是人啊，是人才；诸葛亮不是人才啊，是天才；诸葛亮不是天才啊，是鬼才……他周瑜跟孙权这么久，竟不知其心思，诸葛亮一江夏来客，与孙权只有一面之缘，却对他了如指掌——这样的鬼才让周瑜怕怕。

周瑜尤其害怕诸葛亮的眼睛。

清澈。像大海。无边无际的大海。可以淹没一切世人。当然包括世人中的庸才，那些自以为聪明者。周瑜不知道自己是不是属于这一类型，但有一点很明确：他不能被淹没。

该淹没的那个人应该是诸葛亮，也只能是诸葛亮。

弟弟的心思有多密？

鲁肃不同意杀诸葛亮。

当周瑜与他共商杀亮计划时，鲁肃认为，做人，不能太阴险。

当然，这只是道德层面上的要求。更重要的是鲁肃认为，杀了诸葛亮，特别是在此时杀诸葛亮，那叫自去其助。曹操还在虎视眈眈呢，当前最主要的问题是分清谁是我们的朋友，谁是我们的敌人……

周瑜撇撇嘴，在心里直骂鲁肃书呆子。谁是我们的朋友谁是我们的敌人分得清吗？谁的脑门上都没写字啊？再说了，诸葛亮这人是敌是友还真不好说。现在他帮助我们一起抗曹，将来呢，他帮助刘备抗我。此人不除，终成大患！

周瑜对鲁肃苦口婆心。

事实上他可以避开鲁肃直接杀掉诸葛亮，可事情麻烦就麻烦在他跟鲁肃说了这事。有些事不说出来不是个事，一旦说出来就成事了。

大事。

现在只能说服鲁肃同意杀诸葛亮，否则事机不密，鲁肃叛徒地干活，找诸葛亮通风报信，那就挺麻烦的。

鲁肃还是不同意杀诸葛亮。

在周瑜苦口婆心之后。

鲁肃以为，恨一个人，杀掉他不是最好的办法，最好的办法是为我所用。鲁肃对周瑜说，诸葛瑾是诸葛亮的大哥，现在为我们效力。我看这样，不妨让诸葛瑾出面，说服诸葛亮同事东吴，这样不是更好吗？

周瑜只得同意。虽然在他的心里，嫉妒还是挥之不去，但如果能真正的化敌为友，不对他构成实实在在的威胁，他还是可以接受的。他只是不知道，诸葛亮能不能被说服。对于这一点，他没有一丝把握。

诸葛亮没有被说服。

在诸葛亮看来，这个世界上能让他为之效力的人不多。刘备算一个，至于其他，他是看不上眼的。

不错，孙权的实力很强，强过刘备若干倍。可诸葛亮以为，对他来说最重要的不是实力，而是信任。有信任在，就有舞台在，实力毕竟不是舞台。实力是可消可长的，不是定数。

至于说到信任，孙权相信任何人，又不相信任何人，诸葛亮在他眼里没有特殊之处；而周瑜更是斤斤计较，智商比他高的人在他手下根本没法混。诸葛亮由此认定，江东不是他的归宿。他的归宿只能是四处漂泊，没有根据地的刘备。不错，刘备总是心太软，心太软，有七七八八的一些问题，但刘备最大的优点是对他绝对信任。舞台虽然不大吧，主角却只有他一个。诸葛亮便不想再挪地方。

诸葛瑾却对他做起了思想政治工作。那是在一间密室里，兄弟俩各为其主，相视无语，很有咫尺天涯的感觉。诸葛瑾开口说道，兄弟啊，你知道伯夷、叔齐的故事吗？

诸葛亮马上就明白了，大哥是受命而来。伯夷、叔齐，生死不离。大哥看来是希望我跟他在一起。

果然如此。

诸葛瑾动容地说：伯夷、叔齐虽然最后饿死在首阳山下，可兄弟二人生死在一处。我与你各事其主，不能早晚相聚。和夷、齐相比，难道不问心有愧吗？

诸葛瑾说到这里，还掉下了眼泪，很有兄弟情深的意思。

诸葛亮也兄弟情深，但诸葛亮的兄弟情深和诸葛瑾一样，背后都有利益甚至生死的考量。这是乱世的无奈和忧伤，他只得率先出招。诸葛亮说，大哥所讲的，是情；小弟所守的，是义。我和大哥都是汉人。而刘皇叔是汉室之胄，大哥若能去东吴，与弟同事刘皇叔，则上不愧为汉臣，兄弟骨肉又可以相聚，这是情义两全之策啊。不知大哥以为如何？

他把球踢给了诸葛瑾——不错，是要骨肉相聚，可没必要在江东聚啊，跟着刘备混，一样可以有明天有亲情。

诸葛瑾哑口无言。他这才知道，弟弟的心思有多密。他这当哥哥的话还没说出来，做弟弟的诸葛亮不仅猜到了，还变被动为主动——这叫见招拆招啊。

悲哀的是诸葛瑾无力解拆，他只能站起来，无言而回。

周瑜的这个阴谋，就此流产。

乱世之中不可乱交

周瑜悲哀地看着诸葛瑾，觉得同样都是人，差别咋这样大呢？

甚至都是一个妈生的，差别也是大得不可思议。

不过，他并没有责备诸葛瑾的意思，就像他没有责备自己，在与诸葛亮的过招中总是处于下风。

他需要的是诸葛瑾的忠诚，就像他对江东的忠诚一样。周瑜需要诸葛瑾发誓，在任何情况下，都不背叛江东。哪怕兄弟情深，他也能做出决绝的选择。

诸葛瑾发誓了。诸葛瑾发誓的时候表情真挚，充满了理想主义者的天真和浪漫。但是这个为了理想而奋斗的人此时并不知道——理想主义者是要付出代价的。

有时是生命。有时是爱情。有时则是亲情。

周瑜想要诸葛亮去死。

立刻。马上。消失得越快越好。

他本来也想精诚团结的，就像鲁肃说的，大局为重。可诸葛亮策反诸葛瑾的举动让他觉得，这是个危险的人。在任何时候都是危险的。他和他之间，已经不存在协作共事的可能。

所以，只能下手了。

在诸葛亮没有反应过来之前。

中军帐是个森严的地方，也是个杀气腾腾的地方。

杀气腾腾不是针对某个特定人的，但是每个置身其间的人都能感觉得到这股杀气。

诸葛亮也感觉到了。他甚至鲜明地感觉到端坐帐中的周瑜脸上有杀气。他只是不知道，周瑜想杀谁。

周瑜当然不会告诉诸葛亮自己想杀他。周瑜是这样一种人，杀你之前，对你笑笑，让你觉得，人间还有温情在，世上还是好人多。

周瑜对诸葛亮笑了，脸上的杀气一扫而光。周瑜笑眯眯地对诸葛亮说，以前曹操兵少，袁绍兵多，可曹操为什么能够胜袁绍呢？原因只有一个，用了许攸之谋，先断其乌巢粮草，令袁绍不战而溃。现在曹操兵有八十三万，我兵只有五六万，这仗怎么打？也只能是先断曹操之粮，然后破之。诸葛兄啊，我已探知曹军的粮草，都屯于聚铁山。诸葛兄久居汉上，熟知地理。是否可以请兄台与关、张、子龙他们星夜赶往聚铁山阻断曹操粮道？当然我可以出兵千人相助。大家彼此各为主人做事，还望诸葛兄不要推托啊。呵呵……

周瑜从来没有把话讲得这样客气，委婉。

讲得这样理由充分。

诸葛亮当然不敢推托，也不能推托。阻断曹操粮道这活基本上就是敲敲边鼓，人五六万兵还要去攻打曹操八十三万兵呢，那才是个脏活、累活。相比之下，自己算是捡便宜了。

诸葛亮走了。得令而去。脸上的表情是愉悦的，也是单纯的，看不到一丝心机。起码在周瑜看来是这样。周瑜目送他离去，觉得自己这一次总算是占了上风。

鲁肃想刨根问底。

鲁肃总是这样，对不明白的事物有刨根问底的欲望，并常常将这种欲望表达出来。这是老实人的处世本能——对世界好奇，希望什么事都搞个清清楚楚明明白白。

并且不掩饰。

这一次，鲁肃就对周瑜给诸葛亮派活感到好奇。诸葛亮不是武将，派他去劫粮，什么意思啊？

周瑜笑了：没有意思。

鲁肃：为什么没有意思？

周瑜：世界上的事难道都有意思吗？

鲁肃：起码将军不做无意义的事。

周瑜：你很聪明。

鲁肃：将军聪明。

周瑜：未必吧……诸葛亮比我更聪明。

鲁肃：这个不好比。

周瑜：为什么不好比。

鲁肃：人世间有些事，不比比比好。还是那句话，团结就是力量。

周瑜：可有些人不要团结。

鲁肃：谁？

周瑜：诸葛亮。

鲁肃：他不团结，是找死。

周瑜：你说得没错。

鲁肃：将军真要他死？

周瑜：不是我要他死，是曹操要他死。

鲁肃：借刀杀人。

周瑜：不要说得那么赤裸裸，要含蓄。

鲁肃：死人的事没法含蓄。

周瑜：子敬，你有很多优点。

鲁肃：过奖。

周瑜：却有一个致命的缺点。

鲁肃：什么？

周瑜：天真。

鲁肃：天真之人，可以交友。

周瑜：乱世之中不可乱交。

鲁肃：防人之心不可无？

周瑜：害人之心不可有……如果有人自己找死，另当别论。

前世冤家，今世克星

毫无疑问，鲁肃接下来面临一个重大选择，要不要告诉诸葛亮这一切。

关于他的内幕。

心里有话藏不住，这是老实人另一个处世本能。当然，鲁肃之所以有去寻找诸葛亮倾诉一番的冲动，还因为他认为，诸葛亮也是老实人。

不错，诸葛亮是足智多谋，可足智多谋不是奸诈的代名词。在鲁肃看来，诸葛亮还是心地善良之辈，和他一样，是个理想主义者。

他不想这样的人去死。特别是死在曹操手下。

他去见诸葛亮了，满腹心思地。

诸葛亮却没有满腹心思，而是满脸轻松。他一门心思地做着劫粮的准备工作，看上去很敬业。

不知死之将至啊——鲁肃在心里一声叹息，决定暗示他一把。鲁肃问，先生去劫粮，有成功的把握吗？

鲁肃这人表情严肃，问话的时候也一本正经，但在诸葛亮看来，这恰恰构成了幽默——如果用现代口语进行演绎，鲁肃的话无异于——喂，哥们，你去抢粮库，到底靠不靠谱啊？

诸葛亮笑了，笑得很自信，说，我孔明水战、步战、马战、车战，无一不精通，怎么会不成功呢？不像你和周郎只会一样啊？!

鲁肃愣住了。他没想到诸葛亮会如此自信，自信得以贬低他和周瑜的才干为基础。诸葛亮如此这般的回答令鲁肃不快的同时也让他好奇——什么叫“我和周郎只会一样”啊?

诸葛亮侃侃而谈，说江南有儿谣，是这样唱的：伏路把关饶子敬，临江水战有周郎。意思是子敬你只能在陆路搞搞埋伏，而周公瑾只能玩玩水战，不能陆战。呵呵，别生气啊，这话不是我说的，是那些无知小儿们唱的，不要跟他们一般见识啊，啊，哈哈……

鲁肃当然不会跟小孩一般见识了，虽然他有些生气，但是周瑜却忍不住要与无知小儿们一般见识。

在鲁肃向他说了这事之后。

当时的鲁肃因为生气，停止了继续暗示诸葛亮的行动，回来向周瑜口头汇报了此事。当然，鲁肃的所作所为不能叫打小报告。他只是出于好奇，心里藏不住话，有向当事人问一个明白的意思。这也是老实人的一个行动逻辑。

可鲁肃没有想到，这一切其实都是被操控的。操控之人是诸葛亮。诸葛亮对人心的认识可谓透彻之至——说出一句话之后，他能够准确地预测周围人的反应。不仅是鲁肃的，还包括周瑜的。

诸葛亮预测：鲁肃会因为好奇向周瑜传递此话，而周瑜听了，只会暴跳如雷。

周瑜果然暴跳如雷。暴跳如雷之后的一个反应是，他取消了诸葛亮往聚铁山断操粮道的行动，准备自引一万兵士前去劫粮，以充分证明他不能陆战的传言是不靠谱的。至于要诸葛亮往聚铁山断操粮道的初衷，周瑜已经完全忘掉并不准备再提。

这一切让鲁肃摸不着头脑——诸葛亮一句话，就能改变周瑜的行动，这是为什么？他又跑去找诸葛亮问一个明白。

诸葛亮当然要给他一个明白。

因为在这个世界上，世界是一个局，诸葛亮是设局之人，其他人都在局中。只是这样的局，太大，太精深，很多人都看不明白。诸葛亮只能又设局又解局，还世界一个清晰湛蓝。

诸葛亮对鲁肃说，周公瑾令我断曹操粮道是假，让曹操杀我是真。世上事真真假假本在一线间，我不能点破，只能以片言戏语对付它，可惜啊，公瑾雅量不够，这样一个玩笑就容纳不下了，自己要披挂上阵。可这事，是能披挂上阵的吗？曹操多鬼啊，平生只喜欢断他人粮道，他既精通此道，怎么可能不重兵防备？所以公瑾若去，一定会被擒拿，如此江东危矣。子敬啊子敬，江湖风波恶，可人心比江湖还险恶，我是一言难尽，不多说了。现如今正是用人之际，只愿吴侯与刘使君同心协力，互不设防，更不相害，如此，则功成矣……

周瑜目瞪口呆。

在得知诸葛亮对时局的分析之后。

他这才知道，人的智商有高低，但高低悬殊到这个地步，是他难以想象的。先前，诸葛瑾与诸葛亮兄弟过招败下阵来，他只以为诸葛亮技高一筹，没什么大不了的。现在他才知道，何止一筹啊，那叫不能望其项背。

他也不能望其项背——自己的设计在诸葛亮眼里竟然是小儿科，甚至诸葛亮还戏弄了自己一把，以计化计，让自己去身陷险地。当然，诸葛亮更加游刃有余的一点是，委托鲁肃转告他：一、不要冒险劫粮；二、与曹军对决，当先决水战，挫动曹军锐气，然后再寻妙计破之。

这叫高瞻远瞩，也叫有容乃大。周瑜知道，自己完全败下阵来了。在诸葛亮面前，他什么都不是。一棵小草都不是，最多只能算是尘埃。这样的发现，让他心碎。

也让鲁肃茫然——江东的路啊，该怎么走？有诸葛亮在，江东是走得更快了还是无路可走？毕竟诸葛亮不是周瑜，周瑜不是诸葛亮。

他们两个，是前世的冤家，今世的克星。

你急死我了

周瑜的眼神黯淡下来了。

这不是消极，而是积极。是希望之后的绝望，绝望之后的希望。

他必须要除掉这个人。这个前世的冤家，今世的克星。周瑜捶胸顿足地对鲁肃说，诸葛亮见识胜我十倍，今天不除掉他的话，以后一定是江东的心腹大患！

鲁肃却不想周瑜那么做。鲁肃一直以为，世间事双赢比双输好。再说了，诸葛亮是想杀就能杀的吗？在这个世界上，杀一个人有时靠刀就够了，有时仅仅有刀还不够，还要有智商。

特别是对付高智商的人。

鲁肃以为，周瑜智商不够。当然，这样直白的话鲁肃是不会直接说出来的。他虽然老实，却不笨。老实人不是笨蛋，这是这个世界最有价值的真理之一。

鲁肃只能对周瑜这样说，如今用人之际，周将军啊，还是希望你以国家为重。待破曹之后，再慢慢收拾诸葛亮不迟。

周瑜看着鲁肃，眼神很空洞，不说对，也不说不对。

事实上周瑜已无话可说。他只是想给自己留下一丝尊严——不是杀不了诸葛亮，而是暂时不杀。

鲁肃松了一口气，觉得诸葛亮是安全了。起码对他来说，已经尽力了。

但是，鲁肃并不知道，周瑜的杀心从未消退。他现在就想杀一个人。

刘备。

这是周瑜拿诸葛亮出气的一个手段——你诸葛亮知天知地知鬼神，能预知我要杀你主子吗？我要杀了刘备，你不惶惶如丧家之犬，没有明天了吗？

周瑜开始自得。周瑜总是这样，在与他人较短长中寻找自己的优势，并将优势转化为行动——这是三国版的精神胜利法，周瑜则是超级阿 Q。

之所以说周瑜是超级阿 Q，是因为他比阿 Q 强。强就强在行动上。他磨刀霍霍了。

糜竺看不见他磨刀霍霍。糜竺是受刘备的委托，到江东去探听虚实的。毕竟那样的时代，手机、QQ、MSN 都没有，诸葛亮一去东吴，就杳无音信，不知是死是活，刘备需要得到一个确切的消息。

糜竺就是带着这个特殊使命坐船来到了周瑜大寨前。他还备下了羊酒礼物，以为犒军之资。

周瑜没有看那些礼物。因为周瑜知道，那不重要，重要的是糜竺的心。糜竺是带着一颗怎样怦怦乱跳的心到江东，又有何企图，这个是他关心的。

很快就看出来了。

糜竺说话了。不错，在这个世界上，一个人的心很多时候是靠嘴来表现的。尽管有言不由衷的情况出现，但毕竟，这是一个渠道。

糜竺是这样说的：孔明在此已久，今愿与同回。

周瑜一下子就知道刘备想干嘛了。不相信他。不相信诸葛亮在这里还有自由存在。周瑜便强悍地回应道：孔明方与我同谋破曹，岂可便去？

与此同时，周瑜还向糜竺表达了想见刘备的愿望，并用一个婉转的借口希望刘备能前来一会。事实上，这是个婉转的阴谋。阴谋背后，是周瑜不为人知的杀心。当鲁肃在第一时间知道周瑜杀心又起时，他依旧像前几次一样对周瑜摆事实讲道理，做苦口婆心状。但是这样的工作被事实证明是无效的。因为这一回，周瑜的欲望无人可以遏止。

包括他自己。

刘备不知道该不该去见周瑜。

刘备总是这样，在人生的关键时刻首鼠两端，把选择权留给他人。

关羽自告奋勇地充当了一把军师——他觉得周瑜是多谋之士，现在又无孔明书信，恐怕其中有诈，

不可轻去啊大哥。

刘备摇头：不去，不好吧？我们现在结盟东吴，要共破曹操，周瑜既然想见我，我若不去，不是同盟之意。如此两相猜忌，什么事能够做成呢？

关羽：怕只怕其中有诈啊……

刘备开始首鼠两端：那要不，不去？

关羽：好！不去！

刘备：还是去算了，豁出去了！

关羽：……

刘备：嗯，还是不去吧，你觉得呢？

关羽：……

刘备：再考虑考虑，要不要去……

关羽：你急死我了，大哥，求求你快点定下来吧……

花开是有期的，花落也是有期的

最后还是去了。

这是千回百转之后的决定。但是刘备下这个决定后，心中依然一片迷茫。因为站在周瑜目前，刘备看不清这个人。

不错，世界上的人分两种，一种是看得清的，一种是看不清的。

周瑜的脸上有着诚恳的微笑，有着精诚团结的真挚，但是他的心，没有写在脸上。

就像这个世界上的很多人，微笑并不代表高兴。每天可以有无数的微笑送给他人，但仅此而已。受者没有感受到温暖，送出微笑的人，只感觉一个“累”字。

周瑜现在就感到很累。

因为他不知道该如何下手。虽然，在刘备到前，他已先埋伏刀斧手五十人于壁衣中，准备掷杯为号，痛下杀手，但是现如今，他手中的杯却难以掷出——他看到了一个人。

一个人的眼神。

是关羽的。

关羽的眼神写着狠，也写着忠。二者合二为一，构成了一种可怕的力量。此时的关羽正站在刘备身后，按剑不语，滴酒不沾，很有一股气势。

在这样的气势面前，周瑜踌躇复踌躇了。两边壁衣中已密排刀斧手，舍却身家性命，应该是可以让刘备人头落地的，可接下来的一个问题是，他的人头会不会落地？关羽是斩颜良、诛文丑的关羽，也是过五关斩六将的关羽，杀他一个周瑜，应该不是什么难事。

周瑜闷闷不乐。

这顿鸿门宴最后是在暧昧的氛围中落幕的。一切都没有结果。

其实严格说起来，一切都没有结果就是结果，因为它反映了两种力量的平衡或胶着。刘备试图打破这种平衡的。他在宴席的最后向周瑜提出与诸葛亮一会的要求，被心烦意乱的周瑜拒绝了。刘备这才明白，该走人了，再不走人，怕是要跟诸葛亮呆一块了。

刘备走的时候却有意外收获。诸葛亮跟他见面了。

当然是幽会。就像没有明媒正娶的男女，只能偷偷在一起，不敢光明正大地同聚一室，当时的诸葛亮是在江边小船上与刘备幽会的。

刘备要带诸葛亮走——这个很有私奔的意思。在刘备看来，诸葛亮的处境很危险，不走是不行的。诸葛亮却不愿意走，因为他以为，一个人处境是否危险，别人是不知道的，只有他自己知道。诸葛亮说，最危险的地方最安全。一个人如果足够聪明，就没有危险可言。

刘备只得走了，惆怅地。他没有带诸葛亮离去。俩人相约，十一月二十甲子日再相聚。那个日子，是谜底揭开的日子。诸葛亮说，花开是有期的，花落也是有期的，急不得。

曹操郁闷了，闷得气为之结。

因为周瑜做得太过分。

曹操好心好意地给周瑜写信，信封上写“汉大丞相付周都督开拆。”结果这封信惨遭周瑜的蹂躏。与此同时，曹操的使者也在周瑜的剑下失去了脑袋——他的脑袋被原样打包快递回来，令曹操气为之结。

当然更令曹操气为之结的是，他在随后发动的伐周行动中，人员死伤不计其数。蔡瑁、张允将战败原因归结为荆州水军久不操练，而青、徐之军又不习水战的缘故。

便令蔡瑁、张允把总教练的工作承担起来。曹操责骂他二人说，你们两个既然是我任命的水军都督，为什么不切实履行职责，反而事后找理由！做人，不能太没有担当——曹操这话说得此二人立马振作精神，很有精忠报曹的意思。

接下来，周瑜就心情沉重地看到，曹营里的局面是日新月异——沿江一带分成二十四座水门，以大船居于外为城郭，小船居于内成了马路，可通往来。到了夜晚点上灯火，整个天心水面一片通红；旱寨三百余里，那叫一个烟火不绝。

周瑜知道，目前最重要的敌人不是曹操，而是蔡瑁、张允二人。呵呵，这个世界，外行不可怕，可怕的是内行。周瑜担心，曹操的百万大军经过此二人的调教后，会变成人世间无坚不摧的力量，到那时，一切都完了。

所以，蔡瑁、张允必须死。

立刻。马上。毫无理由。

这是战争的需要，也是周瑜建功立业的需要。

周瑜开始陷入了长考。长考没有结果。

的确，要这两个曹操核心级的人物去死，不是没有可能，是完全没有可能。重兵防守，跟大熊猫一样地保护着，怎么行动？

当然，也可以不刺杀，可以攻心，攻曹操之心。可问题的关键是接触蔡瑁、张允已无可能，接触曹操更无可能，怎么影响他，这都是一个大问题啊。

周瑜唏嘘长叹，觉得自己的人生到了最黑暗的时刻。比如钻入瓶中，遭遇瓶颈，明知过后可见光明，可要命的是，过不去啊。

周瑜觉得自己完了。第一次觉得自己完了。

硬试才是硬道理

天机开始显现。

天机是这样一种东西，在人力已经穷尽，世事了无新意之时，它会以一个意想不到的角度切入，然后偷偷地改变一切。

此时此刻，有一个人蠢蠢欲动。

的确，在这个世界上，每天都有人蠢蠢欲动。就像欲望，每天都在人身上一次次勃起。虽然消退是必然的，可勃起是永恒的。永恒的欲望，永恒的勃起，构成了很多人的一生。

这一次，这个叫蒋干的人突然觉得，人生要搞搞新意思——在他过去的几十年人生中，他虽然做了曹操的帐下幕宾，但仅此而已。曹操有很多的帐下幕宾，他甚至叫不出他们的名字——因为太过平凡，没有轰轰烈烈的事迹令人印象深刻，所以这些幕宾的结局大多是黯淡的。

蒋干决定改变这一切。他对曹操说，要拿下周瑜，打不是最好的办法，让他投降才是上上之选。

曹操笑了。干笑。他当然知道，在这个世界上，不战而屈人之兵是首选，可问题的关键是，周瑜他愿意吗？

一个与世界为敌的人，是不肯向世界低头的。曹操心里没有把握。

蒋干却觉得把握很大。不仅是因为他和周瑜自幼同窗，还因为蒋干相信，人世间的事最怕试，哪怕是硬试。不试一试，怎么知道不可能——告诉你，世界，我不相信！

曹操最后同意了蒋干去试一试。因为蒋氏理论说服了他——硬试才是硬道理。

蒋干出发了。迎着初升的太阳，蒋干葛巾布袍，驾一只小舟，驶到周瑜寨中，去探知命运可能的走向。

他的命运，还有周瑜的命运。

在蒋干还忐忑不安的时候，周瑜知道，他的命运被改变了。

命运向他伸出了橄榄枝，他终于知道，该以怎样的方式攻破曹操那颗狐疑的心。

蒋干受到了隆重的接待。在他的生命当中，这是最隆重的一次。

也是代价最大的一次。

只是当时的蒋干不知道这一点。他只知道，那接待的场面，老隆重了，华丽丽去了。

周瑜穿上他帅帅的将服，英气逼人。后面跟随的江东文武有数百人，都是锦衣花帽，前后簇拥而出。蒋干知道，自己受重视了。他赶忙引一青衣小童，昂昂然地从小船走出来。那一瞬间，蒋干有极大的满足。

只是接下来，他又有一丝遗憾。因为周瑜很威严。周瑜很威严地对他说，我们今天只是叙旧，不说别的。如此这般的定调使得蒋干对自己是否能完成使命颇为怀疑。他只能坐下来心事重重地喝酒，脸上还洋溢着一看就是装出来的笑。

这个夜晚是酩酊大醉的夜晚。

很多人都喝醉了。包括周瑜。

但是蒋干没醉。的确，心事重重的人是不会喝醉的。因为肚里有心事，酒就装不进去。喝酒要醉，必须毫无心机。

蒋干做不到这一点。他只能睁大眼睛，在江东的夜里，倾听身边烂醉如泥的周瑜发出的呼噜声，觉得人生要真正做成一件事，还是很难很难的……

但是，世上无难事，只怕有心人。四分之一炷香之后，蒋干觉得，可以在这间卧室里有所作为。

他必须找到些什么，哪怕是蛛丝马迹。蒋干以为，这样做才叫不辱使命。

他找到了。

在周瑜的桌上。上面躺着一封信，信封上写，“蔡瑁张允谨封”。这样的发现让他大吃一惊——蔡瑁张允谨怎么会给周瑜写信呢？信里到底写了什么。

蒋干伸出手去，拿出信纸。蒋干不知道，这一拿，就拿走了若干人的性命。真所谓好奇害死人。

信是这样写的：“某等降曹，非图仕禄，迫于势耳。今已赚北军困于寨中，但得其便，即将操贼之首，献于麾下。早晚人到，便有关报。幸勿见疑。先此敬覆。”

蒋干看了，狂喜不已，但随后又有一丝的怀疑。是不是真的如此，周瑜你别忽悠我。

这的确是一个两难判断：真的还是假的，这是一个问题。好在接下来，周瑜的表演开始了，在其一系列表演之后，蒋干终于确信——这一切原来是真的。

周瑜的表演分三步：第一步，在蒋干看信时，周瑜恰到好处地开始说梦话："子翼，我数日之内，教你看操贼之首！"子翼是蒋干的字。周瑜在深更半夜这样叫魂似的叫，真叫蒋干魂飞魄散。但他不得不进一步地相信，这信可能是真的；第二步，将近四更，将干伏在床上假睡，听得外头有人入帐轻喊："都督醒否？江北有人到此。"而周瑜也像做梦刚醒一样，低喝道："低声！"然后轻叫蒋干，蒋干继续装睡；第三步，为了强化效果，一步到位，周瑜走出帐外，听那人汇报说"张、蔡二都督道：急切不得下手，……"后面言语越来越低，直到听不清楚，让在里头窃听的蒋干急得六神无主。

经过这三步后，蒋干终于确信，蔡瑁张允他奶奶的已经叛变了，成了革命的叛徒，而他在无意间获得的这个消息，将帮助曹操纯洁革命队伍，这是他江东之行的一个重大收获，可喜可贺。

杀人是高智商的行为

曹操却不轻信。

从无数次的上当受骗中，曹操终于逐步地成熟起来，变得不那么轻信一切。

不错，现在是有证据——书信在手，但曹操以为，重证据，不唯证据。当事人的口供也很重要。

他开始要口供了。曹操的口供要得比较艺术，比较曲径通幽——他把蔡瑁、张允叫到帐下，命令二人进兵。可这两个可怜的人儿不知道一把刀已在他们头顶摇摇欲坠。他们真诚地以为人生的路还很长，便漫不经心地说了这样一句话——我军尚未曾练熟，不可轻进。

毫无疑问，这是他们一生中说过的最锋利的话，因为紧接着，他们的人头落地了。

曹操在他们人头落地之前给了他们这样一个解释——我军若练熟，吾首级献于周郎矣！

但是很快，曹操就后悔了。

这是曹操最痛苦的人生体验之一——追悔莫及。智商总是慢半拍，而决策之事却与人头落地有关，看来不轻信也会犯错误啊——曹操在悔意中开始悟到，这是周瑜之计。

却不能说。有些事，一说就是错。虽然在说出来之前，已经是错，可一旦说出口，那是错上加错。

曹操便不说，将错误吞进了肚子里，然后故作轻松地对同志们说，张、蔡二人怠慢军法，所以我杀了他。你们别怕，跟你们没关系。

众人嗟呀不已，觉得在曹操身边混，脑袋还真不是自己的。只能说是寄存。就像他们的人生，在这个乱世当中寄存着，没有归宿。

当然，幸运儿也是有的。这是悲剧的副产品。在任何悲剧中，都有一两个喜剧人物最后亮相，成为命运的宠儿。这一次被推出来的两个人是毛玠、于禁。他们被曹操任命为新的水军都督，以替代蔡、张二人之职。

但是毛玠、于禁看上去没什么笑意。他们心里清楚，这未必是好事。虽然从目前看，还算是好事。

周瑜很兴奋，在得知蔡、张二人死翘翘之后。

不过他的兴奋是短暂的。因为他不知道，在这个世界上，是否有另一个人能够看破他的计谋。

诸葛亮。

他当然希望此人不会。就像一个高智商的人，不希望有另外一个人智商比自己还高，哪怕是持平。

智商其实是这样一种东西，像衣服，不喜欢他人撞衫；像老婆，只能自己独有，不能与他人共享。

却又不能确认。可以说这是周瑜难与人言的烦恼。

鲁肃又被派出去了，执行周瑜的秘密任务。周瑜想知道，世界之巅，是他寂寞一人还是双雄并立。

诸葛亮的眼睛没有睁开。在鲁肃到来之时。

诸葛亮以为，洞悉事物的真相，闭眼比睁眼好。闭上眼睛，可以用心眼看清事物的真相；睁开眼睛，只能看到事物的表层。所以说眼睛是不可靠的，心眼才可靠。

最重要的，诸葛亮还认为，人世纷纷扰扰，睁眼就随波逐流，只有闭眼才能自成宇宙。所以他的日常状态是闭眼——闭目养神。除非必要，他不会睁眼看世人。

鲁肃来了，来到了诸葛亮的小船中。诸葛亮用耳朵听到了他的到来。甚至听到了鲁肃到来时的心情。

混乱。迷茫。似有所求。

因为鲁肃的脚步声是混浊的，听上去很急切，打破了诸葛亮所在小船的静谧。

鲁肃站在了诸葛亮面前，看着这个闭目养神的人。他不知道这个有着惊人洞察力的人这次会不会像以前一样，未卜先知。可问题的关键是，他不知道自己该如何开口。

这是个不可以暗示的话题。就像人世间的很多事，暗示就是事实本身。所谓天机泄露，真正的天机是不需要说出来的，惊鸿一瞥就可以了。

诸葛亮却不需要他天机泄露，因为诸葛亮开口向他贺喜了。这是耐人寻味的贺喜——鲁肃不知道喜从何来，虽然从直觉里，鲁肃知道，这个诸葛亮可能看到谜底了。

诸葛亮如是说："公瑾使先生来探亮知也不知，便是这件事可贺喜耳。"

鲁肃目瞪口呆，诸葛亮层层深入——周瑜这条离间计其实只能糊弄糊弄蒋干。曹操虽然被一时瞒过，可必定马上省悟，只是不肯认错罢了。现在蔡、张两人既然已死，江东可以无患了，我听说曹操换了毛玠、于禁为水军都督，可以预见，曹操水军迟早断送在这两个人手里，叫我如何不贺喜公瑾啊！

诸葛亮的眼睛依然闭着，鲁肃如鸭听天雷般，看着眼前的神人一一说破事情的真相，觉得诸葛亮已经不是人，而是神了……

鲁肃不知道自己最后是怎么离开那条小船的，他只知道，临走前，诸葛亮对他再三交代，切不可在周瑜面前提及此事，否则他又会心怀妒忌，寻事害他。鲁肃诺诺而去。

人世间有一个敌人叫好奇心。很难战胜。

特别是对鲁肃来说，他最大的敌人就是它了。

他在周瑜面前多嘴了一番，将诸葛亮的种种预见据实以告。这样说的结果毫无疑问只有一个——让周瑜心如刀绞。

人是要聪明一点的，却不能太聪明，否则那是聪明过头。周瑜觉得，诸葛亮就聪明过头了，不知道低调者生存的道理，有炫技之嫌。

这样的人，可杀！

周瑜杀心再起。鲁肃自然又是苦苦哀求。鲁肃总是这样，惹出祸来之后又想办法弥补，可弥补总是未遂，整天弄得一地鸡毛，自己累，别人看着也累。

周瑜不管那么多。周瑜杀人是不瞻前顾后的，他需要的只是技术手段。不错，现在光明正大杀诸葛亮是会让曹操嘲笑，觉得自己气量太小，可我要是不光明正大呢？我曲径通幽呢？那不同样能达到目的还显得我懂艺术？

杀人的艺术？

周瑜眯上眼睛笑了。很自得，别人看不懂的那种自得。

诸葛亮却一直处之泰然。

不错，他是对鲁肃再三交代不要对周瑜如是这般说出他的秘密，但却只是一种姿态而已。

他不担心。

因为一个人要杀另一个人，起作用的不是他人的影响，而是他自己是否有一颗杀心。

有杀心，就可以杀人；没有杀心，拿刀的手会瑟瑟发抖。诸葛亮以为，周瑜是有杀心的。但诸葛亮同时以为，周瑜是杀不了他的。

因为智商。

不错，杀人是高智商的行为。在这个世界上多少人杀人未遂不为别的，只为其智商不够高。诸葛亮相信，他不可能被任何人所杀，因为他的智商足够高，高得让世人高山仰止。包括周瑜。

历史的玄机，一说就破

周瑜开始行动了。他聚众将于帐下，请诸葛亮出来议事。

诸葛亮欣然而至。羽扇纶巾，气定神闲，活得很滋润的样子。

周瑜心中一声冷笑，脸上却阳光灿烂地问诸葛亮，咱们即将和曹军交战了，水路交兵，敢问先生当以何兵器为先啊？

诸葛亮："大江之上，以弓箭为先。"

周瑜：不错。可现在我军正缺箭用，请先生监造十万支箭，以为应敌之用。这是公事，先生万勿推却啊。

诸葛亮哈哈一笑：好说。不知十万支箭，什么时候要用？

周瑜想了一下，装作很为难的样子：你看十日之内，是否能造好啊？

诸葛亮不说话了。

没有人知道他为什么不接着往下说，但是鲁肃知道，有麻烦了。

这是周瑜的杀人之计啊。十日之内造十万支箭，神仙啊，又不是变魔术？再说了，这造箭的活，既不是诸葛亮的强项，而江东造箭之人，也都是周瑜的部下。造还是不造，造多造少，不是诸葛亮说了算，而是周瑜说了算——所以横竖是个死，只是从字面上，大家看不出"死"字罢了。

但周瑜相信，诸葛亮一定看出来了。

他要的就是他看出来。把对方逼到死胡同里，看他苦苦挣扎或者苦苦哀求，对周瑜来说，这都是很爽很爽的事。周瑜眯上眼睛，看若有所失的诸葛亮，觉得一场好戏，马上就要开演了。

的确开演了。因为诸葛亮继续往下演。

诸葛亮皱起眉头，一副忧国忧民的样子：曹操军队马上就会攻过来了，要是等上十天的话，必误大事。

周瑜笑了，因为他觉得诸葛亮演得很有趣，让人一惊一乍的，充满悬念。他问诸葛亮：那先生觉得几天可以造好啊？

诸葛亮伸出三根指头：三天。

人世间有很多种死法。

渴死。饿死。累死。冤死。逼死。恨死。笨死。

周瑜以为，所有的死法都情有可原，唯有一种死法不可饶恕。

找死。找死之人是上赶着要死，他人救无可救。何况周瑜并不想救他——诸葛亮。

周瑜顺水推舟地对诸葛亮说，军中无戏言啊。

诸葛亮却一本正经：怎敢戏都督！愿纳军令状：三日不办，甘当重罚。

鲁肃闭上眼睛，觉得这场戏没法再看下去了，一个步步紧逼，一个故作天真无邪状，上赶着上套，苍天啊，这戏是这样演的吗？一时间，鲁肃还真看不清这场戏的走向，但他相信，最后的结局已然不会更改——诸葛亮必死无疑。

不错，世上有神仙，诸葛亮也堪称神人，但十万支箭就是叫神仙变，三天之内也变不出来啊。鲁肃手脚冰凉地看着诸葛亮若无其事地签下军令状，觉得这个人真是聪明一世糊涂一时。

鲁肃去看诸葛亮，怀着一颗悲悯的心。

诸葛亮看上去也心慌意乱了。他一个劲地向鲁肃报怨，鲁兄啊鲁兄，我早就跟你说不要对公瑾说，他一定会害我的。现在知道了吧？他哪是要我造箭，是要我的命啊！

鲁肃冷冷地：要你的命？我看你是自己去送命！十天造十万箭已是相当困难了，你倒好，大言不惭地说三天造好！这下知道大舌头会有什么报应了吧？

诸葛亮一副哀求的模样：救我，救我，其他不多说。

鲁肃摇头：救无可救。

但最后，鲁肃还是救诸葛亮了。不是替他造箭，而是给他备船。这是诸葛亮所要求的。诸葛亮希望鲁肃借他二十只船，每船要有军士三十人，船上都用青布为幔，各束草人千余个，分布在传两边。这样的任务，按鲁肃的能力是可以做到的，只是鲁肃不知道，诸葛亮这样做的目的何在。

诸葛亮当然不会跟他说，打死他也不说。

所谓历史的玄机，一说就破。诸葛亮是懂玄机的人，知道什么时候要做势，什么时候要收势。只是所有这一些，鲁肃都不知道。鲁肃只以为，这个诸葛先生大概是成仙了，要做法术求上苍赐他十万支箭。至于箭能不能最终到手，那就不是他可以预料的了。

周瑜在第一时间知道了诸葛亮的秘密之举。

他同样不知道诸葛亮葫芦里卖的是什么药，这点令他感到悲哀。因为这只说明了一点——他的智商不如诸葛亮高。

也许诸葛亮真有造箭之道是他所不知道的？周瑜心里瓦凉瓦凉的。但与此同时，他又有一丝侥幸：或许这是诸葛亮玩的鬼把戏呢，于事无补。

这是最后的挣扎，也是最后的疯狂。从来就没有救世主，十万支箭也不会从天上掉下来，周瑜最后坚信，胜利必将属于他，也只能属于他。

如果这个世界还一切正常的话。

箭果然从天上掉下来了。

准确地说不是从天上掉下来，而是从曹营射过来的。不过这不是周瑜所见，而是鲁肃亲眼看见的。

这是三天后的黎明时分，江面上一片雾蒙蒙，除了诸葛亮派出的二十只船在江上游荡。

诸葛亮在船中气定神闲。鲁肃坐在他对面心神不定。

他觉得谜底都解开了——这是诱箭！

精彩绝伦的诱箭！匪夷所思的求箭之道！

但是鲁肃又觉得还有两个谜底没有解开。一、诸葛亮怎么知道三天后的今天，江上必起大雾？二、曹操为什么只射箭，不追击？

诸葛亮是在剑走偏锋！

诸葛亮呵呵一乐，说，人生是什么？人生就是剑走偏锋，迎着锋刃而上，必死无疑。好，回答你两个问题。一是关于雾。为将而不通天文，不识地利，不知奇门，不晓阴阳，不看阵图，不明兵势，这是庸才。我在三天前已算定今日有大雾，所以才敢说三日之限。二是关于人。曹操为什么只射箭，不追击？曹操只能射箭，不能追击，要不然他就不是曹操了。心疑之人，你给他清清楚楚明明白白，他也会怀疑清楚明白的背后是否有问题。

鲁肃恍然大悟。他这才知道，天地有多大，诸葛亮的智慧就有多大。他知人、知天、知世间。这样的人是不可战胜的。

第六章　谁的赤壁

明月旁边的云彩

周瑜在十万支箭面前心情复杂，难以言表。

他原先以为，是人就可以被战胜，因为人无完人，做人总有缺陷。可要命的是诸葛亮没有缺陷。他无从攻击。

看来杀一个人有时候比登天还难——如果不是暗杀，如果在杀之前必须给出一个理由的话。

便不再杀，继续与他过招。

周瑜所谓的过招是与诸葛亮比计谋，看谁能知晓破曹大计。

诸葛亮没有说什么。

他早已知道这一切，却不能说。诸葛亮早已知道的有两点：一是破曹之计；二是他知道周瑜也想出了破曹之计，此举是与他炫计的意思。

诸葛亮不想炫计。他知道，必须要给周瑜一个台阶下——与人台阶就是给自己台阶。这个世界的奥秘是，你是重要的——而不仅仅是我。

却不能示人以弱，所以诸葛亮最后想出这样一招：两人各自将计谋写于手心之中，看是否相同。

结果出来了。都是一个火字。两人摊开手掌，放在一起，将这个世界最大的秘密呈现在眼前。

周瑜很欣慰，也很遗憾。欣慰的是他的智商终于可以和诸葛亮同步了；遗憾的是为什么在这个世界上，有人的智商会与他相同。

既生瑜，何生亮。周瑜第一次有了这样的感慨。只是这样的感慨他不能说，起码在眼下不能说。

但是这条计要想成功，还欠缺最关键的一环。

火从何来。

诸葛亮是用火的高手，不过周瑜不想请教他。周瑜要自己想出纵火之道。

他在等待，等待一个时机的到来。周瑜知道，世界上的事，需要成全。

茶叶要变成茶水，需要在滚烫的开水中翻滚、煎熬，这是一种成全。成全是痛苦的，痛苦是值得的，可现在周瑜缺少的，还是这样一个机会。

成全的机会。

曹操也在煎熬。

但曹操的煎熬不是成全，而纯粹是一种痛苦。

曹操不明白，为什么世上会有诸葛亮这样的人，能骗走他十多万支箭。而要命的是，他竟无法复仇。恨一个人，恨到极处，是要杀了他，可曹操杀诸葛亮，却有些鞭长莫及。

荀攸就劝他。荀攸说，恨一个人，恨到极处，即便是杀了他，那也是小境界。重要的是江东，重要的是天下。周瑜、诸葛亮可以不杀，江东却不能不得。

曹操想不出这其中的道理。不杀周瑜、诸葛亮而得江东，技术难度太大了吧。

荀攸却认为，不难。荀攸建议，派人打入江东内部去诈降，以为奸细内应，如此可通消息。周瑜、诸葛亮即便有通天计谋，那也尽在我们的掌握之中。

只是派谁去，是一个大问题。因为谁都不合适。在这个世界上，没有谁会无缘无故地信任一个陌生人，就像没有谁回无缘无故地爱上一个人一样，信任和爱都是有前提的。现在缺少的就是这样的前提。

曹操为此唉声叹气。

荀攸却不唉声叹气。因为荀攸在提此建议之前，已经想到了两个人。两个至关重要的人。两个不会让周瑜起疑的人——他们的身上有血海深仇，起码在外人眼里是这样。

蔡中、蔡和出现在周瑜面前。

此二人的身后，有五百军士，驾船数只，正停泊在江东岸边。他们的脸上，充满了投诚的表情。除此之外，还有一丝惊慌。

没有人能够知道这是背主求荣所带来的惊慌，还是乍见周瑜，前途未卜式的惊慌，抑或是别的，没有人能够知道。

除了周瑜。

的确，周瑜是聪明的。如果没有诸葛亮的话，他会是天上的明月，但现在，他只是明月旁边的云彩。虽然能看见，却不是最明亮的。

诸葛亮什么都不说，让周瑜自行其是。

周瑜也什么都不说，一脸暧昧地看着做悲愤状的蔡中、蔡和在那儿痛说家史。蔡中、蔡和一把眼泪一把鼻涕地说："吾兄无罪，被操贼所杀。吾二人欲报兄仇，特来投降。望赐收录，愿为前部。"蔡中、蔡和的大哥就是鼎鼎大名的、江湖上无人不知无人不晓最后死得也无人不知无人不晓的蔡瑁。他被曹操冤杀，现在正顺理成章地成为蔡中、蔡和反水的重要诱因。

蔡中、蔡和被留下来了。

周瑜没有多问他们什么。仿佛他给予了他们无条件的信任。但是一刻钟之后，周瑜开始对甘宁说话了：他们是好人吗？

应该是。

为什么？

他们哭了。

哭了就是好人吗？

也许心中有悔。

我要的是肯定。

这世上很多事都不太确定。

错！这世上很多事都已确定。聪明与愚蠢，爱与恨，忠诚与背叛，早已确定。

我好像看不出来。

那是你不够聪明。

愿闻其详。

看到他们是怎么来的吗？

坐船来的。

错！

难道是走来的不成？

他们是孤独而来。

可身后有五百兵啊……

五百兵不重要，重要的是家小没来。

……

这两人不带家小而来，不是真降，是曹操派来的奸细！

将军见微知著，古今一人，佩服。

古今一人？……唉，谁能做到古今一人？知道人生最痛苦的事是什么吗？

人还在，钱没了。

错。

人走了，钱还在。

错。

请将军指教。

在这个世界上，你不是最重要的。有人比你聪明、重要。这个最痛苦。

谁？

我不能说。

我替将军杀了他。

杀不了。

为什么？

因为你只有刀。

杀一个人，一把刀就够了。

用刀杀人，不是杀人。

那应该用什么？

软刀子。

什么叫软刀子？

让一个人痛不欲生地活着，欲死不能，这就叫软刀子杀人。

将军好比喻。

却只是比喻。

为什么？

因为到现在，我还没有找到那把软刀子。

死亡就像人生的破绽

鲁肃来见周瑜。目的是为了提醒他，小心奸细。

的确，鲁肃这个人老实，却不笨。

在周瑜洞察天机后，鲁肃也似有所悟。他急匆匆地跑来告诉周瑜，蔡中、蔡和之降，有可能是诈计，不可收用啊。

周瑜一愣，没想到连鲁肃同志都有所察觉了，这对他来说不是什么好事。他倒不是嫉妒鲁肃的智商快赶上了他了，而是担心鲁肃那张嘴。老实人的嘴没有心机，见人就说，这一说两说的，搞得地球人都知道江东来了两个奸细，他周瑜怎么将计就计啊？

便大声斥责鲁肃，说你也是老同志了，怎么一点政治觉悟都没有。对新来的同志不欢迎、不合作、怀疑一切。这样的工作态度行吗？要论出身，这两个同志都是苦大仇深，为了一个共同的目标弃暗投明跑到我们这里来了。为什么，原因不明摆着的吗？曹操杀了他们的大哥，他们是为报仇而来降，何诈之有！你今后要还是这样多疑的话，怎么能容天下之士?！那句话怎么说的，有容乃大，有容乃大啊同志！

鲁肃走了，黯然神伤地走了。

他当然不是去投奔曹操，而是找诸葛亮疗伤来了。

鲁肃很受伤，在被周瑜一顿劈头盖脸的指责过后。事实上他是有容乃大的人，要不有容乃大，他也不会三番五次为保诸葛亮和周瑜争辩。他只是想不通，一向小心眼的周瑜为什么突然间变得如此轻信。

诸葛亮笑而不答。

在诸葛亮看来，这其实是一件一目了然的事情——一个人突然变得连他人都不敢相信，原因无非是两个：一、他神经病了；二、他在装。

诸葛亮当然不相信周瑜会得神经病，可诸葛亮的忌讳就在于，他不能对鲁肃再多说什么。

虽然在这之前，多少次祸从口出都被他长袖善舞地一一摆平，但诸葛亮自己知道，不是每一次都有好运气。死亡就像人生的破绽，不知道什么时候就会现形，他现在能做的，其实跟周瑜一样。

装。

鲁肃却要打破砂锅问到底。

鲁肃以为，世界上的任何事情都会有答案的。只要执着，总能找到答案。但是鲁肃不知道，有些答案其实不找比找好，因为答案会伤人。

不是自己，就是他人。

正因为不明白这一点，所以鲁肃对周瑜为什么会指责他颇感好奇。他一定要获得答案，不管诸葛亮愿不愿意。诸葛亮最后还是告诉了他。

无奈地。

诸葛亮说，子敬啊，你还是不识公瑾在用计呢。大江隔得这么远，奸细极难往来。曹操就派蔡中、蔡和来诈降，以此刺探我军情报，公瑾呢将计就计，正要他通报消息。所谓兵不厌诈，这是公瑾之谋。你识破了它，他怎能不生气?

鲁肃这才明白，人世间原来别有洞天。洞天之中，只有诸葛亮、周瑜二人。他已走到洞口，尚未登堂入室，就被周瑜呵斥了出来。唉，说到底，还是技不如人啊。

诸葛亮也不再说什么。因为他说得够多了。他不知道，这一次的说破天机，会不会给自己引来新的麻烦。他只能等待着，看世事如何风云变幻。

世上心直口快之人年年有，今年特别多。

自鲁肃在周瑜面前心直口快了一把之后，黄盖也找到周瑜，要与他分享自己的新发现。

黄盖说，周将军，曹操百万大军虎视眈眈，敌众我寡，不宜久持，咱等不起啊，为什么不用火攻呢?

黄盖的嗓门特别大。一说话，半里地外都能听见，吓得周瑜忙叫祖宗——我的祖宗啊，你能不能说轻一点，如此绝密之事，怎么可以大声说出来?

好在接下来黄盖声音特别低。因为黄盖自己也知道，他要参加一个特别行动计划，而这个计划是万万不能泄露的。

挨打。

不错，他接下来最主要的任务是挨打。挨周瑜的狠打，目的只有一个，引起蔡中、蔡和的同情，继而引起曹操的同情。

这是苦肉计。很多年后，这条苦肉计在华人地区广泛流传，成为这个世界上最著名的计谋之一。

只是当时已惘然。

惘然的是周瑜。他不知道，该不该对老同志下此毒手，而且毒手要下得恰到好处。

这是个分寸。既是技术分寸，也是情感分寸。黄盖的建议是往死里打。一个人为什么突然背叛其一贯的政治立场，不死一回是说不过去的。

周瑜最后同意了。他之所以同意是因为尊重这样一条人生格言：行大事者，不拘小节。

毒打是一回事，仇恨是另一回事。周瑜相信，在这个世界上，有些人被打得遍体鳞伤也不会离开自己的窝，而有些人哪怕天天供着他也不可能笼得住。这一切的分野就在于爱和信仰。

心中有爱有信仰的人，可以承受一切，忍耐一切。

人人都是戏中人

黄盖挨打了。

起因是他顶嘴。顶了周瑜的嘴。

一般来说，一个老同志顶顶嘴，发表不同的意见和看法不算什么，但这一次的情形却不同。一是在众目睽睽之下。二是周瑜当时在做战前报告。

当时周瑜是这样说的："操引百万之众，连络三百余里，非一日可破。今令诸将各领三个月粮草，准备御敌。"意思是大家要做好打持久战的准备。就在这个当口，黄盖开始发飙了。他叫嚣说别说三个月，就是支三十个月粮草，也不济事！如果这个月能破曹，那就破了；如果这个月破不了，我看啊只能像张昭说的，弃甲倒戈，投降曹操算了！

周瑜听了，勃然变色。黄盖也摆老资格，说东风吹战鼓擂，当今这世界谁怕谁，我黄盖自从跟了破虏将军，纵横东南，已历三世，哪会怕这个毛头小伙子？周瑜大怒，很有叫黄盖人头落地的意思。一时间剑拔弩张，气氛十分紧张。当然了，在这样的场合，除了当事人，更多的是看客。很多看客是同情黄盖的，他们不明就里，以为今天真要倒下一个人，纷纷上前替黄老爷子求情，周瑜自是不肯，还恶狠狠地打了敢于出头的甘宁的屁股，将一场杀黄戏演得一波三折。

当然，杀黄戏的结局是打了折扣的。在经过众将领再三再四的求情之后，黄盖的脑袋总算没有从脖子上掉落，可身体其他部位特别是背部、屁股却遭了殃——被打了五十脊杖，直打得皮开肉绽，鲜血迸流，视觉效果非常刺激。

打完之后，有一个人不明白了。

鲁肃。

鲁肃不明白两点。一、周瑜为什么那么狠？二、诸葛亮为什么那么冷？

周瑜的狠已经有目共睹了，鲁肃需要知道的是原因。至于诸葛亮的冷则是鲁肃私人观察得出的结果。当周瑜准备要让黄盖死翘翘，怒发冲冠之际，鲁肃看到，几乎所有人都着急了，只有诸葛亮镇定自若。不仅镇定自若，还冷若冰霜，坐视一场暴力剧你死我活地开演，自己却默不作声。

鲁肃的老毛病又犯了——打破砂锅问到底。诸葛亮这次很痛快地告诉了他答案，因为需要鲁肃帮他一个忙——在周瑜面前说自己是笨笨。

他需要掩饰，需要鲁肃帮他掩饰。一个人的聪明有时是锥子，在布袋里掩藏得再深，锋芒却是遮不住的——诸葛亮怕周瑜看出他的锋芒。

鲁肃却不明白这一切。他需要诸葛亮给他一个答案。诸葛亮如是说道，子敬兄啊，你难道不知公瑾今日毒打黄公覆是苦肉计吗？不用苦肉计，怎能瞒过曹操？他这是要用黄公覆去诈降，却教蔡中、蔡和去通风报信。唉，只可惜苦了黄将军。对了，子敬见到公瑾时，千万别说我已先知其事，只说诸葛亮也埋怨都督便罢了。

鲁肃一声苦笑，感觉真是人生如戏，人人都是戏中人。周瑜在演戏，黄盖在演戏，连诸葛亮也在演戏，大家都不以真面目示人，个个表情真切却表里不一。唯独他一脸懵懂，在这人生的舞台上找不到感觉，台词尽忘，问了这个问那个，或穿针引线，或惹火烧身，已然是局外人了。

黄盖侧卧在帐内，像一条鱼。当然不是死鱼，因为他在大声呻吟。在这个世界上，呻吟其实也是一种秀，叫呻吟秀。不仅很多女人擅长此道，大将军黄盖表演起来也毫不含糊。当然黄将军的表演没有色情的味道。他不黄，却很暴力，咬牙切齿地问候了周瑜的母系亲戚。不知内情的人听了，还以为他是暴力狂。

事实上黄盖的表演是有目的的。只为那两个人——蔡中、蔡和。

蔡中、蔡和目击了他挨打的经过，却无法了解他的内心。黄盖想用自己的呻吟向他们剖露心迹。只向他们俩。

但是蔡中、蔡和听了却无动于衷，起码从表面上看是这样。有动于衷的是参谋阚泽。这个过目不忘的山阴才子不仅记忆力好，文章写得也好。

在阚泽看来，天地间其实就是一文章。人人都是字，不同的排列组合赋予那些字以特殊意义。有些是中心字，有些仅能做修饰语，还有的只能做缩略语；有些一目了然，有些语带双关，这是字的命运，也是人的命运，像极了现在的黄盖，也像极了现在的他。

阚泽以为，他要发挥语带双关的意思了——一个不想语带双关的字不是好字，同样，一个人如果不含义丰富的话，也不是什么有意思的人。

阚泽对黄盖说，你做了很多了，现在该轮到我了。

黄盖：你怎么做。

阚泽：你要我怎么做我就怎么做。

黄盖：你真聪明。

阚泽：聪明不重要，比聪明更重要的是含辱负重。

黄盖：还是聪明。

心怀破绽，心就是破绽

长江的夜是静悄悄的夜。

夜幕下的长江什么都没发生，但是什么都发生了。

阚泽被捉住了。

阚泽是故意被捉住的，这是他的目的。没有人知道他的目的是什么，包括曹操。当巡江军士将阚泽抓住，连夜送到曹操那里时，曹操对这个渔翁打扮的人充满了好奇。

这不是善意的好奇，而是敌意的。因为在曹操看来，战争下的长江无渔翁，只有敌我双方。

所以他要做的决定是杀还是不杀。杀当然不是问题，所谓“宁可错杀一千，不可漏过一个”，这是战时杀人的心理基础。可曹操想知道，不杀是不是更好——如果阚泽能为其所用的话。

阚泽主动说话了，说他是东吴参谋，有机密事要汇报。

曹操不置可否。

阚泽表情生动，侃侃而谈：黄公覆是东吴三世旧臣，今被周瑜于众将之前，无端毒打，不胜愤恨。所以想投降丞相，以为报仇之计。我与公覆，两个人就像一个人啊，所以冒死来为他献密书。不知丞相是否肯容纳我们？

曹操还是不置可否。他在观察，阚泽的表演是否有破绽。

看不出来。

在这个世界上，有些人天生就是表演的高手——其实我是一个演员，世界就是我的舞台，而你，注定是我唯一的看客。阚泽直面曹操，心里对自己如是说道。

阚泽的表演开始走向一个新境界——欲擒故纵。他见曹操半天没反应，就转身要走，同时还发出悲怆的笑声：人人都说曹丞相求贤若渴，今天我算是领教到了。黄公覆啊，你真是瞎了眼了，找什么人不好，偏偏要找到这儿来?!

阚泽没能走出曹营。

不是曹操拦住了他，而是士兵拦住了他。曹操继续不置可否，似乎对阚泽的表演没有感觉。但是两分钟后，他说了这样一句话——信在哪里?曹操想通过书信，看到更多的蛛丝马迹，以形成对这件事情的独立判断。

阚泽交出了书信，表情从容，呼吸平静，没有任何破绽。

信是这样写的：

“盖受孙氏厚恩，本不当怀二心。然以今日事势论之：用江东六郡之卒，当中国百万之师，众寡不敌，海内所共见也。东吴将吏，无有智愚，皆知其不可。周瑜小子，偏怀浅戆，自负其能，辄欲以卵敌石；兼之擅作威福，无罪受刑，有功不赏。盖系旧臣，无端为所摧辱，心实恨之！伏闻丞相诚心待物，虚怀纳士，盖愿率众归降，以图建功雪耻。粮草军仗，随船献纳。泣血拜白，万勿见疑。”

这封信曹操看了不下十遍，这中间，没有人说话。只有呼吸声。

曹操的。还有阚泽的。

曹操的呼吸声时重时轻，时清时浊，充满了狐疑和猜测。

阚泽的呼吸声始终如一，就像他的表情，很有坦荡如砥的意思。

因为阚泽自信，这封信毫无破绽，是他一生中的杰作。但是，阚泽过于自信了，他忽视了曹操的多疑——曹操在信里看出了破绽！

曹操突然间拍案大怒，说：黄盖用苦肉计，让你写下诈降书，想就中取事，这点小伎俩，你以为我看不破?来人！给我推出去，砍了！

阚泽的心沉了下来，呼吸声也不始终如一了——他不知道曹操从哪里看出了破绽，但眼前的事实是，曹操失去了对他的信任。

阚泽痛苦地认识到，信有没有破绽其实不重要，重要的是曹操多疑。对一个多疑的人来说，世界处处是破绽，只要他睁开眼睛。

唉，一个人心怀破绽，心就是最大的破绽——阚泽现在只可惜自己的锦绣文章，被一个多疑之人反复看了十遍，真是糟蹋它了。

但是，不能束手就擒。

阚泽以为，人生很多时候虽然败局已定，可要是使劲扑腾，变败局为乱局，一切犹有可为。那句话是怎么说的——乱中取胜。

他笑了。笑得那叫一个惊天动地，气壮山河，很有“仰天大笑出门去，我辈岂是蓬蒿人”的意思。

在笑声中，曹操疑心又起——一个临死之人，心中要有多少浩然正气，才可以笑得如此中气十足？

他叫停了阚泽的死亡进程，目的是要搞一个明白。

曹操：你为什么笑？

阚泽开始钓鱼——不为什么。

错，一个人不能无缘无故地笑。

笑需要理由吗？

在我认为需要的时候，需要。

……

你可以说出来，如果不想冤死的话。

不说。

不说是不行的。

我有保持沉默的权力。

对不起，你……没有。

唉……

为什么叹气？

不为自己。

为谁？

黄公覆。

理由？

黄公覆不识人啊！

你在逗我玩。

敢逗丞相的人，还没生出来。

这话听着舒服，却是假话。

真话在哪里？

真要我说？

愿闻其详。

好。知道什么是奸伪之道吗？

不知道。

你造假信，就是奸伪之道。信里有奸。

信中哪件事是奸计？

如果真心献书投降，为什么不明约时间？

……

信任与怀疑的距离有多长

阚泽不说话了。因为震撼。

他原来以为曹操智商高，现在才知道，传说是传说，现实是现实。

曹操的疑心比智商高。

不过这不是好事，是麻烦事。因为战胜一个人的智商容易，战胜他的疑心却难。

阚泽决定当头棒喝——疑心生暗鬼，对付暗鬼，最有利的武器是天啸。

阚泽突然爆笑说，亏你还是丞相呢，心里惶不惶恐啊？还敢自夸熟读兵书！兵书是这样熟读的吗？我建议你还是及早收兵回去！否则交战的话，必被周瑜所擒！无学之辈！可惜我屈死你手！

这是曹操一生中听到的最具侮辱性的话，也是阚泽一生中说过的最铤而走险的话。

双方都在赌心理承受力。对方的心理承受力。

曹操，一个巨无霸级的大丞相，能否做到有容乃大，就看他对这句话的反应。

阚泽赌赢了。因为曹操和颜悦色。起码从表面上看和颜悦色。

他和颜悦色地问阚泽，为什么说我无学啊？

阚泽说你不识机谋，不明道理，怎么不是无学？

曹操又问，说详细点。

阚泽却在此时卖起了关子。阚泽聪明，胆大，总能在最关键的时刻走出险棋，却又拿捏得当。他说——你没有待贤之礼，我何必多说呢?！但有死而已。

曹操自然不会让他去死。有容乃大都走到这一步了，他肯定要继续容下去，便示意阚泽大胆说，不要怕。

接下来发生的一切地球人都知道。阚泽说服了曹操。

阚泽说服曹操用了八个字：背主作窃，不可定期。毕竟是反水啊，还是需要静悄悄地进村，打枪的不要。如果事先约定日期，万一走漏风声，事必泄漏。这样对双方都没好处。

曹操恍然大悟，觉得阚泽说的有道理。当然他最后真正不起疑是在接到蔡中、蔡和的密报之后。蔡中、蔡和在密报中向曹操报告了黄盖受刑的消息，并说那个惨啊真是惨无人道，是个人都要报仇的。曹操由此认定，一切合乎逻辑，阚泽来访顺理成章，黄盖投降之事为真。

遵照曹操的指示，阚泽同志重返江东，开展他的潜伏工作。

伪间谍阚泽为了使自己的工作卓有成效，就准备建立一对一的联系——他要和蔡中、蔡和接上头。本来这个事曹操发一个文件就可以了，以行政命令的方式让他们对接起来。但是曹操没有。

曹操有他自己的考虑——蔡中、蔡和与阚泽要互不联系，背靠背。这样一旦一方暴露了，另外一方还能保存下来，继续其潜伏工作。

阚泽就和黄盖商量，怎样才能引蛇出洞，诱敌上钩。

阚泽决定挑逗。挑逗的地点放在甘宁寨中。他和甘宁是演员，观众则是蔡和、蔡中。当时寨中只有这四个人。

阚泽、甘宁开始表演。阚泽说，将军啊，你昨天为救黄公覆，被周公瑾所辱，我是为你愤愤不平的。甘宁就捶胸顿足道：周公瑾只知道以他自己为中心，全不以我等为念。我现在被辱，真是羞见江东父老！说罢，咬牙切齿，拍案大叫，神情夸张得很。阚泽则趁势走到甘宁耳边，与其低语。甘宁听后低头不言，长叹数声。两人的表演那是相当的到位。蔡和、蔡中见此二人都有反意，就以言语挑逗他们说：“将军何故烦恼？先生有何不平？”

阚泽笑了。在心里轻笑——到底上钩了。但他又故作姿态地说，我们心里的苦，又怎么是你们可以知道的？

蔡和进一步试探：难道你们是想背吴投曹？

此话一出，阚泽马上大惊失色，甘宁则拔剑而起，两人异口同声地说：我们的事已被你窥破，不能不杀你们灭口了！

那动作，铿锵有力，那表情，雷霆万钧，吓得蔡和、蔡中赶忙交代自己的身份——是对岸来的间谍，曹操派来诈降的。你们二位若有归顺之心，我们可以引荐。

就此，大功告成。四个人坐下来开始给曹操写信，表示了同为内应的坚强决心。

但是，谁也不知道曹操的心。

连曹操自己也不知道——信任一个人与怀疑一个人之间的距离有多长。

事实上等于零。

当曹操收到四个人的决心书后，疑惑却重上心头——他们，究竟是不是可以信任的人呢?

这样的疑惑需要得到解决。当然对曹操来说，解决的手段并不是没有，因为蒋干要再战江湖。

蒋干是这样一个人，给我机会，我要杀入江湖；不给我机会，我创造机会也要杀入江湖。哪怕最后折腾的结果是失败。

其实蒋干上次已经失败过了，这一点曹操和他都有默契——这是个能力不强的同志，不可重用，可现如今的局势是人人都在当缩头乌龟，只有蒋干将头伸了出来，曹操是不想用也要用他了。

该同志虽然业务能力不强，可政治素养还是高的，有大局意识。曹操目送蒋干消失在前往江东的江面上，心里在默默祈祷：希望这一次，蒋干别再中计。

去新大陆

一个人中一次计并不难，难的是每一次都中计。

很遗憾，蒋干就是这样的人。尽管他在心里对周瑜已提高警惕，可挡不住周瑜的变化多端。周瑜不使离间计，使别的了。

当然，蒋干并不知道周瑜会使别的计，对他来说，他这次严防死守的就是离间计，所以当周瑜将他安排在西山庵中歇息时，蒋干不知道，他将宿命般地遭遇一个人。

凤雏先生庞统。

庞统是这个江湖上大名鼎鼎的人物，很多年来他不属于任何政治派别。

只是这一次，他属于了周瑜。秘密的。庞统做事一向低调，但这正反衬出他的智商——一个高智商的人，处事往往是低调的。

周瑜看中的正是他这一点：悄悄地干活，功劳却是他周瑜的。周瑜之所以不喜欢诸葛亮，很大原因就在于诸葛亮太高调，还在隆中趴着的时候就每自比于谁谁，唯恐天下人不知道他。

太张扬。

庞统低调地向周瑜献计：欲破曹兵，须用火攻；不过大江面上，一船着火，余船四散，很不好办啊。我看除非向曹操献上“连环计”，教他把船都钉作一处，然后就大功告成了。

周瑜深以为然。不过这个计谋到现在为止还只是个嘴巴上的计谋，因为缺少落实人——直到蒋干大大咧咧地又来到了东吴的地面上，周瑜才看到了希望。

孺子可教，孺子可教啊。

蒋干自然不知道这一切，他只知道庞统是人才，大人才。而且是对周瑜心怀不满、郁郁寡欢的大人才。因为庞统在他面前不止一次地怀才不遇，大骂周瑜，很有天下伯乐你在哪里的苦闷感。

蒋干便起了这样一个念头——实施人才引进计划，将庞统隆重地推荐给曹操。蒋干以为，他现在是搞建设，而不像以前那样是搞破坏，再也不会着了周瑜的道了，相反，他是在挖周瑜的墙角，而且是瞒天过海式的。

最主要的是庞统愿意，愿意奔曹。在蒋干看来，这样的你情我愿是天作之合。于是在一个月黑风高夜，此二人私奔了。

在周瑜眼角的余光下，蒋干带着庞统奔向新大陆。

曹操以一种超规格的礼仪接待了庞统。

毕竟凤雏先生是这个江湖上的传说，现在传说触手可及，曹操觉得，不能失之交臂。要为我所用，为我所用啊。

庞统看上去很有投桃报李的意思。在隆重参观了曹操的旱寨之后，庞统给出了这样的评价：傍山依林，前后顾盼，出入有门，进退曲折，虽孙、吴再生，穰苴复出，亦不过此矣。

这是个让曹操爽歪歪的评价，但曹操要的其实不是这些。

当然，庞统要的也不是这些。他想再看看水寨。

一看之下，触目惊心，庞统被雷倒了。那水寨向南分二十四座门，都有艨艟战舰，列为城郭，中间藏有小船，往来的水路好像城里的马路一样，纵横交错，起伏有序，气势真真吓人。庞统由衷地赞道：丞相用兵如此，名不虚传啊！然后他又指着江南豪迈地说：“周郎，周郎！克期必亡！”

曹操再次爽歪歪，但他要的其实也不是这些。因为有一个问题他至今没有解决。曹军的战斗力出现了问题。很多军士不服水土，训练时呕吐不止，已经发生了多起死亡事件，更要命的是有迹象表明，水军中已有瘟疫流行。

都是风浪惹的祸。曹操想从庞统嘴里获得解决之道。

庞统给了曹操解决之道。事实上这是庞统此行的唯一目的——献上连环计。庞统说，当前形势下，稳定压倒一切。船稳，人就稳，人心也就稳了。

曹操连连点头，心里却在暗骂——这不废话吗！傻瓜都知道稳定压倒一切。可有的时候，世上最难的就是稳定二字。岸上的事都摆不平，更何况水上的呢。

庞统接下去说，船怎么稳，说起来很简单，将大船小船各自配搭，或三十为一排，或五十为一排，首尾用铁环连锁，上面铺上阔板，别说人可渡，马也可跑啊，最重要的是稳定了，任它风浪潮水上上下下，那还不像如履平地一般?

曹操突然觉得，摆平了。一切都摆平了。

稳定问题。江东。还有世界。

他郑重其事地离席而谢，说："非先生良谋，安能破东吴耶!"

庞统则开始思谋脱身之道。

的确，在这个世界上，很多事情进去是容易的，出来却很难。有些人能够深入，却未必能浅出，比如某些钻入故纸堆的学者。

但庞统不是学者，他是智士。能深入，能浅出；能做局，也能离局。所谓全身而退。他对曹操说，可能，我得要走了，重回江东。江东现在的形势很不稳定，丞相大军压境，很多人已是去意彷徨。江东豪杰，多有怨周瑜者——这对丞相来说是好事，庞某愿凭三寸不烂之舌，说他们来降。如此周瑜必定孤立无援，这样大事可成啊。

曹操高度赞赏庞统的建议，第一次，他没有对他人的建议起疑心。这样的一个结果对曹操来说是很难得的，也许是庞统的"稳定"说令他心服口服了。

庞统走了。

走在回江东的路上。他遇到了一个人。

徐庶。

徐庶是故意在等他的。不错，在这世上，一个人等待另一个人有时候是为了爱情，有时候是为了仇恨，有时候仅仅是因为一方欠了另一方的钱。

徐庶不是。徐庶是在等待一种智慧。心心相印的智慧。

他相信，自己窥破了天机。而这天机只有极少数人能够窥破。徐庶拦住庞统，劈头就说，你好大胆啊老兄！黄盖用苦肉计，阚泽下诈降书，你又来献连环计——见过阴毒的，没见过你这样阴毒的——不过你们使出这等毒手来，只能瞒曹操，却瞒不了我！

徐庶的话毫无疑问是有爆破力的，吓得庞统魂飞魄散。

他偷看徐庶的表情，却发现徐庶脸上毫无表情。

这是最可怕的。庞统以为，人有表情不可怕，可怕的是没表情——一个人一旦有了表情，也就有了破绽：任何的喜怒哀乐都是有缺陷的，可以找到克制它的命门。要命的是徐庶身上无命门。

不过，庞统觉得，事情并非到了无法转圜的地步。因为徐庶心软。虽然从脸上看不出来。心软之人说到底是有缺陷的人——有很多东西会放不下。庞统就从这个角度展开了进攻。他说，你要是对曹操说破我的计谋，我本人倒没什么，只可惜了江南八十一州的百姓，他们的性命都被你葬送了！

徐庶却针锋相对，看上去一点都不心软：那我要是不说破你的计谋，此间的八十三万人马，他们的性命又如何呢？

庞统急了，他没想到一个心软之人也会突然间硬了起来，便板起脸说道：元直是真的要破我计谋啦？

徐庶不说话，接着便是一笑。

这是会心一笑，因为庞统看明白了他为何而笑。

还是善良人啊，徐庶曾经发誓终身不为曹操设一谋，如今自然也不会说破庞统的计谋。他只是担心自己如何幸免于难。

的确，当战争突如其来，曹操兵败之后，玉石不分，徐庶同志怎样才能不成为这场战争的牺牲品呢？这是徐庶首先担心的问题。

他需要庞统给他一个脱身之术。

庞统说了。说得很轻。在这个世界上没人听见。

除了徐庶。

今夜的曹操

一个流言在曹营中悄悄地散布。

流言是这样一种东西——比文件有生命力，传播速度贼快。信则有，不信则无。它唯一的功能是扰乱人心。

这一回的流言就扰乱了人心。起码在曹操看来是这样。几天以来，曹操发现营寨中人三三两两，交头接耳，似乎是有大事发生，却又不便明说。

便调查。

果然发生大事了。军中传言：西凉州韩遂、马腾谋反，杀奔许都而来。这的确是一件大事——天大的事，关键是可信度如何。

无法证伪。毕竟那时的通讯手段比较落后，交通基本靠走，联络基本靠吼，西凉州发生的事情，没有谁会打电话给曹操。曹操唯一能做的，就是猜测。当然，猜测是不可能有结果的。

一般来说一件事情如果无法证伪的话，唯一能做的就是宁可信其有不可信其无。西北之患，不可不防啊。

徐庶挺身而出，主动向曹操请缨，准备奔赴西北抗战前线。曹操欣然同意。对曹操来说，重要的不是徐庶在哪里发挥作用，而是他发挥作用就行了。

徐庶就此离开曹操，带着三千人马，星夜往西北而去。曹操做梦都没想到，这竟然是徐庶的金蝉脱壳之计。他更没有想到的是，这条计谋是庞统提供给徐庶的。

历史的迷局就此形成。有人做局，有人出局，只是局中人浑然不知，且自我感觉良好。曹操就是这样。水寨固若金汤了，徐庶也开始效忠党国了，一切都证明他在走向辉煌。曹操觉得人生至此，夫复何求？

当然，要求的东西也是有的，比如二乔。

建安十三年冬十一月十五日的夜晚，曹操想到了这两个女人，让他魂牵梦绕的女人。

当时的曹操坐在大船之上，左右护卫数百人，都是锦衣绣袄。文武众官，则依次而坐。曹操很有坐在龙椅上的感觉。此时东山月上，皎皎如同白日。长江一带，如横素练。曹操看见南屏山色如画，突然就想到了二乔。

同时他也想到了自己，自己的一生。曹操说，同志们啊，我今年已经五十四岁了，自起兵以来，为国家除凶去害，发誓要扫清四海，削平天下；现在还没得到的，就是江南了。如得江南，我当娶二乔，置之铜雀台上，以使我的晚年生活，不致空虚。如此，吾愿足矣！曹操说完这话，开始慷慨作歌：

“对酒当歌，人生几何：譬如朝露，去日苦多。慨当以慷，忧思难忘；何以解忧，唯有杜康。青青子衿，悠悠我心；但为君故，沉吟至今。呦呦鹿鸣，食野之苹；我有嘉宾，鼓瑟吹笙。皎皎如月，何时可掇？忧从中来，不可断绝！越陌度阡，枉用相存；契阔谈宴，心念旧恩。月明星稀，乌鹊南飞；绕树三匝，无枝可依。山不厌高，水不厌深：周公吐哺，天下归心。”

这首歌写得很美，也很忧伤。

有的人看到了其中的美，有的人却只看到了忧伤。

其实，看到忧伤也没什么，不说出来就好。毕竟，今夜的月光不属于忧伤。这是当年明月。当年明月不忧伤。但是有一个人却不这样想。他看到了什么一定要说出来。

刘馥。

刘馥是扬州刺史。扬州刺史本来也没什么，这个世界上刺史多如牛毛，没什么可以牛哄哄的，可刘馥不一样，他认为扬州刺史只有一个，能把扬州刺史做到他这个份上的，也只有他一人——他觉得自己有资格说点什么，哪怕是比较刺耳的话语。

刘馥说了：“大军相当之际，将士用命之时，丞相何故出此不吉之言？”

事实上刘馥话说到这里还有回旋的余地，因为曹操没有马上动手。他虽然酒喝醉了，却还存有两分理智。他只是有些恼羞成怒，问刘馥，我哪里说不吉之言了？不得胡说！

刘馥没有把话往回收，而是举例说明：“月明星稀，乌鹊南飞；绕树三匝，无枝可依。这就是不吉之言。”

曹操彻底怒了，两分理智也被酒精完全燃烧。他手起一槊，刺死刘馥，同时大怒道：你敢败我雅兴！

的确是雅兴被败。因为曹操很久没有写歌了，今天好不容易喝点酒，又好不容易想起二乔，更好不容易憋出这几句一半是优美，一半是忧伤的歌词来，却被不长脑子的刘馥败了兴致，他怎能不怒从心头起，恶向胆边生，结果了其卿卿性命？

众人无声地散了。

今夜的曹操是豪情的曹操，也是狰狞的曹操，没有人敢预测他的下一个举动。人们唯一能做的就是全身而退，趁着他继续横槊乱舞之时。曹操看着刚才还人声鼎沸的现场，现在已是一片狼藉，人去船空，似乎觉得自己做错了什么，又似乎觉得自己没错，错的是那些不敢在现场继续逗留的人们。

历史的迷局半遮半掩，众声喧哗中有人突发怪声，只是曹操没有听明白个中三昧。因为他醉了。众人皆醉他也醉，醒着的人却早已逃离此处，静静地找一个地方看戏——那场震惊中外的赤壁大战即将火爆上演，看点多多，死人多多，这其中最大的悬念应是曹操的命运——不过对于这一切，曹操自己却一无所知。

就像这个世界上的许多人，都认为明天会更好，从来不觉得，明天可能是一切事物的终点。

从此归于沉寂。

方向问题

程昱隐隐地感觉到有什么地方不对头。

这一天是曹操水军大练兵的日子。西北风呜呜地，各船都拽起风帆，因为都捆绑在一起，所以任凭风吹浪打都稳如平地。水军在船上刺枪使刀，踊跃厮杀，战斗热情都很高。曹操立于将台之上，观看这一切，很有踌躇满志的意思。

就是在这样的时刻，程昱隐隐地感觉到有什么地方不对头。铁索连舟，如履平地是不假，可周瑜要是用火攻呢？一旦火起，逃都没地方逃啊，大家伙儿都烈火中永生了。程昱甚至怀疑，这一切都是个局。庞统献计之后为什么闪了？这个庞统在一个不合适的时间献了一条看上去很美的计谋然后就闪，这里头大有文章啊！

曹操却不这么看。他笑程昱太多疑。虽然古话说人无远虑必有近忧，曹操却以为，程昱虽有远虑，但也有看不到的地方。

风。天上的风。

程昱没有看到天上的风，光看到火了。所谓火借风势，没有风哪来的火？风向不对，火烧的地方也就不对。

曹操语重心长地对程昱说，要睁大眼睛看世界，世事洞明皆学问。记住了啊，凡用火攻，必借风力。现在正值隆冬之际，只有西风北风，哪来的东风南风？我军驻扎在西北之上，敌军都在南岸，如若用火攻，是烧他们自己啊，哈哈！我怕他个鸟!?

程昱笑了。这是自惭的笑，也是充满敬意的笑。

不错，世事洞明皆学问。有时候光有智商高是不行的，要回到常识，回到常识啊。

周瑜也隐隐地感觉到有什么地方不对头。

当时的他正在山顶上观望对岸曹军战船，觉得那叫一个雄伟壮观。

不过周瑜却看得心旷神怡。因为在他眼里，任何反动派都是纸老虎，更何况他已将局做下——这些雄伟壮观的战船都是一只只纸船罢了，只能熊熊燃烧，不能冲锋陷阵。

他甚至得意扬扬地对身边的将领说，江北战船像芦苇一样密，曹操又足智多谋，你们说说看，当用何计去破它啊？

周瑜当然不指望这些将领能回答出这么深奥的问题，否则他们也不在这里混了。周瑜只是抒发自己的情怀。

独孤求败。高处不胜寒。

当然也有向他的手下炫耀的意思——赤壁之战后，这些人肯定会记得他意味深长的提问，同时对他惊天地泣鬼神的智商佩服得五体投地。

只是现在什么都不能说。

孤芳自赏是一种境界，也是一种幽怨。周瑜细细地品味这一切，很有“天下独一人，古今我老大”的意趣。不错，诸葛亮部分猜到了他的心思，但仅此而已。周瑜自信，他的综合计谋特别是派庞统密献连环计这一招是诸葛亮不可能想到的，这是他技高一筹的地方。

对岸有异动。曹军寨中的一面旗被风吹断了。

这是中央黄旗，象征着尊严的中央黄旗。它在空中惆怅地飘荡了一下后坠入江中，周瑜看到了，很是赏心悦目。

他大笑道：哈哈，同志们，这是不祥之兆啊！

周瑜手下将领也跟着哈哈大笑，觉得这个不祥之兆来得好。笑声中，江面上狂风大作，波涛拍岸。周瑜身边的帅字旗也猎猎作响，旗角被大风刮起在他脸上猛烈拂过。

周瑜的笑声戛然而止，一个致命的问题突然了袭击了他——他感觉自己一切的一切都完了。煞费苦心的结果竟然是归零！周瑜痛苦地意识到，人的一生中最重要的不是走了多少步，而是看第一步怎么走。第一步最重要，因为接下来所有行走的意义只决定于第一步怎么走。

这是方向问题。方向问题是大问题。

周瑜大叫一声，口吐鲜血，往后便倒，其情其景惨不忍睹。众将目瞪口呆了一会儿急忙上前救起，他们发现这个刚才还踌躇满志的人儿现在已是不省人事。

人间最诡异的时刻

人生是什么？

人生是踌躇满志、运筹帷幄、大叫一声、往后便倒、口吐鲜血、不省人事……起码对周瑜来说是这样。

只是现在不是他的结局，不省人事之后剧情待续。周瑜的表演肯定还要继续下去，现在需要的只是一个推手，历史的推手，推动剧情继续往下走。

诸葛亮站了出来，义不容辞地站了出来。

不错，他是可以当缩头乌龟的，或者伪缩头乌龟，可现在的情势是，火烧赤壁烧不下去了。主角已经躺在床上奄奄一息，他必须伸出头来有所作为，作为推手，推动主角继续往前走。

诸葛亮站在了周瑜面前。周瑜的眼神无力地看向他，就像看一团空气。还能怎么办呢？现如今他是万念俱空，也万物俱空啊。

诸葛亮：身体怎么样？好好的，怎么说病就病呢？

周瑜翻翻死鱼眼，没好气地说：人有旦夕祸福，怎能保证永远没病？

诸葛亮笑笑：天有不测风云，又怎么是人可以料到的？

周瑜心里一动——这话，有意思啊，意思很丰富啊。难道诸葛亮……

他开始呻吟了。

诸葛亮：病痛当用凉药解之啊。

周瑜继续呻吟：凉药喝过了，没什么用。

诸葛亮语带双关：要先理其气；气若顺了，那呼吸之间，都督之病自然会好。

周瑜坐了起来，心情复杂地说：这气怎么理？愿闻其详。

一分钟后，周瑜看到了人世间最绝密的文字：

“欲破曹公，宜用火攻；万事俱备，只欠东风。”

这十六个字是诸葛亮写的。字字惊心。惊周瑜的心。他不得不承认，起码到目前为止，此人的智商与他不相上下。

会不会更上层楼呢？周瑜心里一动，问诸葛亮要解决方案。

不错，万事俱备，只欠东风。没有东风怎么办？怎么解决？

诸葛亮慢悠悠地说开了：世上事有条件要做，没有条件创造条件也要做。都督不就是想要东南风吗？好办，在南屏山上建一土台，不妨叫作七星坛吧。高九尺，共三层，在其周围布置一百二十人，手执旗幡围绕。我在台上作法，借它三日三夜东南大风，帮助都督用兵，你看何如？

周瑜惊呆了。我靠，兄弟你不是人，是神啊，连呼风唤雨这招都会……

但是他需要的不是说辞，而是事实。耍嘴皮子谁都会，关键是要真正来风，来东南风。不管是借、是骗还是偷，来风才是硬道理。

诸葛亮便与他约定，从十一月二十日甲子祭风，至二十二日丙寅风息，向天借三日三夜东南大风。说罢飘然而去，只留下周瑜坐在那里狐疑不定，爱恨交加，不知道人间还会再出多少幺蛾子。

只能是拭目以待了。

十一月二十日的夜是晴朗的夜。天色清明，微风不动。周瑜笑了。

呵呵，人间没有传奇——隆冬之时，怎么会有东南风呢？笑话！

但是周瑜的笑有一个灿烂的开始，却没有一个灿烂的结尾。

笑容凝固了。

因为他突然感受到了风。这是三更时分，风声骤响，旗幡转动。周瑜走出帐外细看，见所有旗脚竟飘西北方向。霎时间东南风大起。

这是人间最诡异的时刻，也是周瑜最失落的时刻。

周瑜心下骇然——诸葛亮有夺天地造化之法、鬼神不测之术！此人若留在人间，既是东吴的祸根，也是他的克星。必须尽早杀掉，以绝后患。

周瑜急命帐前护军校尉丁奉、徐盛二将各带一百人火速赶到南屏山七星坛去捉拿诸葛亮。

周瑜仰头看天，心中长叹——风来了，一切都该结束了。包括曹操，也包括诸葛亮。在这个世界上，有些东西是可以永生的，但绝不是他们。应该另有其人。比如他，周瑜。

因为他掌握着这些人的命运，像上帝一样掌握着他人的命运。

七星坛，神秘依旧。

坛上执旗将士，当风而立，也威武依旧。

只是少了一个人，最重要的人。诸葛亮。

他刚离去，就在你们到达之前。丁奉提剑上坛，守坛将士如此告知他。另外有士兵向徐盛报告，就在昨晚，一只快船停在前面滩口。刚才诸葛亮披发下船，船便开走了。

事实上这是赵云来接诸葛亮回去的——早在几天之前，诸葛亮已对刘备有如此交代，所谓神机妙算，诸葛亮将它演绎得出神入化。

丁奉、徐盛当然不甘心空手而归，可在赫赫有名的常山赵子龙面前，他们是不可能有什么收获的，除了收获这样一句话——“吾已料定都督不能容我，必来加害，预先教赵子龙来相接。将军不必追赶。”

这话当然是诸葛亮说的。在空旷的江面上，一舟，一人，一话，构成了绝响。

惆怅再次属于了周瑜。他大惊道：诸葛亮如此多谋，这是要让我夜里都睡不好觉啊！便有要将全部人马杀向夏口，将诸葛亮碎尸万段的意思。

不错，东南风是在呜呜地刮，曹军是在等待他去收割，可是和诸葛亮比起来，周瑜认为其他的一切都不重要。

诸葛亮是对手。旗鼓相当的对手。

人生最寂寞的事情是什么？没有对手，独孤求败。因为独自孤独，只能对舞弄清影，寂寞独一人。这样的人生在周瑜看来毫无意义。

现在好了，有了诸葛亮，处处逞强的诸葛亮，这个给他带来巨大冲击力的男人，令其感受到了活着的目标——

对决，并消灭他！

哪怕付出一切代价。

鲁肃死死拦住了他，拦住了周瑜的冲动。

在鲁肃看来，人生最重要的事情不是对决，而是在最适当的时间做最适当的事。现在东南风在呜呜地刮，曹军在等待他们去收割，和这件事情比起来，鲁肃认为其他的一切都不重要。

包括诸葛亮。

要分清主次轻重啊，鲁肃苦口婆心地说，至于诸葛亮之事，且待破曹之后，再徐图之吧。

周瑜的冲动消失了，或者说换了方向。

不是鲁肃说服了他，而是他自己说服了自己。

的确，在这个世界上，一个人是不可能被他人说服的，如果不听从内心的召唤，谁都不可能改弦更张。

周瑜改弦更张了。因为他痛苦地发现，他现在就去找诸葛亮 PK 的话，曹军将是最大的收获者。他们会如影随形，到时候被收割的将是他——周瑜。这样的发现让周瑜心碎不已。

东南风继续在呜呜地刮，东南风不会永远呜呜地刮。在风中，周瑜抬起头，体会人生的苍凉与无奈。

他开始排兵布阵，目标是曹操。

做得太对也有问题

诸葛亮也在排兵布阵。这是他回到夏口之后所采取的第一行动。

不错，周瑜在准备收割，他也要准备收割。诸葛亮的收割曹军计划是高瞻远瞩的，是以周瑜的行动为前提进行的第二波攻击计划。

更加考验智商，要的就是精准打击。

没有人知道诸葛亮的打击是否精准，但是他看上去却胸有成竹，就像他已去过未来，对一切了如指掌，不差分毫。

诸葛亮对赵云说：子龙你带上三千军马，渡江后取乌林小路，拣树木芦苇密处埋伏。今夜四更之后，曹操必然从那条路走过。你等他军马过后，就在半中间放起火来。这样虽不能杀他个尽绝，也能杀一半。

赵云问：乌林有两条路：一条通南郡，一条取荆州。曹操不知向那条路跑来?

诸葛亮自信道：南郡形势急迫，曹操肯定不敢去；我看他必来荆州，然后率大军投许昌而去。

赵云走了，诸葛亮又对张飞说：翼德你领三千兵渡江，截断彝陵这条路，去葫芦谷口埋伏。曹操必不敢走南彝陵，而望北彝陵去。曹军埋锅造饭，必见炊烟。你只看烟起，就在山边放起火来。

张飞也走了，所谓领计而去。但是关羽却无所作为。不是他不想打仗，是诸葛亮将他冷落在一旁，不予理睬了。关羽不知道这是为什么，仿佛人生中的很多事，只有结果，没有原因，更没有解释。关羽要的是一个解释。

因为他没有做错什么。

诸葛亮知道他没做错什么，相反，做得太对了，可有时候，一个人做得太对也有问题，就像关羽，对谁都赤胆忠心，投桃报李，甚至对曹操也是如此。诸葛亮觉得，这很麻烦。

不错，对待同志要像春天般的温暖，可对待敌人，也要像春天般的温暖吗？很多人不会这样，关羽却会这样。因为他不是别人，他是关羽。

诸葛亮心情复杂地对关羽说——以前曹操对你恩重如山，你肯定要报答他，起码心里有这个想法。此次曹操兵败，必走华容道；我若令你去守，你必然会放他过去。因此我难以决断啊。

关羽却对诸葛亮的复杂心情嗤之以鼻。关羽以为，世上事是一报还一报，以前曹操是对他恩重如山，可他斩颜良，诛文丑，解白马之围，要说报答，早就报答过他了。这次要撞见曹操，怎么能轻易放过！

关羽说这番话时斩钉截铁，充满了大丈夫的气概。诸葛亮便想跟他打一个赌——他要关羽立下军令状，再去守华容道。

事实上诸葛亮是在跟自己打赌。的确，人世间最大的赌注其实是自己，赢了自己也就赢了世界，只是这一回诸葛亮心里不太托底。因为他从来没有跟一个人的忠诚打过赌。忠诚是可以回报的，这毫无疑问，有疑问的是，忠诚的回报是不是有限度，这是诸葛亮心里不太托底的原因。

却别无选择。

华容道只能是关羽的华容道。该派的人都已派出去了，再无他人去守华容道，诸葛亮接下来只能和关羽进行细节探讨。

诸葛亮说，云长你可在华容小路高山之处，堆积柴草，放起一把火烟，引曹操他们过来。关羽觉得很奇怪：曹操看见烟，就知道有埋伏，怎么肯来？诸葛亮笑了，笑关羽太天真。

诸葛亮以为，人世间的事，就是“虚虚实实”四个字。虚就是实，实就是虚。一切因人而异。特别是对曹操这样的人来说，一切都要反着来。看见烟对他来说代表着平安，不见烟起他反而疑神疑鬼——这其中是不是有什么猫腻，额地神啊！

诸葛亮斩钉截铁——曹操一见烟起，肯定会以为这是虚张声势，必投这条路来。到时将军千万不可心软啊。

关羽答应了，答应得干脆利落，很有要曹操人头落地的意思。

周瑜的赤壁

东南风一阵紧似一阵，刮得一个人心好疼。

程昱。

因为程昱感受到了危险的迫近。东南风起，需防火攻。

曹操却不以为然。

曹操以为这是偶然的东南风，不是人力可以利用的东南风。所谓冬至一阳生，来复之时，刮一刮东南风，那是人力算计不到的，慌乱什么?!

便继续镇定自若。周围的人也跟着镇定自若，除了程昱。

有军士来报，说江东一只小船突然驶到，带来了黄盖密信。

信是这样写的——“周瑜关防得紧，因此无计脱身。今有鄱阳湖新运到粮，周瑜差盖巡哨，已有方便。好歹杀江东名将，献首来降。只在今晚二更，船上插青龙牙旗者，即粮船也。”

曹操很高兴，因为黄盖真的要投降了，这是具有历史意义的，说明了人心所向，大势所趋。程昱的心却更加慌乱了。黄盖早不降晚不降，偏偏在东南风一阵紧似一阵的时候来投降，这里头大有玄机啊！

程昱的怀疑很快就有了结果。因为他看到了黄盖的破绽。

准确地说是船的破绽。

按说是粮船来投，粮在船中，船驶来必显稳重；可现在看黄盖来船，驶得轻而且浮。程昱提醒曹操，今夜东南风大起，黄盖倘若有诈谋的话，何以应对?

曹操这才急了。他奶奶的，所有不利因素凑在一起，那不是一般的诡异，是相当的诡异。他立刻命令文聘驾船去制止黄盖继续前进。

只是一切都晚了。

黄盖的前进不是任何人可以制止的。因为他是带着火种来的。

黄盖此行的唯一目的是将他带来的二十只火船变成火种，然后火烧赤壁，成就千古传奇。

传奇开始了。

在文聘被箭射中左臂，倒在船中之后，黄盖用刀一招，前船一齐发火。火趁风威，风助火势，船如箭发，烟焰涨天。那一刻，二十只火船齐齐撞入曹军水寨，曹寨中的船只纷纷燃烧，因为被铁环锁住，没有一只船可以逃脱。

都燃烧了，所谓烈火中永生。与此同时隔江炮响，三江面上，火逐风飞，烧得一派通红，漫天彻地。赤壁，成了火的赤壁。

曹操这才知道，原来的人世间的残酷，可以在一瞬间完成，前提是算计，还有大意。算计与大意是相辅相成的。光有算计，没有对方的大意，计谋不会成；光有大意，没有对方的算计，赤壁也不会成为火的赤壁。一切都是人力，不是天意。所谓天作孽，犹可活；自作孽，不可活……

曹操开始收拾，准备跑路。火烧到这个地步，赤壁已不是他的赤壁。当然他也不想留在赤壁了，除非是被烧成灰烬。

一个欲望在火中消失了，另一个欲望在大火中熊熊燃烧，并且不断放大。曹操知道，那是周瑜的。

赤壁，现在是周瑜的赤壁了。

第七章　刘皇叔的眼泪

被仁义打败了的男人

乌林之西，宜都之北。树木丛杂，山川险峻。一人在马上仰天大笑。

曹操。

曹操具有革命的乐观主义精神，任何情况下，他看到的不是失利，而是自己的优点，特别是智商。

这一次的情况也是如此。虽然他带着众将惶惶如丧家之犬不断跑走，寻找可能突围的方向，但是曹操依旧在一路寻找自己的优点在哪里。

不错，是失利了，可曹操以为，那是暂时的。一个人大意一下没什么，下次小心就是了，可一个人要是没有优点，特别是智商的话，那就没有下一次了。

曹操相信自己有。

果然被他发现了。因为就在曹操逃到此地之时，他突然发现，自己的智商竟然高于周瑜和诸葛亮。

曹操笑道：哈哈，同志们啊，知道我为什么发笑吗？我是笑周瑜无谋，诸葛亮少智。你们看看，这地方，多么的险峻，要是我用兵的话，肯定会在这里预先伏下一军，单等敌方到来，打他个措手不及！哈哈，怎么他们就想不到这一层呢？哈哈……

曹操的笑很有“我笑他人看不穿”的意思，所以笑得极豪迈，充满自信。只是很遗憾，曹操的自信被一个人的暴喝给打断了。

赵云。

赵云的出场声响很大。先是山谷两边鼓声震响，火光冲天而起，然后帅哥赵云领一彪人马从斜刺里杀出，惊得曹操几乎从马上坠下来。他只能再次选择跑路。

这是乱世的黎明，一切都混沌未开。天色微明，黑云罩地，东南风还在呜呜地吹，仿佛为一个时代在叫魂，又仿佛是在嘲笑曹操的仓皇跑路。忽然又大雨倾盆，湿透衣甲。曹操与他的残兵败将冒雨前行，大家都饿得不行了。

便下令开火造饭。曹操一人独坐于疏林之下，突然又仰面大笑。曹操这一次的笑让众官们怕怕。因为上次他一笑后引来赵子龙趁火打劫，折了许多人马，不知道这一次又会引来何人？

好在没有。

这里的黎明静悄悄，只有曹操继续豪情万丈。曹操总是这样，在挫折之后豪情万丈，千方百计地找到自己的优点，以此向世界证明：我是最棒的！

这一次曹操又如是说：哈哈，同志们啊，知道我为什么又发笑吗？我是笑诸葛亮、周瑜毕竟智谋不足。若是我用兵的话，就这个去处，也埋伏上一彪军马，以逸待劳；纵然我们死战可以脱得性命，也不免重伤啊。他们见不到这一层，我所以笑他们。哈哈……

曹操的笑声这一次又戛然而止。因为他痛苦地发现，张飞冲过来了。

张飞带着不要命的神情冲过来了。曹操这才知道，人世间的事情不是他的笑声可以左右的，周瑜、诸葛亮的智商也不是他能判断的。如果没有张辽、徐晃二将冲上来死保的话，曹操相信，自己将看不到明天的太阳。

在一片混战中，曹操趁乱出逃，继续他惊魂未定的跑路生涯。

华容道。

寂寞的华容道。

衣衫褴褛却依旧自信的曹操。他身后垂头丧气的败兵。

还有关羽。表情冷峻挡住曹操去路的关羽。

曹操不见关羽已经好多年了，却依然不断地有他的消息。

关羽始终在乱世的江湖浮沉。

不错，关羽是为江湖而活的人。他虽然不在曹操的江湖上了，江湖却不断有他的消息。这是忠义的力量。

其实在这个世界上，人和江湖的关系很简单。人重要，人就是江湖；人渺小，江湖便淹没了人。有些人虽然不在江湖，江湖上却有他的消息；有些人虽然在江湖，江湖却没有他的消息。

关羽是前者。

当然曹操也前者。他们相望于江湖，念念不忘。

曹操：其实，你应该放我一条生路的。

关羽：为什么？

曹操：这个江湖，是你我的江湖。

关羽：江湖有他的规则，也有潜规则。

曹操：规则和潜规则都是人制定的。

关羽：也是用来遵守的。

曹操：你很无情，这不像你的风格。

关羽：斩颜良，诛文丑，解白马之围，关某不是无情之人。

曹操：仅有这些是不够的。

关羽：关某以为，够了。

曹操：五关斩将，我饶你不死之情，你还未报。

关羽：……

曹操：大丈夫信义为重。我不相信你不是大丈夫。

关羽：情情相报何时了？

曹操：情情不报非丈夫。

关羽：不要逼我！

曹操：逼你的不是我，是良心。

关羽：人在江湖，身不由己。

曹操：人在江湖，人就是江湖，退后一步天地宽……

关羽：……

曹操：既如此，我下马受降。

关羽：……不……

在最后一刻，关羽防线大开。他让出了华容道。华容道由此成为著名的华容道。

曹操从容离去，心里却一声轻叹；关羽到底还是心太软，成不了大器。

不错，义重如山是好品质，但是仅有义重如山是不够的。在这个江湖，能软能硬才是硬道理。

就像他曹操。求贤若渴时堪称天下至仁，硬起心肠时可杀尽天下人。

那句话是怎么说的，宁可我负天下人，不可天下人负我。

如此，才能成就霸业。曹操快马加鞭地从关羽身边走过，看这个被仁义打败了的男人垂头丧气、心情复杂，觉得他到底走不出华容道。

华容道将是关羽的华容道。他曹操不要。

曹操要的是天下。哪怕身后骂名滚滚。

乱世当中，人才最贵

已从华容道脱险的曹操看上去淡定从容。

在南郡，曹仁将他引入安歇。所谓的百万大军差不多都烟消云散了，但是曹操以为，那不重要。

重要的是信心。

相信未来。更相信自己。

一个不相信自己的人是没有未来的。曹操以为，在这点上，刘备和他都做得不错。

刘备在没有一块根据地的情况下，四处屁颠屁颠流浪的情况下，还执着地相信自己未来的根据地就是天下，那他曹操损失一些人马又算得了什么呢?

曹操唯一忧伤的是，自己手头没有人才。没有像诸葛亮一样的人才。哪怕是周瑜这种也可以。一想到这里，曹操哭了，哭得那叫一个催人泪下。

曹操边哭边打自己胸脯说:“吾哭郭奉孝耳！若奉孝在，决不使吾有此大失也！哀哉，奉孝！痛哉，奉孝！惜哉！奉孝!”

郭奉孝就是郭嘉。这个英年早逝的才子让曹操认识到——乱世当中，人才最贵！千军易得，一将难求；人才不可求，顶尖人才可遇不可求。就像诸葛亮，刘备要三顾茅庐才请得出来，而他呢，郭嘉之后谁堪大用?!

曹操身边的很多谋士也哭了。这是羞愧之哭。虽说他们中间也有著名谋士，也有像程昱一样差点看破天机之人才，但是残酷的事实证明了这样一点，在与周瑜、诸葛亮的较量中，这些人败下阵来了。

欲得天下，今后能指望谁?一向乐观的曹操突然觉得，由于人才问题，他的乐观要打一些折扣了。天下当然会是他的，但可能不是全部了。在青梅煮酒时他就看出了刘备这人有潜质，现在他看到的不是潜质，而是必然了。因为刘备身后站着诸葛亮。

或者，还有孙权。曹操原来还真没把他放在眼里，可江东人才济济，周瑜又是这样的年轻有为，气吞山河——这个世界看来也有孙权的一份。

生子当如孙仲谋啊……曹操一时间惆怅莫名。

曹操又开始排兵布阵。

不错，赤壁之战是败了，但是大后方还在。很多地方必须守住。

南郡。合淝。襄阳。荆州。彝陵。

曹操特意安排曹洪据守彝陵、南郡，以防周瑜。毕竟这两个地方特别是南郡太重要了，不能失去啊。

因为在这个世界上，人可以暂时没有前方，却不能没有后方。后方是什么？是芸芸众生的立身之基，也是曹操的立身之基。虽然曹操自认为不是芸芸众生，但在这个问题上，他不敢大意。

曹操走了，带着荆州那些怀着各种目的投降他的文武官员们，回许都去了。还能怎么样呢？这样的时代，人才是越打越少，忠诚于他的人也越来越少。只是些残兵败将，追随于他左右。他必须整合他们，首先培养他们的忠诚。忠诚是怎么来的？不是天生的，是恩威并施的结果。

一个人从背叛到忠诚，需要锤炼。曹操以为，他是人世间最好的锤炼师。钢铁是怎样炼成的？曹操炼成的。

诸葛亮不知道自己该怎么办。因为关羽空手而归了。

空手而归其实没什么。在战场上，只要付出了，收获并不重要。可现在问题的关键是，关羽没有付出。他是纵容曹操逃跑——这样的行为造成的后果可以说是很严重的——放虎归山。

曹操是一只已经受伤的虎，却被关羽放了。诸葛亮不知道，曹操有朝一日缓过神来，会不会对刘备构成致命的打击?!

在那一刻，诸葛亮的心硬了。

不错，诸葛亮是帅哥，文质彬彬的帅哥。但是在这个世界上，没有一条法律规定帅哥不可以心硬。他下达了命令，让武士将关羽推出去斩首。

刘备拦住了他。

刘备也痛苦。毕竟斗倒曹操、统一天下是他一生中最重要的目标。现如今，关羽让他的目标流产了一半。所以，刘备的痛苦无以复加，更甚于他人。包括诸葛亮。

但刘备却又不能让关羽去死。他这样对诸葛亮说："昔吾三人结义时，誓同生死。今云长虽犯法，不忍违却前盟。望权记过，容将功赎罪。"

这个理由当然是无懈可击的。当年桃园三结义其实是一纸合同，生死合同。它确保了三个签约人今后的命运是绑定的。所以在这个意义上说，关羽先前立的军令状是受限的——如果他死，刘备、张飞必须一起跟着死。

军令状遭遇投名状，这个千古难题诸葛亮无法破解。

他也不想破解。因为诸葛亮明白刘备的心——要曹操死很重要，可他的仁义更重要。曹操此次不死，下次还有机会，可仁义失去一次就没有下次了。

所以刘备不能让关羽去死。他们是兄弟，生死兄弟，这段感情江湖上无人不知无人不晓。

诸葛亮沉默地收回令牌，没有多说什么。

蹩脚编剧

刘备静悄悄地屯兵油江，很有觊觎南郡的意思。

这样的发现让周瑜感到震惊。周瑜天不怕地不怕，就怕有人对他静悄悄。因为静悄悄是人世间相当可怕的东西。它防不胜防，表面上没有目的，实际上却别有用心。

周瑜没想到刘备这样一个君子也会来“静悄悄地进村”这一套，这让周瑜感到震惊的同时也感受到了愤怒——拜托！下山摘取胜利果实不可以这样无耻的！赤壁之战是谁打的？我，周瑜！不是你刘备。不错，诸葛亮是借了那么一点东风，可东风很重要吗？没有人，再大的风都白刮！

于是，怀着一颗幽怨和悲怆的心，周瑜带着鲁肃来到油江口，出现在刘备面前。

周瑜：或许，可以商量一下。

刘备：什么？

周瑜：南郡。

刘备：南郡是你的，也是我的，归根到底是我们俩的。

周瑜：不是你的，是我的。

刘备：为什么？

周瑜：世事没有那么多为什么。

刘备：也许这次需要。

周瑜：我要是不回答呢？

刘备：精诚团结最重要，还是回答的好。

周瑜：赤壁是谁打下来的？

刘备：你。

周瑜：曹操的百万大军是谁消灭的？

刘备：你。

周瑜：回答完毕。

刘备：没有。

周瑜：……

刘备：赤壁是赤壁，南郡是南郡。何况我离得近。

周瑜：你不希望我们之间火拼吧？

刘备：当然。

周瑜：那就离我远点。

刘备：不要这么粗鲁嘛，我们是在协商。

周瑜：南郡的归属问题是不可以协商的。

刘备：要不这样，你先打。打不下来我接手。

周瑜：这话听着好像没什么错误。

刘备：不是没什么错误，是完全没错误。

周瑜：好，就这么说。

周瑜开始攻击了。他的部队很快拿下了彝陵，然后兵指南郡。

南郡里的曹兵人心惶惶，分三门而出，很有弃城的意思。与此同时城上遍插旌旗，虚张声势。周瑜看了，觉得曹军军心散了，队伍不好带了，他的机会来了。

他下令攻城。自己先纵马加鞭，直入瓮城，起身先士卒的作用。

谁都没想到，这时传来一声梆子响，紧接着两边弓弩齐发，势如骤雨。那些争先入城的周瑜先锋部队几乎都掉进了陷坑里。周瑜自己也中了一箭，翻身落马——进攻受挫了。

但是周瑜没死。因为历史佬儿是不会让周瑜死的。就像很多蹩脚电视剧的男主角一样，虽然身处险境，有一万个理由可以去死了，编剧就不让他死去，给了很多漏洞百出的理由让他挣扎着活下去，以带动剧情继续往前走。

历史佬儿就是这样的蹩脚编剧。因为他在下面安排了诸葛亮三气周瑜的情节，所以在这个时候历史佬儿只能让周瑜身负重伤，而不能死去。

周瑜躺在了床上，两眼空洞地看着前方。军医则用铁钳子拔出他身上的箭头，然后将金疮药敷掩疮口，周瑜疼不可当，饮食俱废。但他却不敢动气。因为军医交代了，这个箭头有毒，疮口一时间不能痊愈。如果怒气冲天的话，很容易造成疮口迸裂，到那时估计人也就玩完了。

他便继续两眼空洞地看着前方，思考着“人从哪里来，又将走向何方”等大而无当的问题。直到曹军来到寨前声嘶力竭地骂阵。

周瑜听到了骂阵声。他只是不解，同志们为什么要当缩头乌龟，不予回击呢？程普等人给他的解释是，一切为了将军的身体考虑，为了保证周瑜的生命安全，打算收兵暂回江东，以后有机会再战。

周瑜怒了，从床上奋然跃起说：大丈夫当死于战场，以马革裹尸还，怎么可以为我一人，而废了国家大事？

他又冲锋陷阵了。毫无疑问这一次的冲锋陷阵是危险的，因为与军医的警告有悖。周瑜在战场上突然大叫一声，口中喷血，坠于马下。曹仁亲眼看见周瑜倒下，然后被救回帐中。他觉得这是实施辱骂战术的重大成果——周瑜命不长矣。

程普焦急万分，也觉得周瑜命不长了。

周瑜却笑了。在口中喷血之后笑了。

因为那血不是来自他的肺部，而是来自他的舌头。周瑜在曹仁的视线下咬破自己的舌头，做喷血秀，目的是要让对方知道，自己快死翘翘了。

程普也笑了。如释重负地笑了。也是充满敬意地笑了。他敬周瑜的智慧，也敬其牺牲精神。

周瑜说，什么叫一报还一报，这就叫一报还一报。我们在曹仁那里栽了跟头，现在轮到他栽跟头了。接下来，我们只需等待，等待曹仁的蠢蠢欲动。

曹仁果然蠢蠢欲动，在得知周瑜已经死亡的消息之后。

事实上在黄昏时分，曹仁就已经听到吴军帐中哀声四起，紧接着有线报说周瑜箭疮大发作而死，各寨都挂孝哀悼。

曹仁刚开始没有轻信。战争是残酷的，轻信是要付出代价的，曹仁需要的是确信。在这关键时刻，曹仁要的东西来了。有人向他投降。是周瑜手下连夜跑过来的十多个军士。他们向曹仁报告，周瑜真的死了，死于阵前金疮碎裂，归寨即死。所以今天各寨都挂孝哀悼。

当然了，这十多个军士要说的不止这些，还包括他们投降曹仁的原因——被程普无故辱打，实在活不下去了。

但是，即便事情走到这一步，曹仁还是没有确信。黄盖的教训太深刻了，苦肉计现在已是人尽皆知的计谋。曹仁担心，这又是一出苦肉计。

好在这十多个军士中有两个是被掳走的曹兵，他们也信誓旦旦地表示，这绝不是苦肉计，而是活不下去了，他们也跑回来找一条生路……

曹仁便下定决心，做一件大事——劫寨。今晚便去劫寨，夺周瑜之尸，斩其首级，送赴许都，以便让曹操高兴高兴。

毫无疑问，这次劫寨以失败告终。曹仁倾巢出动，却掉入周瑜的陷阱。他们初更后出城，来到周瑜寨门，却不见一人，只见虚插旗枪而已。这个套路，曹仁太熟悉了。呵呵，这是老鼠给猫当伴娘——有去无回啊……

便跑路。在损失大半人马之后，曹仁总算捡了条性命，以一个失败者的身份逃到襄阳去了。那心情，相当的痛苦和失落。

周瑜的心情也相当的痛苦和失落。

不错，曹仁是被打跑了，但周瑜却发现，胜利果实却不是他的——南郡城被赵云趁乱给占了。

他也是个失败者。

人世间的事，成为一个失败者并不可耻，可耻的是明明胜利在望却一无所获。

周瑜大怒，下令攻城。可城上乱箭齐射。周瑜已然没有咸鱼翻身的可能了。更要命的是坏消息接二连三地传来。

消息一：诸葛亮得了南郡之后，竟用兵符星夜诈调荆州城的守军来救，与此同时却教张飞袭了荆州。

消息二：夏侯惇守在襄阳，同样被诸葛亮派人用兵符诈称曹仁求救，诱骗他倾巢出动，然后诸葛亮教关羽袭取襄阳。

如此，南郡、荆州、襄阳三处城池，全不费力地落入刘备之手。

周瑜又开始喷血了。这一次不是作秀，是真正的气血为之上涌——见过狡猾的，没见过如此狡猾的，诸葛亮欺人太甚啊……周瑜大叫一声，金疮迸裂，半条命已然被诸葛亮夺走。

周瑜咬牙切齿地说道：若不杀诸葛村夫，怎息我心中怨气！

这话说得是有些狠了，因为连“村夫”二字都骂上了，可见周瑜气极已是口不择言。

不错，周瑜周大都督是风流倜傥、温文尔雅之人，一般情况下骂人是不带脏字的，可是面对诸葛亮如此采摘他的胜利果实，周瑜觉得，没必要对这个鸟人温文尔雅了。

错误是他人指出来的

鲁肃面临一个两难选择：是帮助周瑜去与诸葛亮对决，还是劝他冷静下来从长计议，这是一个问题。一个至关重要的问题。

事实上现在在这个问题上已不能再打擦边球了——周瑜都吐血了，诸葛亮要是再玩什么花活，一代风流才子周瑜恐怕就要与世长辞了。

他当然不是心向诸葛亮——在此之前，鲁肃对诸葛亮的才能是欣赏的，他之所以一直劝阻周瑜不要在当前情况下与诸葛亮你死我活，还是从东吴的整体利益出发所做出的理性反应。这是一种政治判断，也是一种政治智慧。即便到现在，鲁肃也未改初衷。

鲁肃言辞恳切地对周瑜说，都督想起兵与刘备、诸葛亮共决雌雄，夺回城池的想法我理解，很理解。但是我以为，不可以的。咱现在与曹操相持，表面上赢了赤壁之战，可曹操依旧很强大，总之我们和他尚未分出成败。主公现在力攻合淝，还没拿下，要是在这个时刻我们自家互相吞并，倘若曹兵乘虚而来，其势危矣。何况刘备过去曾投靠过曹操，若逼他太急的话，他要献了城池，联合曹操一同攻打东吴，那我们怎么办啊？

周瑜听了，觉得鲁肃说得是有道理。刘备这个人，从来就是寄人篱下，为了生存，常常反水，谁都搞不清谁是他真正的朋友——也许他身边的两个小弟弟是，可除此之外呢？

周瑜一片茫然。茫然之中愤怒依旧不减。他对鲁肃说，他奶奶的，这事我越想越亏得慌啊。咱用计策，损兵马，费钱粮，好不容易赶跑了曹操。他倒好，吃现成的去了，天下哪有这样便宜的事！不行，我一定要找他问个明白！

周瑜说着，又开始咳嗽了，而且越咳越厉害。鲁肃一看，势头不妙啊！这哪是咳嗽，这是吐血的前奏。为了避免悲剧的发生，鲁肃赶紧像周瑜表示，自己将深入虎穴，说服刘备识大体顾大局，如果刘备一意孤行的话，那再动手也不迟。

周瑜同意了。

人世间的很多事，其实都在口舌之间。所谓祸从口出，那是口舌功夫没做好。鲁肃相信，口舌功夫做好了，天下就不会出什么幺蛾子。因为口中有天下，天下就是一张嘴，在唇齿之间上下翻滚，而所谓的口舌功夫，就是使天下在舌间能够平衡，不再跌宕起伏。

鲁肃将这一切想明白之后，他站定了。

站在了刘备和诸葛亮面前。而他脚下的土地是荆州的土地。刘备和诸葛亮此刻站在荆州的大地上，看上去温良恭俭让，像极了谦谦君子。

鲁肃倒吸一口冷气，觉得人世间的事，莫过于此——客人气定神闲像主人，主人太过客气像客人。乾坤颠倒。

鲁肃对刘备如是说：我主吴侯，还有都督公瑾，授权本人告知皇叔，先前，曹操引百万之众，下江南而来，其实是要来害皇叔的，目标并非我东吴。所幸我东吴杀退曹兵，救了皇叔。所以我主吴侯，还有都督公瑾以为，所有荆州九郡，应当归于东吴。但皇叔您用诡计，夺占荆襄，使江东空费钱粮军马，而皇叔一人坐享其成，这个，恐怕于理不通吧。

刘备的脸红了。因为他突然觉得自己就像鲁肃所说的，是一个乘人之危的小人，偷占了江东的胜利果实——可为什么自己占有这一切时竟会心安理得呢？看来人世间的事所谓对错，其实没有一个统一的标准，一切看你站在什么立场上了。

还有一点，错误总是他人指出来的，很少有人会主动说自己错了——日省吾身的人不是没有，但基本上都是些圣人——刘备以为自己最多是仁人志士，与圣人还差得远呢。

诸葛亮却以为，人世间的事没有对错，只有可否。可以做还是不可以做，这是一个判断标准。唯一的判断标准。

诸葛亮还以为，人世间任何事都是可以找到理由的，冠冕堂皇的理由——前提是，得去找。

他就替刘备找理由了。诸葛亮告诉鲁肃：子敬是聪明人啊，怎么会说出这样的话来呢？常言道：物必归主。荆襄九郡是谁的？是东吴的吗？非也，这是刘景升刘表的基业。吾主刘备是景升的弟弟。景升虽亡，可他儿子还在。吾主刘备以叔辅侄，而取荆州，难道不可以吗？

诸葛亮的话说得刚刚的，很有得理不饶人的意思，这让鲁肃一下子无从辩驳。是啊，都抢着要胜利果实，却没有细想这块土地原先的主人是谁。任何土地都是有归属的。在主人还在的情况下，似乎不应该这么赤裸裸地抢夺。鲁肃的口气软了下来。他向诸葛亮表示，这个那个，啊，荆州如果真是被刘琦占据，那我无话可说。可据我所知，公子刘琦现在病了，在江夏，不在这里！所以荆州问题，还请诸葛先生不要扯虎皮做大旗……

鲁肃话没说完就说不下去了。因为他见到了一个人。

一个他绝对不想在这里见到的人。——刘琦。

一脸病容的刘琦此时正慢悠悠地被两个侍者从屏风后扶出来，与鲁肃四目相对，令他大吃一惊。鲁肃觉得自己把话说过了——没想到世事会存在偶然性。

不错，世事是有偶然性的。当偶然性出现时，偶然就是必然，可大多数的人都会在事前赌偶然性不存在，或者说自己运气不会那么坏，应该可以避过。

却偏偏碰上了。

一如现在的鲁肃，呆立在刘琦面前，心情复杂，表情如鸭听天雷。

过了很久，鲁肃想到了这样一种可能性：刘琦健在时，东吴不好硬抢荆州，可他要不在了呢？荆州归谁？

就这个问题，鲁肃与诸葛亮进行了深入却又针锋相对的探讨。诸葛亮说，公子在一日，守一日；若不在，我们再商量。鲁肃则态度强硬：那不行，公子刘琦若不在了，须将城池还我东吴。

诸葛亮同意了。心情愉快地同意了。因为他觉得，这样的探讨没有意义。人世间的事，如电光石火，多少事，从来急；多少事，一转眼就老母鸡变鸭。未来是难以掌握的，重要的是现在。虽然从严格意义上说，现在的事也不好把握，没个定数，可诸葛亮觉得，相对于未来，他还是对当下的事情更有把握。不就是让一个人继续活下去吗？没什么，只要猪流感不来，啥事都没有。

诸葛亮有这个信心。

周瑜又要吐血了。

气的。被鲁肃气的。

见过老实的，没见过像鲁肃这样老实的。一个病歪歪的刘琦竟然吓得他不敢提出对荆州的主张，这一切只因为他太老实。

也因为诸葛亮太狡猾。搬出刘琦当挡箭牌，使鲁肃难有作为。

所以周瑜又要吐血了。

却没吐。因为鲁肃给了他一个保证——刘琦将在半年内死翘翘。

虽然这样的保证听上去很无厘头，但周瑜却不得不信——有保证总比没保证好一点。就像这个世界上的很多合同，签了总比没签好，要的只是个心理安慰。

鲁肃的保证是这样的：我看刘琦这个人沉湎于酒色，已经病入膏肓，他现在面色羸瘦，气喘呕血，不出半年，其人必死啊。到那时我们再取荆州，刘备还有什么别的理由可以推托呢？

也只能如此了。周瑜现在就希望刘琦早点死翘翘，虽然他自己的身体也不是很好，和刘琦一样，动不动就喷两口血出来，都成喷血爱好者了。可周瑜的希望是——笑到最后，或者说笑喷到最后，目睹刘琦、诸葛亮等全都死翘翘，他才能放心离去，所谓含笑于九泉之下。

带着这个美好的理想，周瑜班师了，回柴桑养病，以待来日。

乱世不相信仁慈

在这样的历史时刻，一个叫马良的人开始浮出水面。

当然，世界上有很多叫马良的人，他们在不同的历史阶段浮出水面。比如很多年前那个画画的马良，老著名了，一不留神就留下神笔马良的典故，令后世景仰不已，觉得他是个人物。

这一回浮出来的马良当然也是个人物，只是没有神笔马良有名。毕竟不是搞文艺的，想青史留名难度大了点。

不过他弟弟倒是挺有名的。一说起来地球人都知道。

马谡。

马谡之所以有名很大程度上是因为诸葛亮那一斩，所谓诸葛亮挥泪斩马谡，走的是悲情路线，令后世震撼不已。不过严格说起来，马谡的出名靠的是诸葛亮的传帮带，底气似乎有点不足，可任何时代，出名就是硬道理。英雄莫问出处，也莫问混出名的技术手段。存在就是合理，就这么简单。

说回马良。马良是个人物，作为一个人物的重要素质，是他有眼光。他看到了刘备看不到的东西，也看到了诸葛亮看不到的东西。

当时的刘备在鲁肃气鼓鼓回去后很是志满意得，觉得现如今有了荆州、南郡、襄阳，根据地是前所未有的扩大化了，便想在这几个地方动动脑子，看怎么样做才能长治久安，代代相传。

就是在这样的时刻，马良站出来给他泼冷水了。作为荆襄地区的一个著名谋士，马良说，荆襄是四面受敌之地，恐怕不可以久守。我认为可令公子刘琦于此养病，招些旧人来守住它，这样做的好处是让周瑜无计可施、无可奈何，另外也可以安定民心。皇叔您现在最重要的任务是南征武陵、长沙、桂阳、零陵四郡，广收钱粮，以为根本。如此，天下可图也。

刘备觉得很有道理。诸葛亮也觉得很有道理。

因为马良确实目光长远，看到了——天下。

诸葛亮甚至在心里有些羞愧——为什么这一层，自己却没看到？在隆中时，心中有天下，置身于天下时，眼里却看不到天下。这是一种迷失。

任何东西，只有离开它，才能看得更清楚。诸葛亮顿有所悟。

关羽、张飞、赵云等立刻行动了起来，为夺取武陵、长沙、桂阳、零陵等城池开始大展身手。

关羽的攻占目标是长沙。

他只带了五百兵去。关羽总是这样，喜欢单刀赴会。关羽以为，带多少人不重要，重要的是带上目标。过五关斩六将、千里走单骑时，他的屁股后面能有多少兵呢？重要的是目标和信念。当时的他是要找到大哥，现在则是要拿下长沙。

长沙不好拿。因为有黄忠。

世界上姓黄的人有很多，只有两个特别厉害。黄盖和黄忠。

黄盖的厉害之处在于他能够轻视自己的身体，为了江东大业肯行苦肉计；黄忠的厉害之处在于他虽已年近六旬，却有万夫不当之勇。

两人打起来了。关羽和黄忠。

关羽第一次发现，打一个人，其实很难的。特别是打一个六十岁的老头。不是他心慈手软，而是黄忠特别能战斗，特别能挨打。

百打不倒。

黄忠也很绝望。他原以为关羽和无数传说中的英雄人物一样，是“盛名之下，其实难副”的又一代表，可关羽与他大战一百合后，竟然气定神闲，全无破绽。这令他绝望的同时也令他好奇——谁会是最后的胜者？

不错，世界上的任何事情，都会有胜者。所谓不分胜负只是没打出结果来。如果继续打下去呢？永远打下去呢？那就一定可以分出胜负。

毕竟，没有人可以熬得过时间。在时间面前，任何人都会露出破绽。

只要他是人。

对于这样的理念，不仅黄忠相信，关羽也相信——相信时间在自己这边，相信明天会更好。

便相约第二天再战。

第二天果然露出了破绽。

不是人，是马。

黄忠所骑的战马。那匹战马看上去非常彪悍，可是在时间面前它也露出了破绽。跑不动了，马失前蹄，将黄忠掀翻在地上。

黄忠闭上眼睛，静等关羽长刀掠过，将自己一分为二。

的确，这样的时刻，是力量失衡的时刻。表面上看是马出了问题，马露出了破绽，事实上却是人的破绽，黄忠的破绽。黄忠心里轻叹——老天真是无情啊，让一匹马结束了这一切。

但是很意外，关羽的刀却没有砍下去。

关羽想砍来着，却突然发现自己的手轻飘飘的，竟然挥不动那月牙刀。

他的心无力——心理有障碍了。在关羽的为人准则中，“公平竞争、不占便宜”是其念兹在兹的准则之一。他不想就这样杀了黄忠。因为关羽觉得，这样做的话以后传出去会让自己羞愧不已。

于是，两人再次相约，明日换马再战。

韩玄眼神阴郁地看着黄忠垂头丧气地归来。

韩玄是长沙太守，他看人的眼神一般都是阴郁的。韩玄以为，世界不可靠，人也不可靠，所以黄忠是否靠得住？很成问题。

不错，黄忠是马失前蹄了，可他手中依然有弓箭，为什么不有所作为呢？

韩玄把这个问题抛给了黄忠，黄忠被骇得大惊失色。当时的情况下，只想自己不被杀就好了，哪还想到要杀人呢？黄忠如是说。

韩玄的眼神更阴郁了。因为韩玄以为，在这个乱世，一个心里不时刻想着要杀人的人是注定要被杀的。黄忠是武功高强，可武功再高，心中若没有杀心，那武功便是舞蹈，舞得再好看，也杀不了人。

韩玄把自己的一匹青马送给了黄忠，并问他：你知道我送你什么了吗？

马。

错。

青马。

更错。

信心？

还错。

那是什么？

杀心。

……

要想活着回来，必须杀了关羽。

……

记住，乱世不相信仁慈。

黄忠的心硬起来了。

因为韩玄的最后一句话打动了他——乱世不相信仁慈。这是真理啊，血淋淋的真理啊。而关羽不杀他在这里并不能构成他不杀关羽的理由。

还是那句话——乱世不相信仁慈。或者他死在关羽刀下，或者关羽死在他箭下，除此之外，别无选择。

第三天，较量又开始了。依然是两个人的较量，或者说得更准确一些，是两颗人心的较量。黄忠在战前拿定主意，上阵后先诈败，然后将关羽诱到吊桥边射杀。

一箭封喉。

只是人世间的事往往知易行难。当二人战不到三十余合时，黄忠诈败，引关羽追赶。两人行到吊桥边时，黄忠想到昨日关羽对自己的不杀之恩，又不忍真的射杀他了。他带住刀，虚拽弓弦，关羽急闪，发现无箭；便又追赶，黄忠又虚拽弓弦，关羽又急闪，还是无箭。关羽便明白，此人跟自己一样，总是心太软，心太软，把所有问题都自己扛，便放心前去追赶，准备活捉黄忠。

在城上，韩玄的眼神阴得已经能拧出水来。

世界不可靠，人也不可靠，黄忠更不可靠啊。他这是干什么？诱敌深入，然后将他韩玄一举擒拿?! 韩玄下令拉起吊桥，不让黄忠和关羽进城。就在这关键时刻，黄忠手中的箭射出去了，他在桥上搭箭开弓，弦响箭到，正射在关羽的盔缨根上。

三个人都惊呆了。

关羽。黄忠。韩玄。

关羽在马上沉默了一会儿，然后怏怏而返，似有无限惆怅。紧接着，黄忠被捕了。

抓他的人是韩玄。韩玄彻底绝望了，因为黄忠手中的箭只射在关羽的盔缨根上。黄忠是什么人？可以百步穿杨的射箭高手啊，明明可以射心脏的为什么只射帽子？韩玄认为问题大了。

不是心软的问题，而是忠诚的问题。

他这样对黄忠说，我看你跟关羽打了三天，都打出感情来了，啊？仗可以这么打的吗？两个大男人，打得如此缠绵，玩断背啊?！你前日不力战，我就发现你有私心了；昨天马失前蹄，他不杀你，两人惺惺相惜了；今天更离谱，两次虚拽弓弦，第三箭却只射他的盔缨，你他奶奶的是打仗还是调情啊？来人，给我拉出去，斩了！

人世间最痛苦的事

果然人头落地了。

不过不是黄忠，而是韩玄自己。

杀他的人是魏延。魏延也是飘一代，曾经想追随刘备未遂，后在韩玄手下讨生活。

这是真正的讨生活，因为韩玄对他爱理不理。事实上韩玄对谁都爱理不理——没办法，长了一副苦瓜脸，又天天阴眼看世界，魏延便有怀才不遇的感觉。

一般说来，一个人怀才不遇无非有三种结果：在怀才不遇中沉默；在怀才不遇中变态；在怀才不遇中爆发。魏延是最后一种。他袒臂一呼，挥刀杀入，韩玄就一刀两断了。

魏延以为，长沙就此解放，解放区的天是明朗的天，解放区的人民则需要领导。他愿意做领导人。

当然是和黄忠一起。因为魏延自己的号召力不够，拉上黄忠，长沙的解放听上去就像那么回事了。

黄忠却躲了起来，因为对魏延的所作所为很有些不满。不错，韩玄是要拿他开刀，可黄忠以为，这是其职责所在，毕竟自己没有全力以赴投入到对关羽的战斗中去，韩玄杀他，自有杀他的道理。可魏延突然趁机造反，这个性质就很严重了。黄忠不愿意做造反派头子。

哪怕是被迫的。

刘备、诸葛亮、关羽来了。来解决长沙问题。

刘备以为，长沙的解放与否不是魏延说了算，而是他说了算。他接管了长沙，也顺便接管了魏延。

不过诸葛亮却对魏延刮目相看。诸葛亮以为，魏延这个人该杀。因为他脑后有反骨。一个脑后有反骨的人，走到哪里都存在着造反的冲动。他对刘备这样说：食其禄而杀其主，这是不忠；居其土而献其地，这是不义。魏延脑后有反骨，久后必反，不如杀了他，以绝祸根。

刘备却觉得魏延不能杀。刘备是从大局上来考虑的。魏延杀主献城，起码对刘备来说是一件好事。如果杀了此人，恐怕降者会人人自危，也影响他刘皇叔仁慈的美名。

诸葛亮只能作罢。此时的诸葛亮已经隐隐感觉到魏延会是个麻烦制造者，起码对刘备的事业来说是这样。可这麻烦究竟有多大，他一时也说不好。所以他只能警告魏延，说你小子今后一定要尽忠报主，别生异心，若生异心，我好歹取你性命。魏延喏喏而退，满脸的冷汗，看上去绝不乱说乱动的神情。

于是长沙之事也就这么过去了。毕竟对刘备来说，四郡皆平最重要，他班师回荆州，改油江口为公安。自此钱粮广盛，贤士归之，刘备感觉自己身上，隐隐有大气象存焉。晚上睡不着的时候，他会暗自窃喜——我头顶着蓝天，我脚踩着大地，咱也是有根据地的人了，明天，我还要什么，还将得到什么呢?

这个悬念让他夜不能寐。

孙权也夜不能寐。不是他得到了什么，而是他什么都得不到。

孙权自从赤壁之战后，就在合淝与曹兵死磕上了，大小十余战打下来，竟然毫无所获。

最要命的是张辽天天跑过来叫阵，很有羞辱他的意思。孙权大怒，当下就金盔金甲，披挂出马。左宋谦，右贾华，去与孙权决一死战。

决一死战的结果是有一个人死了。

宋谦。

宋谦是为救孙权而死。当时的孙权正站在战场上发呆。因为乐进的表现太完美了。

乐进骑一匹马，扛一口刀，从斜刺里径取孙权，那速度如一道电光，飞至孙权面前，立马就手起刀落。

好在落下来的不是孙权的脑袋，而是两枝戟。在千钧一发之际，孙权手下大将宋谦、贾华急忙将画戟持起去遮架。刀到处，两枝戟戟头齐断，只剩下光秃秃的戟杆。

随后，宋谦将军就牺牲了。因为李典出手了。他一箭射中宋谦心窝，后者应弦落马。战事以孙权大败而告终。

这是冲动的惩罚啊。战后，孙权趴在宋谦的遗体上哭得眼泪一把鼻涕一把。

长史张纮则对他殷切寄语：主公恃盛壮之气，轻视大敌，如此轻率作为，三军将士见了，莫不寒心。说句实在话，冲锋陷阵、建功立业，这是偏将的职责所在，不是主公要干的。主公该干什么呢？运筹帷幄，怀王霸之计，着眼于长远。今天宋谦之所以死于锋镝之下，都是主公轻敌的缘故啊。愿主公明鉴！明鉴！

长史张纮话说得这样重，令孙权听了，更加痛苦不堪——人世间最痛苦的事是什么？满腔热情地去做一件事，到头来发现竟不是自己该做的。这是孙权现在的一个认识。

他以为，自己成熟了，因为认识到了一个人生哲理。

但是孙权不知道，人世间最痛苦的事并非如此，而是重复地去做同一件错误的事情，尤其是在幡然醒悟之后，又情不自禁地去做。

不错，世上有这样的人。比如他，孙权。

孙权当然是想就此改正错误，永不再犯。但是冲动是魔鬼，很快地，他又被这个魔鬼俘虏了。

这一次的冲动来自于诱惑。事实上每一次的冲动都来自于诱惑，可诱惑和诱惑之间各有美妙不同。

孙权再一次被吸引了。

太史慈向他报告，说他手下有一人，叫戈定的，与曹军大将张辽手下养马后槽是兄弟，因为后槽在张辽那里受了委屈，决定反水，投靠东吴，准备今晚举火为号，刺杀张辽，以报宋谦之仇。太史慈请求引兵作为外应。

太史慈的建议在诸葛瑾听来很有些不靠谱。他提醒孙权说，张辽这个人，狡猾大大地，恐怕早有准备，我们不可以上当啊。

孙权：什么叫上当？智商高的人给智商低的人下的套？

诸葛瑾：这个……

孙权：你是说张辽智商比我高？

诸葛瑾：这个这个……

孙权：人生是什么？人生就是上当。不在上当中毁灭，就在上当中成长，每一次的上当之后，都让我们更快地成熟起来。

诸葛瑾：听上去好像有那么一些道理。

孙权：不是好像，是事实。你还没回答我的问题。

诸葛瑾：什么？

孙权：不要明知故问。

诸葛瑾：谁的智商高？

孙权：给答案。

诸葛瑾：当然是主公的了。

孙权：是吗？

诸葛瑾：不过在某些时候，我们也要承认我们的对手很狡猾。对，是狡猾，不是智商高……

孙权：我连高智商的人都不怕，我还怕狡猾吗？

诸葛瑾：主公气概，无与伦比。

孙权：你这马屁拍的，实在肉麻。不过我喜欢……

冲动是魔鬼

太史慈出击了。带着孙权再一次的冲动，引兵五千，去做后槽的外应。

后槽与他商定说，夜间打仗比较混乱，你们来后先在城外草堆上放一把火，待火起时我在城中叫反，趁城中兵乱，你们冲进来就可以刺杀张辽了。

太史慈觉得，这主意不错，今夜，当是张辽与世长辞的时刻。

但是太史慈不知道，这一次与世长辞的人将是自己。

因为张辽的狡猾，或者说是高智商——尽管孙权不承认这一点。

对张辽来说，这个夜晚是小心谨慎的夜晚。正当曹军得胜回城，准备大快朵颐之时，张辽却对他们下了这样一个命令——今夜，大家不许喝酒，不许解甲睡觉。

兵士们觉得不可思议，说今日全胜，吴兵吓得不敢钻出头来，世界有多远，他们就躲多远，我们为什么不能庆祝一下，放松一下呢？

张辽没有告诉他们不能放松的原因。

没有这个必要。因为世界上的很多事都是要靠自己去悟的。悟来的东西与听来的东西，完全是两回事。这也是张辽能做将军而他们只能做士兵的区别。

视野决定见识。视野有多宽阔，见识就有多宽阔。

视野也决定深度。人世的深度。站得越高看得越远的人，在世俗社会中也会有一个较高的位置。比如他，张辽。

张辽以为，为将之道，要不以胜为喜，不以败为忧。常怀战战兢兢之心，这样才能立于不败之地。如果胜利了就放松警惕，高枕无忧，那离失败就不远了。

所以这个夜晚，他注定要比以前的夜晚更加谨慎。

张辽胜了，胜在他有这个认识。

不错，胜利常常属于战战兢兢之人，而不属于大大咧咧之人。

这个夜晚，曹营中后寨起火，城中一片叫反之声，应者云集。但是张辽并不慌乱。他出帐上马，告诉众人说不可能有一城皆反的情况出现，这绝对是极个别造反之人在故意扰乱军心。

毫无疑问，张辽的话起了镇静剂的作用，给那些枕戈待旦的士兵们以极大的安慰。

于是一场反击战开始了。

挺枪纵马率先入城的太史慈身中数箭，成为这场偷袭战的牺牲品。这一年，他四十一岁。他的死成为四十不惑的反面教材，也成为孙权心头永远的痛。因为孙权不知道太史慈是死在张辽手下还是他手下。冲动是魔鬼，冲动的人不一定会死，但一定有人会代他去死。这是冲动的代价。

孙权终于收拾旧心情，带领同志们暂回南徐休养生息。人生的路还很长，他也远没有到四十岁。年轻人犯错误上帝都会原谅，孙权觉得，自己还是有资格做东吴领导人的。

只要下次不那么冲动。

保证书还是合同书？

还有一个人也死了。在太史慈壮志未酬身先死之后。

刘琦。

刘琦的死让刘备忧心忡忡——荆州的明天在哪里，特别是他的明天在哪里？因为鲁肃跟他有言在先，如果刘琦一死，他的执政合法性就会受到质疑，到时荆州会成为一块无主之地，周瑜会插将进来，基本上没他刘备什么事了。

刘备哭了，号啕大哭。

诸葛亮皱起了眉头。诸葛亮最讨厌动不动就号啕大哭的人，特别是男人。不错，你刘备是中山靖王之后，孝景皇帝玄孙，那也不可以号啕大哭的，或者说更不能号啕大哭。

因为有失尊严。

再者说了，天下是号啕大哭就能到手的吗？

诸葛亮：这个不可以哭。

刘备：这个可以哭。

诸葛亮：这个真不可以哭。

刘备：这个真可以哭。

诸葛亮：天下不是哭来的。

刘备：如果得不到，哭一下也没什么。

诸葛亮：能得到。

刘备：真的？靠抢吗？

诸葛亮：不，靠舌头。

刘备：你是说骗？

诸葛亮：不要说得那么难听嘛……

刘备：骗来的东西我不要。

诸葛亮：天下事本质都是一样的。骗其实有一个代名词：说服。

刘备：说服谁？

诸葛亮：鲁肃。

刘备：你觉得鲁肃真会来？

诸葛亮：只要荆州还在这个世界上存在。

刘备：说服鲁肃不难，说服周瑜很难。

诸葛亮：我的眼里没有周瑜。

刘备：为什么？他是个很多疑的人。

诸葛亮：多疑之人最好攻破。

刘备：给个理由。

诸葛亮：一个人多疑，心就不安于室。

刘备：那又怎样？

诸葛亮：心不安于室，就会有破绽。怕就怕一个人心如枯井。

刘备：你的悟性很高。

诸葛亮：悟性很高的人并不幸福。

刘备：哦？

诸葛亮：因为孤独。

刘备：孤独者是美丽的。

诸葛亮：孤独者首先是寂寞的。

刘备：在这个世界上，不是每一个人都能成为孤独者。它是一种境界。需要的是冰雪聪明。

诸葛亮：如果可能，我不愿意做孤独者。

刘备：好像不可能了。

诸葛亮：为什么？

刘备：人在江湖，每个人都有位置。位高者孤独。这个我能理解。

诸葛亮：被你理解是一种幸福

……

鲁肃终于来了。

来给刘琦吊丧。

刘备不知道该怎么接待他。因为他感觉鲁肃不是来给刘琦吊丧的，而是给他吊丧的。

鲁肃果然提出了要求，要刘备把荆州交出来，还给东吴。

刘备无法应答，抬眼看诸葛亮，诸葛亮却置若罔闻。

刘备只能请鲁肃继续喝茶。在一片喝茶声中，三个人尴尬地沉默。

也是沉重的沉默。

令刘备喘不过气来的沉默。

因为鲁肃又提出了要求。在喝完一杯茶之后。

唉，人世间的茶是可以喝完的，哪怕是再大杯的茶，但是人世间的欲望却是无穷无尽的，就像周瑜想得到荆州的那颗心，执着而强烈。

刘备再次抬眼看诸葛亮，诸葛亮这次没有置若罔闻，而是拍案而起。他勃然大怒了。

诸葛亮说：子敬你这个人好不通情理，非要我家主公开口骂你吗?！我家主公是谁？他是中山靖王之后，孝景皇帝玄孙，当今皇上他叔，我想请问，当今这天下是大汉的天下还是你孙权的天下？你家主子孙权论出身只不过是钱塘小吏之子，从来没有功德于朝廷。如今倚仗势力，占据了六郡八十一州后还人心不足蛇吞象，要抢走这荆州。我倒奇了怪了，如今是刘氏天下，我主姓刘，刘景升（刘表）是我主之兄，弟承兄业那是名正言顺，你主姓孙为什么反要强争？怎么，要分疆裂土啊？再说说赤壁之战，我主难道就没功劳吗？他运筹帷幄，布置得当，众将也都拼命厮杀，这怎么是东吴一家之力呢？说得难听一点，要不是我借东南风，周郎怎能火烧赤壁？赤壁若战败，江南一破，别说二乔会置于铜雀宫，就是你们这些人等的家小，也不能保，还怎么可能跑过来跟我在这儿谈荆州的归属问题，你说是不是这个理啊？

鲁肃说不出话来。

他为诸葛亮的舌头感到震惊。诸葛亮有一根惊天地泣鬼神的舌头他是早有领略的。那还是在赤壁大战之前，诸葛亮舌战群儒，一根舌头横扫江东精英，令人叹为观止。

这一次鲁肃不是叹为观止，而是深感骇然——一个人，要有怎样的智慧，才能将一件原本理屈词穷的事情说成义正词严的事情啊。

所以说有舌头不重要，重要的是有智慧。甚至有智慧也不重要，重要的是能玩转智慧。

诸葛亮就将智慧给玩转了，同时将鲁肃也给玩转了，鲁肃感觉自己进入了迷宫当中，虽然目光所及到处都是出口，却终究出不来。

他当然不敢跟诸葛亮进行切磋了。玩舌头，不是他的强项，东吴那么多舌头都败在此人舌下，他就不去再做一回试验了。所以鲁肃只能讷讷地说，诸葛先生的话，听上去还是有道理的，可鲁某却是无法做人了……

诸葛亮乐了。

因为他突然感觉到了鲁肃的狡猾。这个老实人辩他不过，就跟他装可怜，以博取同情。

这是一个弱者的生存术，诸葛亮不屑于用，可鲁肃不怕——他现在不做弱者也不行了……

鲁肃说，以前刘皇叔当阳受难时，是我引先生渡江，见我主公；后来周公瑾要兴兵取荆州，又是我出面挡住；记得当时我们三人说好待公子去世就还荆州，关于这一点，也是我向周公瑾做出担保的。可以说为了维护你们的利益，我是用尽心机啊。可现如今呢，先生却反悔了，这叫鲁某回去如何交差？恐怕到时我主与周公瑾必然怪罪你们。其实啊，我死倒没什么，就怕惹恼东吴，战端又起，刘皇叔也不能安坐荆州，空为天下耻笑啊。

鲁肃这话在诸葛亮听来，说到后来已经变味了，不单纯是装可怜，而是半装可怜半威胁，这让他觉得好笑。

不错，是好笑。因为诸葛亮听出了鲁肃话语里的虚弱。

一般来说，一个强大的人，是不需要用话语威胁他人的，因为他的强大显而易见，不用说出来；相反，要借助话语才能给人以威胁的，往往不够强大。

这是诸葛亮的一个认识。

诸葛亮的另一个认识是，不怕他人强大，只要自己比他人更强大，哪怕只有一点点。

不错，东吴的力量现在是比刘备要强大，可那又怎么样呢？赤壁之战的点睛之笔是借东风，如果没有他那么一借，一切都已是另一模样。所以诸葛亮以为，在这个世界上，他是强大的，或者说他比周瑜强大。

这是他敢于不还荆州的底气所在——一个有底气的人事实上是有魅力的，哪怕强词夺理、巧舌如簧，到头来也会变成振振有词、义正词严。

诸葛亮继续振振有词、义正词严：呵呵，曹操统百万之众，动辄以天子为名来进攻我们，我都不以为意，我孔明怎么会怕周郎这样一个小儿呢！如果鲁肃先生怕面上不好看，回去不好交代，我可以劝我主人立一纸文书，暂借荆州为本；待我主人从别处获得城池之后，便将荆州交还给东吴。你看怎么样啊？

鲁肃不能怎么样。在他听来，这是个鸡肋式的建议，聊胜于无。重要的是，刘备得有安身立命之所。所谓光脚的不怕穿鞋的，这世道一无所有者最可怕。本来什么都没有了，还在乎个鸟啊……

鲁肃深刻地感受到了其中的麻烦——得让刘备快速地拥有些什么，只有这样，他才有所顾忌，才害怕失去什么。

但是另一方面，鲁肃对刘备又没有信心——这么多年了，一直一无所有。眼看都奔五十的人了，难道还有什么指望吗？所以他害怕诸葛亮的这一提议又是缓兵之计。鲁肃要诸葛亮举例说明，他们这些散兵游勇究竟能夺个什么城池，以还他的荆州？

诸葛亮看上去煞有介事：嗯，中原急未可图；西川刘璋闇弱，我主将图之。若图得西川，那时便还。

看来也只能这样了。跟无赖斗，永远斗不出个名堂来。现在要回去交差，有一纸文书总比没有好。鲁肃就要刘备写保证书，还在上面签字画押。

诸葛亮也不动声色地在上面签上了自己的大名，然后像发现新大陆似的说，不对，不对，手续不全啊。我是皇叔这里的人，难道可以自家作保？

所以还是烦子敬先生也押个字，回见吴侯也好看些。

鲁肃正头昏脑涨，稀里糊涂之下也没细想就签字画押了。不过他在签下自己大名的时候隐隐觉得有什么地方不对头——他奶奶的，这是保证书还是合同书啊？怎么会有三个人签字，搞得不伦不类的。

政治婚姻很肮脏

世间事大多不伦不类。所谓了犹未了何妨以不了了之。当周瑜看着鲁肃拿回来的不伦不类的文书时，觉得自己派鲁肃去交易此事不是鲁肃的失败，而是他自己的失败。

不会用人啊。派了个最老实的去跟最狡猾的谈判，结果把自己给卖了。卖了也就卖了吧，偏偏还替人家数钱。周瑜看着文书上鲁肃的大名，真是哭笑不得。

你啊，中了诸葛亮的奸计了！他名为借地，实是耍赖。诸葛亮说取了西川便还，你知道他几时取西川？假如十年不得西川，就十年不还我荆州？这样的文书，就等于是废纸一张，没有任何法律效力，你还签上自己的名字，与他作保！你啊你啊……

周瑜如是说。

鲁肃却还心存希望，说刘备在江湖上素有仁慈的名声，当年有三让徐州之举，应该不是个诈骗犯吧……

周瑜立刻两眼睁得贼大，然后狂笑不已：诈骗犯？这个世界上谁不是诈骗犯？曹操是，刘备更是。一等一的诈骗犯往往背着仁慈的名声，刘备三让徐州？笑话！他后来不坐镇徐州了吗？只是自己没能耐，才让吕布骗了去……做人，不要太老实！鲁肃同志！

对周瑜来说，荆州是一定要拿回来的。鲁肃成了牺牲品，可他不是。

因为他比鲁肃聪明。

周瑜以为，在这个世界上，一个人聪明与否其实只看一样——能不能在貌似不可能的情况下找到解决问题的途径。

他找到了。

无意间找到的。因为刘备的老婆甘夫人死了。

没有人知道刘备的老婆死了意味着什么，周瑜知道。

周瑜从中看到了解决问题的途径。

不错，对一个在乱世中搏命的男人来说，死老婆实在是一件稀松平常的事情，只有江山或者说城池才是实实在在的——可周瑜却认为，这二者是一回事。因为刘备死老婆为他创造了解决问题的一种可能性。

他这样问鲁肃：刘备死老婆，对他来说意味着什么？

悲伤。鲁肃回答得很悲伤。

错，再找下一个。周瑜回答得很干脆。

鲁肃：这么快？问题是他有没有这个心情？

周瑜：这不重要，重要的是我们必须给他准备好下一个。

鲁肃：我们，有这个必要吗？

周瑜：主公的妹妹怎么样？

鲁肃：很漂亮。

周瑜：刘备会动心吗？

鲁肃：我不知道。

周瑜：这个你可以知道。

鲁肃：这个我真不知道。

周瑜：为什么？

鲁肃：因为我不是刘备。

周瑜：设身处地。

鲁肃：嗯，会动心。

周瑜：那就对了。

鲁肃：可是，会不会有一些不好意思？

周瑜：忽略不计。记住，下次回答问题不要跑题了。

鲁肃：哦。可我不知道正题是什么？

周瑜：我告诉你，让刘备和主公的妹妹走到一起。

鲁肃：然后呢？

周瑜：没有然后了。

鲁肃：为什么？

周瑜：刘备必须来入赘。他的故事结束了。

鲁肃：这个听上去有些残忍。

周瑜：无毒不丈夫。重要的是我们可以拿回荆州。

鲁肃：明白了。

周瑜：真的明白了？

鲁肃：刘备成了我们的人质，以他来换取荆州。

周瑜：第一次，我见到了你的聪明。

鲁肃：呵呵……

孙权原则上同意周瑜的建议，以自己的妹妹为诱饵，引刘备上钩。

不错，就这么残忍。人世间的事舍不得孩子套不着狼，舍不得媳妇套不着流氓，何况刘备不是流氓，孙权要舍的也不是自己的媳妇。

于是，在一个暖风吹呀吹的黄道吉日，吕范出现在了刘备面前。他是以媒人的身份出现的，表达了孙权方面想联姻的意思。

刘备表情游移，看上去不知所措。的确，从表面上看，这是一桩好事，男婚女嫁，要做爱不要作战，体现了让世界充满爱的宏大主题，但是刘备不是傻瓜，他还是从中看到了危险性。

看到了政治。

政治是肮脏的，政治婚姻尤其肮脏。因为它所牺牲的不仅是爱情，还有土地、城池乃至芸芸众生的身家性命。

百年好合的背后就是刀光剑影啊，刘备面对吕范笑吟吟的一张脸，后背顿生寒意。

诸葛亮却劝他，闭着眼睛大胆往前走，前方一路平坦。

诸葛亮总是这样，视畏途为平地，举重那个若轻。

就这么着，在建安十四年冬十月的某一个清晨，刘备出发了。目的地是南徐。跟他一起出发的有赵云。当然赵云他不是一个人在战斗。在他的身后，站着五百个以提亲团身份出场的士兵；而在他身上，还有更加贵重的东西。

锦囊。

诸葛亮写给他的三个锦囊。

锦囊是具有中国特色的智慧交代，体现了高智商者对世事未卜先知的一种猜测。在大多数情况下，这种猜测是不会出差错的，因为这种情况一旦出现，毫无疑问会构成对高智商者的反讽。

特别是这一回，写锦囊的人是诸葛亮。

所以赵云看上去气定神闲。赵云担一个勇字，诸葛亮担一个智字，两者结合在一起，世事应当可以迎刃而解。

刘备却一直忐忑不安，尤其是踏上南徐的土地之后，他不知道自己接下来该做什么。

赵云知道。

或者说诸葛亮的锦囊告诉他接下来该怎么做。

见乔国老。

第一个锦囊上只有这区区四个字。

赵云不知道这四个字会给刘备带来什么，因为锦囊里头没有做更多的交代——这也是锦囊这种中国式智慧的一个特点：不多说一个字，唯恐泄露天机。

乔国老是二乔的老爹。在南徐已经活了很多年，活得那叫一个滋润。当然乔国老活得如此滋润跟两大因素有关：一、他是二乔的老爹，二乔又嫁得好，他也跟着滋润起来；二、乔国老喜欢串门，没事不偷着乐，而是找人分享，所谓独乐不如众乐，乔国老的心态是开放与包容的，很年轻。

这一次，他就找吴国太分享欢乐去了，因为赵云拉着刘备前来拜见他，告知了大家马上要成亲家的事。乔国老一想，这好事啊，独乐不如众乐，跟吴国太贺喜去。

吴国太看上去却没有一丝喜意。

她生气了。生孙权的气。

这女儿要出嫁，自己竟一无所知——孙权，你也太不把我放在眼里了吧？

孙权只得如实相告，说老妈啊，这不是爱情，而是阴谋；不是婚姻，而是陷阱。准确地说是周瑜之计，因为要取荆州，所以才把刘备骗来拘禁在此，要他拿荆州来换。如果不从，就斩了他。这是计策啊老妈，不是嫁我妹妹。

吴国太一听这话，更生气了。刚才是气孙权不孝，现在则气他没脑：周瑜之计？你就这么相信他周瑜之计啊？这周瑜做了六郡八十一州的大都督，竟然想不出一条计策去取荆州，反而打我女儿的主意，使上美人计！这天杀的，真要杀了刘备的话，我女儿就是望门寡了，以后还怎么再提亲？周瑜他误了我女儿一世啊！你这做哥哥的，脑子进水了，这么相信周瑜，相信他这条毒计！苍天啊……

吴国太晕倒了。乔国老在旁边听了，也是义愤填膺，仗着自己是孙权老丈人的身份，他也斗胆上前教训了两句。乔国老说：若是用此计得了荆州，也会被天下人耻笑。毕竟你妹妹的名誉受损了啊！

孙权默然无语。他这时像是突然明白，原来人世间的任何计谋，都暗藏杀机，一不留神就能伤了出招者。

只是如何收场？他无计可施。

乔国老趁机劝他：刘皇叔乃汉室宗亲，事已如此，不如就真招他为婿，成了这门好事，免得令妹出丑。

孙权一听，也几乎晕倒。这叫什么事啊，炒房炒成房东，炒股炒成股东，他倒好，找了刘备真做自己妹妹的老公，这下弄假成真了。

要命的是，刘备的年龄也太大了。都快五十的人了，这哪是找妹夫，差不多是找继父啊。这门亲事真要成了，孙权难以想象刘备如何称呼他妈。是叫丈母娘还是叫丈母姐？

乔国老却认为年龄不是问题，身份才是问题。刘皇叔是当世豪杰，如果真招了这个女婿，也不会辱没了令妹啊。乔国老对孙权循循善诱。

孙权对这个皇叔妹夫不以为然。他实在是没有做好心理准备。最后还是吴国太发话一锤定音，说，我不认得这个刘皇叔。皇叔也是人啊，也要我认可才行。我是找女婿，不是找什么皇叔。这样，明日就约刘备在甘露寺见面。如不中我意，权儿，那你们如何做事我就不管了；如中我的意，我就把女儿嫁给他！

离开了，再回去就很难

事实上这是一场没有悬念的见面。刘备太仪表堂堂了。虽然早年卖过草鞋，中年又四处奔波，可他这个人看着不显老。

因为心中有信念。

一个心中有信念的人是不会老的——信念就是生命力，支撑着容颜红光焕发。所以刘备的仪表堂堂可以这样理解——这是一个帅哥，中老年帅哥，有一定人生阅历的中老年帅哥。

也是个有定力的中老年帅哥。

吴国太看中的是刘备的定力。帅哥她见得多了，却大多轻浮。的确，男人一帅容易飘飘然，刘备却不是这样，帅得从容，帅得淡定，帅得让人放心。

与此同时，乔国老对刘备的评价也很高。他是这样说的："玄德有龙凤之姿，天日之表；更兼仁德布于天下：国太得此佳婿，真可庆也！"

于是一锤定音，吴国太当众宣布：这刘备，我要了，不，我代我女儿要了。你们听着，以后谁敢欺负他就是欺负我老太婆，就是欺负我东吴！都听清楚了没有啊?!

痛苦的人儿年年有，最痛苦的只有一个。

孙权。

因为刘备成了他妹夫。

他找人将周瑜狠狠地骂了一顿，抒发了一个替罪羊的苦闷与委屈。

不错，原来是打算把刘备找来当替罪羊或者说冤大头的，却没想到自己竟然变成这样的人物。孙权以为，一切都是周瑜的错——出什么馊主意啊，要不回荆州也别拿我妹妹当牺牲品啊。再说刘备这个妹夫吧，靠，老年斑都快出来了，有这么当妹夫的吗?!

周瑜无动于衷。

在被孙权臭骂一顿之后无动于衷。

不是他脸皮厚，而是他觉得，自己的计谋并没有失败。刘备来了，刘备当上孙权妹夫了，这能算失败吗？错！这是成功，或者说正在走向成功。唯一与既定剧情不符的是——刘备这个孙权的假妹夫成了真妹夫了。

周瑜以为，这是好事。因为世界上的事，弄假成真才好办。假了不好办，假东西总有破绽，一旦成真那就好办了，那就名正言顺了。

周瑜回信建议孙权，让刘备这个真妹夫好好做下去吧。一定要让他尽享荣华富贵，在温柔乡里不能自拔。

最重要的，是要让他乐不思蜀，忘掉荆州。

孙权笑了。

接到周瑜的信之后笑了。

他突然觉得，人世间的事，处处有意外，却处处有伏笔。意外就是伏笔，伏笔就是意外，有时一件事情貌似绝望了，却是希望的开始，所谓曲径通幽处，那人却在丛中笑。

一切不要轻言放弃，也不要轻言失败。

因为还有未来。

孙权决定给刘备未来，温柔乡里的未来。他大兴土木工程，广栽花木，又增女乐数十余人，并送金玉锦绮玩好之物，以娱刘备耳目，以丧刘备心志。一切做得有条不紊，却是充满心机。

和杀机。

刘备果然乐不思蜀了。

事实上这是人性的弱点，没有人可以超越，哪怕是大英雄。其实，从另一方面说，越是英雄，身上的柔软之处越多——英雄难过美人关，没有英雄不怜香惜玉。

赵云着急了。在刘备被声色所迷，全然不想回荆州之后。

他打开了诸葛亮给他的第二个锦囊，以求解决之道。

赵云看了，然后就被深深地震惊。

诸葛亮太料事如神了。在第二个锦囊中，诸葛亮不仅准确地猜到了刘备将入赘东吴，还猜到他一定会坠入温柔乡。

一个人，对另一个人的了解，可以达到如此细致入微的地步，真可谓步步惊心。

更让赵云惊心的是，诸葛亮不仅在此间提出了问题的症结所在，还找到了解决问题的办法。

这是个猛回头、警世钟的办法，玩的就是当头棒喝。赵云相信，刘备一定会回头是岸的，只要他心中还有理想。

心中的理想还没褪色。

刘备得到了一个惊天的消息。

消息是赵云告诉他的。赵云跑过来气喘吁吁地说：今天早上孔明派人来报，说曹操要报赤壁战败之恨，起精兵五十万，杀奔荆州而来，形势已是万分危急，请主公速回。

刘备看上去六神无主，一时间不知道做何反应。

温柔乡里岁月长啊。这半年多来，天天在红粉间消磨，早已忘记荆州对他而言意味着什么了。家在何处？是东吴，还是荆州？

突然间便惊醒了过来。人世间的很多事真是经不起拷问。比如“家在何处”这个问题——一个人心中有信仰，家其实就在心里；心中没有信仰，四处漂泊，家就在四处。

刘备决定，回去，回到荆州。

但是，回家的路是漫长的。一如我们中间的很多人，以为离开时容易，回去时也是容易的，殊不知，有些地方一旦离开了，再回去却是很难。

甚至永远回不去了。

现在的刘备就有这样的感受。

首先，他是个有妻室的人。他的家安在东吴，他是东吴的上门女婿，怎么可以说来就来，说走就走？

其次，即便孙夫人肯放他走或跟他走，老太太同意吗？孙权和周瑜同意吗？他现在是个身份敏感的人物，在某种意义上说，既是上门女婿，又是被囚禁者，真是要走也难。

只能使出哭招了。

哭是刘备闯江湖的独门暗器。很多年前，刘备靠他的眼泪屡有斩获，很多年后的今天，刘备准备再试锋芒。

孙夫人被惊呆了。她不知道，一个传说中的英雄可以哭成这个样子。在心情复杂的同时，她也有了一个决定：要追随这个男人而去。

不错，他看上去是有些脆弱，迷茫，可无论如何，他是她的老公。

一个有志向的老公。一个不忘本的老公。

东吴是她的家园，却不是他的家园。他们的家在荆州，在远方，在这个世界。所谓嫁鸡随鸡嫁狗随狗，嫁了刘备就要随刘备。孙夫人决定，逃出牢笼，和刘备奔向新世界。哪怕就此得罪哥哥和母亲。

没有任何借口

建安十五年春正月元旦，万象更新。人人心中有一个梦想，希望这一年心想事成。

刘备也希望心想事成。

他和孙夫人向国太拜年，并提出了一个合情合理的要求：夫妇俩想去江边，望北遥祭父母。

吴国太同意了。吴国太看不出这里面有什么不对头的地方——这是刘备的孝道，而她所欣赏的，正是刘备的这一品格。

只是吴国太万万没有想到，此后她再也见不到自己的女儿和女婿了。一切都已箭在弦上，因为江边遥祭只是个说辞，江边也只是转场，对刘备来说，真正的目的地是对岸——荆州。

他要回家了，带着孙夫人，义无反顾地回家。

孙权下达了追捕令，在得知刘备脱逃的消息后。

执行这项命令的人是陈武、潘璋。他们选了五百个精兵，充当捕快，直奔刘备二人而去。

但是程普却以为，人是追不回来了，因为这里面还有一个孙夫人。

孙夫人是孙权的妹妹，自幼好武，脾气刁蛮，她要是一心护着刘备，陈武、潘璋屁股后面跟着五千人、五万人也无济于事啊。

重要的是要有狠心、杀心。

刘备当然可杀，孙夫人可杀吗？陈武、潘璋又敢杀吗？

程普笑了，笑得很无奈。

孙权没有笑。因为他的杀心起来了。此刻的孙权以为，刘备可杀，他妹妹也可杀。嫁出去的妹妹已不是妹妹了，而是孙夫人。既然孙夫人铁了心要跟刘备走，那她就要承担出走的代价。

在这个世界上，做任何事情都要付出代价的，哪怕是跑路。

因为方向不对。方向问题是大问题，方向错了，是要人头落地的啊！

孙权怒上心头，他拔出所佩之剑，交给蒋钦、周泰二人说：你们两个，用这口剑去取我妹并刘备的人头来！违令者立斩！

赵云把第三个锦囊拆开了。

因为刘备面临绝境。

来追杀他的人不仅有孙权派来的，还有周瑜派来的。

周瑜怕刘备逃脱，已令徐盛、丁奉引三千军马在刘备前往荆州的必经之地设卡拦截，刘备注定是冲不过去了。就是在这样的生死时刻，诸葛亮留下的第三个锦囊被拆开了。

上面只有三个字：孙夫人。

不错，世上事是一物降一物。徐盛、丁奉可以拿刘备开刀，同样，孙夫人可以拿徐盛、丁奉开刀。她骂开了：周瑜逆贼！我东吴不曾亏待于你！你为什么要如此狠毒，杀我丈夫。刘备既是我丈夫，也是大汉皇叔，是你要杀就能杀得了的吗？你也不怕遭报应！我已对我母亲、哥哥说明回荆州去探亲，现在你们两个却在这里引军拦截，是想抢我夫妻财物还是想干嘛啊？

徐盛、丁奉不敢响了。是啊，人家是兄妹，是母女，过一万年也是这关系。别到时候神仙打架，凡人遭殃。赶明儿要是他们翻脸不认人，那我们就玩完了，还是睁一只眼闭一只眼，让他们过了吧，也算是做个人情。

便通过。

便继续一路狂奔。

直到蒋钦、周泰扛着孙权的宝剑从后面追赶上来。

此时刘备和孙夫人已到江边。正所谓前有大江，后有追兵，一时无法突围。这是两个人的绝境，也历史的绝境。刘备壮志未酬，有很多梦想还在潜水，没有浮出水面。看上去一切还没开始就要结束。他仰天长叹壮怀激烈，不争气的眼泪又吧嗒吧嗒地往外滴。孙夫人也无可奈何，因为她看到了孙权的宝剑正朝她逼近，孙权的宝剑是绝对权力，势必要割断一切亲情和黏糊。没有什么可能了，也没有任何借口。当然这话对蒋钦、周泰来说同样成立——

执行，没有任何借口。

他们表情严肃，六亲不认地飞马杀到。然后不发一言，直接将宝剑捅向刘备的心口……

部分真话

赵云挡了过来，从而让刘备死里逃生。

当然，赵云的阻挡是短暂的，因为蒋钦、周泰后面跟着一千兵，他们要置刘备于死地。

与此同时，周瑜也亲自赶过来了。他自领水军，左黄盖，右韩当，势如飞马，疾似流星，直将刘备逼向死胡同。

就在千钧一发之际，天上掉下个诸葛亮——准确地说，诸葛亮不是从天上掉下来的，而是从江面上坐船疾驶而来。

他带来了希望。刘备生的希望。

因为刘备欣喜地发现，在诸葛亮的指挥下，关羽、黄忠、魏延三支军马杀到。他们的到来是具有震慑力的——周瑜纵马逃窜了。

周瑜的逃窜毫无疑问是悲凉的，因为有画外音。在他耳边，这样一句话锲而不舍地钻了进来——“周郎妙计安天下，赔了夫人又折兵！”

这是诸葛亮让兵士们喊的，它体现了一种洞察力。对世事的洞察力，也是对周瑜智商的洞察力。

周瑜恼羞成怒了。他恼羞成怒带来的直接后果是“大叫一声，金疮迸裂，倒在地上，不省人事”。

这是诸葛亮二气周瑜的一个结局。自此，周瑜只有半条命了。他逃回柴桑，深感人生无常，一时瑜亮，竟都是上苍惹的祸。

却还是要继续。生活要继续，功业更要继续，哪怕只有半条命。周瑜不无苍凉地这样想。他希望这一次可以咸鱼翻身。不错，每个人的一生都要体验咸鱼翻身的滋味，哪怕只有一次。

事实上咸鱼翻身构成了很多人的人生目标——只为咸鱼翻身而活。

周瑜现在的心情就是这样。他上书孙权，请求兴兵雪恨。

孙权也是恨刘备恨得牙咬咬——人跑了也就跑了，还拐带妇女——在孙权的潜意识里，他一直不愿意承认刘备是他的妹夫，所以刘将其妹妹带走在他看来完全是犯罪行为！

这是贩卖人口啊他奶奶的！孙权怒不可遏了。他准备拜程普为都督，立刻起兵攻打荆州。

但是张昭却拦住了他的蠢蠢欲动。

张昭总是深谋远虑。虽然有时候，他深谋远虑到有些懦弱的程度，不过张昭以为，凡事三思而后行是没错的，因为这是人间真理。

张昭这样对孙权说：不可啊主公。曹操现在每天想的都是如何报赤壁之仇，为什么迟迟没有动静？就是怕孙、刘同心，所以不敢进兵。现在主公如果逞一时之愤，和刘备自相吞并，曹操一定会乘虚来攻，到那时，国势危矣。

孙权听了，没有作声。

不错，张昭的建议听上去有几分道理，却没有打动他的心。因为这是破坏性的建议，不是建设性的建议——任何时候，破坏性的建议都不如建设性的建议来得有力量。

打动人心。

只是对张昭来说，更上层楼是有难度的。他不是个开拓型的人物，虽然深谋远虑，却是明哲保身类型的深谋远虑，一如赤壁大战之前他给孙权提出的投降建议一样，安全第一，安稳第一，自身利益第一。

要建设性？呵呵，下辈子吧。

顾雍挺身而出，承担了这个任务。

顾雍说：的确，孙、刘不和，后果是很严重的。因为曹操必然会勾结、拉拢刘备，以对付我东吴。为今之计，我看不如派人赴许都，提名刘备做荆州牧。这其实是给曹操一个暗示，咱和刘备好着呢，钢铁长城，牢不可破。曹操明白这一层，就不敢加兵于东南了。这是一方面，另一方面，也是给刘备吃个定心丸，使他不恨主公，麻痹其心志，然后再派心腹用反间之计，令曹、刘相攻，我们再乘隙图之，这样布局的话，我方就可立于不败之地。

孙权采纳了顾雍的建议。孙权以为顾雍的建议很好，好就好在有破有立，不破不立。破字当头，立也在其中了。团结是自己的，分裂是敌人的；团结是短暂的，斗争是长久的。只要拿下刘备，曹操也就不是威胁了。

孙权派出了以华歆为全权代表的外交使团，去面见曹操，表达其诉求。

曹操的心情很好。

因为铜雀台造成了。这是建安十五年的春天。这个春天不仅属于刘备，也属于曹操。

原因是他们心里都有新希望。

曹操大会文武百官于邺郡，设宴庆贺铜雀台的落成。

酒，喝下去了。酒嘛，水嘛，喝嘛。

话，说起来了。话嘛，舌嘛，说嘛。

很多人说了很多言不由衷的话。这些言不由衷的话有一个共同的主题：歌功颂德。

的确，在这个世界上，一个人说什么话很大程度上跟说者无关，而跟听者有关。说话的对象很重要。他的心情、他的社会地位、他的人生际遇，决定了我们该在什么人面前说什么话。

哪怕是喝了酒以后，哪怕是喝高了以后，话都不可以乱说的。

因为一个道理再简单不过——总有酒醒的时候，总有秋后算账的时候。这是酒宴上的人事潜规则，谁碰谁遭报应。

曹操却想听真话。曹操第一次发现，真话其实是一种稀缺资源，要听到它很难。曹操决定从我做起，从现在做起。

他言辞恳切地告诉同志们：你们都说我好，这也不容易，那也不容易，怕是心里不这么想吧。心里可能会想，这个老家伙，凭什么现在站在铜雀台的中央，指手画脚、踌躇满志。他真的什么都行吗？不，他什么都不行。他表面随和，却极有城府。他多疑、狡诈，有时候相信一切人，有时候却不信任何人，他以天下人为敌，天下人也与他为敌。所以他会这么想，宁可我负天下人，不可天下人负我。他的身边有很多人，但是这些人却离他很远。怕他啊，真的怕他，因为他喜怒无常，赏罚不明。常常以赏代罚，或以罚代赏……

但他容易吗？他真的不容易。他讨董卓、剿黄巾、除袁术、破吕布、灭袁绍、定刘表，基本上平了天下。他身为宰相，享人臣之贵可谓登峰造极，他又夫复何求呢？他想做皇帝吗？错！他只想守着这个国家。这国家乱啊，没有他苦苦守着，真不知几人称帝，几人称王。所以有人见他位高权重，就在心里想，这小子，是不是还想再进一步啊！哪怕不进一步，挟天子以令诸侯，这个狼子野心，也是昭然若揭了……哈哈，哈哈哈哈，猜得好啊，猜得实在是好啊，我曹操有野心、有异心，是个人都会这么猜。可你们不知道，我其实已经没有退路了啊，人在江湖，身不由己，人在庙堂，更是身不由己。我能退吗？我要是放弃兵权，做一糟老头，必定为人所害。

其实，我死了倒没什么，可这国家就更加四分五裂了。国家能四分五裂吗？能让刘备、孙权他们去瞎折腾吗？不能！国家是要统一的，统一者谁，我曹操！被万千人唾骂的曹操，被后世钉在耻辱柱上的奸雄——曹操！就让那些唾骂声来得更猛烈些吧，我曹操今天站在铜雀台上听着呢！啊……哈哈，哈哈哈哈……呜呜呜……

曹操先笑后哭，在场的很多人却全都哭开了。他们当然不相信曹操说的全是真话，但他们还是相信，曹操今天说真话了，起码是部分真话。

因为他们被震撼了。

真话就是这样，能够直指人心，就像菜刀，虽然难看，却是锋利无比。

敌人跟爱人一样，要装在心里

曹操在凝神远望，程昱走近他身边问道。

丞相在看什么？

远方。

看到什么了吗？

没有。

那你为什么还看它？

因为那是远方。

也许，你看到了那个人。

谁？

刘备。

刘备不用看，他在我心里。

丞相为什么要把刘备装在心里？

敌人有时候跟爱人一样，是要装在心里的。

为什么？

因为他们都难以忘却。

的确，曹操一直没有忘记刘备。

青梅煮酒的时候忘不了他，现在更不可能忘记了。

东吴特使华歆突然上表请奏刘备为荆州牧，孙权又把自己的妹妹嫁给刘备，现如今，汉上九郡大半已属于刘备，种种迹象表明，这个人，俨然有坐大的气象了。

曹操觉得自己当初没看走眼，“天下英雄，唯使君与操耳”，诚哉斯言。

可是，那又能怎么样呢？在这个世界上，一个人要坐大有时候就像母鸡要下蛋，那叫一个势不可挡。没办法呀。

但是程昱不这么认为。程昱眼里不仅有刘备，还有孙权。这是他和曹操对同一件事的不同看法。

东吴特使华歆上表请奏刘备为荆州牧，什么意思？意思大大地。程昱以为，这是孙权的良苦用心。孙权恨刘备，早就恨得牙咬咬了。为什么不打，就是因为投鼠忌器，害怕曹操坐收渔翁之利。所以此番孙权表荐刘备，目的只有一个，拉拢刘备、麻痹刘备，同时也麻痹曹操。

这是阶级斗争新动向啊……程昱告诉曹操，咱们一定要将计就计，不能让敌人团结起来，总之丞相的目的就是要孙、刘自相吞并，然后乘间图之，一鼓作气，二敌俱破……

曹操很快明白了程昱的意思，那就是要赏大家都赏，刘备可以为荆州牧，周瑜也可封为南郡太守，这样一来，此二人就针锋相对了。因为他们官职相当，地方相近，就像两只斗鸡被关在一个笼子里，不打架也难啊……

你说，人和人为什么要打仗？

曹操突然问程昱这么一个简单的问题。

曹操：难道周瑜不明白打仗是要死人的吗？是要冒风险的吗？

程昱：他当然明白，但他一定会打。

为什么？

因为他是周瑜。

还为什么？

因为他太年轻。

哦？

一个人年轻的时候喜欢与世界为敌，以为自己可以战胜世界。如果周瑜老了，他可能就不会这么喜欢打仗了。

他会老吗？

不会。

为什么？

因为他等不到那一天了。

你是说周瑜会死？

每个人都会死。

周瑜有什么不同吗？

他会被自己气死。

理由？

一个与世界为敌的人，逃不出这宿命。

但愿如此吧。

周瑜没有去打刘备。

他没有那么野蛮。

不错，对于荆州，他的确是梦寐以求。可周瑜以为，事情还没到霸王硬上弓的地步，他跟刘备之间，还隔着一层纸。

刘备写的文书，或者说保证书。那张有着三个人签名的保证书现在鲁肃身上，鲁肃脸上的表情则是委曲求全。

鲁肃一直在委曲求全，希望事情还有回旋的余地，不要动不动就短兵相接。他是这个世上最委曲求全的润滑剂，可惜，没人领他的情。

包括诸葛亮。

诸葛亮是自视甚高的，也是孤独的。他不需要领任何人的情。他唯一要做的就是向世界挥洒他的才情。

这一次也不例外。

但是这一次，鲁肃脸上的表情真的很不好看。

这是一个委曲求全的人不能再委屈下去时的表情——快崩溃了。

因为在他出现在荆州之前，周瑜骂了他。

当然，周瑜骂人是家常便饭了，不过骂鲁肃却还是第一次——周瑜是用恨铁不成钢的语气叫鲁肃赶快去把荆州讨回来，他不能眼睁睁地看着刘备这厮做什么荆州牧，与他平起平坐。

在周瑜看来，这一切都是鲁肃惹的祸。

要说在平时，鲁肃惹个祸也没什么大不了的，可问题的关键是，连累他周瑜了。周瑜出的那个“赔了夫人又折兵”的计谋使他成为江湖上的一个笑柄，特别是诸葛亮嘲笑他时的笑柄，这让他想死的心都有了。

所以说一千道一万，这事错的是鲁肃而不是他周瑜。鲁肃从根上就错了———纸合同把荆州无限期地“借”给刘备，他奶奶的这跟送有什么区别呢?

周瑜严肃地跟鲁肃说，拿回来，要快。

鲁肃却拿出那合同，跟他抠字眼，“文书上明白写着，得了西川便还。人现在还没得呢，怎么拿得回来?”

周瑜火了——天，有这样的芋头，拿张破纸自缚手脚，还真是遵纪守法的好公民呢!

周瑜大声嚷嚷：这能管什么事？刘备只说取西川，却没说什么时候取，如果他一辈子不出兵，莫非这荆州就一辈子归他了？鲁爷，我叫你爷了。爷你干下这事，有种！可你也得想想，该怎么收场啊?

鲁肃面红耳赤，觉得人生真是梦幻，到处充满尔虞我诈，他一个老实人，在这世间周旋，真是想不被人骂也难——

便去了荆州，站在了刘备和诸葛亮面前。

皇叔的眼泪弥足珍贵

诸葛亮总是未卜先知。

知道来龙，也知道去脉。

毫无疑问，这应该是一个高智商者的显著特征。站在世界面前，不与世界对话，世界已在掌中。

所谓见微知著。一个“见”字，尽得风流。

这次的情况也不例外。当鲁肃满脸愁容地站在他面前时，诸葛亮就明白，这个可怜的人儿不是自己要来的，是被人逼着来的。

诸葛亮这样对刘备说，孙权推荐主公为荆州牧，这是惧怕曹操的一个计谋。曹操封周瑜为南郡太守，这是想令我们两家自相吞并，他好渔翁得利。呵呵，曹操想得一点都没错啊，周瑜果然蠢蠢欲动了，因为鲁肃来了，他是受周瑜指派，来向我们讨要荆州的。

刘备听了这话，马上变得跟鲁肃一样，也愁眉苦脸了。

因为他不知道，这次该用什么法子才能保住荆州。上次是用一纸保证书拖延了一些时日，现在看样子是拖不下去了。

诸葛亮却以为，可以拖。因为人世间的事，就怕拖。万事成蹉跎，怎么成的？拖成的。只要时间够长，长到一辈子，借荆州和拥有荆州实际上是一码事。

不能太清高啊主公，能拖才是好男儿。要成大事，必须会拖，拖得人整个一没脾气，拖得周瑜一听见“荆州”两个字就厌烦，那荆州就成主公的了。诸葛亮循循善诱。

刘备目瞪口呆。他是第一次听到诸葛亮的“拖”字理论。不得不说，有几分道理，但是刘备现在要的不仅仅是道理，还有面子。这个强拖硬拖之法，会不会太厚黑了？

诸葛亮轻叹一声，为刘备的故作清高——唉，刘备还是不明白啊，人世间很多事，道理和面子是不能并存的。或者说里子和面子是不能并存的。要了里子，就不能要面子；要了面子，就不能要里子。二者只能要一个。

刘备最后选择了里子。

这是五十岁的刘备做出的人生新选择。在此之前的很多岁月里，刘备以为，人生中面子是最重要的，有了光亮的面子，那就什么都有了；可现如今，刘备却觉得，对人的一生来说，里子才是最重要的。没有里子，连生存都难，哪还有什么面子可言呢？

不过现在缺的还是要到里子的技巧。

似乎在此之前，为了得到荆州，所有的技巧都用过了，甚至写了保证书，按上了自己的手印，很有些卖身的意思。刘备很困惑，这一次，该用什么催人泪下的法子，让鲁肃再次无功而返呢？

诸葛亮笑笑，告诉刘备：就刚才说的四个字，催人泪下。

催人泪下？谁的眼泪？

你的。

为什么是我的？

因为我的眼泪不值钱。

我的眼泪也不值钱啊……

你流得多。

流得多就更不值钱了。

错。

为什么?

你流得再多也值钱。

为什么?

没那么多为什么。

好奇嘛，最后问一下，为什么?

你是皇叔，皇叔的眼泪，弥足珍贵……

当然了，这是诸葛亮式的幽默。

不过刘备理解这样的幽默。因为对于眼泪的威力，他是深有感触。

不错，眼泪是世界上最苦涩的东西，也是最柔软的东西，看上去脆弱无比，遇风即化，事实上却锋利无比。因为它有温度。

心的温度。

心有多少温度，眼泪就有多少温度。所以真正打动人心的眼泪不是从眼睛里流出来的，而是从心里流出来的。

刘备的每一颗眼泪的确都是从心里流出来的，虽然在一些外人眼里，刘备流眼泪有作秀之嫌，但刘备却相信自己眼泪的真诚。正是因为这种真诚，刘备的几滴眼泪为他赢得了徐州。现在，他的目标是荆州。

刘备号啕大哭了。

旁若无人地号啕大哭。

哭得那叫一个伤心，那叫一个令人动容。

鲁肃就动容了。见过伤心的，没见过如此伤心的，一般人家死了爹娘也不会这样啊，这刘备心中到底有多大的忧伤呢?

诸葛亮适时告诉了他。

诸葛亮是这样说的，鲁兄啊，你是不知道啊，我家主人难啊！当初我家主人借荆州时，许下取得西川便还的文书，可后来想想，这益州刘璋是我家主人之弟，都姓刘，都是汉朝骨肉，真要兴兵去取他城池，还不被外人唾骂死；可要是不取呢，我们还了荆州，又到何处去安身？如果厚着脸皮一直不还，这个又让大舅面上不好看。还与不还，着实两难，你说能不哭成这个样子吗?

诸葛亮说到这里，刘备哭得更厉害了。他捶胸顿足，放声大哭，弄到最后把鲁肃的眼泪也搞下来了。诸葛亮见此，终于长出一口气——

荆州无忧了。因为鲁肃也落泪了。这是价值千金的眼泪，毫无疑问将就此动摇鲁肃的政治立场，使他从一个黄世仁转变成三国版的杨白劳。关于这一点，诸葛亮充满信心。

周瑜也捶胸顿足。

不过不是哭，而是气。

气鲁肃又上一当。

他不知道一个上当爱好者怎样才能不上当，他只知道荆州拿不回来了，除了动手去抢。

而且抢也要抢得有技巧，毕竟这不是虎口夺食，而是狐口夺食——从狐狸嘴里抢下一块肉来，何其难也。

好在想出法子来了。在这人世间，周瑜的脑袋是仅次于诸葛亮的，总能于无声处听惊雷，灵光一闪主意来。周瑜对鲁肃说，我看这样，你再去荆州对刘备说：孙、刘两家，既结为亲，便是一家了。如果你刘备不忍去取西川，那就让我东吴起兵去敢，取得西川后，可以此作嫁资，把荆州交还给东吴。

鲁肃听了却不以为然，觉得周瑜在开玩笑。因为西川实在是太远了，这么千里迢迢冲过去打，真有必胜的把握吗？呵呵……

周瑜也呵呵一笑，只是笑得很阴，令鲁肃毛骨悚然——人世间的事，假作真时真亦假，莫非……

不错，周瑜正是这样想的：取西川是假，借机攻打荆州是真。周瑜以为，没有人知道他的心思，即便诸葛亮知道了，也不能进攻他。一切需要周瑜先发制人才成立。而这事真要成立，刘备、诸葛亮反应过来也晚了。

鲁肃不禁打了个冷战——为人心的狡诈与黑暗。

唉，人心真是世界上最复杂的东西，虽然从外表上，每一个人心都红彤彤的，光鲜、亮丽，充满了造物主的智慧和精神，但其实肮脏得要命。

它见光死。

鲁肃垂下头来，默认了周瑜的建议。

还能怎样呢？在这样一个乱世，每个人都在算计别人，每个人也都被别人算计，资源是有限的，算计是无限的，所谓无限心思向浩渺，于无声处听惊雷。

陷阱无处不在，密布在我们的人生之路上。

一张信纸的重量

诸葛亮再次破译了人心。

周瑜的心。

周瑜的心在诸葛亮看来再熟悉不过了，因为周瑜所拥有的一切智慧诸葛亮都拥有。诸葛亮比他高一个层次。周瑜虽有千般心思、万般算计，却都在诸葛亮的掌握之中。

诸葛亮知道，周瑜这次要玩狠的了。

他也要玩狠的。比周瑜更狠。

不错，他们两个都是帅哥，可是没有一条法律规定帅哥不可以玩狠的。

诸葛亮对刘备说，这是周瑜使的“假途灭虢”之计，虚指牧川，实取荆州。他是想等主公出城劳军时，乘势拿下，杀入城来，这叫攻其不备，出其不意。

刘备慌了。刘备永远的遇事慌，并且说出了这样四个字——“如之奈何”，那怎么办呢?

这四个字成了刘备的口头禅。

好在诸葛亮胸有成竹。他这次要结束一切，让周瑜彻底明白，人生的路，是不可以走得这么邪恶的。否则，就是自寻死路。

周瑜来了。领着水陆大军五万，望荆州而来。

周瑜在来的路上，忍不住欢笑，以为人世间只有他在操控一切。但是很快，他就不笑了。因为荆州城没有人来欢迎他，更不要说有什么劳军的举动了。荆州城上，只插了两面白旗，并不见一人之影。周瑜不知道，那代表什么意思？难道是投降？呵呵，这样一来，仗就不用打了。

却不是投降。

因为有声音。

惊天动地的声音从四面八方传来。有探子来报，说四路军马，正齐齐杀到：关羽从江陵杀来，张飞从秭归杀来，黄忠从公安杀来，魏延从孱陵小路杀来，这四路军马加起来不知有多少人。

周瑜当然算不出来，也无心计算。因为声音盖过了一切。喊杀声远近震动达百余里，到处传播着一个他熟悉无比的名字——

周瑜。

周瑜又喷血了。这一次却不是作秀，而是绝望。

绝望之喷。

对这个世界绝望。对诸葛亮绝望。也是对自己绝望。

事实上最后一条是最致命的。因为一个人可以对其他的一切绝望，却不能对自己绝望。否则，此人将没有未来。

周瑜在马上大叫一声，箭疮复裂，并很快坠于马下。

一切似乎都结束了。

当然了，这个时候周瑜还没有死。因为一口怨气尚存。

有军士向他报告说刘备、诸葛亮正在前面山顶上饮酒取乐，好像在欢庆胜利。周瑜的怨气爆发了——荆州拿不下，我索性去攻西川总可以吧。不拿下西川，我誓不为人！

周瑜又出发了。带病出发。

他走得摇摇晃晃，即便是在马上，他的病态也显而易见。

没有人敢劝他停止脚步。因为对于一个孤注一掷的人来说，他的世界就是那最后一注赌资，是赢是输全看它了。

诸葛亮却突然起了怜悯之心。

不错，他原本是想让周瑜彻底玩完的，以解荆州之患。可现在周瑜弃荆州奔西川的悲壮之举，却让他看到了一个男人的穷途末路。

这是一个男人不肯面对失败时的极端反应。一般来说，男人面对失败会有两个反应：一、承认；二、否认。

周瑜不仅否认了，还选择了走第三条道路。这是自取灭亡的道路。因为傻瓜都知道，没有粮草后援，孤军深入西川，绝对是自取灭亡。

诸葛亮给周瑜写信，将这一层道理说给他听——“益州民强地险，刘璋虽闇弱，足以自守。今劳师远征，转运万里，欲收全功，虽吴起不能定其规，孙武不能善其后也。曹操失利于赤壁，志岂须臾忘报仇哉？今足下兴兵远征，倘操乘虚而至，江南齑粉矣！亮不忍坐视，特此告知。”

诸葛亮在这封信里不仅指出了周瑜拿下西川之不可能，还附带说明了兴兵远征的极端危险性：曹操会乘虚而至，到时江南就会变成齑粉。在这里，“齑粉”这个词用得很形象，很触目惊心，令周瑜仿佛看到了东吴变成人间地狱的惨状……

诸葛亮不知道，自己这一封带有悲天悯人色彩的信件会将周瑜送上死路。因为他高估了周瑜的心理承受能力，以为这个人还能承受失败，承认失败。

的确，对于一个男人来说，失败是人生的必修课，承受失败，承认失败也是人生的必修课。

周瑜当然上过这样的课。只是这一回，却是他的最后一课——他那被诸葛亮反复玩弄的心已经非常脆弱了。脆弱到无法再承受一张信纸的重量。所谓吹弹得破，周瑜此刻的心跟美女的脸蛋一样，不可触摸。

诸葛亮摸了。后果就变得很严重。

周瑜死了。死前说出了这样一句话："既生瑜，何生亮!"

毫无疑问，这是人世间最悲惨的话语，也是最触目惊心和最无奈的发现——在这个世界上，有一个人是如此透彻地了解你。你的智慧全在他的掌握之中，而你想超越他，不是不可能，是根本不可能。

最令人悲哀的，是这个人成了你的对手，在你有限的生命中处处与你作对，而你竟然没有一次可以赢他。周瑜不明白，这样的人生还有什么活头。

他只能仰天长叹，壮怀激烈，哭中带笑，笑中带哭。他笑造化弄人。他哭世间无趣。

恨自己生错了时代。然后幽怨死去。

这一年，周瑜三十六岁，刚刚取得了赤壁大战的胜利，是当时世上知名度非常高的青年才俊。

第八章　益州比荆州好

你太有才了

诸葛亮也哭了。

这是英雄惜英雄之哭。

不错，他和周瑜是对手，可曾经也是合作者。在赤壁大战中，两人珠联璧合，计谋迭出，互相映衬，终成一时壮举。

两位都是帅哥，都是风流人物。诸葛亮甚至承认，周瑜在某些方面大大超越了自己。比如杰出的军事才华。

可是现如今，这个人死了，死在自己的一封信下。诸葛亮不知道，是自己的那封信害死了周瑜，还是周瑜死于自己的心胸狭窄。也许两者都有。只是现在追究这一切已经没有什么意义了。诸葛亮决定，往江东走一遭，去柴桑给周瑜吊丧。

诸葛亮做这个决定出于双重考虑：一是英雄惜英雄，哀悼周瑜之死；二是化解东吴之怨。如果孙权真将周瑜之死的责任算在他头上，那刘备就没有安生日子好过了。毕竟曹操还在北方虎视眈眈，江南不和，曹操将是获益者。

刘备当然也希望诸葛亮去柴桑吊丧，冤家宜解不宜结嘛，可他担心的却是安全问题。诸葛亮能不能站着进去站着出来啊？毕竟这是一条人命在他手上没了——而且不是普通的人命，是东吴最具重量级的周瑜的命啊……

诸葛亮却举重若轻。他这样对刘备说："瑜在之日，亮犹不惧；今瑜已死，又何患乎？"

与此同时，赵云也去了。他领着五百士兵，充当诸葛亮保护神的作用。诸葛亮看着赵云屁股后面那一大群人，摇摇头笑了。

的确，五百人看上去不少，可要放在东吴，那就是沧海一粟了。

诸葛亮以为，在这个世界上，真正能保护我们的，是自己的一颗心。沟通从心开始，保护也从心开始。一个亮堂堂的人，才是最安全的。因为不以阴谋示人，很阳光。

诸葛亮来了。

在柴桑，他见到众多对他怒目相向的东吴将士。

毫无疑问，他们中间的每一个人都想杀了他，要是没有鲁肃拦着的话。

诸葛亮看鲁肃，鲁肃也看着他。两个男人，一切尽在不言中。

鲁肃应该说还是比较理解诸葛亮的。各为其主，各展风骚，谁胜谁败，各按天命。所以鲁肃对诸葛亮以礼相待。毕竟是来吊丧的，不是来闹事的。人表达的也是一诚意。鲁肃的心胸不像周瑜那么狭窄，他决定向诸葛亮展示东吴的大气。

诸葛亮表情凝重，轻叹一声，设祭物于灵前，并亲自奠酒，跪于地上，开始读祭文。

他早已写好的祭文。

“呜呼公瑾，不幸夭亡！修短故天，人岂不伤？我心实痛，酹酒一觞；君其有灵，享我烝尝！吊君幼学，以交伯符；仗义疏财，让舍以居。吊君弱冠，万里鹏抟；定建霸业，割据江南。吊君壮力，远镇巴丘；景升怀虑，讨逆无忧。吊君丰度，佳配小乔；汉臣之婿，不愧当朝。吊君气概，谏阻纳质；始不垂翅，终能奋翼。吊君鄱阳，蒋干来说；挥洒自如，雅量高志。吊君弘才，文武筹略；火攻破敌，挽强为弱。想君当年，雄姿英发；哭君早逝，俯地流血。忠义之心，英灵之气；命终三纪，名垂百世，哀君情切，愁肠千结；惟我肝胆，悲无断绝。昊天昏暗，三军怆然；主为哀泣；友为泪涟。亮也不才，丐计求谋；助吴拒曹，辅汉安刘；掎角之援，首尾相俦，若存若亡，何虑何忧？呜呼公瑾！生死永别！朴守其贞，冥冥灭灭，魂如有灵，以鉴我心：从此天下，更无知音！呜呼痛哉！伏惟尚飨。”

人世间有一种文字是能打动人心的，那就是从心里流淌出来的文字。

诸葛亮的这一篇祭文让在场的每一个人都哭了。包括鲁肃。

诸葛亮自己更是哭得昏天黑地。他伏地大哭，泪如涌泉，哀恸不已，让东吴众将看了，那叫一个感同身受。

他们原谅了他。起码从道义上原谅了他。

但是有一个人不为所动。

庞统。

在密献连环计之后，凤雏先生庞统已经郁郁寡欢好些日子了。特别是在周瑜去世之后，庞统更是感受到了一种失落。

那是怀才不遇的失落。就在这样的时刻，他邂逅了诸葛亮。

当时诸葛亮吊丧已毕，正准备乘船归去，庞统在江边跳出来拦住了他：

你这小子，气死周瑜，却又跑来吊孝，怎么？欺我东吴无人啊！

诸葛亮吓一大跳。好在他很快就看出来，庞统对他无恶意。

事实上有恶意也没什么，因为他已经亮出了自己的心。诸葛亮诸葛亮，敢于亮心才叫诸葛亮嘛，毕竟在这个世界上，不是什么人都敢亮心的，有些人一辈子唯一能亮的是自己貌似清爽的一张脸，心？其实你不懂我的心，我也不会给你看我的心里有什么。

不过，诸葛亮还看出了庞统身上有一样东西在若隐若现。

伤感。

的确，这样的旷世奇才在东吴是伤感的。周瑜可能欣赏过他，却像昙花一样，转瞬即逝。现在的庞统，希望下一个伯乐能出现在他眼前。诸葛亮希望，这个伯乐是刘备。

他当然想现在就带庞统走，去新大陆，见刘备。

却是不能。因为那样一来，他此行的性质就变了，流过的那么多眼泪都白流了。东吴将士会怀疑他吊孝的诚意，如此一来，很可能烽烟再起，要真是那样的话，诸葛亮觉得，太得不偿失了。

所以他只能给庞统留下一封信。一封举荐信。希望他在合适的时候，自己悄悄找机会跑到荆州来，找刘备这个伯乐。如此，皆大欢喜。

与此同时，鲁肃也瞄上了庞统，在庞统还没有找到机会悄悄跑去荆州之前。在赤壁大战中，鲁肃目睹了庞统的风采。那是一种秘密的风采。不说没人知道，说出来吓死人。

鲁肃就向孙权推荐，说庞统这个人啊，“上通天文，下晓地理；谋略不减于管、乐，枢机可并于孙、吴。”呵呵，这话说得比较猛，怎么听都有高大全的意思。当然鲁肃也知道，光这么抽象地说，效果可能不大，他又拉出证明人，说“往日周公瑾多用其言，孔明亦深服其智，此人现在江南，何不重用”。

鲁肃这是将死的、活的人都拉来作证了，搞得孙权一时好奇心大起，什么人啊，这么牛，我怎么不知道呢？

便要见他。

一见之下，大惊。

不是被庞统的才能惊着了，而是被他的长相惊着了。孙权眼中的庞统浓眉，朝天鼻，黑面，有几根稀稀拉拉的山羊胡，总之是容貌古怪，很有“白眼看人间，你们欠我钱”的意思。

便心中不喜。

孙权以为，一个人的长相与其才学应该是呈正相关的。周瑜长什么样？诸葛亮长什么样？都是一等一的帅哥啊。风流倜傥，羽扇纶巾，谈笑间樯橹灰飞烟灭。孙权很难想象，这个容貌古怪，白眼看人间的庞统羽扇纶巾时会是怎样一副滑稽样。

但他还是想有所收获。孙权希望庞统能给他带来惊喜。他强忍着恶心问庞统："公平生所学，以何为主？"先生你主要学哪一方面啊？

庞统咧开嘴一笑：我啊，什么都学，什么都会一点。

孙权强忍着恶心又问："公之才学，比公瑾如何？"你跟周瑜比，两人到底谁强一点？

庞统大大咧咧：我跟周瑜所学，大不相同。

这实际上是一句大可玩味的话。因为一般人在此时会回答——哪里啊，周大都督？我怎么能跟他比？差远了……可庞统的回答却不是这样。虽然从字面上看，他没有自吹的意思，但孙权却从中听出了此人的自吹自擂。

大不相同？是大大超越吧?！你既然如此牛，还在我这里瞎混什么呢？赶快做曹操的高参去吧……孙权不再理他。

鲁肃却着急了。因为他觉得，庞统投奔曹操，不是没有可能，是太有可能了。现在的形势已在一线间。如果孙权真的不能重用庞统，庞统将很可能做出令孙权痛苦一辈子的选择——鲁肃不能让这样的人才去投了曹操。

便竭尽全力做孙权的思想政治工作。鲁肃说，庞统这个人虽然长得不咋地，但有才啊，真有才……

他有吗？

他有没有你不知道啊？

没看出来，就知道他挺狂的。

那叫恃才傲物。

傲物是有，恃才……谁知道他恃什么……

赤壁大战那会儿，此人曾献连环策，成第一功。这便是才。

这不是才。

是什么？

是曹操找死。曹操自己把船连起来的，怎么成此人之功了？笑话……

主公，要学会辩证地看问题。有就是有，没有就是没有，不能把有说成没有啊……

你说这个可以有？

这个真可以有，不是，这个吧，他真的有……

有我也不用。

为啥?

有才的人哪能长成他那样?!

主公，我明白了……

明白什么了?

不是他有才，是你太有才了……

什么叫利用?

鲁肃哭笑不得、悲怆欲绝地找到庞统，只为告诉他一句话——

可以走人了，但千万别去曹操那儿。

不错，这样的时代，主角只有三个：曹操、孙权、刘备。其他人都是配角。配角是围绕主角而存在的，主角如果不需要了，配角只能另寻他处。对于庞统来说，他现在可以选择的有两人：曹操和刘备。

鲁肃希望是后者。

这不仅是为庞统考虑，也是为东吴的未来考虑——刘备可以如虎添翼，曹操是万万不能如虎添翼了，否则这个世间将没有制衡他的力量。

庞统走了，去找刘备了。

当然，他之所以做出如此选择，鲁肃给他的建议是一方面，诸葛亮此前给他的建议则是另一方面。甚至，在庞统心目中，这两人的建议都不是最重要的，最重要的是刘备曾经的三顾茅庐。这样的礼贤下士之举给了多少民间知识分子以多大的遐想空间啊——我靠！这事要是发生在我庞统身上，那是多么爽歪歪的一种感觉?!

却是没有。

当庞统自己送上门去之后，他这才明白，传说永远是传说，现实只能是现实——现实是，刘备对他冷冰冰的。

也是因为他的长相。庞统长得太骇人听闻了。任何见过他的人都不会将他和才子联系在一起。包括刘备。

刘备显然没有了当年三顾茅庐的激情，也没有惊庞统为天人的热情。他跟孙权唯一的不同之处在于——没有赶庞统走，而是让他当了耒阳县的县长。

耒阳县距荆州一百三十里地，是一个小得不能再小的小县。庞统当然知道刘备让他去做这个小官的目的只是为了成全他自己礼贤下士的美名，但他没说什么。毕竟在这个世界上，很多东西靠嘴巴是说不下来的，他也不想做一个跑官要官的先进分子。

只能是这样了，先跟着命运走，爱咋咋地。

庞统在耒阳县只干了一件事。喝酒。

酒很多人天天在喝，但是庞统的喝法不同。他是将它当作工作来做的。简单说吧，庞统每天走近县政府，第一件事是捧起酒坛子，然后就往嘴里灌。

当然了，庞县长喝酒是不寂寞的，因为有背景音乐。不过这背景音乐惨点，是那些上访告状的百姓要求开庭审案的哭喊声。庞县长每每听到这种声音，总是冷冷地瞥他们一眼，然后继续喝。

喝得还美滋滋的，仿佛那背景音乐是人世间最好的下酒菜。直到有一天，有一个人站在他面前，按住了他的酒坛子，从而终止了他继续喝酒的进程。

是张飞。

张飞拿起庞统的酒坛子，往自己嘴里灌——一坛酒，一下子就见底了，看得庞统目瞪口呆。

张飞：喝酒，你不行；审案，我不行。这耒阳县的事情，究竟靠谁呢？

张飞从来没有说过如此有哲理的话。事实上，他也不是自己在说，是代刘备说的。因为刘备坐不住了。

庞统在耒阳县只喝酒不干事的消息传到刘备耳朵之后，刘备就派张飞过来巡视，看看究竟是态度问题还是能力问题。

结果能力问题还没查出来，张飞首先看到了态度问题。

喝酒？喝酒我在行啊……便有豪饮之举。事实上，张飞的豪饮是痛苦的，而不是痛快的。因为有前车可鉴。他当年丢掉徐州，说实话就是被一坛酒喝丢的。所以现在看到庞统在步他后尘，张飞恨不得揍这小子一顿。

但张飞最终没有揍，而是抱住了他。

只因为庞统做了一件事，一件令张飞大跌眼镜的事——他在一个时辰之内将其上任百余日所积的公务都处理完了。庞统手中批判，口中发落，耳内听词，那些曲直分明，竟无分毫差错。打官司的老百姓们都满意而去，一个和谐社会就此诞生。

张飞惊呆了。他看到了此人的能量。什么叫举重若轻，什么叫挥洒自如，这就叫举重若轻，这就叫挥洒自如！

庞统离开了耒阳县，做了刘备的副军师中郎将，与孔明一起，成为刘备的左膀右臂。

刘备也豪情万丈，觉得自己颇具个人魅力。所谓“伏龙、凤雏，两人得一，可安天下”，这样的谮言让他很是自信满满——他现在有俩了！曹操有什么？孙权有什么？不就是些兵吗？这个世纪什么最贵？

人才！

应该说刘备的自信是有现实基础的，起码有人才基础。因为曹操怕怕了。

曹操在一个乌鸦满天飞的早晨知道了刘备有诸葛亮、庞统为谋士，正招兵买马，积草屯粮，连结东吴，准备兴兵北伐时，觉得人世间的事不是我打你，就是你打我，很没有意思。

得想出一个永不挨打的法子。最好是只准我打你，不准你打我。

荀攸告诉他：饭要一口一口地吃，敌人要一个一个地收拾。当前的关键是防止孙、刘抱成团。我看这样，周瑜不是已经死了吗？我们可先取孙权，次攻刘备，一一地收拾他们。

曹操不响。

曹操不响并不是反对荀攸的建议，他只是害怕一个人。

马腾。

上次赤壁之战时，就传西凉入寇的消息。这次若再南征，马腾来袭许都怎么办？不可不防，不可不防啊！

荀攸当然理解曹操的担忧，但是荀攸以为，世间事，无非“利用”二字。朋友是可以利用的，敌人更可以利用。前提是，给他好处。

荀攸建议曹操，降诏加封马腾为征南将军，令他率军讨伐孙权，诱入京师后，果断除掉此人，如此，则南征无患矣。

曹操的眼睛眯起来了。因为他觉得，这主意不错。什么叫利用？对自己有利就用，没利就扔，这就叫利用。

乱世的“利用”是一门厚黑学，非心狠手辣者不能操作。曹操感觉自己应该可以胜任。

世间事，绝望就是希望

马腾在那道圣旨面前首鼠两端，不知道前路何在。

他当然看出了曹操的心机所在。只是人世间的很多事，看破与能不能做不是一回事。

多少人儿明知前面有陷阱还往里跳，为什么？不得不跳啊……

马腾也不得不跳。因为这是圣旨。圣旨是这样一个东西，跟我来，别犹豫，否则你什么都没有了——虽然跟着圣旨走，基本上也什么都没了，可那是一道命令。

不容违抗的命令。

马腾的儿子马超建议父亲去京师——目的不是去送死，而是锄奸，趁机干掉曹操。

不错，曹操也是想趁机干掉马腾，但马超以为，机会是双重的，父亲也可以有所作为。

马腾的侄子马岱却觉得叔叔马腾此行凶多吉少。虽然从理论上说，机会是双重的，可机会并不对等。曹操的机会远多于远道赴京的马腾。毕竟，曹操是以逸待劳、以静制动。重要的是曹操在暗处，马腾在明处。京师许昌是曹操的，而不是马腾的。

马腾却还是去了。

就像上文所说的，人生很多时候是身不由己。明知有陷阱，你可以选择闭眼往前走，却不能不走下去。

马腾闭着眼睛往前走，然后就——死了。

被曹军包抄后杀死的。京师许昌城外，一场屠杀在光天化日下进行：许褚、夏侯渊、徐晃从三面领兵杀至，截断西凉军马，将马腾等人困在垓心，然后结束了他们的性命。

不过曹操以为，马腾的死不是结束，而是开始。

他南征行动的开始。曹操杀了马腾后，便决意南征，很有“问天下英雄，舍我其谁”的意思。但就在这样的时刻，传来噩耗——刘备野心勃勃，准备率军攻打西川去了。

毫无疑问，这样的消息对曹操来说的确是噩耗。他可以收拾孙权，置其于死地，这个完全没问题，不过曹操却不能坐视刘备的做大。那样的话麻烦太大了。

所以，先打刘备还是先打孙权在此时就成了一个问题。

事实上打谁都不好办——曹操担心此二人在此危急时刻，很可能再次走向联合，就像赤壁之战那样，同仇敌忾地跟他 PK。

曹操感觉自己陷入了死结当中，怎么解也解不开了。

一个叫陈群的谋士在此时慢悠悠地站了出来。

陈群的知名度不高，起码和荀攸等大腕相比，不在一个等级上。但是陈群有一个突出的特点：能在绝望的地方看出希望来。

他是个绝对的乐观主义者。

陈群以为，世间事，绝望就是希望，死结就是活结，只要能做到反向看问题。不错，刘备是要西征，可这是噩耗吗？错！这是喜讯啊。相反如果刘备不动窝，和孙权生死不离，那才是噩耗呢！陈群向曹操分析道，刘备和孙权若结为唇齿，我们无机可乘，现在刘备欲取西川，丞相可命上将提兵，会合淝之众，直接去取江南，那么孙权必求救于刘备。刘备会回救吗？我赌不会，只要他走得足够远。刘备如果意在西川，必无心回救孙权。孙权无救兵则江东之地，都为丞相所得了。到时江东到手，刘备又远在西川，那荆州还不是丞相的吗？荆州一到手，孤零零的西川更不在话下了。如此，天下定矣。

陈群的分析听上去很有道理，重要的是他将死结变成活结了，这让曹操深感欣慰。

荀攸则感到了羞愧——这一层道理，我怎么没想到呢？荀攸开始明白：知名度有时候并不代表什么。在江湖上混个脸熟谁都会，重要的是要肚里有货。他准备充电了。

曹操大兵压境，孙权急了。

上次的赤壁之战，因为有周瑜在，再加上诸葛亮的协助，孙权可以说是有惊无险，顺利过关。可现如今，周瑜去世了，诸葛亮又要跟随刘备去西征，孙权一下子觉得六神无主。

还好有鲁肃。鲁肃此时深刻地感觉到，多一个朋友多一条路。在江湖上行走，任何时候都不要赶尽杀绝。他以为，现在是利用他和诸葛亮友情的时刻了——帮帮忙，兄弟，救东吴一把。他写信向诸葛亮求救。

但是，诸葛亮没有劝刘备出兵救东吴。

因为诸葛亮以为，救不了。

不错，上次赤壁大战，曹操出动百万大军，诸葛亮都没放在眼里，这次曹军只来了三十万，诸葛亮却认为，救无可救。

不是因为周瑜不在了，而是无法再用火攻了。这个世界上的计谋就是这样，用过一次之后就没法再用，或者短时间内没法再用。

有免疫力了。

曹操不是傻瓜。他是人精，得了多疑症的人精。“防火防盗（粮草）防孔明”已是他深入骨髓的本能反应，诸葛亮还怎么胜他呢？

当然，诸葛亮是足智多谋，除了会火攻还会别的，但是诸葛亮还以为，没这个必要了。

周瑜死了。

周瑜在他手上活活被气死了。尽管他真心诚意地去哭灵，可东吴将士和他之间的隔阂不会仅凭几滴眼泪就可以化解。如此，诸葛亮就根本没法指挥这支部队。也许鲁肃可以上去指挥，但他真能指挥吗？这个老实人身上，真有周瑜生前的神采？

诸葛亮不相信。

刘备却希望诸葛亮能够再次出手。刘备以为，世界上没有救不了的东西，只有不想救的心。所谓出手相救，准确地说，伸出来的不仅是手，而是心。最要命的是，东吴非救不可。刘备请诸葛亮想一想，如果东吴被曹操消灭了，他们的存在还有意义吗？我靠，那时的曹操是巨无霸啊，他将拥有大半个中国，你说我们这些人还折腾个啥呢？

刘备满脸悲愤，就像曹操已经灭了东吴一样。

诸葛亮则闭上眼睛，似乎入定的老僧一般，充耳不闻。

人生就是一个忍字

刘备没有灰心，因为他更加认定，诸葛亮不是救不了东吴，是不想救。诸葛亮是谁啊？国宝啊，是他三顾茅庐请出来的，不是在路边随便捡的。

他东风都能借，说明已经完全不是人了，而是神。神是什么？

没有什么不可能。

我能，我可以。

刘备激他，当年你怎么跟我说的，“凡用兵之道，以计为首。未战之时，先料将之贤愚，敌之强弱，兵之众寡，地之险易，粮之虚实。计料已审，然后出兵，无有不胜。”你说的那些计都到哪里去了，莫非先生只是夸夸其谈而已？还说什么“诚如是，霸业可成，汉室可兴？”现在曹操都要灭东吴了，谁霸业可成，又哪个汉室可兴？你倒是说说看，啊……

诸葛亮坐不住了。这个自信的男人第一次发觉，被人看扁的确是很难受的。因此，必须出招了。

当然诸葛亮出招不是要和刘备对抗，而是要从不可能处找出可能来，变火为冰，化掌为刀。

让三十万曹军一夜间失去战斗力。

这的确不是人干的事，而是神干的事。刘备只有区区几万人马，自保尚且不足，是绝不能拉出去和曹军硬拼的，东吴的部队他又指挥不动，拿什么去和曹军战斗呢？

诸葛亮陷入了长考。

很快，他的长考就结束了。因为他发现了一个角度。

解决问题的角度。

不错，目前的局是三个人的局：曹操、孙权、刘备。他们呈僵持状态，合纵连横、欲打还拉，谁都不是谁的克星，只要第三方还存在。可要是跳出这个局呢？那天地就宽多了。

僵持状态就打破了。

毕竟曹操的敌人遍天下。所谓誉满天下，谤满天下。一个人站在高处，阳光是灿烂了，可寒意也是如影随形。

诸葛亮以为，有一个人是不会放过曹操的。

马超。

杀父之仇，不可不报。马超现在的第一仇人就是曹操。有了这个认识，诸葛亮觉得，事情就好办多了。

刘备也觉得事情好办多了。毕竟曹操也是有后顾之忧的。他能全身心地南征吗？如果马超在他后面举起屠刀的话。

刘备笑了。诸葛亮也笑了。

他们相视一笑。一切尽在不言中。

一封信。

一封催人泪下的信。

一封催人泪下却又充满计谋的信，到了马超手里。

信是刘备写的。目的只有一个：全世界无产者，联合起来。

刘备在信中先是回顾了他和马腾当年同受密诏，准备共同举事的燃情岁月，很有“忆往昔峥嵘岁月稠”的意思。当然刘备也在信中表达了对此事未遂的深深遗憾，然后笔锋一转，表示要化遗憾为行动，欲与马超共同行动，攻击曹操。“汝若能率西凉之兵，以攻操之右，备当举荆襄之众，以遏操之前：则逆操可擒，奸党可灭，仇辱可报，汉室可兴矣。”刘备如是描述共同行动计划，很有革命的浪漫主义情怀。

马超被感动了。他认为，这样的情怀是自己目前急需的。壮士情怀当缚虎，马超蠢蠢欲动，准备尽起西凉军马，杀奔许都而去。

西凉太守韩遂的人生面临着一个选择——向左走？还是向右走？这是一个问题。

这当然是问题了。对任何人来说，向左走还是向右走都是人生的重大问题。没有人愿意闭着眼睛往前走。

韩遂将蠢蠢欲动的马超请到了自己跟前，希望他能给自己一个答案。

马超不明白，为什么韩遂会将自己的人生交给他来判断，就像这个世界上的很多人那样，不愿意对自己的人生做出独立的判断与选择，最后将一生随波逐流地度过，临死前只知道埋怨生命的单调与乏善可陈。

不过，马超很快就知道了韩遂的用意。

和他一样，韩遂也接到了一封信。

不是刘备写给他的，而是曹操写来的。

曹操的信写得很简单，大致意思就是——“若将马超擒赴许都，即封汝为西凉侯。”

这是一种交换。曹操逼迫韩遂做出选择：要亲情？还是要荣华富贵？

这的确是个古老而又乏味的选择。人类历史有多长，这个选择的存在就有多长。并且它将永远存在下去，起码在人类消失之前，看不到他终结的迹象。

马超明白了——韩遂这是不好意思说。这个与他父亲马腾结为兄弟的人看上去还有些害羞，尽管他的眼里燃烧着熊熊欲望。

马超伸出手去，做捆绑状，意思是不劳叔父动手，要取荣华富贵，尽管拿去。

韩遂看着这双手，摇头。

马超：为什么摇头？

韩遂：因为它太细。

马超：再细，曹操也需要。

韩遂：不错。

马超：你可以绑了它去。

韩遂：我是你叔父。

马超：富贵面前，没有叔父。

韩遂：不要那么赤裸裸嘛，我不习惯的。

马超：你很快就会习惯。

韩遂：怕是没有这个机会了。

马超：叔父不需要这双手？

韩遂：需要。

马超：那就不要太含蓄。动手。

韩遂：你这双手太细。

马超：什么意思？

韩遂：打曹操，这双手没什么力。

马超：……

韩遂：加上我这双，应该可以了。

马超终于明白，韩遂在跟他玩躲猫猫的游戏——这个老男人，心还是红的，血还是热的。

他要跟马超一起去打曹操。

于是二十万大军被组织起来了，他们浩浩荡荡，杀奔长安而去。

长安很快得手。马超、韩遂得了城池后，犒赏三军，并剑指潼关。

曹操怕怕了。他奶奶的，这样下去的话，我的老窝就有问题了。曹操不敢再想南征之事，而是考虑怎么守住潼关。

曹洪、徐晃被赋予了重任。曹操交代他们：先带一万人马去守潼关。如果十天内失了关隘，你们都不用活了；如果是十天外失了关隘，那就不关你二人的事。我统领大军随后便到。

曹操的交代很有些无厘头的风格，但是曹仁却认为，派曹洪去守关，不仅仅是无厘头，也是悲剧。

因为曹洪的性格。

曹洪这个人，性格比较暴躁，曹仁担心，这不是一个守关者应有的性格。

不错，不同的性格做不同的事。性格暴躁的人一般适合进攻不适合防守。曹仁担心，曹操这回犯的错误可能是致命的。

致一个人的命。更致一座关隘的命。

事实上曹操并非没有注意到这个问题。

但他还是派曹洪去了。不为别的，只因为他多派了一个人——徐晃。

徐晃为人谨慎。曹操以为，他和曹洪将构成一对黄金搭档。性格互补的人往往能够成为黄金搭档。这个道理，曹操很早之前就明白了。

曹操的工作其实很简单，就是掌握这些貌似浅显易懂的道理，然后在关键时刻灵活运用，这就叫识人，也叫知人善任。

曹操还以为，曹仁只知其一，不知其二——知人善任是一门大学问啊，就像中药的组方配伍，不会配的只知用一种药，会配的天下药材皆可拿来为我所用，治病救人只在弹指间。

曹操自信，自己是配药的顶尖高手。所以曹洪、徐晃一起去守关，他认为相得益彰，刚柔相济，当是人间绝配。

事实好像按照曹操的预料在往前走。

因为徐晃确实能很好地遏制曹洪的蠢蠢欲动。

曹洪的蠢蠢欲动应该说也是迫不得已的。一方面是他性格暴躁，另一方面实在是马超攻击得太厉害了。

马超的攻击靠口而不是靠手。他领军来到关下，把曹操祖宗十八代的母系成员都一一问候了个遍，这让曹洪忍无可忍，无法再忍。他准备出兵下关厮杀。徐晃就是在这样的时刻拦住了他：兄弟啊，忍忍，再忍忍……

大哥啊，忍无可忍了啊。

忍无可忍也要再忍。

错。忍无可忍无须再忍。姓马的骂的又不是你的祖宗十八代。

骂谁都一样。都痛。

那为什么要忍？

你真不明白这其中的道理？

不明白。

唉，兄弟啊，你白活了。

怎么？

人生就是一个“忍”字。你不会忍，怎么活？

天意弄人

曹洪便忍了。

忍了九日。第十日没忍过去。

不是马超们第十日骂得特别狠，而是他们累了。

骂累了。

骂累了的西凉军大多弃马在关前草地上懒坐。有些索性闭上眼睛睡大觉了。他们的睡姿毫无疑问对曹洪构成了诱惑。曹洪以为，报仇的时刻到了。他突然带领三千兵以迅雷不及掩耳盗铃之势杀下关去，直杀得西凉兵们弃马抛戈而逃。

在现场，没有谁认为这样的逃跑是有危险的，除了徐晃。

可此时的徐晃对杀红眼的曹洪来说就像空气一般，无足轻重了。曹洪乘胜追击，表情快意，动作夸张，充满了胜利者的自信与豪情。

恐怖大王从天而降。

马岱来了，引军追杀来了。

马超来了，引军追杀来了。

庞德来了，引军追杀来了。

他们构成了铁三角，角角森严，让曹洪只能选择弃关而走。

毫无疑问对曹洪来说，这是个惆怅的时刻。人生的成败有时候不看你前面走过的九百九十九步路，却只看最后一步。

不错，最后一步的分量重于前面走过的步数总和。

因为这一步离目标最近。

曹洪无限惆怅地跪在曹操面前，哭得眼泪一把鼻涕一把。

他为自己而伤感。为自己犯下的错误。

虽然说人的一生不可能不犯错误，可有些错误是应该可以避免的。起码不应该用一座关隘去换。

曹操也伤感。恨天意弄人。

曹操一直以为，自己是世界上最好的配药师，精通组方配伍之道，可临了还是发现，这药非但治不了人，还害死了人。配药的学问真是大了去了，有时是人力可以掌握的，有时又只能靠天意。天意弄人，人又该如何呢？曹操落寞地挥挥手，希望世界有多远，曹洪就滚多远。

他没有杀了这个人。不是他不能，而是对自己狠不起心。

错在曹洪吗？错！错在他曹操自己。曹洪只是颗棋子，棋子没有对错，错的是下棋之人。掌握棋子命运的人。

曹操突然间感觉自己老了——天意弄人，再伟大的人也经不起三弄两弄啊……

曹操披挂上阵，准备亲自领兵，收复潼关。

他把自己当成一颗棋子了。

但是曹操很快就发现，潼关是收复不了的。

因为马超。

马超太能战斗了。这个小帅哥身上有一股狠劲，谁都抵挡不住。

于禁冲上去了，结果打了八九回合后，败走。

张郃冲上去了，打了二十回合也败走。

李通的命运更惨，他不是败走，而是死翘翘了。战不了一会儿就被马超一枪刺于马下。

曹操跑了。只能跑了。

事实上这并不丢人——刘备跑得，曹操就跑不得？况且曹操这也不是第一次逃跑，华容道那会儿比现在狼狈多了。

但是曹操发现，任何类型的逃跑都不容易。毕竟是逃跑，不是跑马拉松，逃命时姿态肯定不那么好看，这一回也不例外。

因为马超太能追了。马超不仅能追，还能喊。他的第一嗓子是这样喊的：弟兄们！快追啊，前面那个穿红袍的是曹操！

曹操就在马上急忙脱下红袍，将自己混同于普通一兵。

马超又喊了：弟兄们！快追啊，前面那个留大胡子的是曹操！

曹操慌了，忙取出佩刀割断自己的大胡子，再次将自己混同于普通一兵。

马超呵呵乐了，再喊：弟兄们！快追啊，前面那个留短胡子的是曹操！

曹操几乎被雷倒！天啊……短胡子都能成为我的身体特征啊，我曹某人什么时候混得这么惨过?!

可是为了逃命，再惨也要坚持下去。曹操索性扯下旌旗一角，包住自己所剩无几的胡子，仓皇而逃，留下了一道并不完美的逃跑轨迹。

总算被曹洪和夏侯渊所救，曹操才捡回了一条性命。

但是曹操心有余悸。马超不死，他的人生之路怎么走啊？

这个世界上总是这样，会有人在前面挡我们的路。挡路者比我们更魁梧，更优秀，更适合在这个世界上生存。

他们活得很好。

但是我们也要活，甚至要活出滋味，活出威风凛凛来，就像此时的曹操。

曹操用心思了。

曹操一向用心思，只是这一回用得狠了些。

因为这是你死我活的斗争，曹操必须确保马超走上死路。

他密令徐晃、朱灵渡过渭河在河西结营，以前后夹攻马超所部。

马超发现，自己一夜间前后受敌了。

不错，他是武功高超，可武功再高，也怕包抄，对男人来说，他的后面是不能站人的。

特别是敌人。

当然心仪的女人除外。

这是在战场，不是在情场。这是乱世一个滴水成冰的冬天，战还要不要打下去，怎么打下去，必须尽快做出一个决断。

韩遂跟他说，和为贵。人世间最大的字是“和”字。和不是投降，是握手。所谓握手言和。当然和的目的不是只为了和，冬天来了，春天还会远吗？我们主动先求和，待来年春天，我们再战不迟。

马超同意了。因为韩遂说的那句话让他怦然心动——冬天来了，春天还会远吗？他奶奶的，太富有诗意了，战场上也出诗人，韩遂跟他玩变脸，这很刺激，也很令他欣慰。

毕竟体面的撤退是他能够接受的。接下来，他要等的就是曹操的回复——和是两个人的事，他一厢情愿没用。

心有芥蒂

曹操当然同意和了。

因为贾诩跟他说了这样一句话——“和”字里面出文章。

要打败一个人，有时硬拼是不行的：硬拼只能激起对方的斗志，反而不好收拾，而一团和气中却能做出许多文章。

贾诩建议曹操：诈和。诈和的目的是为了不和。谁不和呢？韩、马二人。“兵不厌诈，可伪许之；然后用反间计，令韩、马相疑，则一鼓可破也。”这是贾诩的原话，透着一股阴森森的气息。

没办法，谋士就是这样，只能在密室里有所作为，虽然见不得阳光，却具备极大的杀伤力。

因为他们要杀的是人心。一般来说，武士能砍下人头，谋士却能诛心，这是谋士比武士厉害的地方。

曹操非常赞赏贾诩的见解。他明白自己不是万能的。手下那么多将领都砍不下马超的头，只能从敌人内部策反了。

不错，在这个世界上，能杀死马超的，只能是他自己的心。

疑心。

韩遂能杀死马超吗？不能。如果马超不起疑心的话。

所以要反间。向人性的弱点发起进攻。曹操相信，马超一定会被攻下，因为他是一个人。一个具备人性弱点的人。还因为他年轻，没有足够的免疫力或者说抵抗力，心魔很容易兴风作浪。

曹操一人一马站在太阳底下，没有穿盔甲也没有拿武器。四周，是韩遂的兵们在围观。他们不知道这个人要干嘛，因为不认识他。

虽然曹操威名远扬，但有机会亲眼见过的人却不多。

这一点很好理解——越是威名远扬的人越神秘，众人熟悉的只是那一个如雷贯耳的名字，很少能见到庐山真面目的。

这些人总是被保镖、经纪人、豪宅、美女包围，很少有机会抛头露面。

曹操也不例外。

所以，曹操这个时候就敢一人一马站在太阳底下，没有穿盔甲也没有拿武器。然后开口——对不起，让你们失望了。我就是那个传说中如滔滔江水绵绵不绝引无数英雄竞折腰长得不怎么地的曹操。

静默。

然后那些围观的兵们哗一下退后三尺，包围圈扩大了。

这是名字的威力，跟长相无关。

名人牛叉就牛叉在这里——再貌不惊人的名人，一站出来都是重量级的。

曹操接着往下说。他说别怕，我跟你们一样，都是一张嘴巴两个眼睛，没有两张嘴巴四个眼睛……

兵们乐了，觉得这个名人还是蛮平易近人的。

但是很快他们乐不下去了。因为曹操又说话了。曹操说，我跟你们其实有不一样的地方，那就是智商比你们高。你们记住，在这个世界上，一个人要想混得好，足智多谋很重要。

兵们惭愧，觉得要做名人，还得底子厚。

曹操上面说的其实是开场白，起着类似暖场的作用。他站在这里真正要做的事是和韩遂说几句话。

公开地说几句话。公开而亲密地说几句话。

韩遂骑着马走过来了。跟曹操一样，他也没有穿盔甲没有拿武器。

这是韩遂的实在之处，在江湖上行走，韩遂喜欢公开、公平、公正地杀人。他当然可以暗算曹操，趁其不备，一剑封喉。但韩遂以为，那样做其实是一种失败。

做人的失败。

因为以后江湖上会传，韩遂做人不地道，是个小人。

韩遂不愿意做小人，哪怕曹操拿他自己的性命来换。

曹操跟韩遂说了一个时辰的话，主要内容是忆旧——曹操与韩遂的老爸同举孝廉，他曾经以叔事之。曹操就着这个话题跟韩遂展开了亲切友好却又隐秘的交谈。

因为曹操故意将声音压低，迫使韩遂将耳朵凑近他的嘴边，其情其状类似于一个窃窃私语，一个洗耳恭听。

难得的是两匹胯下之马最后也耳鬓厮磨了。

一个时辰相当于两个小时——人世间两个小时能发生多少事啊？连马都磨出感情来了。当曹操与韩遂分开时，这两匹马还兀自恋恋不舍、流连忘返。

这样的零距离接触之举很快就让马超知道了。

马超当然不关心两匹马的恋恋不舍、流连忘返——两匹公马再怎么折腾呢折腾出什么事来呢？他关心的是人。

两个男人在一起是很能折腾出事来的。

这是个神奇的时代，什么人间奇迹都可能发生。虽然曹操与韩遂政治立场不同，但时间可以改变一切。

两个小时的时间足够化敌为友了。

甚至用不了那么长的时间，真的心有灵犀，一对视就可以了。

马超不知道韩遂与曹操是不是心有灵犀了——他的疑心开始起来了。

怎么回事？要谈一个时辰。

有些话，不得不说。

你们之间，无话。

话是人说出来的。

有话必有心。

有些话，无心。所谓无心之语。

无心之语还是无心之人？

往事并不如烟。我跟曹操，有一些不得不说的故事。

也许我看错人了。从一开始。

的确。但不是开始，是现在。

你能对天发誓？

不。

为什么？

对天发誓的人通常伪诈。真心之人不用发誓。

马超不再说什么。

不是他被说服了，而是无语。

一个人的无语是一种很暧昧的状态。它代表了某种不确定性——也许你说的是真的，可我就是不信。

感觉。

跟着感觉走，听从内心的裁决，马超对韩遂开始半信半疑。

韩遂没有感觉到他的半信半疑。因为马超没有表露出来。这个世界真是暧昧之极——只要不说出来，谁都不知道站在你面前的人对你是信任还是不信任。

一如现在的韩遂和马超。他们虽然还在一起，没有分道扬镳，但是毫无疑问，他们开始心有芥蒂了。

破绽百出的信

贾诩觉得应该趁热打铁。

贾诩拿捏人心的功夫非常了得。一件事情是不是做到位了，贾诩以为，仅靠观察是不够的，要靠——

体察。

当曹操自以为离间计已大功告成时，贾诩告诉他，还没有。

因为人内心的层次是很复杂的。震撼是一回事，崩溃是另一回事。马超现在的内心是震撼而不是崩溃。

还差一把力。推力。

让马超从半信半疑到打死他也不信。

曹操看着贾诩，很有高山仰止的意思。这个人，真是人心操控师啊！只是他对我，是不是也了如指掌，甚至可以操控呢？

曹操不敢想下去。

贾诩意味深长地看他一眼，微微一笑。这一笑让曹操魂飞魄散——苍天啊？他是否看破我此时的心思？

贾诩没有做出解释，事实上他现在的心思不在曹操身上，而在马超身上。他对曹操说：要使马超真生杀心，还请丞相亲笔写一封信，然后派人单独交给韩遂，信的中间要有朦胧字样，最好于要害处涂涂改改，语焉不详。这封信要让马超知道。马超现在是疑心生暗鬼，他一定会去韩遂处取信来看。他若看见信上面要紧的地方，都有涂改的痕迹，会怎么想？呵呵……疑必生乱。到那时，超可图矣。

曹操的冷汗下来了——这哪是操控人心，这是鸡奸人心啊……这世界上，有谁的心可以抵挡得住如此的算计。

曹操以为，没有。

果然，马超的疑心越来越重了。

因为他看到了曹操的那封信。那封破绽百出的信。

是眼线向他报告曹操送信给韩遂的消息的。自从韩遂与曹操在阵前暧昧了两个小时之后，马超就为自己设了一个眼线，专门针对韩遂的。

现如今，眼线发挥作用了，马超需要韩遂给他一个解释。

韩遂没法解释。就像人世间的很多事，发生了也就发生了，不需要解释。因为解释是多余的。

马超却以为，解释不是多余的。如果不解释，那韩遂就是多余的。

毫无疑问，韩遂成了这个时代的多余者，此刻他的任务就是做出解释，以证明他在此间存在的合法性与正当性。

但是韩遂的解释是苍白无力的。他只能向马超反复说明曹操送来的原信就是这么破绽百出的。所有的涂涂改改跟他无关——他的人生不需要涂改，或者说他是问心无愧的。

马超不相信。

他不相信曹操会神经病发作，给韩遂送来一封如此无厘头的信。就像他不相信这个世界会无厘头一样，马超认为，任何东西都是有逻辑的。韩遂的解释缺乏逻辑。

韩遂不解释了。

他准备行动。

事实上现在也只有行动能证明他的清白。他向马超保证，来日他会骗曹操来阵前说话，到时候请马超冲上去“一枪刺杀便了”。

这话说得比较斩钉截铁，让马超不得不耐下心来等待，等待杀戮时刻的到来。

第二天，太阳照常升起。

这一天的太阳看上去毫无异样，一如韩遂脸上的神情。

韩遂枯坐在马上，向曹操发出了聊天的邀请。

曹操没有在线。他隐身了。浮出水面的是曹洪。这样的情形很像现在的人们在 QQ 上聊天，想聊的人总是不在线，在线的都是不想聊的。

曹洪主动会话了。只是他说的话意义很丰富，令人浮想联翩。

曹洪是这样说的：“夜来丞相拜意将军之言，切莫有误。”曹洪说完之后马上隐身了——立刻回马离开，不等韩遂做出解释。

韩遂依旧枯坐在马上，没有做出解释。

因为他无法解释——这是曹操做的一个局。虽然他明白了一切，但马超不会明白。或者说马超不愿意明白。

马超从后面冲上来了。他要杀一个人。

韩遂。

马超的愤怒是无法掩饰的——他可以被曹操所伤，却不能被韩遂所伤。所谓最亲的人伤我最深，马超要韩遂还他一个公道。

韩遂没死，被他的部下保护下来了。

但是他的心已经死了。

因为马超的目光。

马超的目光很冷，冷得像冰。这让韩遂觉得，一切都结束了。他和这个人已不可能再一路同行。

的确，在这个世界上，心走到一起的人才能最终走到一起。夫妻关系是这样，其他的合作关系同样也是如此。

杨秋就劝韩遂，现在可以考虑向曹操投诚了。

杨秋是韩遂最重要的部将，他曾经和韩遂一样，恨曹操恨得牙咬咬。只是现在他们终于明白了一个道理——最可恨的通常不是我们的敌人，而是那些误解我们的人。因为正是他们的存在将我们存在的合法性给剥夺了。

这是最大的伤害，也是难与人言的伤害。

但是，韩遂还是想到了一层关系。他说，我和马腾结为兄弟，怎么可以背叛他呢?

杨秋：你背叛的不是马腾，是马超。或者说是马超背叛了你……

韩遂无语。是啊，这样的时刻，是说再见的时刻——不走是不行了，人家根本没有挽留你的意思。

一切都已刀兵相见。一切都结束了。

不过对曹操来说，一切都才刚刚开始。

他欣然接纳了投诚者。韩遂被封为西凉侯，杨秋被封为西凉太守。而他们投诚后的第一个重要任务就是捕杀马超。曹操知道，现在的流程已进入最后的收官阶段。

残杀。

残杀没有成功。世上不如意事常八九。尽管韩遂等立功心切，布下天罗地网，可马超还是从网缝中逃跑了。那个杀气腾腾的夜晚只有一个血腥的开头和一个遗憾的结局。

马超跑了，与庞德、马岱等望陇西临洮而去，为曹操留下了一丝悬念——他们是有故事的人。他们故事不仅发生在过去，还会发生在将来。现在，是埋下伏笔的时候。欲知后事如何，且听下回分解。

我不是一般人

汉宁太守张鲁感觉有什么地方不对劲。

不错，变天了，一些人死了，一些人还活着，似乎有活得越来越好的趋势。

比如那个曹操。

张鲁雄踞汉中之地已经三十年了。三十年来，他跟大汉朝政府达成默契，我给你钱，你别打我，大家相安无事。

但是现在的形势是，大汉朝政府已形同虚设，曹操在广阔天地大有作为，先是杀了西凉地区最重要的领军人物马腾，后又用计打得马超落花流水，张鲁觉得天真的要变了，下一个出局者肯定是他而不是别人。

因为汉中太肥了，对曹操来说又是唾手可得，张鲁想不出曹操不要汉中的理由。

他决定称王，名称都想好了，叫汉宁王。事实上张鲁没有非常强烈的欲望要称王称霸，所谓形势使然。作为大汉朝政府的一个属官，如果不在起事前跟这个政府一刀两断的话，张鲁觉得会陷自己于不义之地。

所以该称王时就称王。

张鲁手下的谋士阎圃也赞同他称王，却不赞同在此时称王——阎圃以为，称王是要资本的，起码地盘要大。不错，现在汉川之民已逾十万余户，那些从子午谷奔入汉中的西凉之民，也不下数万。但是西川四十一州的土地与民众更可观。如果能把它拿下来后再称王，与曹操的对抗才会有底气。

张鲁的眉头皱起来了，眼里开始射出杀气。

他想到了仇恨。杀母之仇。

益州刘璋曾经杀死张鲁的母亲及兄弟，张鲁认为，这不但是自己报仇的时刻到了，也是夺取西川四十一州的绝佳理由。

在这样的时代，没有人可以苟活。只要你有污点或者破绽，就难逃命运的诅咒。即便没有污点或者破绽，也很难独善其身。这是张鲁的深切感受。

刘璋失眠了。

失眠是刘璋的老毛病。每有风吹草动，他就失眠。只是这一次，情况比较严重。因为他听说张鲁准备率大军进攻西川，要让他的脑袋搬家。

刘璋以为，这是一个过不去的坎，躲不开的劫，他的脑袋，怕是不保了。益州别驾张松却以为，人生没有过不去的坎，躲不开的劫，如果能另辟蹊径的话。

路是怎么走出来的，抄小路走出来的。多少人为了趋利避害、少走弯路，踏出了一条条捷径——张松以为，这些弯弯曲曲的小路构成了人生的全部智慧。现在他就要给刘璋指出一条小路——这是拯救益州的不二捷径。

倚曹。

倚靠曹操。

张松说，这个世界上最重要的事是什么？承认现实，倚靠强者，如果我们自己还不是强者的话。当今世界，谁是强者，唯曹操莫属。曹操扫荡中原，吕布、二袁皆为所灭，近又打败马超，天下无敌了。如果让曹操兴兵去取汉中，以图张鲁。那张鲁自顾都不暇了，哪还敢侵犯我蜀中呢？

刘璋听出了张松话里的意思——这是让曹操为他火中取栗啊，曹操会这么干吗？曹操凭什么这么干？刘璋不信。

张松伸出了舌头：这是什么？

刘璋：舌头。

张松：错，武器。

刘璋：它很软。

张松：可以硬起来，只要我愿意。

刘璋：硬的东西就是武器吗？

张松：当然不是。

刘璋：那为什么你的是呢？

张松：这是我的舌头。

刘璋：跟我的不一样吗？

张松：每个人的舌头当然不一样。

刘璋：我以为一样。

张松：哦？

刘璋：都只有两个功能：吃饭，说话。

张松：不错。

刘璋：那有什么稀奇？

张松：话人人会说，我说的不一样。

刘璋：你说的话能吓死人？

张松：不，倾城倾国。

张松出发了，在刘璋的半信半疑下，带着他那根倾城倾国的舌头出发了。

当然他身上还有另一样东西，只是刘璋不知道。

西川地图。

这是张松准备献给曹操的。

张松当然对自己的舌头很有自信，但他更相信地图。

地图是什么？是土地，是江山，是人之欲望，是金戈铁马。

虽然没有人可以永远做地图的主人，但人人却希望得到它。张松相信，曹操对这张地图是垂涎欲滴的。

只是他没见到曹操。

曹操不是很忙，而是很空。

空虚。

这是胜利者的空虚。曹操凯旋之后，每天在相府里饮酒作乐，背诵他的成名作《短歌行》——对酒当歌，人生几何？譬如朝露，去日苦多。慨当以慷，幽思难忘。何以解忧，唯有杜康。

曹操现在还忧什么呢？张松以为汉中和西川应是他的忧愁所在。

他很想做一回杜康，替曹操解忧。

却是没机会。

因为他进不了相府大门。

好在三天后，相府大门打开了。

不是曹操心情好，是张松有所付出。他贿赂了曹操的左右近侍，这才被得以引入。

曹操的心情的确不好，特别是在看到张松的长相之后。

张松长得确实影响市容。史书上说“其人生得额镢头尖，鼻偃齿露，身短不满五尺”，如果用一个贬义词形容的话，曹操以为是猥琐二字。

其实，光是长得不怎么样也没什么，世上长相难看的人多了去了，曹操也见得多了，曹操后来为之生气的是张松的言谈举止。

张松侃侃而谈，说当今之世，实在是很不太平。所谓路途艰难，贼寇窃发，他来一趟京师，很不容易，特别是见到曹操曹丞相，更不容易啊……

曹操不以为然，说我扫清中原，有何盗贼？你要见我，不见上了吗？还说什么怪话?!

事实上曹操后面还有话没说出来。他的潜台词是我曹某人是谁啊？是芸芸众生想见就能见的吗？何况你又长得这么不令人待见。

曹操之所以不说这些话是给张松留一面子，大老远地从西川赶过来，不容易。化外之民有些牢骚，发了也就发了吧，我宰相肚里能撑船，不与你一般见识。

但是曹操很快就后悔了。

他不与张松一般见识，张松却向他展示了不一般的见识。张松说，当今之世，南有孙权，北有张鲁，西有刘备，这些人各据一方，每家都有十几万的部队，并不服丞相管辖，什么叫天下太平呢？

曹操怒了——见过不会说话的，没见过如此不会说话的？这是什么舌头啊，这么硬邦邦的可以?!

他转身离去，将张松晾在原地，一个人在那傻半天。

张松也懵了。都说宰相肚里能撑船，怎么这个宰相肚里只能走蛔虫啊，弯弯肠子绕得可以，真是小肚鸡肠。

他进退两难，不知如何是好。

一双手搭上了他的肩膀。

是一个自称杨修的人，要跟他谈谈。这个杨修是太尉杨彪之子，现在是曹操门下掌库主簿。杨主簿平生最大的功夫就是一条舌头玩得滴溜溜转，和张松一样，也是靠舌头吃饭的主。所谓惺惺相惜，他见张松今番栽在自己的舌头之下，便想与他沟通沟通。

张松也想与他沟通沟通——大老远地来一趟不容易，地图还在身上揣着呢，总得找机会递出去。现如今曹操正在气头上，张松不好自己腆着脸上，也许这杨修会是一个很好的传递者。

当然，杨修是不会主动帮他传递的——在这个世界上，每个人做事都需要理由——拜托，给我一个传递的理由好不好？

张松不知道怎么给。他当然可以给杨修钱，只是这样的举动显得他很无能，是钱在说话，不是他张松在说话。或者说是钱打动了杨修——更何况杨修要不要钱还两说呢。

所以张松没有给钱，而是给了才能。

自己杰出的才能。

杰出的记忆才能。

当时的情景动作是这样的：杨修多少带些自豪地拿出曹操写的新书给张松看，以表示他所追随的这个人文武双全，他没有跟错人。张松将那书接过来随便翻了翻，之后就扔到一边，不屑一顾了。

这样的举动让杨修大为震惊。他郑重其事地告诉张松，这书是曹操呕心沥血，仿《孙子十三篇》而作，是准备传之后世的……

张松狂笑不已：拉倒吧，还传之后世，一部抄袭之作，丞相也不怕传出去让人笑话！

紧接着张松就开始摇头晃脑，将《孟德新书》从头至尾，背诵一遍，并且没有一字差错。张松煞有其事地告诉杨修：这书我们蜀中三尺小童，也能倒背如流，什么叫新书？还《孟德新书》，呵呵，告你吧，这书是战国时无名氏所作，曹丞相他人品有问题啊，怎么可以称作是自己的作品呢？

看着张松的煞有其事，杨修却是轻笑了。他当然不会相信张松所谓的“盗窃说”，张松之所以如此表现其实只是隐晦地向他表达自己的才能——我不是个一般人，你可要对我刮目相看啊……

地图在手的感觉

杨修果然对他刮目相看了，附带着也让曹操对张松刮目相看。

曹操总的来说还是爱才的，虽然张松长得差强人意了一点，可脑袋瓜好使，这就够了，可以和他对话了。

曹操和张松的对话是在西教场进行的。当时曹操点雄兵五万，布于西教场中。他准备用一个规模空前的阅兵式告诉张松，他是这个世界重量级的人物，所以他接下来和张松进行的对话也是重量级的。

对曹操来说，这样的下马威很重要——收复西川，需要调教张松的敬畏感。这个人，好像有组织、无纪律啊……

队伍开始操练起来了。那步伐，刚刚的；那盔甲，亮亮的；那鼓声，雷雷的。

曹操很满意。当然，他更需要的是张松的感觉。此情此景，不知张松做何感想？

张松没说什么。可那神态比说什么还让人难受——他斜眼看着这一切，让曹操想起一个词——不屑一顾。

曹操问：“汝川中曾见此英雄人物否？”你们川中有这样威武雄壮的士兵吗？

良久，张松回答：“吾蜀中不曾见此兵革，但以仁义治人。”

这实际上是给了曹操一个软钉子——我们蜀中以仁义治人，不像你，以暴力治人。

曹操咄咄逼人。他说，“吾视天下鼠辈犹草芥耳。大军到处，战无不胜，攻无不取，顺吾者生，逆吾者死。汝知之乎？”

这话说到这个份上事实上有威胁的成分在了。哥们，别给脸不要脸啊。你们也就是草芥而已，我要你们死，分分钟的事——快，趁现在我还没有暴跳如雷，给我说句软话，大家好继续往前走。

张松没有说软话，反而火上浇油。他说：“丞相驱兵到处，战必胜，攻必取，松亦素知。昔日濮阳攻吕布之时，宛城战张绣之日；赤壁遇周郎，华容逢关羽；割须弃袍于潼关，夺船避箭于渭水：此皆无敌于天下也!”

没有谁能料到张松敢这么对曹操说话。杨修已经吓得魂飞魄散了——这哥们，完全是找死的状态啊。人说揭人不揭短。他倒好，揭的全是曹操的短处，还以讽刺的形式轻松愉快地说了出来，我倒！做人不要太张松啊!!! 麻烦，这下连累我了……

曹操怒了。真的怒了。

虽然他在江湖上有礼贤下士、有容乃大的美名，但是曹操决定，从这一刻起，不要这美名了。

因为张松说的话伤他太深。曹操虽然不是一个容易受伤的男人，可正因为如此，一旦受伤了那绝对不是轻伤。

他要杀了张松。却被杨修拦住了。杨修知道，这个时候杀张松就等于杀他。他必须确保张松不死。

为此，他给出的理由是——张松这个鸟人确实可杀，却是不能杀。因为再怎么说他也是从蜀道远来进贡的，话虽然说得难听，心意还是诚的。嗨，化外之民不会说话，丞相干嘛和他一般见识呢?!

荀彧也站出来劝曹操慎杀。荀彧给出的理由是识大局，杀一个张松不可怕，可怕的是伤了天下人心，特别是西川、汉中的人心……

曹操的愤怒消退了。唉，到底是人在江湖身不由己。有时连愤怒都不能酣畅淋漓。荀彧的“识大局”说让曹操觉得，愤怒到底还是廉价的东西。要成就霸业，必须超越愤怒。

他放了张松，让他滚得远远的，然后深刻体味内心的落寞与委屈。曹操想流泪，却不能流出来，只能往心里流。毕竟他是曹操，不是刘备，有泪不能尽情流。

张松不知道要去哪里。人生的路虽然有千万条，但属于每个人脚下的其实只有一条。甚至没有。后一种情况一般被称作走投无路。

事实上张松现在就处于这种情况——走投无路。当然，他可以选择回西川，可回去干吗呢？一个被曹操赶出来的人是没有回去的价值的。再说西川现在的情况是危如累卵，正指着他挽狂澜于既倒呢，他要回去，死翘翘的不是他一个人，而是那块土地上的所有人。

思前想后，张松来到了荆州。张松的如此选择很有高考填志愿时的心态——曹操是第一志愿，第一志愿不录取，那就转投第二志愿：刘备。

刘备对他很尊重。

刘备其实对任何人都很尊重，看人时表情诚恳，言谈时体贴周到，细致入微，很有春风拂面的感觉。

张松就被拂到了。因为刘备对他格外的体贴周到，甚至狂拍他马屁。刘备对张松如是说："久闻大夫高名，如雷贯耳。恨云山遥远，不得听教。今闻回都，专此相接。倘蒙不弃，到荒州暂歇片时，以叙渴仰之思，实为万幸!"

张松听了，几乎醉倒。他刚从曹操的钢刀下滚过来，猛然间被刘备一马屁拍向云霄，对比之强烈那是难与人言的。

张松便向刘备暗送秋波，说益州这个地方沃野千里，民殷国富；智能之士，久慕皇叔之德。皇叔你，啊，这个，那个……

刘备看上去却不为所动。他说刘益州也是帝室宗亲，我刘某人再不济，也不能打兄弟的主意啊，哈哈……

张松循循善诱，开始做刘备的思想政治工作。他说不是我张某卖主求荣。现在的形势是不卖也不行！火烧屁股了啊……张鲁马上要打过来了，可益州却人心离散。说到底，还是刘璋这个人没有号召力。老是蔫蔫乎乎的，三棍子打不出一个闷屁来。

刘备笑笑，那是尴尬的笑，似乎是不好意思。

张松：我看这样，明公要是有意取西川的话，松愿效犬马之劳，以为内应。明公你先别摇头，天下事其实很简单，你若不取，就会被他人所取，到时悔之晚矣。

刘备想了想，然后小心翼翼地说了这样一句话：你是说我要不取就会被张鲁所取?

张松：绝对。

刘备：这个……嗨，我听说蜀道崎岖，千山万水难以穿越，我就是想取西川，那也是困难重重啊!

张松笑了，笑刘备终于动心。他马上拿出地图，将它交到刘备手里，令刘备很有江山在握的感觉。

刘备感觉自己的手沉甸甸的，就像他的心在此时突然变得沉甸甸了一样。他隐约觉得有什么地方不对劲，但是地图在手的感觉令他不愿意多想。

地图在手的感觉真好！刘备沉醉其间，不能自拔。

原则性和灵活性

张松现在最重要的工作就是说服刘璋，请刘备入川。

这个需要理由。

当然了，对张松来说，生产理由并不困难——人的一生事实上就是在无数的理由间度过。从生到死，每一件事都需要理由。出生需要一个理由，没有理由的出生是见不得阳光的，因为很可能就是私生子了；死了更需要理由，是寿终正寝还是死于非命或者是马上风，都直接影响到死者的形象问题。

同样，现在请刘备入川也需要理由，否则不仅不能说服刘璋，也难以服众。

张松首先抬出“威胁说”，说曹操这个人，良心大大地坏了，是汉贼，欲篡天下，而且已有取川之心。所以现在我们的敌人有两个：张鲁和曹操。

刘璋本能地心里一哆嗦——似此如之奈何？

刘璋和刘备一样，关键时刻会掉链子，不约而同地说出同样的话语：如之奈何？那怎么办呢？

张松就向他隆重地推出刘备。先是重点介绍刘备的出身和人品——“荆州刘皇叔，与主公同宗，仁慈宽厚，有长者风。”然后推介刘备的能力——“赤壁鏖兵之后，操闻之而胆裂，何况张鲁乎？”这个人，不是一般的牛啊，连曹操听了他的名字都要胆裂（呵呵，张松能忽悠善忽悠的才能真是盖世无双），最后提出建议，说——“主公何不遣使结好，使为外援，可以拒曹操、张鲁矣。”

张松的推刘三部曲就此完成。刘璋自然没有异议。一个只会说“如之奈何”的人是不可能提出自己的见解的。他要么肯定要么否定，但很显然，面对刘备这样一根救命稻草，刘璋是断断不敢否定的。

但是否定的人不是没有。

刘璋手下一个叫黄权的人就在此时跳出来大声疾呼：“主公若听张松之

言，则四十一州郡，已属他人矣！”

毫无疑问，这是一针见血的疾呼。

张松听了那真叫一个晴天霹雳，觉得世界末日到了，可刘璋却不为所动。刘璋伸出一只形迹可疑的手，向黄权要理由。黄权看着那只形迹可疑的手，觉得世间任何理由在它面前都会变得形迹可疑。但他还是说了。

黄权给出的理由有两点：一是刘备手下人才众多，他自己又是众望所归的人物，真请他到蜀中来，若以部下之礼对待他，刘备安肯做小？若以客礼对待他，又一国不容二主。到时候内乱就起来了；二是张松回来前从荆州路过，他突然提如此建议，肯定与刘备同谋。所以黄权建议，先斩张松，后绝刘备，如此则西川万幸也。

刘璋闭上了眼睛，沉默不语。

这是令人窒息的沉默。张松感觉自己的身体在慢慢变软——这个黄权，真是太毒，理由给得如此天衣无缝。这回自己不死是不可能了。

刘璋的眼睛又睁开了。他似乎想明白了事情的原委，却还有后果不明。刘璋问黄权，如果曹操、张鲁来攻，那怎么办？

这回轮到黄权说不出话来了。的确，这是问题的关键所在。对刘璋来说，刘备是什么心思并不重要，重要的是怎么使西川平安无事。

黄权沉默了很长时间，最后说出了连自己都感到勉强的答案——不如闭境绝塞，深沟高垒，以待时清。

这是闭关锁国的政策！刘璋再次伸出形迹可疑的手，用力地摇了摇，表示绝不可行的意思。

张松长长地松了一口气。的确，黄权要不给出强有力的解决方案，刘璋是不可能听他的。刘璋这个人就是这样，你不把事情给我解决好了，那你说啥都是放屁。所以张松感觉，起码到目前为止，刘璋还是要倚靠他的。

但是又一个人跳出来了。

王累。

王累是帐前从事官，也属于不平则鸣的人物。他痛心疾首地对刘璋说，张鲁犯界，这是癣疥之疾；刘备入川，那才是心腹大患啊。主公，刘备是世之枭雄，先跟着曹操时，便想谋害曹操；后从孙权，就夺荆州。这人心术如此不正，这要是把他召来，西川就玩完了！

你给我先玩完去！败兴！我说你们一个个心态怎么这么阴暗啊，这人还没来，就先把他想成卑鄙小人。刘玄德是谁？那是我同宗，他怎么会夺我基业？笑话！

这一回刘璋的反应极快。王累的话刚一说完，他就一顿劈头盖脸的回叱。张松这下彻底放心了——看来这个世界上，建设性远强于破坏性。我们砸烂一个旧世界，这没什么，可你得赶快建设一个新世界。否则，世界就不存在了。那砸烂旧世界的意义何在呢？

张松呵呵笑了，只是笑在心里，表面上看依旧一副忧国忧民的神情，令人肃然起敬。

刘璋下定决心之后，便给刘备写了一封信，表达了请他进川的意思。

刘备接了信后却又首鼠两端。

刘备总是这样，今天下定决心了，明天又开始怀疑这个决心是不是有问题。一生基本上就在决心和怀疑决心的纠结中度过。

庞统很不喜欢他的这个性格，就给他打气说，事当决而不决，这是傻瓜才干的事。主公如此高明，为何还要多疑呢？主公不妨细想，荆州东有孙权，北有曹操，那叫危如累卵，随时可能会失去。而益州户口百万，土广财富，如此沃土，可成大业啊。

刘备当然知道益州比荆州要好，但他的症结不在这里。刘备幽怨地看一眼庞统，觉得他的思想政治工作没做到点子上，令自己很不爽。

为了更好地促进庞统思想政治工作水平的提高，完全彻底地解开自己的思想症结之所在，刘备决定袒露心迹——兄弟啊，我是怕贪小利而失信义于天下，将自己混同于曹操那样的人啊。为什么我跟曹操实力悬殊，在江湖上却几乎齐名，没别的，是我做人的原则成就了我。我做人跟曹操不一样，或者说截然相反。曹操急，我宽；曹操暴，我仁；曹操奸，我忠——这次我要心怀不轨地入川，那我以后还怎么做人呢？

庞统一听，心里有数了，这刘备，还是有思想负担，而现在最关键的，就是要对“心怀不轨”四个字做出修正。庞统做惊讶状：什么心怀不轨？主公心怀不轨了吗？告诉你，我不相信！主公入川，为的是什么，拯救益州人民于危难之中啊……说来说去还是刘璋的能力有问题在先。他要是能摆平这一切，还要主公入川干什么？所以主公入川，第一点要肯定的就是公义。接下来我们设想一下，如果不入川会有什么后果。其实很简单，想都不用想，益州终被他人所取。那么现在必须明确一点，就是入川是前提，非入不可。至于名声问题或做人原则问题，我以为原则性和灵活性是相统一的。事定之后，对刘璋报之以义，封为大国，让他再德高望重下去，这样主公的信誉就丝毫无损啊……

刘备恍然大悟。是啊，人世间的事无非是原则性和灵活性的统一，自己以前真是太古板了。

便出兵，令庞统为军师，起马步兵五万，浩浩荡荡西行。与此同时，留下诸葛亮、关羽、张飞、赵云等守荆州，以拒曹操。

你不能走

刘备真的来了，黄权真的着急了。

特别是在得知刘璋要亲出涪城迎接刘备时，黄权哭谏说，主公此去，必被刘备所害，我跟随主公多年，不忍主公中他人奸计。望三思而后行啊！

但是黄权的哭谏在此时变得很不合时宜，因为刘璋的心已是驿动的心，他坚决要往外走。黄权坚决不让他往外走，史书上说他“叩首流血，近前口衔璋衣而谏。”

刘璋怒了，狠狠地将衣摆一抖，抖落黄权两颗门牙，然后喝左右将黄权这个逆历史潮流而动的老东西推出去。黄权大哭而归。那哭声，仿佛哀乐，回荡在益州的上空。

但是刘璋依旧不能成行。

继黄权哭着走了之后，又一个人抱住了他的大腿。

是一个叫李恢的官员。

他和黄权一样，也是哭谏。他预言刘璋会站着出去，躺着回来。这让刘璋感觉有些怕怕——怎么回事？难道今天不是黄道吉日，不宜出门？

张松看出了刘璋心里的怕怕。他劝道：主公啊，人心散了，队伍不好带了。现如今蜀中文官多顾妻子，不复为主公效力；而武将呢又恃功骄傲，各有外心。唉，要是不得刘皇叔，敌人一来，谁保卫我们益州呢？一个个都是投降派啊……

张松也哭了，哭得声情并茂，令刘璋感动莫名。刘璋紧紧地握住他的手：兄弟啊，啥都别说了，在益州，也就兄弟你靠得住，是我的知交！

于是李恢也被拖出去了，所谓乱棒打出。刘璋觉得，自己这一次真的可以走了，因为心无所碍。

却还是走不了。发生了一件更揪心的事。

有一个人想死了。

王累。

王累在此时用绳索将自己倒吊于城门之上，他一手拿着谏文，一手拿剑，声称刘璋如不纳谏，他将自行割断绳索，活活撞死在地上。

刘璋站在城门前，倒吸一口冷气——奶奶的，刚才玩的是哭谏，这一回却是死谏。

本着革命人道主义精神，刘璋接过了王累的谏文。

谏文是这样写的：

“益州从事臣王累，泣血恳告：窃闻良药苦口利于病，忠言逆耳利于行。昔楚怀王不听屈原之言，会盟于武关，为秦所困。今主公轻离大郡，欲迎刘备于涪城，恐有去路而无回路矣。倘能斩张松于市，绝刘备之约，则蜀中老幼幸甚，主公之基业亦幸甚！”

刘璋看完之后沉吟了一会儿，然后将那张纸轻轻一扔，说——你可以去死了。

王累绝望了。他大叫一声，马上割断绳索，随即就撞死在地上。当然，要说得准确一点的话，王累不是撞死的而是气死的。因为在撞地之前，他就已经气绝身亡了。

刘备版鸿门宴

涪江之上。刘备与刘璋相见，双方进行了亲切友好的交谈。所谓各叙兄弟之情，那情景，相当的感人。

刘璋的心可以说完全放下来了。他对众官员说——知道成功的秘诀吗？从相信兄弟开始。在这个世界上，很多东西是可以怀疑的，兄弟情不能怀疑。否则，你就是一个人在战斗。

不过很多官员对刘璋的谈话抱持审慎的态度。一切的刚刚开始，狐狸的尾巴究竟会不会露出来，不到最后时刻是不好判断的。

与此同时，庞统则劝刘备痛下杀手。不错，亲切友好的交谈是可以的，叙兄弟之情也没什么，但那只是过门，是前奏。接下来，就要使出男儿本色，该出手时就出手。

刘备又首鼠两端了，又开始怀疑昨天的决定——杀同宗兄弟，是我刘某人该干的事吗?!

庞统见刘备还是心太软，就又循循善诱地说，咱们跋山涉水，已经走到这一步，退是不能退了。如果一直狐疑下去，能做成什么事呢？再说我们的机谋一旦泄露，反为对方所算。在这叫天天不应叫地地不灵的地方，明公真打算不明不白地死去？

刘备依旧首鼠两端。

唉，杀一个人真不是容易的事，特别是要杀的这个人是自己的兄弟。刘备的痛苦难以名状。

庞统便不再逼他。

庞统以为，一个人能不能成事不是逼出来的，而是狠出来的。对别人狠一点，对自己更要狠一点。很显然，刘备在这两方面都没能达标。

他决定，让魏延去做这件事。

魏延这人比较狠，曾经杀过人。

杀过自己的主子。

如果在宴席上安排他舞剑的话，他一定能舞出花来。

不错，鸿门宴。

刘备版的鸿门宴。只是刘备本人并不知情。事实上庞统也不需要他知情。只是一个道具罢了。每个人的一生，都要在某些时候有意无意地做道具。看他人剑起剑落，看世事白云苍狗，还没明白是什么事呢，一不留神自己已是戏中人。

哪怕是戏中的看客。

表演开始了。

这是刘备与刘璋的第二次聚会。主题是酒、友情与合作。

庞统给他加了个主题——剑。

魏延的剑舞起来了。很好看，也很凶险。这样的凶险被刘璋的手下诸将看出来了，他们共看出来八个字——

魏延舞剑，意在刘璋。

便跳进去与他对舞，目的是制止魏延接下来的行动。

魏延接下来的行动果然流产了——却不是刘璋手下诸将制止的结果。

而是刘备呵斥了。刘备以他迥异于寻常音调的断喝声阻止了魏延的蠢蠢欲动，同时也赢得了刘璋的高度赞赏——这个兄弟，实诚啊……

刘备留了下来，领兵往葭萌关替刘璋守西川大门去了。

因为张鲁整顿兵马，准备攻打葭萌关。

刘备信心高涨，很有扎根边疆的意思。这让庞统大失所望。庞统以为，一个人能不能成事，只跟心态有关。细节决定成败？拉倒吧，心态才决定成败呢！

但是庞统不知道刘备的心态何时才能走向阳刚。事实上他几乎不抱什么信心了。

原因很简单，刘备的心态从来就没阳光过。作为三国时代最著名的漂泊者，刘备整个人已经被扭曲了。从里到外。这是庞统最伤感的地方。

只是他无可奈何。毕竟他不是诸葛亮，能左右眼前的这个人。事实上即便是诸葛亮也不能完全左右刘备。毕竟在这个世界上，一个人说到底是不能左右他人的。

除非被左右的那人没脑子。

人间事需要设计

孙权每个星期要开一次例会。

他手下众官员出席。例会的规则是你可以不会说话，但你不能不说话。

总之要人人过关，以体现家事国事天下事事事关心的意思。

很多官员在会上讲一些政治正确的话语。这叫例会语言。孙权就在例会语言中昏昏欲睡，几乎要早生华发了——天哪，实在是太枯燥、太空洞了，简直能闷死个人。

直到这一天，他突然睁大眼睛，不再郁闷。

因为顾雍在例会上提了一个建议，很刺激，很振奋人心。

顾雍说：刘备现在在西川替刘璋当长工呢，一时半会回不来。我以为，现在正是咱们拿回荆州的大好时机!

孙权一想，对啊，刘备自己不要老窝，跑到别人的老窝那里去找老窝，这叫自作孽，不可活。

便准备发兵，要端掉刘备的老窝。

但是这样的动议却被一老太太骂得狗血喷头。

是吴国太。

吴国太以为，献此计的人可杀！因为他将害了他女儿孙夫人的性命。

孙权的满腔热血马上就变凉了——投鼠忌器，投鼠忌器啊！他妹妹现在已不单单是他妹妹，而是刘备的夫人了。真要攻打荆州，孙夫人的人身安全就得不到保障。可要是不取荆州，眼睁睁地看着肥肉到自己嘴边却吃不上，这让孙权心有不甘。

张昭告诉他，人世间的事，需要设计。

世事是不完美的，但我们要做的不是抱怨，而是设计。设计体现了一种生活态度——那就是我能，我可以!

张昭建议，以国太病危，欲见亲女的名义，把孙夫人从荆州接回来。当然，如果能把那个阿斗——刘备唯一的儿子一起接回来，那我们就稳操胜算了——对刘备来说，孙夫人可能不算人质，阿斗却绝对是人质了。到时痛苦万分同时又心太软的刘备一定会把荆州拿来换阿斗的，这还省得我们动刀动枪了。

孙权依计而行。他第一次真切地感受到，生活的确是要设计的，设计后的生活毫无疑问将走向完美，走向心想事成。

他希望这一次不会有意外。

但是世界上的事，没有意外是不可能的。事事都有意外，所不同的是意外大小而已。这一次出了小意外。

孙夫人跑回来了，阿斗却没有回来。被赵云从半路上截走了。

赵云以为，走了一个女人没什么，哪怕这个女人目前的身份是他的嫂嫂，但嫂嫂是可以更替的，起码在此之前，他已经有过两个嫂嫂了，而刘备的儿子却只有一个，到目前为止只有一个。

他不能允许孙夫人将阿斗带回东吴。

当然，对孙权来说这点意外算不了什么。因为战争的借口已经有了。

他召集文武百官，商议起兵攻取荆州。可谁都没有想到，曹操竟在此时出动四十万大军来报赤壁之仇了。

由次，孙权再次明白了那个深刻的道理——人生是由一系列意外组成的。所有的意外构成了人生的悬念。在一个意外接一个意外的突围表演中，我们的人生旅程也就慢慢铺展开来。

张昭看上去没什么反应——在百官们无头苍蝇般的嗡嗡声中，张昭在闭目养神。

孙权知道，他有救了。

因为张昭不是一个经常能闭目养神的人，值此大敌当前，他有如此之举，只能说明一点——曹操不可怕。

曹操确实不可怕，可怕的是刘备在此时若和曹操勾结起来，杀一个回马枪，那东吴就完了。

张昭建议——西川是不要再派兵去打了，但刘备还是要消灭的。怎么消灭？修书二封：一封给刘璋，就说刘备暗通东吴，准备共取西川，使刘璋起疑心而攻刘备；另一封给张鲁，教他进兵向荆州来，使刘备首尾不能救应。到那时我们再起兵取之，刘备也就差不多玩完了。

毫无疑问，张昭的建议是阴毒的，很阴很暴力。孙权一想到周瑜被诸葛亮活活气死的囧事，便觉得再阴毒的计谋都不为过。

只要真正能够复仇。

失态是奢侈品

刘备开始心慌慌了。因为诸葛亮给他写了一封信，告诉他老婆跑了，曹操来了，要打孙权，打完孙权，很可能直奔荆州，目的性很明确。

总之形势不大好，很有山雨欲来风满楼的意思。

刘备便问庞统：如之奈何？

呵呵，又一个如之奈何，那表情，在庞统看来，简直是世界末日到了。

庞统安之若素。因为他相信一个人，诸葛亮。

诸葛亮有时会故弄玄虚，将一点小事搞得天样大，事实上在诸葛亮眼里，天下无大事——因为闷，逗你玩。玩得起你是男人，玩不起你就是鸟人了。

庞统当然不敢说刘备是鸟人，他们的交情还没有到那份上。他只告诉刘备，荆州没事，有孔明在那，不管是孙权还是曹操，都只能到此一游，然后走人。现在咱们得考虑一下退路。主公可写信给刘璋，就说曹操攻击孙权，孙权求救于荆州。我与孙权是两隔壁，唇齿之邦，不得不救。所以要回荆州，与孙权一起同破曹操，怎奈兵少粮缺，还希望看在同宗之谊上，援助我精兵三、四万，军粮十万斛，请勿有误。当然军马钱粮真到手后，咱再另作商议。

刘璋接到刘备的信，立刻准备发兵，很有兄弟的事就是我的事的意思。

的确，刘备的表现太好了，自入川以来，处处服从他的领导，制止闹事者，甘当守护神，现在兄弟有难，刘璋觉得自己没有理由不出手相助。

黄权在此时又出来苦谏了。

黄权是生命不息，苦谏不止。就像有些人的一生，执着于一件事情而不能自拔，他们把这叫作理想。

黄权的理想就是做刘璋的智囊，第一智囊。他提请刘璋注意，刘备自从入川后，广布恩德，以收民心，其用心之深，不在谋一城一地。那句话是怎么说的，得民心者得天下，此次如若相助，是抱薪助火，也是与虎添翼，麻烦大了……

黄权以为，自己这么说会再次触怒刘璋，落得个跟上次一样的命运，被扫地出门。

但是很意外，没有。

刘璋没有发怒，而是沉吟。因为黄权有一句话打动了他——得民心者得天下。不错，刘备是很会玩这一套的，可他干嘛在我川内玩呢？现在川中的人心，是向着我刘璋还是向着他刘备？刘璋不敢肯定。

不敢肯定的结果是刘璋对刘备的出兵请求打了折扣——他只出老弱兵四千，米一万斛就草草了打发刘备，并派一个信使将此事告知刘备。

紧接着就发生了一件令庞统大跌眼镜的事情：刘备抓狂了。

刘备当着信使的面将刘璋写来的告知信撕了个粉碎，还边撕边骂说，刘璋！我为你杀敌，费力劳心。你倒好，小气鬼一个，就给我这点人马。老子，老子不为你卖命了！

信使落荒而逃。这个可怜的人儿不知道刘备抓狂后还会干出什么事情来，但是庞统知道，刘备不能再干什么了。

起码在刘璋的地面上，他不可能有所作为。

人往往是这样，谦逊低调的时候，是有分量的；抓狂发怒的时候，却是轻飘飘的。在庞统看来，刘备是一世仁名，毁于一怒。

但他又非常理解这个人，就像理解压抑的人是为了等待爆发而压抑一样，压抑的时间越长，爆发起来越吓人。

刘备也感觉到了自己的失态。

毫无疑问，这样的失态令他懊恼——乱世当中，失态其实是奢侈品，不是谁都可以买单的，刘备感觉自己这回就买不了单了。

因为要付出的代价太大——刘璋很可能会倾全力一攻……

怎么办？刘备又如之奈何了……

庞统给他指出了三条路。一、无赖就无赖到底，索性今夜便选精兵，昼夜兼程去袭击成都；二、假装以回荆州为名，设计夺了关隘，先取涪城，然后再向成都进发；三、啥事也不干，连夜逃回荆州，以后再说；

刘备选择了第二条道路。因为一、三两条没什么技术含量，刘备不屑去做。

谁知历史的意外又在此时发生了。所谓意外年年有，今年特别多。这一回的意外发生在张松身上。

张松听说刘备要回荆州，那个急啊——刘备这不前功尽弃吗？他自己逃回去倒没事，可以后刘璋要是搞肃反，我老人家的脑袋可就不保了啊。

便连夜写信，苦劝刘备一定不要做逃兵，要将谋反事业进行到底。张松的信是这样写的：

“松昨进言于皇叔，并无虚谬，何乃迟迟不发？逆取顺守，古人所贵。今大事已在掌握之中，何故欲弃此而回荆州乎？使松闻之，如有所失。书呈到日，疾速进兵。松当为内应，万勿自误！”

张松的信写得语句通顺，没什么错别字，他自以为没什么问题了，可最后问题还是出现了。

刘备没有看到这封信。看到信的那个人是刘璋。

刘璋这才知道什么是人心隔肚皮，什么是口蜜腹剑，什么是里通外国，什么是——

世道人心。

他的眼睛眯了起来，神情看上去很冷。有那么一股子杀气。

——《最三国》第2卷完——